Brittany Cavallaro
Holmes & ich
Unter Verrätern

Brittany Cavallaro studierte zunächst am Middlebury-College in Vermont und dann an der University of Wisconsin/Madison Kreatives Schreiben und bereitet dort derzeit ihre Promotion vor. Sie ist Chefredakteurin mehrerer Universitätszeitschriften, konnte dank diverser Stipendien ihr Schreibtalent ausbauen und veröffentlichte im Januar 2015 einen ersten Band mit Gedichten. Seit ihrer Kindheit ist Brittany Cavallaro ein riesengroßer ›Sherlock‹-Fan – so kam ihr die Idee zu »Holmes und ich – Die Morde von Sherringford«, ihrem ersten Jugendbuchprojekt.

Anja Galić lebt und arbeitet in der Kölner Südstadt, wo es sie des Studiums wegen hinverschlug, hat badische Wurzeln und lernte dank ihrer ersten Übersetzung, dass es das Wort »wunderfitzig« im Rheinland nicht gibt. Dass man beim Übersetzen Dinge recherchiert und erfährt, denen man sonst nie begegnet wäre, findet sie auch heute noch total spannend.

Brittany Cavallaro

Holmes & ich

Unter Verrätern

Roman

Aus dem amerikanischen Englisch
von Anja Galić

Ausführliche Informationen über
unsere Autoren und Bücher
www.dtv.de

Das Zitat auf Seite 5 stammt aus: ›Krieg im Spiegel‹ von John le Carré
© der deutschen Ausgabe Ullstein Buchverlage GmbH,
Berlin 2004/List Verlag
Übersetzung von Manfred von Conta mit freundlicher Genehmigung des
Paul Zsolnay Verlages Wien – München

Von Brittany Cavallaro ist bei dtv außerdem lieferbar:
Holmes und ich – Die Morde von Sherringford

Deutsche Erstausgabe
2017 dtv Verlagsgesellschaft mbH & Co. KG, München
© 2017 Brittany Cavallaro
Titel der amerikanischen Originalausgabe: ›The Last of August‹,
2017 erschienen bei Katherine Tegen Books,
an imprint of HarperCollins Children's Books,
a division of HarperCollins Publishers, New York
© der deutschsprachigen Ausgabe:
2017 dtv Verlagsgesellschaft mbH & Co. KG, München
Umschlaggestaltung: Carolin Liepins
Gesetzt aus der New Baskerville 10,5/14˙
Gesamtherstellung: Druckerei C.H.Beck, Nördlingen
Gedruckt auf säurefreiem, chlorfrei gebleichtem Papier
Printed in Germany · ISBN 978-3-423-76164-2

»Wissen Sie, was Liebe ist? Ich werd's Ihnen sagen:
Sie ist all das, was man noch immer verraten kann.«

Krieg im Spiegel
John le Carré

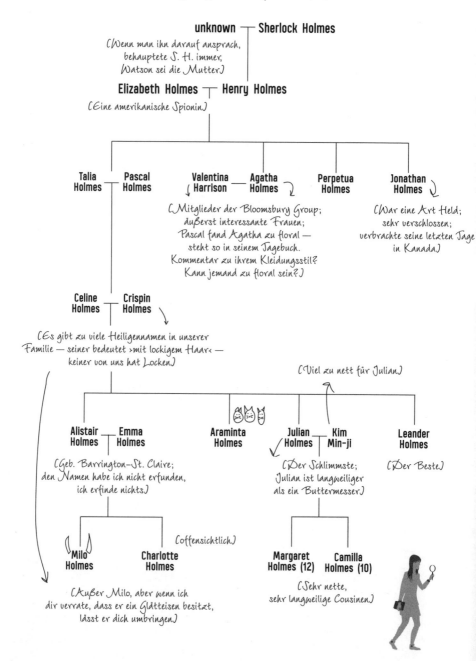

MORIARTY

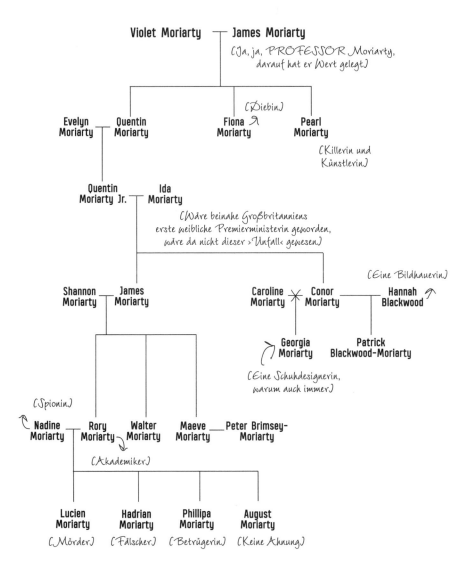

Hier hast du den Stammbaum.
Bitte versprich mir, dass du ihn nicht
rahmen und aufhängen wirst. — C.H.

1.

Es ging auf Ende Dezember zu in Südengland, und obwohl es erst drei Uhr nachmittags war, wirkte der Himmel vor dem Fenster von Charlotte Holmes' Zimmer bereits so dunkel und bleiern wie am nördlichen Polarkreis. Eine Tatsache, die ich während der Zeit in Connecticut am Sherringford-Internat irgendwie vergessen hatte, auch wenn ich praktisch mit jeweils einem Bein auf beiden Seiten des Atlantiks aufgewachsen war. Wenn ich an Winter dachte, dachte ich an die Abende in Neuengland. Die Dunkelheit kam pünktlich nach dem Abendessen und war bis zum Morgengrauen, wenn man sich im Bett wachstreckte, wieder verschwunden. Englische Winterabende waren anders. Sie rückten im Oktober mit einer Schrotflinte an und nahmen einen für die nächsten sechs Monate in Geiselhaft.

Alles in allem wäre es wohl besser gewesen, wenn ich Holmes das erste Mal im Sommer besucht hätte. Ihre Familie lebte in Sussex, einer Grafschaft, die sich an Englands Südküste schmiegt, und vom obersten Stockwerk ihres Herrenhauses konnte man das Meer sehen. Oder hätte es sehen können, falls man zufällig im Besitz einer Nachtsichtbrille und blühenden Fantasie gewesen wäre. Die Dunkelheit eines englischen Dezembers hätte allein schon ausgereicht, um mich in eine düstere Stimmung zu versetzen, aber das Familienanwesen der Holmes ragte ungefähr so behaglich wie eine Festung auf einem Hügel empor. Jeden Moment rechnete ich damit, dass ein Blitz die Wolken durchbrechen und eine arme, gefolterte Frankensteinkreatur aus ihrem Verlies stolpern würde, verfolgt von einem geisteskranken Wissenschaftler.

Das Innere des Hauses wirkte ebenfalls wenig beruhigend. Ich hatte das Gefühl, mich in einem Horrorfilm zu befinden, allerdings in keinem normalen, sondern eher einem skandinavischen Arthouse-Film. Große dunkle, unbequeme Sofas, die nicht dafür entworfen worden waren, auf ihnen zu sitzen. Weiße Wände mit abstrakten weißen Gemälden. Ein in einer Ecke lauernder Flügel. Eben genau die Art von Ort, den Vampire bewohnten. Außerordentlich kultivierte Vampire. Und überall ... Stille.

Holmes' Zimmer im Untergeschoss war das chaotische, schlagende Herz dieses kalten Hauses. Dunkel gestrichene Wände, Metallregale und Bücher, überall Bücher, alphabetisch geordnet im Regal oder aufgeschlagen über den ganzen Boden verteilt. Daran angrenzend ein Raum mit einem Labortisch, auf dem sich Reagenzgläser und Bunsenbrenner drängten. Sich in kleinen Töpfchen windende Sukkulenten, die sie jeden Morgen aus einer Pipette mit einer Essig-Mandelmilch-Mischung beträufelte. (»Es ist ein Experiment«, erklärte mir Holmes, als ich dagegen protestierte. »Ich versuche sie zu töten. *Nichts* lässt sie eingehen.«)

Überall lagen Unterlagen, Kleingeld und Zigarettenstummeln herum, und trotzdem fand sich in dem ganzen Durcheinander kein einziges Staub- oder Schmutzkörnchen. Es war alles so, wie ich es mittlerweile von ihr kannte, vielleicht bis auf ihren Schokoladenkeksvorrat und der kompletten gebundenen Ausgabe der *Encyclopaedia Britannica* in dem niedrigen

Bücherbord, das als ihr Nachttisch diente. Anscheinend vertiefte Holmes sich auf ihrem Bett gern darin, eine brennende Zigarette in der Hand. Heute war es der Band mit dem Buchstaben T, der Eintrag »Tschechoslowakei (vollständige Bezeichnung: ehemalige Tschechoslowakische Republik)«, und aus irgendeinem nicht nachvollziehbaren Grund hatte sie darauf bestanden, mir den kompletten Text dazu laut vorzulesen, während ich vor ihr auf und ab tigerte.

Tja. Vielleicht gab es doch einen Grund. Es war eine hervorragende Art, einem echten Gespräch aus dem Weg zu gehen.

Während sie ihren Vortrag hielt, versuchte ich, nicht zu den Sherlock-Holmes-Romanen zu schauen, die sie auf die Enzyklopädie-Ausgaben der Buchstaben U und V gelegt hatte. Sie hatte sie aus dem Arbeitszimmer ihres Vaters stibitzt. Ihre eigenen Ausgaben waren im Herbst einer Explosion zum Opfer gefallen, genau wie ihr kleines Labor, mein Lieblingsschal und eine beträchtliche Menge meines Vertrauens in die Menschheit. Diese Sherlock-Holmes-Geschichten erinnerten mich an das Mädchen, das sie war, als wir uns kennenlernten, das Mädchen, von dem ich so dringend alles hatte wissen wollen.

In den letzten Tagen hatten wir es irgendwie geschafft, von der ungezwungenen Freundschaft, die zwischen uns entstanden war, wieder in das alte, von Misstrauen und Ungewissheit geprägte Muster zurückzufallen. Der Gedanke daran machte mich krank; so krank, dass ich die Wände hätte hochgehen können. Dass ich am liebsten alles zu ihren Füßen ausgebreitet hätte, wie ein riesiges Puzzle, damit wir anfangen konnten, es wieder zusammenzusetzen und in Ordnung zu bringen.

Ich ließ es bleiben. Stattdessen provozierte ich, ganz wie es der schönen Tradition unserer Freundschaft entsprach, einen Streit, in dem es um etwas völlig anderes ging.

»Wo ist er?«, fragte ich sie. »Warum kannst du mir nicht einfach sagen, wo er ist?«

»Erst im Jahr 1918 gelang es der Tschechoslowakei, sich von der Habsburgermonarchie zu befreien und zu dem Land zu werden, wie wir es im zwanzigsten Jahrhundert kennen.« Sie aschte ihre Lucky Strike auf ihre Tagesdecke. »In den 1940er-Jahren kam es schließlich zu einer Reihe von Ereignissen, in deren ...«

»Holmes.« Ich fuchtelte mit der Hand vor ihrem Gesicht. »Ich habe dich gefragt, wo Milos Anzug ist.«

Sie schlug meine Hand weg. »... in deren Folge die Republik einige Gebietsveränderungen erfuhr ...«

»Der Anzug, der mir definitiv nicht passen wird. Der mehr kostet als das Haus meines Vaters. Der Anzug, von dem du willst, dass ich ihn trage.«

»... und das Sudetenland an NS-Deutschland und Teile der Südslowakei an das Königreich Ungarn abtreten musste.« Sie schaute, die Zigarette zwischen den Fingern, mit zusammengekniffenen Augen auf den Text. »Den nächsten Absatz kann ich nicht entziffern. Als ich die Seite das letzte Mal gelesen habe, muss ich irgendetwas darüber verschüttet haben.«

»Dann hast du diesen Eintrag also schon öfter gelesen. Ein bisschen osteuropäische Geschichte vor dem Schlafengehen. Warum nicht. Bestimmt genauso gut wie Nancy-Drew-Bücher.«

»Nancy wer?«

»Niemand.« Ich verlor langsam die Geduld. »Hör zu. Ich kann verstehen, dass du Wert darauf legst, dass ich mich ›fürs Dinner umziehe‹, und dass du diese Worte aussprechen kannst, ohne dabei eine Miene zu verziehen, weil du in dieser erdrückenden, stinkvornehmen Welt aufgewachsen bist. Vielleicht *gefällt* es dir ja sogar, dass ich mich damit unwohl fühle ...«

Sie sah mich blinzelnd an und wirkte etwas verletzt. Irgendwie klang alles, was ich heute sagte, gemeiner als beabsichtigt.

»Okay, von mir aus«, ruderte ich zurück, »dann habe ich eben gerade eine sehr amerikanische Panikattacke, aber es ist schwieriger, in die Räume deines Bruders zu gelangen als ins Pentagon ...«

»Mach dich nicht lächerlich«, unterbrach sie mich. »Milos Sicherheitsvorkehrungen sind um Längen besser. Wenn du den Zugangscode brauchst, kann ich ihn danach fragen. Er ändert ihn ungefähr alle zwei Tage von Berlin aus.«

»Den Zugangscode zu seinem Kinderzimmer. Er ändert ihn. Von Berlin aus.«

»Er ist nun mal der Kopf eines privaten Sicherheitsunternehmens.« Sie griff nach ihrem Handy. »Und wahrscheinlich will er nicht, dass jemand Mr Schnuffel entdeckt.«

Ich lachte und sie sah mich lächelnd an, und einen Moment lang vergaß ich, dass es gerade schwierig war zwischen uns.

»Holmes«, sagte ich, wie ich es in der Vergangenheit so oft getan hatte – aus einem Reflex heraus, als Ein-Wort-Satz, ohne dass ich noch etwas hätte hinzufügen wollen.

Es dauerte länger als sonst, bis sie »Watson« sagte. Und als sie es schließlich tat, kam es zögerlich.

Ich dachte an die Fragen, die ich ihr stellen wollte. An die ganzen schrecklichen Dinge, die ich stattdessen sagen könnte. Aber dann fragte ich nur: »Warum liest du mir etwas über die ehemalige Tschechoslowakei vor?«

Ihr Lächeln wurde angespannt. »Weil mein Vater die tschechische Botschafterin zum Abendessen eingeladen hat, zusammen mit dem neuen Kurator des Louvre, und da dachte ich, dass es vielleicht nichts schaden kann, wenn ich dich darauf vorbereite, da ich mir fast sicher bin, dass du absolut nichts über die Geschichte Osteuropas weißt, und wir wollen meiner Mutter doch beweisen, dass du kein Idiot bist. Oh«, sagte sie, als ihr Handy den Eingang einer Nachricht verkündete, »Milo hat den Code extra für uns in 666 geändert. Wie charmant. Geh und hol deinen Anzug, aber beeil dich. Wir müssen noch die Samtene Revolution von 1989 besprechen.«

In dem Moment hätte ich gern selbst zu den Waffen gegriffen. Kuratoren? Botschafter? Ihre mich für einen Idioten haltende Mutter? Das war zu viel für mich.

Okay, vielleicht hätte ich damit rechnen sollen. Mein Vater hatte schon angedeutet, dass es schwierig werden könnte, allerdings glaube ich nicht, dass er so etwas vorausgesehen hatte. Als ich ihm ein paar Tage nach der Auflösung des Bryony-Downs-Falls von meinen Plänen erzählte – den ersten Teil der Ferien würden wir bei mir verbringen, den zweiten bei ihr –, gab er zu bedenken, dass meine Mutter davon sicher nicht begeistert sein würde. Diesen Kommentar hätte er sich genauso gut sparen können, denn das wusste ich schon. Meine Mutter hasste die Familie Holmes und sie hasste die Moriartys und überhaupt alles, was mit Geheimnissen zu tun hatte. Ich bin mir sicher, dass sie Tweed-Capes schon allein aus Prinzip hasste. Aber nach allem, was diesen Herbst passiert war, hasste sie vor allem Charlotte Holmes.

»Tja«, hatte mein Vater geseufzt, »wenn du sie unbedingt besuchen willst, wirst du bestimmt eine sehr ... nette Zeit dort haben. Ihr Haus ist wirklich hübsch.« Er hatte kurz innegehalten und angestrengt überlegt, was er sonst noch sagen könnte. »Und die Eltern von Holmes sind ... ach, na ja. Es soll in dem Haus sechs Badezimmer geben. Sechs!«

Mir schwante nichts Gutes. »Leander wird auch da sein«, sagte ich aus dem Bedürfnis heraus, etwas zu haben, worauf ich mich freuen konnte. Holmes' Onkel war der ehemalige Mitbewohner und beste Freund meines Vaters.

»Ja! Leander. Sehr gut. Leander wird bestimmt als Puffer zwischen dir und … allem dienen, wofür du einen Puffer brauchst. Ausgezeichnet.« Dann murmelte er irgendetwas in der Art, dass meine Stiefmutter ihn in der Küche brauchen würde, legte auf und ließ mich mit jeder Menge neuer Zweifel bezüglich meiner Weihnachtsplanung zurück.

Als Holmes vorschlug, die Ferien gemeinsam zu verbringen, hatte ich sofort vor mir gesehen, wie wir es uns in dem Apartment meiner Mutter in London gemütlich machten. Dicke Wollpullis und heiße Schokolade, vielleicht ein Serien-Special *Doctor Who* am prasselnden Kamin. Holmes, die eine Strickmütze mit Bommel trägt und die Schnitze einer Chocolate Orange von Terry's zerteilt. Wir lagen sogar schon bei mir im Wohnzimmer auf der Couch, als Holmes zu mir sagte, ich solle endlich aufhören, mich so anzustellen, und meine Mutter einfach fragen, ob ich nach Sussex fahren könnte. Bisher hatte ich alles getan, um dem Thema aus dem Weg zu gehen. »Sei diplomatisch«, hatte Holmes mir geraten und kurz innegehalten. »Damit meine ich, überleg dir vorher, was du sagen willst, und dann sag es nicht.«

Es nützte nichts. Sie reagierte ziemlich genau so, wie Holmes und mein Vater es vorausgesagt hatten. Als ich ihr von unseren Plänen erzählte, fing sie an, so laut herumzuschreien und über Lucien Moriarty zu schimpfen, dass sogar die sonst so unerschütterliche Holmes in Deckung ging.

»Du wärst fast *gestorben*«, beendete meine Mutter ihre Tirade. »Die Moriartys hätten dich fast *getötet*. Und du willst Weihnachten im Hauptquartier ihres Erzfeinds verbringen?«

»Hauptquartier? Was denkst du, wo ich hinwill – *Gotham City*?« Ich fing an zu lachen. Auf der anderen Seite des Zimmers vergrub Holmes den Kopf in den Händen. »Mum. Mir wird nichts passieren. Ich bin fast erwachsen und kann selbst entscheiden, wie ich meine Ferien verbringen will. Dad sollte dir nichts von dieser ganzen Nahtod-Sache erzählen, weil ich wusste, dass du total überreagieren würdest, und ich hatte recht.«

Es entstand eine lange Pause, dann wurde das Geschrei noch ein bisschen lauter.

Als sie schließlich – unter extremen Vorbehalten – kapitulierte, war damit ein Preis verbunden. Unsere letzten Tage in London waren ziemlich ungemütlich. Meine Mutter stichelte wegen jeder Kleinigkeit an mir herum – ob es um die Ordnung im Wohnzimmer ging oder darum, dass ich plötzlich wieder mit starkem englischen Akzent redete. *Es kommt einem gerade so vor, als hätte dieses Mädchen dir sogar deine Stimme weggenommen.* Vielleicht hatte ich ihr ein bisschen zu viel zugemutet; natürlich wäre es ihr lieber gewesen, ich hätte Holmes erst gar nicht mitgebracht. Das wäre wahrscheinlich für beide Seiten besser gewesen, es war mir aber ums Prinzip gegangen – ich hatte genug davon, dass meine Mutter jemanden ablehnte, dem sie noch nie begegnet war. Jemanden, der mir wichtig war. Wenigstens mir zuliebe sollte meine Mutter in der Lage sein, meine beste Freundin als das zu akzeptieren, was sie war: ein brillantes und aufregendes Mädchen.

Das hatte ungefähr so gut funktioniert, wie es zu erwarten gewesen war.

Holmes und ich verbrachten viel Zeit außer Haus.

Ich nahm sie in meine Lieblingsbuchhandlung mit, wo ich sie mit Romanen von Ian Rankin belud und sie mich dazu drängte, ein Buch über Weinbergschnecken zu kaufen. Ich ging mit ihr in den Fish-'n'-Chips-Laden an der Ecke, wo sie mich mit ausführlichen und wahrscheinlich frei erfundenen

Einzelheiten über das Sexleben (Drohnen, Kameras, sein Dachswimmingpool) ihres Bruders ablenkte, während sie mir meinen ganzen frittierten Fisch wegfutterte und ihren eigenen Teller nicht anrührte. Ich machte mit ihr einen Spaziergang an der Themse, wo ich ihr zeigte, wie man einen Stein übers Wasser hüpfen ließ und sie beinahe ein Loch in ein vorbeifahrendes Fährboot schleuderte. Wir gingen zu meinem Lieblingsinder. Zweimal. An einem Tag. Sie hatte diesen ganz bestimmten Ausdruck bekommen, als sie den ersten Bissen von ihrem Pakora nahm, der, bei dem man genießerisch die Augen halb schließt, und zwei Stunden später hatte ich das Bedürfnis, ihn noch mal zu sehen. Es tat so gut, sie glücklich zu erleben, dass es mir nicht einmal etwas ausmachte, als ich sie später dabei erwischte, wie sie meiner Schwester Shelby anhand des peinlichen Curryflecks auf meinem Hemd demonstrierte, wie man Blutflecken aus Stoff entfernt.

Kurz, es waren die besten drei Tage meines Lebens – trotz meiner Mutter – und gleichzeitig waren sie so normal, wie es mit Charlotte Holmes möglich war. Meine Schwester, die eine solche Naturgewalt nicht gewohnt war, war völlig überwältigt. Shelby fing an, Holmes wie ein Schatten zu folgen, sich komplett schwarz anzuziehen und die Haare zu glätten und sie ständig in ihr Zimmer zu schleppen, um ihr irgendwelche Dinge zu zeigen. Ich wusste nicht genau, was für *Dinge* das waren, aber aus der schwülstigen Musik, die unter der Tür hindurchdrang, schloss ich, dass der dazugehörige Soundtrack von L. A. D. stammte, Shelbys derzeitiger Lieblings-Boygroup. Vermutlich zeigte sie Holmes ihre Bilder. Meine Mutter hatte mir erzählt, dass meine Schwester in meiner Abwesenheit mit Feuereifer angefangen hatte zu malen, bis jetzt aber immer zu schüchtern gewesen war, ihre Kunstwerke irgendjemandem zu zeigen.

Nicht dass ich besonders viel dazu hätte sagen können. Mit Kunst kannte ich mich nicht wirklich aus. Ich wusste, was mir gefiel, was mich berührte – meistens Porträts. Ich mochte Bilder, die etwas Geheimnisvolles hatten. Ein Motiv in einem dunklen Raum. Mysteriöse Bücher und Flaschen oder ein Mädchen mit abgewandtem Gesicht. Wenn ich nach meinem Lieblingskunstwerk gefragt wurde, gab ich immer *Die Anatomie des Dr. Tulp* von Rembrandt an, aber um ehrlich zu sein, hatte ich es gar nicht mehr so detailgetreu im Kopf. Wenn mir etwas gefiel, beschäftigte ich mich oft so ausführlich damit, bis ich es praktisch totgeliebt hatte. Nach einer Weile verloren diese Dinge dann ihre Bedeutung und verkümmerten zu einer Art Stichwort, das dafür stand, wer ich war, und nicht mehr so sehr für etwas, das mir tatsächlich Spaß machte.

»Shelby hat mich um meine Meinung gebeten, und da ich mich gut in der Malerei auskenne, habe ich ihr gesagt, was ich davon halte«, antwortete Holmes, als ich sie fragte, ob sie mit meiner Schwester über deren Bilder gesprochen hatte. Es war unser letzter Abend in London; am nächsten Nachmittag reisten wir nach Sussex ab. Da meine Mutter mein Zimmer in ein Arbeitszimmer umgewandelt hatte, waren wir dort, wo wir schon die ganze Woche gewesen waren – auf dem ausklappbaren Schlafsofa im Wohnzimmer, hinter dem sich wie ein Schutzwall unsere Taschen übereinanderstapelten. Draußen dämmerte es. Schlafmangel war eines der Dinge, die man in Kauf nehmen musste, wenn man mit Holmes befreundet war. Sprich, man schlief so gut wie gar nicht mehr.

»Wie gut?«, fragte ich.

»Mein Vater hielt es für einen wichtigen Teil meiner Ausbildung. Ich kann endlos über Farbe und Komposition reden, dank ihm und« – ihr Gesichtsausdruck verdüsterte sich – »meinem alten Hauslehrer Professor Demarchelier.«

Ich stützte mich auf einem Ellbogen auf. »Malst du auch?« Plötzlich wurde mir klar, wie wenig ich eigentlich von ihr wusste und dass mir alle Fakten über ihr Leben entweder aus zweiter Hand oder nur stückchenweise und widerstrebend erzählt worden waren. Sie hatte eine Katze, die Maus hieß. Ihre Mutter war Chemikerin. Aber ich hatte keine Ahnung, welches ihr erstes Buch gewesen war oder ob sie mal Meeresbiologin hatte werden wollen, noch nicht einmal, wie sie war, wenn sie nicht gerade unter Mordverdacht stand. Sie spielte natürlich Geige, also lag es nahe, dass sie auch schon andere Kunstarten ausprobiert hatte. Ich versuchte mir vorzustellen, wie Holmes' Bilder aussehen würden. *Ein Mädchen in einem dunklen Zimmer,* dachte ich, *das Gesicht abgewandt,* aber als ich sie anschaute, wandte sie mir das Gesicht zu.

»Malen zählt nicht zu meinen Talenten, und ich verschwende meine Zeit nicht mit Dingen, in denen ich nicht gut bin. Worin ich aber gut *bin,* ist, Kunst zu beurteilen. Deine Schwester hat definitiv Talent. Ein feines Gespür für Bildaufbau, interessanter Farbgebrauch. Siehst du? Da haben wir's. Typisches Kunstgerede. Ihre Motivauswahl ist allerdings etwas beschränkt. Ich habe ungefähr dreißig Bilder von eurem Nachbarshund gesehen.«

»Wuff schläft meistens hinten im Garten«, sagte ich lächelnd. »Das macht ihn zu einem leicht zu malenden Motiv.«

»Wir könnten sie in die Tate Modern mitnehmen. Morgen-Vormittag, bevor wir fahren. Wenn du Lust hast.« Sie streckte die Arme über den Kopf. Ihre Haut schimmerte im Dunkeln wie Sahne in einem Kännchen. Ich zwang meinen Blick zu ihrem Gesicht zurück. Es war spät, und wenn es spät war, passierten mir manchmal solche kleinen Ausrutscher.

Wenn ich ehrlich war, passierte mir das ständig. Um vier Uhr morgens konnte ich es mir nur leichter eingestehen.

»Die Tate«, sagte ich und riss mich zusammen. Ihr Angebot hatte aufrichtig geklungen. »Klar. Aber nur, wenn es dir wirklich nicht zu viel wird. Du bist auch so schon unglaublich nett zu Shelby gewesen. Wahrscheinlich hast du in den letzten Tagen genug L. A. D. für den Rest deines Lebens gehört.«

»Ich liebe L. A. D.«, sagte sie todernst.

»Du magst ABBA«, erinnerte ich sie. »Ich bin mir also nicht sicher, ob das ein Witz sein soll. Als Nächstes finde ich noch heraus, dass du im Sommer eine Bauchtasche trägst. Oder dass du mit elf ein Poster von Harry Styles in deinem Zimmer hängen hattest.«

Holmes zögerte.

»Nein, hattest du *nicht*.«

»Es war ein Poster von Prinz Harry.« Sie verschränkte die Arme. »Er hat immer einen sehr guten Kleidungsstil gehabt und so was weiß ich nun mal zu schätzen. Wie auch immer. Ich war elf und einsam, und wenn du nicht aufhörst, mich so dämlich anzugrinsen, dann komme ich rüber und …«

»Natürlich hast du nur seinen *sehr guten Kleidungsstil* geschätzt und nicht sein …«

Sie schlug mit ihrem Kissen nach mir.

»Wenn man so darüber nachdenkt«, sagte ich mit dumpfer Stimme, weil ich den Mund gerade voller Gänsedaunen hatte. »Du bist eine Holmes. Deine Familie ist berühmt. Der Traum hätte wahr werden können. *Prinzessin* Charlotte und der royale Notnagel mit dem Bad-Boy-Image. Du bist weiß Gott so hübsch, dass du es hättest schaffen können. Ich kann es förmlich vor mir sehen – du mit einem Diadem, wie du von der Rückbank einer offenen Limousine diese Glühbirne-eindrehen-Handbewegung machst.«

»Watson.«

»Du hättest *Reden* halten müssen. Vor Waisenkindern und Gesellschafterversammlungen. Du hättest dich mit kleinen Welpen fotografieren lassen müssen.«

»Watson.«

»Was? Du weißt, dass ich dich nur aufziehen will. Die Art, wie du aufgewachsen bist, geht einfach über meinen Horizont hinaus.« Ich wusste, dass ich mich um Kopf und Kragen redete, aber ich war zu müde, um mich zu bremsen. »Schau dich doch nur mal hier um. Unsere Wohnung ist ein besserer Kleiderschrank. Und du hast ja gesehen, wie seltsam meine Mutter sich benimmt, sobald du von deiner Familie anfängst. Ich glaube, sie macht sich Sorgen, dass ich in Sussex in den Sog der dekadenten, mysteriösen Holmes' gerate und mich nie wieder daraus befreien kann. Und du lächelst höflich und schluckst herunter, was du wirklich von ihr und meiner Schwester und der Art, wie wir leben, denkst. Was, seien wir ehrlich, dich wahrscheinlich unglaublich viel Mühe kostet, weil es nicht unbedingt zu deinen Stärken gehört, nett zu sein. Was du auch nicht sein musst. Du bist vornehm, Charlotte Holmes. Sprich mir nach: *Ich bin vornehm und Jamie Watson ist ein Bauer.*«

»Manchmal glaube ich, dass du mich unterschätzt«, sagte sie stattdessen.

»Was?« Ich setzte mich auf. »Ich wollte nur ... Okay, vielleicht bin ich ein bisschen übernächtigt. Es ist schon spät. Aber ich möchte nicht, dass du das Gefühl hast, du müsstest dich auf eine bestimmte Art und Weise verhalten oder irgendjemanden beeindrucken. Wir sind schon beeindruckt. Du musst nicht so tun, als würdest du meine Mum mögen oder meine Schwester oder wie wir leben ...«

»Ich mag eure Wohnung.«

»Sie ist so groß wie dein Labor in Sherringford ...«

»Ich mag eure Wohnung, weil du hier aufgewachsen bist.« Sie sah mich ruhig an. »Und ich esse gern, was es bei euch zum Abendessen gibt, einfach weil ihr es gekocht habt. Und ich mag deine Schwester, weil sie klug ist und dich anbetet, was bedeutet, dass sie *sehr* klug ist. Du redest über sie, als wäre sie ein Kind, aber du solltest sie nicht damit aufziehen, dass sie versucht, ihre aufkeimende Sexualität zu entdecken, indem sie eine Boygroup mit schwermütigen Sopranstimmen hört. Das ist definitiv sicherer als die Alternative.«

Die Unterhaltung hatte eine unerwartete Wendung genommen. Obwohl ich es vielleicht von dem Moment an, in dem mir die Worte »du bist so hübsch« herausgerutscht waren, hätte kommen sehen sollen.

Sie richtete sich auf, um mich anzusehen. Das Laken war um ihre Füße gewickelt, ihre Haare waren zerwühlt, und sie sah aus, als würde sie in einem nicht ganz jugendfreien französischen Film mitspielen. Genau so etwas sollte mir jetzt nicht in den Sinn kommen. Deshalb ging ich eine vertraute Liste in meinem Kopf durch, auf der die am wenigsten erotischen Dinge standen, die ich mir vorstellen konnte: Grandma, mein siebter Geburtstag, *König der Löwen* ...

»Die Alternative?«, wiederholte ich.

»Es ist besser, erst mal nur einen Zeh einzutauchen, bevor man ins kalte Wasser springt.«

»Wir müssen nicht darüber sprechen ...«

»Tut mir wirklich leid, wenn dir das *unangenehm* ist.«

»... wenn du nicht willst, wollte ich sagen. Wie sind wir überhaupt auf dieses Thema gekommen?«

»Du hast die Verhältnisse, aus denen du kommst, schlechtgemacht. Ich habe sie verteidigt. Mir gefällt es hier, Jamie. Morgen fahren wir zu meinen Eltern und dort wird es anders sein als hier. Ich werde anders sein als hier.«

»Wie meinst du das?«

»Hör auf, so zu tun, als wärst du schwer von Begriff«, fuhr sie mich an. »Das passt nicht zu dir.«

Fürs Protokoll: Ich tat nicht so, als wäre ich schwer von Begriff. Ich versuchte nur, ihr die Möglichkeit zu geben, eine andere Richtung einzuschlagen. Ich wusste, dass sie gefährlich nah an einem Thema dran war, über das wir nie gesprochen hatten. Sie war vergewaltigt worden. Man hatte uns den Mord an dem Vergewaltiger anhängen wollen. Was auch immer sie für mich empfand, war in dieser traumatischen Erfahrung gefangen, also lag das, was auch immer ich für sie empfand, erst einmal auf Eis. Ich verlor mich vielleicht manchmal in dummen Tagträumen darüber, wie wunderschön sie war, hatte diese Gedanken aber noch nie laut ausgesprochen. Immer wieder hatte ich ihr die Gelegenheit gegeben, mit mir über uns beide zu sprechen, sie aber nie dazu gedrängt. Am nächsten dran waren wir während solcher elliptischen Unterhaltungen im Morgengrauen, wo wir so lange um das Thema kreisten, bis ich irgendetwas Falsches sagte und sie komplett zumachte und mich danach stundenlang noch nicht einmal mehr ansah.

»Ich habe nur versucht zu signalisieren, dass ich nichts davon anspreche, wenn du es nicht willst«, sagte ich und mit *nichts davon* meinte ich *Sussex*. Und ich meinte *Lee Dobson, von dem ich mir regelmäßig vorstelle, wie ich ihn ausgrabe und noch mal umbringe,* und ich meinte *über uns zu sprechen, was mir offen gestanden selbst nicht ganz leichtfallen würde,* und ich meinte *obwohl deine Haare immer wieder über dein Schlüsselbein streichen und du dir mit der Zunge über die Lippen fährst, wenn du nervös bist, denke ich nicht auf diese Weise an dich, das tue ich nicht, ich schwöre bei Gott, dass ich das nicht tue.*

Das Beste und zugleich das Schlimmste an Holmes war, dass

sie nicht nur das hörte, was ich sagte, sondern auch alles, was ich *nicht* sagte.

»Jamie.« Es war ein trauriges Flüstern, andererseits war es so leise, dass ich es mir vielleicht nur einbildete. Zu meiner Bestürzung griff sie nach meiner Hand und zog sie an ihren Mund.

Das hatte sie noch nie getan.

Ich spürte ihren heißen Atem auf meiner Handfläche, die Berührung ihrer Lippen. Ich unterdrückte einen Laut, der aus meiner Kehle hochstieg, und hielt vollkommen still, weil ich Angst hatte, dass ich sie verschrecken könnte oder, was noch schlimmer gewesen wäre, dass wir beide daran zerbrechen könnten.

Sie fuhr mit einem Finger über meine Brust. »Ist es das, was du willst?«, fragte sie und ich verlor das letzte bisschen Willenskraft.

Ich konnte nichts erwidern, jedenfalls nicht mit Worten. Stattdessen ließ ich die Hände zu ihrer Taille hinunterwandern, um sie so zu küssen, wie ich es mir schon seit Monaten wünschte – ein tiefer, forschender Kuss, eine Hand in ihren Haaren vergraben, während sie sich an mich presste, als wäre ich der einzige andere Mensch auf der Welt.

Aber als ich sie berührte, wich sie zurück. Ein panischer Ausdruck glitt über ihre Züge. Ich beobachtete, wie die Panik sich in Wut verwandelte und dann in etwas, das wie Verzweiflung wirkte.

Wir schauten uns einen schier unmöglichen Moment lang an. Schließlich schob sie sich wortlos von mir weg und legte sich mit dem Rücken zu mir auf die Seite, das Gesicht dem Fenster zugewandt, auf dem sich die wie ein Bluterguss leuchtenden Farben der Morgendämmerung ausbreiteten.

»Charlotte«, sagte ich leise und legte eine Hand auf ihre

Schulter. Sie schüttelte sie ab. Ich nahm es ihr nicht übel. Aber etwas zog sich in meiner Brust zusammen.

Mir wurde klar, dass meine Anwesenheit vielleicht zum ersten Mal eher ein Fluch als ein Segen war.

2.

Es war nicht das erste Mal, dass etwas zwischen uns passiert war. Wir hatten uns geküsst. Einmal. Nur ganz kurz, eher ein flüchtiges Streifen unserer Lippen. Da mein Leben zu diesem Zeitpunkt auf der Kippe stand, hatte sie mich also vielleicht nur aus Mitleid geküsst. Wir hatten zudem gerade unsere Mordermittlungen abgeschlossen, vielleicht hatte sie es also auch nur aus einem deplatzierten Gefühl der Erleichterung getan. Jedenfalls hatte ich es nicht als ein Versprechen auf mehr verstanden. Selbst wenn sie so etwas wie eine Liebesbeziehung mit mir haben wollen würde, war es kaum zu übersehen, dass sie mit schweren psychischen Verletzungen zu kämpfen hatte. Wie gesagt, ich wollte sie wirklich nicht drängen. Und manchmal fragte ich mich, ob ich selbst das überhaupt wollte, ob ich das seltsame fragile Etwas, das wir zwischen uns gesponnen hatten, dadurch nicht zerstören würde und wir dann noch übler dran wären. Nach letzter Nacht schien es ganz danach auszusehen.

Wir gingen am nächsten Morgen nicht in die Tate. Wir schlichen uns nicht nach ein paar Stunden Schlaf zum Frühstück hinaus, wie wir es in den Tagen davor getan hatten. Wir packten schweigend, Holmes in Morgenmantel und Strümpfen und mit blassem Gesicht, und nachdem wir uns von meiner Mutter und meiner mit den Tränen kämpfenden kleinen

Schwester verabschiedet hatten, gingen wir schweigend zum Bahnhof. Wir fuhren in einem Privatabteil nach Sussex, wo sie eisern aus dem Fenster schaute und ich so tat, als würde ich lesen, bis ich es irgendwann aufgab. Ich machte niemandem etwas vor, schon gar nicht ihr.

Als wir schließlich in Eastbourne aus dem Zug stiegen, wurden wir von einer schwarzen Limousine erwartet.

Holmes drehte sich, die Hände in die Manteltaschen geschoben, zu mir um. »Es wird schon alles gut gehen«, murmelte sie. »Du wirst da sein, es kann also nur gut gehen.«

»Damit ›alles gut geht‹, wie du es nennst, wäre es vielleicht nicht schlecht, wenn wir miteinander reden würden.« Ich versuchte, nicht so verletzt zu klingen, wie ich mich fühlte.

Sie wirkte überrascht. »Ich rede gern mit dir«, sagte sie. »Aber ich kenne dich. Du hast ständig das Bedürfnis, alles bis ins Letzte zu klären und wieder geradezurücken, und genau das würde im Moment alles nur noch schlimmer machen.«

Als der Fahrer ausstieg, um unser Gepäck entgegenzunehmen, klopfte sie mir in ihrer zerstreuten Art auf die Schulter und trat ihm entgegen, um ihn zu begrüßen. Ich stand mit meinem Koffer in der Hand da und war wütend auf sie, weil sie entschieden hatte, dass wir lieber darüber schweigen sollten. Weil sie immer alles entschied. Sie behandelte mich, als wäre ich ihr Haustier, dachte ich und wurde von dieser welterschütternden Verlorenheit durchflutet, die ich schon seit Monaten nicht mehr gefühlt hatte.

Genau dieses Gefühl hatte mich überhaupt erst in diese ganze chaotische Charlotte-Holmes-und-Jamie-Watson-Sache hineingezogen und ich war durchaus noch in der Lage, die Ironie zu sehen, die darin lag.

***

Ihre Eltern nahmen uns bei unserer Ankunft nicht in Empfang, womit ich kein Problem hatte. Ich hätte es wahrscheinlich nicht geschafft, besonders freundlich zu ihnen oder sonst jemandem zu sein. Stattdessen kümmerte sich eine Haushälterin um uns, eine gepflegte, zurückhaltende Frau, die ungefähr im Alter meiner Mutter war. Sie nahm uns unsere Mäntel ab und führte uns nach unten zu Holmes' Räumen, und als wir mit dem Mittagessen fertig waren, das sie uns auf einem Tablett gebracht hatte, war es bereits dunkel.

Nachdem ich einige Zeit später meine spontane Unterrichtsstunde in osteuropäischer Geschichte bekommen hatte, stand ich nun auf einer Holzkiste, die die Haushälterin für mich organisiert hatte, damit sie mir die zu langen Beine von Milos Hose kürzen konnte. Holmes war bereits verschwunden gewesen, als ich in dem Anzug in ihr Zimmer zurückkehrte. Während die Haushälterin, ein Maßband um die Schultern gelegt, die Säume absteckte und ich unbehaglich dastand und versuchte, nicht herumzuzappeln, überlegte ich, wo Holmes sich versteckt haben könnte. Vielleicht spielte sie in einem Billardzimmer eine Runde Pool oder tastete sich mit verbundenen Augen durch einen Hindernisparcours, mit dem Holmes' Eltern Gerüchten zufolge die Geschicklichkeit ihrer Kinder trainierten. Vielleicht hockte sie im Kleiderschrank und futterte Schokoladenkekse.

»Fertig«, sagte die Haushälterin schließlich, richtete sich auf und betrachtete zufrieden ihr Werk. »Sie sehen sehr gut aus, Master Jamie. Der offen stehende Kragen steht Ihnen ganz wunderbar.«

»Bitte«, sagte ich und zupfte an meinen Ärmelaufschlägen, »nennen Sie mich nicht so. Können Sie mir vielleicht sagen, wo H ..., wo Charlotte ist?«

»Oben, nehme ich an.«

»Hier gibt es eine Menge *oben*.« Vor meinem geistigen Auge sah ich mich schon in dem geliehenen Anzug ziellos durchs Haus irren. Auch eine Art von Hindernisparcours. »Zweiter Stock? Dritter? Vierter? Ähm ... gibt es überhaupt einen vierten?«

»Versuchen Sie es im Arbeitszimmer ihres Vaters«, sagte sie und hielt mir die Tür auf. »Dritter Stock, Ostflügel.«

Gut möglich, dass ich es schneller von London nach Sussex geschafft hätte, aber ich fand sein Arbeitszimmer schließlich am Ende eines langen, mit Porträts gesäumten Flurs. Dieser Flügel hier fühlte sich älter an, düsterer als der Rest des Hauses. Die Gemälde blickten finster auf mich herab. Auf einem von ihnen waren Holmes' Vater und seine Geschwister um einen Tisch versammelt, auf dem sich Bücher stapelten. Alistair Holmes sah genau wie seine Tochter aus, ernst und reserviert, die Hände vor sich auf dem Tisch gefaltet. Der mit dem verwegenen Lächeln war zweifellos Leander, dachte ich und fragte mich, ob er schon da war. Ich hoffte es.

»Es ist offen«, hörte ich eine gedämpfte Stimme hinter der Arbeitszimmertür sagen, obwohl ich gar nicht geklopft hatte. Natürlich wussten sie, dass ich da war. Es war offensichtlich, dass in diesem Haus Geheimnisse gehütet wurden, ich selbst würde hier allerdings keine für mich behalten können, so viel stand fest.

Ich griff nach der Klinke und hielt inne. Direkt neben der Tür hing ein Porträt, das mir erst jetzt auffiel. Es zeigte Sherlock Holmes, der mit gekräuselten Lippen und einer Lupe in der Hand dasaß und dem es sichtlich gegen den Strich ging, sich malen zu lassen. Dr. Watson, mein Urururgroßvater, stand hinter ihm und hatte beruhigend eine Hand auf die Schulter seines Freundes gelegt.

Ich hätte es als positives Zeichen deuten können. Aber während ich auf diese Hand schaute, fragte ich mich, wie oft Sherlock Holmes wohl versucht hatte, sie abzuschütteln. *Die Watsons, Generationen von Masochisten,* dachte ich, bevor ich die Tür öffnete.

Der Raum war nur spärlich beleuchtet. Es dauerte einen Moment, bis meine Augen sich daran gewöhnt hatten. In seiner Mitte stand ein wuchtiger Schreibtisch, hinter dem sich wie mächtige Schwingen Bücherregale ausbreiteten. Vor all diesem gesammelten Wissen saß Alistair Holmes und musterte mich mit seinem wachen Blick.

Ich mochte ihn sofort, obwohl ich wusste, dass ich es nicht sollte. Nach allem, was ich über ihn gehört hatte, hatte er seine Tochter mit seiner strengen Erziehung und seinen hohen Erwartungen beinahe in den Tod getrieben. Aber er wusste über mich Bescheid. Ich erkannte es an dem abschätzenden Ausdruck auf seinem Gesicht, es war derselbe, den ich schon so oft an Charlotte Holmes gesehen hatte. Er sah mich als das, was ich war – ein nervöser Junge aus der Mittelklasse in einem geliehenen Anzug, und trotzdem steckte er mich in keine Schublade. Meine soziale Herkunft interessierte ihn nicht. Nach den ganzen Gefühlsturbulenzen der letzten Tage war es richtig angenehm, auf ein bisschen emotionalen Gleichmut zu treffen.

»Jamie«, sagte er mit einer überraschend hellen Stimme. »Bitte setzen Sie sich. Es freut mich, Sie endlich kennenzulernen.«

»Ganz meinerseits.« Ich nahm in dem Lehnstuhl ihm gegenüber Platz. »Vielen Dank, dass Charlotte mich mitbringen durfte.«

Er hob abwehrend eine Hand. »Selbstverständlich. Sie haben meine Tochter sehr glücklich gemacht.«

»Danke«, sagte ich, obwohl das so nicht ganz stimmte. Ich hatte sie glücklich gemacht oder glaubte es zumindest. Ich hatte sie aber auch unglücklich gemacht. Ich hatte sie im Arm gehalten, während unser Zufluchtsort abbrannte. Ich war zu ihren Füßen zusammengebrochen, zu schwach, um mich auf den Beinen zu halten, während Lucien Moriarty sie durch Bryony Downs glitzerndes pinkfarbenes Handy verhöhnte. *Das war nur zum Aufwärmen. Ich wollte herausfinden, was dir wichtig ist. Ich wollte wissen, wie bedingungslos dieser kleine Idiot dir vertraut. Ich bedrohe ihn und du küsst ihn. Einsatz der Streicher. Tosender Applaus. Vorhang.* Und jetzt hatte ich sie dazu getrieben, sich irgendwo in diesem riesigen, am Meer liegenden Haus zu verstecken, während ihr Vater die Art von Small Talk mit mir führte, die ihr so verhasst war.

»Gefällt Ihnen das Bild unserer gemeinsamen Vorfahren? Ich hörte, wie Sie stehen blieben, um es zu betrachten.«

»Sie sehen Sherlock Holmes sehr ähnlich. Jedenfalls auf den Bildern, die ich von ihm kenne«, sagte ich. Er nickte und ich hatte plötzlich das Bedürfnis, die Höflichkeiten zu überspringen und ein echtes Gespräch zu beginnen. »Ich musste dabei daran denken, wohin das alles geführt hat. Ich meine, jetzt sind es Charlotte und ich, die sich zusammengetan und einen Mordfall gelöst haben, an dessen Ende ein Moriarty stand. Es ist fast so, als würde die Geschichte sich wiederholen.«

»Es gibt eine Menge familiengeführte Unternehmen auf der Welt.« Er legte seine schlanken Finger aneinander und stützte sein Kinn darauf. »Väter geben ihre Schusterei an ihre Söhne weiter. Anwälte lassen ihre Töchter Jura studieren und machen sie zu Juniorpartnerinnen in ihrer Kanzlei. Wir mögen gewisse Affinitäten haben, die wir an unsere Kinder weitergeben, sei es durch Vererbung oder die Denkweise, die wir ihnen beibringen, aber ich glaube nicht, dass wir keinen Einfluss auf unser Schicksal haben. Es ist nicht so, als wären wir Sisyphus' Sprösslinge, die auf ewig dazu verdammt sind, einen

Felsbrocken den Berg hinaufzurollen. Schauen Sie sich Ihren Vater an.«

»Er ist im Vertrieb tätig«, sagte ich, während ich versuchte, mit seinen Gedankengängen Schritt zu halten.

Holmes' Vater zog eine Braue hoch. »Und die Frau, die das Porträt gemalt hat, das Sie im Flur bewundert haben, war Professor Moriartys Tochter. Sie hat es unserer Familie als Entschuldigung für die Verbrechen ihres Vaters geschenkt. Die Taten der Vergangenheit hallen vielleicht nach, dennoch sollten Sie daraus nicht schließen, dass unsere Wege vorbestimmt sind. Ihr Vater mag Gefallen daran finden, Kriminalfälle zu lösen, aber seit er in die USA gezogen ist, scheint ihn die Rolle des Beobachters glücklicher zu machen. Ich könnte mir vorstellen, dass es ihm geholfen hat, nicht länger Leanders Einfluss ausgesetzt zu sein. Mein Bruder ist ein echter Chaosstifter.«

»Wissen Sie, wann er kommt? Leander, meine ich?«

»Heute Abend oder morgen«, antwortete er mit einem Blick auf seine Uhr. »So genau kann man das bei ihm nie wissen. Er ist der Meinung, die Welt müsse sich seinen Bedürfnissen anpassen. In dieser Hinsicht sind er und Charlotte sich sehr ähnlich. Mit der Rolle des Beobachters geben sie sich nicht zufrieden. Oder damit, für Gerechtigkeit zu sorgen. Dass sie mit ihrem Tun anderen helfen, ist für beide zweitrangig.«

Gegen meinen Willen beugte ich mich fasziniert vor. Alistair Holmes war ein Relikt aus einer längst vergangenen Zeit – seine förmliche Ausdrucksweise, sein entschlossener, beinahe hypnotisierender Blick. Ich konnte mich seinem Bann nicht entziehen. »Und was glauben Sie, worum es Charlotte und Leander dann geht?«

»Sich in der Welt zu behaupten, das ist jedenfalls immer mein Eindruck gewesen.« Er zuckte mit den Achseln. »Unauffällig im Hintergrund zu agieren ist ihre Sache nicht. Irgendwie gelingt es ihnen immer, ins Rampenlicht zu treten. In diesem Punkt ähneln sie beide Sherlock wohl deutlich mehr als jeder andere von uns. Wissen Sie, ich bin lange für das Verteidigungsministerium tätig und der Urheber einiger kleiner internationaler Konflikte gewesen, trotzdem habe ich meinen Schreibtisch nur selten verlassen. Es genügte mir, Armeen in der Theorie auf Schlachtfeldern zu bewegen und es anderen zu überlassen, diese Konzepte in die Tat umzusetzen. Mein Sohn Milo geht einer ganz ähnlichen Beschäftigung nach. In vielerlei Hinsicht, sowohl im Guten als auch im Schlechten, folgt er meinem Ansatz.«

»Aber ist das wirklich besser?«, hörte ich mich fragen. Ich wollte ihn nicht provozieren; es rutschte mir einfach heraus. »Halten Sie es nicht für sinnvoller, die Konsequenzen des eigenen Handelns direkt mitzubekommen, um daraus zu lernen und in Zukunft klügere Entscheidungen zu treffen?«

»Sie sind ein gedankenvoller junger Mann«, sagte er, wobei ich mir nicht sicher war, ob er es auch so meinte. »Hätten Sie es für klüger gehalten, wenn ich darauf bestanden hätte, dass Charlotte nach dem Debakel mit August Moriarty hierbleibt und die Auswirkungen *ihrer* Taten mitansieht, statt sie fortzuschicken, um einen Neuanfang zu versuchen?«

»Ich ...«

»Es gibt viele Möglichkeiten, Verantwortung zu übernehmen. Wir müssen für unsere Vergehen nicht immer mit unserem Blut bezahlen oder damit, unsere Zukunft zu opfern. Aber ich höre Charlotte den Flur entlangkommen, vielleicht sollten wir also lieber das Thema wechseln.« Er sah mich mit leicht zusammengekniffenen Augen an. »Sie sind anders, als ich erwartet habe.«

»Was haben Sie denn erwartet?«, fragte ich und war plötzlich unsicher. Ich war nicht geschaffen für diese Art von Tiefsee-Konversationen auf finsterem Meeresgrund.

»Eher weniger.« Er stand auf und ging zum Fenster, schaute über die dunklen Hügel aufs Wasser hinaus. »Es ist wirklich schade.«

»Was meinen Sie damit?«, fragte ich, aber genau in dem Moment klopfte auch schon Holmes an die Tür.

»Mutter wird mich umbringen«, sagte sie, als ich ihr aufmachte. »Wir sollten schon seit fünf Minuten unten sein. Hallo, Dad.«

»Lottie«, sagte er, ohne sich umzudrehen. »Ich komme gleich. Warum gehst du nicht mit Jamie vor und zeigst ihm das Speisezimmer.«

»Natürlich.« Sie hakte sich bei mir unter. Es fühlte sich irgendwie distanziert an. Hatten wir immer noch Streit? Hatten wir uns überhaupt gestritten? Ich war es leid, mich das ständig zu fragen, außerdem spielte es sowieso keine Rolle, nicht solange wir mitten im Winter hier in diesem riesigen düsteren Haus ihrer Familie waren. Mich beschlich langsam das Gefühl, dass ich diese Woche ohne Holmes als meine Übersetzerin nicht überleben würde.

»Du siehst sehr hübsch aus«, sagte ich zu ihr, weil es die Wahrheit war – sie trug ein knöchellanges Kleid, hatte sich die Lippen dunkel nachgezogen und die Haare zu einem Knoten hochgesteckt.

»Ich weiß«, seufzte sie. »Ist das nicht furchtbar? Bringen wir es hinter uns.«

**

Emma Holmes redete nicht mit mir. Eigentlich redete sie mit niemandem. Mit ihrer linken, von funkelnden Ringen bewehrten Hand rieb sie sich immer wieder den Nacken. Die andere war mit ihrem Weinglas beschäftigt. Es wäre auch nicht weiter schlimm gewesen, hätte ich nicht das Gefühl gehabt, irgendwo in Sibirien zu sitzen, wenn ihr Speisezimmer Russland gewesen wäre (von der Größe kam das ungefähr hin).

Ich war zwischen Holmes' Mutter und der mürrisch vor sich hin starrenden Tochter der tschechischen Botschafterin gesetzt worden, ein Mädchen namens Eliska, das mich von oben bis unten gemustert und dann einen flehenden Blick an die Decke geworfen hatte. Entweder hatte sie sofort meine nicht vorhandenen finanziellen Ressourcen gerochen oder sich einen größeren, muskulöseren Jamie Watson erhofft, der ein bisschen mehr wie ein freiwilliger Feuerwehrmann und weniger wie ein ehrenamtlicher Bibliothekar aussah. Jedenfalls blieb es mir überlassen, Small Talk mit Holmes' Mutter zu betreiben, während Eliska leise über ihrem Essen seufzte.

Von Holmes – *meiner* Holmes, falls sie das überhaupt war – kam keinerlei Rückendeckung. Sie hatte das Essen auf ihrem Teller in kleine Stückchen geschnitten und war nun damit beschäftigt, sie neu anzuordnen, ihrem abwesenden Blick sah ich jedoch an, dass sie sich auf die Unterhaltung am anderen Ende des Tischs konzentrierte. Der einzigen Unterhaltung am Tisch, um genau zu sein, in der es um so etwas wie den Marktpreis für Picasso-Skizzen ging. Alistair Holmes berichtigte den leicht verschlagen wirkenden Kurator. Natürlich wusste er mehr über Kunst als jemand, der im Louvre arbeitete. Ich schaffte es nicht, die Energie aufzubringen, darüber erstaunt zu sein.

Ehrlich gesagt, konnte ich gar keine Energie aufbringen. Ich wartete weiter darauf, dass die Bedrohung, die ich an diesem Ort spürte, real wurde, dass sie zu etwas wurde, das ich sehen oder hören konnte, zu etwas, dem ich mich stellen konnte. Ich hatte mit einem kühleren Empfang gerechnet.

Dass die Holmes sich gegenseitig darin überbieten würden, mich an meinen intellektuellen Platz zu verweisen. Mich vorführen würden, mich durch einen Feuerreifen springen lassen würden wie bei einer Zirkusnummer. Stattdessen hatte ich ausgezeichnetes Essen und eine kryptische Unterhaltung mit Holmes' Vater bekommen. Ich dachte an ihre Warnung zurück, bevor wir hier ankamen, wurde aber nicht schlau daraus.

»Sherringford? Was für eine grauenhafte Schule«, sagte Alistair. »Ja, es ist schon eine Enttäuschung gewesen, aber wir hatten keinen Zweifel daran, dass Charlotte sich trotz der widrigen Umstände bewähren würde.«

Charlotte lächelte kalt und schmallippig.

»Bitte verzeihen Sie, dass ich heute so still bin«, sagte ihre Mutter mit leiser Stimme zu mir. »Ich mache gerade eine schwierige Zeit durch. Die ständigen Krankenhausaufenthalte. Ich hoffe, Sie genießen das Dinner.«

»Es ist großartig, danke. Tut mir leid, dass es Ihnen nicht gut geht.«

Das lenkte Charlottes Aufmerksamkeit schlagartig wieder auf mich. »Mutter«, sagte sie und schabte mit ihrer Gabel über den Teller. »Du könntest Jamie wenigstens ein paar der üblichen Fragen stellen. Das wird doch wohl nicht so schwer sein. Wie es ihm im Internat gefällt. Ob er Geschwister hat. Und so weiter.«

Ihre Mutter errötete. »Natürlich. Hatten Sie eine gute Zeit in London? Lottie ist so gern dort.«

»Wir hatten viel Spaß zusammen«, antwortete ich und warf ihrer Tochter einen finsteren Blick zu. Ihre Mutter schien sich wirklich alle Mühe zu geben. Sie tat mir leid, wie sie in diesem lächerlich riesigen Raum die Dame des Hauses spielen musste, obwohl sie eindeutig ins Bett gehörte. »Wir sind an der Themse entlangspaziert und in ziemlich vielen Buchhandlungen gewesen. Nichts zu Anspruchsvolles.«

»Ich war schon immer der Meinung, dass man sich nach einem schwierigen Schulhalbjahr eine Auszeit nehmen sollte. Nach allem, was ich gehört habe, war Ihres besonders schwierig.«

Ich lachte. »Das ist eine Untertreibung.«

Ihre Mutter nickte und schien einen Moment angestrengt nachzudenken. »Helfen Sie mir, James. Warum standen Sie und meine Tochter noch einmal unter Verdacht, diesen Jungen umgebracht zu haben? Wenn ich das richtig verstanden habe, hatte er Lottie angegriffen. Aber was um alles in der Welt hatten Sie mit dieser Sache zu tun?«

»Ich habe mich nicht freiwillig als Verdächtiger gemeldet, falls das Ihre Frage beantwortet.« Ich versuchte, einen leichten Tonfall zu bewahren.

»Nun, *mir* wurden als Grund alberne romantische Gefühle genannt, die Sie für meine Tochter gehegt haben sollen, aber ich verstehe immer noch nicht, wie das zu ihrer Verwicklung geführt hat.«

Es war, als wäre ich geohrfeigt worden. »Was? Ich ...«

Charlotte fuhr mit unveränderter Miene fort, das Essen auf ihrem Teller herumzuschieben.

»Das ist eine einfache Frage«, sagte ihre Mutter mit dieser leisen Stimme. »Komplizierter wäre die Frage, warum Sie ihr immer noch wie ein Schatten folgen, wenn sich diese Umstände aufgeklärt haben? Ich verstehe nicht, welchen Nutzen sie jetzt noch von Ihnen hat.«

»Ich bin mir ziemlich sicher, dass sie mich mag.« Ich betonte jedes meiner Worte. Nicht aus Gehässigkeit, sondern aus Angst zu stottern. »Wir sind Freunde, die die Weihnachtsferien zusammen verbringen. Daran ist nichts Ungewöhnliches.«

»Ah.« In diesem einzigen Laut steckte eine ganze Bandbreite von Bedeutungen: Zweifel, Spott, eine gesunde Dosis Geringschätzung. »Dabei hat sie gar keine Freunde. Es schadet natürlich nichts, dass Sie gut aussehen oder aus einer Familie stammen, die merklich an Einfluss eingebüßt hat. Ich nehme an, Sie würden ihr überallhin folgen. Diese Kombination muss für ein Mädchen wie unsere Lottie so unwiderstehlich wie *Katzenminze* sein. Ein treuer Anhänger für den täglichen Gebrauch. Aber was springt für Sie dabei heraus?«

In jeder anderen Situation, bei jedem anderen Menschen, wäre Holmes wie ein Panzer in diese Unterhaltung hineingebrettert. Es war nicht so, als wäre ich nicht selbst in der Lage gewesen, mich zu verteidigen, aber ich war so an ihre unerschrockene scharfsinnige Schlagfertigkeit gewöhnt, dass mir in dem Moment, in dem sie ausblieb, zu meiner eigenen Überraschung die Worte fehlten.

Sie blieb auch weiter aus. Holmes war abwesend. Ihr Blick hatte sich verdunkelt und wirkte weit weg, ihre Gabel folgte nach wie vor einem unsichtbaren Muster auf dem Teller. Wie lange hatte das schon in Emma Holmes gebrodelt? Oder war es ganz spontan aus ihr herausgebrochen, um ihre Tochter für ihr vorlautes Verhalten zu bestrafen?

Emma Holmes heftete den Blick ihrer tief liegenden Augen auf mich. »Wenn Sie irgendetwas aushecken. Wenn Sie im Auftrag von jemanden arbeiten. Wenn Sie etwas von ihr verlangen, was sie nicht erfüllen kann ...«

»Du musst nicht ...«, meldete Holmes sich endlich doch zu Wort – nur um sofort wieder unterbrochen zu werden.

»... wenn Sie ihr wehtun, werde ich Sie vernichten. Das ist alles.« Emma Holmes hob die Stimme und wandte sich an den Rest des Tischs. »Wo wir gerade beim Thema sind. Habe ich da eben den Namen Picasso gehört? Walter, warum erzählen Sie uns nicht von der Ausstellung, die Sie gerade vorbereiten?«

Es war nicht als Bestrafung gedacht gewesen. Sie hatte es aus Liebe zu ihrem Kind getan, das sie beschützen wollte, und diese Liebe war Furcht einflößend.

Ich beobachtete, wie Charlotte schaudernd die Schultern hochzog. Falls es im Hause Holmes bei Tisch immer so zuging, war es kein Wunder, dass sie nie Appetit hatte.

Auf der anderen Tischseite tupfte der Kurator sich den Mund mit seiner Serviette ab. »Picasso, ja. Alistair erzählte mir gerade von Ihrer privaten Sammlung. Sie befindet sich in Ihrem Haus in London? Ich würde sie mir gern einmal ansehen. Wie Sie ja wissen, war Picasso äußerst produktiv, er hat so viele Skizzen verschenkt, dass immer wieder neue Stücke ans Licht kommen.«

Holmes' Mutter wedelte mit der Hand. Ich kannte diese Geste von ihrer Tochter. »Vereinbaren Sie einen Termin mit meiner Sekretärin. Sie wird bestimmt eine Führung durch unsere Sammlung für Sie arrangieren können.«

Daraufhin schob ich meinen Stuhl zurück und entschuldigte mich für einen Moment. Ich musste mir, wie man es aus Dutzenden von Filmen kannte, ganz klischeehaft kaltes Wasser ins Gesicht spritzen. Zu meiner Überraschung legte Eliska ihre Serviette beiseite und folgte mir in den Flur.

»Jamie, richtig?«, fragte sie mit starkem Akzent. Als ich nickte, warf sie einen Blick über ihre Schulter, um sich zu vergewissern, dass wir allein waren. »Jamie, das hier ist so ein … Bullshit.«

»Das könnte man so sagen.«

Sie trat in die Gästetoilette und schaute sich im Spiegel an. »Meine Mutter hat gesagt, dass wir für ein Jahr nach England ziehen und dass ich meine Freunde nicht zu sehr vermissen werde, weil es ja nicht so lange ist, und dass ich neue Freunde finde. Aber alle hier sind tausend Jahre alt oder dumm oder stumm.«

»So sind nicht alle hier«, hörte ich mich sagen. »Ich nicht und Charlotte Holmes auch nicht. Jedenfalls normalerweise.«

Eliska rieb über eine Stelle an ihrem Mund, wo ihr Lippenstift etwas verschmiert war. »Vielleicht wenn sie woanders ist. Aber bei diesen Abendessen in diesen riesigen Häusern sind die Jugendlichen immer stumm. Das Essen ist sehr gut. Bei mir zu Hause ist das Essen schlecht und die Jugendlichen sind viel witziger.« Sie warf mir einen abwägenden Blick über die Schulter zu. »Meine Mutter und ich gehen in einer Woche zurück. Die Regierung hat einen neuen Job für sie. Komm mich doch besuchen, wenn du mal in Prag bist. Du – wie soll ich sagen? – tust mir leid.«

»Ich fand es schon immer toll, aus Mitleid eingeladen zu werden«, gab ich zwinkernd zurück, aber mein Herz war nicht bei der Sache. Eliska schien es zu merken. Sie warf mir ein kleines Lächeln zu und ging.

Als ich an den Tisch zurückkehrte, war Emma Holmes zu Bett gegangen. In der Zwischenzeit war der Nachtisch serviert worden, ein architektonisches Kunstwerk aus einem Käsekuchen in der Größe meines Daumennagels, und Alistair Holmes stellte seiner Tochter gerade eine Reihe unverfänglicher Fragen zu Sherringford. *Was hast du Neues in Chemie dazugelernt? Wie kommst du mit deinen Lehrern zurecht? Weißt du schon, wie du diese Erfahrungen in deine deduktive Arbeit einfließen lassen kannst?* Holmes antwortete einsilbig.

Schließlich konnte ich den Fragen nicht länger zuhören. Nicht wenn Charlotte Holmes mir genau gegenübersaß und einen ihrer Zaubertricks vollführte. Sie zog kein Kaninchen aus einem Zylinder oder verwandelte sich in jemand anderes.

Diesmal verschwand sie vollständig in ihrem samtbezogenen hohen Lehnstuhl, ohne auch nur einen einzigen Muskel zu rühren.

***

Ich erkannte sie nicht wieder. Nicht hier. Nicht in diesem Haus. Ich erkannte *mich* nicht wieder.

Vielleicht passierte so etwas, wenn man eine Freundschaft auf gemeinsamen Katastrophen gründete. Sie brach in dem Moment zusammen, in dem sich die Dinge richtigstellten, sodass man beinahe sehnsüchtig auf das nächste Erdbeben wartete. Tief in meinem Inneren wusste ich, dass es nicht nur das war. Aber mir war nach einer einfachen Lösung. Sich zu wünschen, dass einem von irgendwoher ein Mordfall vor die Füße fiel, war furchtbar, ich tat es trotzdem.

Nach dem Abendessen stand Holmes wortlos vom Tisch auf und ging. Als ich kurz darauf nachkam, war sie schon in ihrem Zimmer und hatte die Tür abgeschlossen. Ich klopfte ganze fünf Minuten lang an, ohne eine Antwort zu bekommen. Unschlüssig blieb ich noch eine Weile im Flur stehen. Von oben drang eine sich überschlagende männliche Stimme zu mir herunter – *Das können sie mit uns nicht machen. Das können sie uns nicht wegnehmen* –, gefolgt von einer zuschlagenden Tür.

»Na, das geht aber nicht«, sagte eine Stimme hinter mir. Ich fuhr erschrocken zusammen. Es war die Haushälterin, die mich dabei ertappte, wie ich wie ein verlorenes kleines Hündchen im Flur wartete. Sie begleitete mich zu meinem Zimmer. Ihre freundliche, sachliche Art brachte mich auf den Gedanken, dass sie es vielleicht gewöhnt war, Streuner aufzulesen.

Ich verbrachte die Nacht in einem riesigen Bett, das direkt gegenüber einer riesigen Fensterfront stand, die bei jedem Windzug klapperte. »Ich verbrachte die Nacht« traf es in diesem Fall genau – es wäre gelogen gewesen zu sagen, ich hätte dort geschlafen. Ich konnte nicht schlafen. Ich wusste jetzt, dass ich nicht der Einzige war, der sich schlimme Dinge wünschte. Jedes Mal, wenn ich die Augen schloss, sah ich, wie Holmes mit hängenden Schultern am Esstisch saß und durch reine Willenskraft aufhörte zu existieren. Es ließ mich nicht schlafen, weil ich wusste, dass es nichts gab, dass sie davon abhalten würde, eine Handvoll Tabletten zu schlucken und die Welt auszuschließen, wenn sie es sich erst einmal in den Kopf gesetzt hätte. Das hatte sie schon einmal getan, unter der Veranda meines Vaters. Ich konnte es nicht noch mal mitansehen.

Damals hatte ich sie zur Vernunft bringen können. Ich glaubte nicht, dass mir das jetzt wieder gelingen würde. Ich war im Moment der Letzte, von dem sie getröstet werden wollte, weil ich ein Kerl war und ihr bester Freund, und vielleicht wollte ich mehr als das sein, und mit jeder verstreichenden Stunde fügte sie der Mauer, die sie zwischen uns errichtete, einen weiteren Backstein hinzu.

Gegen zwei stand ich auf und zog die Vorhänge zu. Um halb vier zog ich sie wieder auf. Der Mond hing wie eine Laterne am Himmel und leuchtete so hell, dass ich mir das Kissen über den Kopf legte. Ich döste einen Moment lang weg und träumte, ich sei wach und würde immer noch auf die Landschaft von Sussex hinausstarren. Um vier wachte ich auf, glaubte aber, immer noch zu träumen. Holmes saß am Fußende meines Betts. Genauer gesagt saß sie auf meinen Füßen, wodurch sie mich praktisch ans Bett fesselte. Das hätte sexy sein können, aber erstens trug sie ein viel zu großes T-Shirt mit der Aufschrift CHEMISTRY IS FOR LOVERS, was nicht sexy, sondern bizarr war, und zweitens sah sie aus, als hätte sie geweint, was ebenfalls nicht sexy, sondern extrem besorgniserregend war.

Mein Hirn schlug automatisch den Holmes-Ratgeber meines Vaters auf. *28.: Wenn es einem nicht gut geht, sollte man es tunlichst vermeiden, bei Holmes Trost zu suchen, es sei denn, man möchte dafür getadelt werden, Gefühle zu haben. 29.: Wenn es Holmes nicht gut geht, sollte man sämtliche Feuerwaffen verstecken und ein neues Schloss an seiner Tür anbringen.* Ich richtete mich fluchend auf den Ellbogen auf.

»Nein«, sagte sie mit Grabesstimme. »Sag nichts und hör mir einfach einen Moment zu.«

Aber ich war zu aufgebracht, um ihr den Gefallen zu tun. »Oh, wir reden also wieder miteinander? Ich dachte nämlich, wir würden uns beim Dinner von deiner durchgedrehten Familie *ausnehmen* lassen und uns dann einfach den Rücken zukehren und wortlos gehen. Vielleicht könnte ich auch noch mal versuchen, dich zu küssen, damit ich wieder mit Schweigen bestraft werde ...«

»Watson ...«

»Würdest du bitte mit dem Theater aufhören? Es ist nicht mehr witzig. Das hier ist kein Spiel. Das ist nicht das verdammte neunzehnte Jahrhundert. Ich heiße *Jamie*, du brauchst nicht so zu tun, als wären wir Teil irgendeiner *Geschichte*, mir würde es schon reichen, wenn du so tun würdest, als würdest du mich mögen. Magst du mich denn überhaupt noch?« Es war mir peinlich, dass meine Stimme ganz rau wurde. »Oder bin ich bloß eine ... eine Requisite für das Leben, das du gern hättest? Denn ich weiß nicht, ob es dir aufgefallen ist, aber wir sind jetzt wieder im echten Leben. Lucien Moriarty ist in Thailand, Bryony Downs ist irgendwo weggesperrt und unsere größte Bedrohung besteht darin, morgen mit deiner verrückten Mutter zu frühstücken, ich würde etwas mehr Realitätsbezogenheit also sehr zu schätzen wissen.«

Sie zog eine Braue hoch. »Eigentlich bringt uns die Haushälterin das Frühstück aufs Zimmer.«

»Ich hasse dich«, sagte ich inbrünstig. »Du hast keine Ahnung, wie sehr ich dich hasse.«

»Sind wir jetzt fertig? Oder willst du dir erst noch die Kleider zerreißen?«

»Nein, ich mag die Hose.«

»In Ordnung. In Ordnung.« Sie atmete langsam ein. »Ich möchte Dinge von dir, auf geistiger Ebene, die ich körperlich nicht will. Das heißt, vielleicht will ich dich auf ... diese Art, aber ich kann es nicht. Ich ... will Dinge, von denen ich nicht möchte, dass ich sie will.« Ich spürte, wie sie ihr Gewicht verlagerte. »Und vielleicht will ich sie nur deshalb, weil ich glaube, dass *du* sie von mir willst, und ich habe Angst, dass du dich aus dem Staub machst, wenn du sie nicht bekommst. Keine Ahnung. Schlimm genug, dass ich die Kontrolle über meine eigenen Reaktionen verloren habe, aber ich weiß auch, dass ich dir wehtue. Was im Moment nicht meine Hauptsorge ist, um ehrlich zu sein, aber ich fühle mich schlecht deswegen. Du fühlst dich schlecht deswegen. Jedes Mal, wenn du mich anschaust, zuckst du zusammen. Und *das* hat meine Mutter mit Sicherheit so interpretiert, dass du irgendetwas gegen mich im Schilde führst, und als sie dich dann beim Dinner auseinandergenommen hat, habe ich mich insgeheim darüber gefreut, weil ich so *frustriert* wegen dir bin und es nicht zeigen darf. Dieses ganze Sich-im-Kreis-Drehen ist ermüdend, Watson, und es gibt keinen Ausweg, es sei denn, wir lassen einander los. Aber das ist keine Option für mich.«

»Für mich auch nicht«, sagte ich.

»Ich weiß.« Um ihren Mund zuckte es. »Das bedeutet wohl, dass wir uns dieses Gefängnis teilen.«

»Ich wusste, dass wir irgendwann in einem landen würden.« Der Mond versteckte sich hinter einer Wolke und der Raum war in völliges Dunkel getaucht. Ich wartete darauf, dass sie etwas sagte. Ich wartete sehr lange und sie beobachtete mich dabei, wie ich sie beobachtete. Wir waren schon immer der Spiegel des anderen gewesen.

Aber die Luft zwischen uns war nicht mehr ganz so aufgeladen. Sie war auch nicht mehr so erdrückend.

»Und was jetzt?«, fragte ich. »Du machst eine Therapie und ich kehre nach London zurück?«

»Ich hasse Psychologie.«

»Tja, im Moment würde sie dir, glaube ich, nicht schaden.«

Zu meiner Überraschung ließ sie sich neben mich fallen, die Augen hinter ihren dunklen Haaren verborgen. »Watson, was würdest du von einem Experiment halten?«

»Nicht viel, ehrlich gesagt.«

»Hör auf. Es ist nichts Kompliziertes«, sagte sie und vergrub das Gesicht im Kissen.

»Von mir aus. Schieß los.«

»Ich will, dass du meinen Kopf berührst.«

Ich stupste vorsichtig ihren Kopf an.

»Nicht so«, stöhnte sie, griff nach meiner Hand und legte sie sich wie beim Fiebermessen auf die Stirn. »So.«

»Warum genau tue ich das?«

»Du führst eine nicht sexuelle Berührung aus. Ungefähr so, wie ein Elternteil sein Kind berühren würde. Als du in Sherringford krank warst, hatte ich nicht das geringste Problem damit, mich zu dir zu legen, weil ich wusste, dass nichts passieren würde. Schau, ich zucke nicht zurück. Ich habe nicht das Bedürfnis, dich zu schlagen.« Sie klang erfreut. »Ich sollte meine Untersuchungsergebnisse protokollieren.«

»Moment mal«, sagte ich. »Heißt das, du wolltest mich neulich Nacht schlagen?«

Holmes hob den Kopf vom Kissen. »Ich will ständig irgendetwas schlagen.«

»Das tut mir leid.«

»Ich bin diejenige, die in die Rugbymannschaft eintreten sollte«, sagte sie nervös. Sie druckste ein bisschen herum, dann: »Ich, ähm. Ich möchte, dass du … mein Gesicht berührst. So wie du es neulich Nacht tun wolltest.«

Ich sah sie einen Moment lang an. »Ich will dir dabei helfen – was auch immer das, was wir hier tun, ist. Aber ich habe keine Lust, dein Versuchskaninchen zu sein.«

»Das möchte ich auch nicht. Ich will, dass du es verstehst.«

Aus irgendeinem Grund fühlte es sich gefährlich an zu atmen, also ließ ich es bleiben. Ich versuchte, nichts anderes zu rühren außer meiner Hand, die von ihren weichen, schimmernden Haaren zu ihrer Wange hinunterstrich. Ihre blasse Haut leuchtete im Dunkeln, doch als ich mit dem Daumen ihren Wangenknochen nachzeichnete, errötete sie leicht. Ich biss mir auf die Lippe und ihr Mund öffnete sich, und bevor ich darüber nachdenken konnte, strich ich mit den Fingerkuppen über ihre Lippen, und ihre Hände glitten meine Brust hinauf und zogen mich am Kragen meines Shirts zu ihr hinunter, bis ich mit meinem ganzen Gewicht auf ihr lag und meine Nase in ihrem Hals vergrub, und sie lachte leise, sie atmete aus und ihr Atem war sanft und ein bisschen scharf, und ich schob die Finger in ihre Haare, so wie ich es schon seit Monaten tun wollte, wie ich das alles schon so lange tun wollte, und sie hob den Kopf, als würde sie mich gleich küssen …

Und dann rammte sie mir ihren Ellbogen in den Magen und stemmte mich von sich herunter.

»Scheiße«, sagte sie, während ich nach Luft schnappte. Sie stieß einen weiteren Schwall Flüche aus und zog sich das Kissen übers Gesicht.

»Das war eine grauenhafte Idee.« Ich musste mich übergeben. Ich musste kalt duschen. Vielleicht würde ich kalt duschen und mich in die Wanne übergeben. Das klang nach einem großartigen Plan. Ich stand schwankend auf.

Sie nickte. Was ich daran erkannte, dass sich das Kissen auf und ab bewegte. »Komm wieder«, sagte sie.

Ich fuhr mir mit den Händen durch die Haare. »Gott. Warum?«

»Nur ...«

»Holmes ... ist alles in Ordnung mit dir? Ich meine, so wirklich richtig in Ordnung?« Die Frage war extrem dämlich, aber mir war keine andere Formulierung eingefallen.

»Findest du es nicht auch irgendwie unnormal, dass du derjenige bist, der mich das ständig fragt, und nicht meine Familie?«

»Ganz ehrlich? Absolut.«

Wir sahen uns an.

»Ihrer Meinung nach hätte mir so etwas erst gar nicht passieren dürfen«, sagte sie leise. »Nicht jemandem, mit meinen ... Fähigkeiten.«

»Es ist nicht deine Schuld«, sagte ich aufgebracht. »Gott. Hat dir denn nie jemand gesagt, dass es nicht deine Schuld ist? Von allen verkorksten Familien auf der ganzen Welt ...«

»Nicht wortwörtlich, nein. Nur angedeutet.«

»Das macht es nicht unbedingt besser.« Ich senkte den Blick. »Ich weiß, dass das nicht gerade dein Lieblingsthema ist, aber hast du schon mal darüber nachgedacht ...«

»Gesprächstherapie ist kein Allheilmittel. Genauso wenig wie Drogen. Oder sich zu wünschen, es wäre nie passiert.« Als ich sie wieder ansah, lag ein trauriges Lächeln auf ihrem Gesicht. »Watson. Komm zurück.«

»Warum? Und ich will eine richtige Antwort.«

Stöhnend zog sie das Kissen auf ihre Brust hinunter. »Weil ich im Widerspruch zu dem, wie ich gerade reagiert habe, eigentlich gar nicht will, dass du gehst.« Sie sah mich mit einem unheilvollen Ausdruck in den Augen an. »Außerdem will ich ... das nicht wieder tun. Ich will einfach schlafen, und wenn ich mich nicht irre, wird es uns viel leichter fallen, zu unserem gewohnten Umgangston zurückzufinden, wenn wir morgen nicht erst die ganzen Formalitäten durchgehen müssen.«

Vorsichtig setzte ich mich auf die Bettkante. »Ich denke immer noch, dass das wenig bis gar keinen Sinn ergibt.«

»Damit kann ich leben.« Sie gähnte. »Es dämmert schon, Watson. Komm schlafen.«

Ich schlüpfte wieder unter die Decke, sorgfältig darauf bedacht, ein paar Zentimeter Platz zwischen uns zu lassen. *Immer schön achtgeben, dass der Heilige Geist noch dazwischenpasst,* dachte ich leicht hysterisch. Ich war seit meiner Kindheit nicht mehr in der Kirche gewesen, aber vielleicht hatten die Nonnen damit ja nicht ganz falsch gelegen.

»Misst du den Platz zwischen uns ab?«

»Nein, ich ...«

»Das ist nicht witzig«, sagte sie, aber wie sie gerade festgestellt hatte, dämmerte es schon und wir waren völlig übermüdet, und ich spürte, dass sie versuchte, nicht zu lachen.

»Was wir brauchen, ist ein hübscher kleiner Mordfall«, sagte ich, ohne mich darum zu kümmern, wie schrecklich das klang. »Oder eine Entführung. Etwas, das Spaß macht, verstehst du, und uns von dem ganzen Kram ablenkt.«

»Dem ganzen Kram? Meinst du Sex?«

»Was auch immer.«

»Lena hat mir schon ein paarmal geschrieben. Sie überlegt, aus Indien hierherzufliegen und mit uns *shoppen* zu gehen.«

»Das ist keine Ablenkung. Das ist ein Grund, mich im Meer zu ertränken. Ich brauche eine Explosion oder so was.«

»Du bist ein sechzehnjähriger Junge«, sagte sie. »Ich fürchte, was wir brauchen, ist ein Serienmörder.«

Leander Holmes würde am nächsten Tag anreisen. Drei Tage später würde er verschwinden. Und noch wochenlang danach sollte ich mich fragen, ob wir uns all das, was im Anschluss passierte, selbst einbrockten, indem wir es uns gewünscht hatten.

3.

Als ich aufwachte, lag Charlotte neben mir und jemand anderes zog die Vorhänge auf.

Obwohl es auf einmal so hell war und obwohl ich wusste, dass ein Fremder im Zimmer war, konnte ich mich nicht dazu durchringen, den Kopf zu heben und nachzuschauen, wer es war. Ich fühlte mich, als hätte ich noch nicht einmal fünf Minuten geschlafen – als wäre es schon viel, wenn ich in den vergangenen fünf Monaten überhaupt mal länger als fünf Minuten geschlafen hätte –, und anscheinend reichte es meinem Körper jetzt.

»Ich will schlafen«, murmelte ich und rollte mich auf die andere Seite.

Das Licht wurde angeknipst. »Charlotte«, sagte eine leise, träge Stimme, »ich habe dir dieses T-Shirt nicht geschenkt, damit du den Spruch darauf für bare Münze nimmst.«

Ich öffnete ein Auge, aber der Mann, der sprach, stand im Gegenlicht, sodass ich ihn nicht richtig sehen konnte.

»Wahrscheinlich hast du erst gar nicht damit gerechnet, dass ich es überhaupt tragen würde«, antwortete Holmes, aber in ihrer Stimme schwang ein Lächeln mit. Keine Ahnung, wie sie es anstellte, aber sie sah kein bisschen müde aus; im Gegenteil, sie saß aufrecht neben mir, das Shirt über die Knie gezogen, sodass der »CHEMISTRY IS FOR LOVERS«-Schriftzug in die Breite gedehnt wurde. »Das ist das scheußlichste Weihnachtsgeschenk gewesen, das ich je bekommen habe, und das will etwas heißen.«

»Schlimmer als die Barbiepuppe, die Milo dir irgendwann mal geschenkt hat?«, entgegnete der Mann. »Gott, ich muss ein echtes Monster sein. Na komm, mein Gänschen. Stell mich deinem Freund vor, es sei denn, du willst weiter so tun, als wäre er unsichtbar, in dem Fall würde ich natürlich mitspielen.«

Holmes zögerte. »Kein Vortrag?«

Leander – es musste einfach Leander sein – lachte. »Du hast schon schlimmere Dinge ausgefressen, und es ist sowieso ziemlich eindeutig, dass ihr keinen richtigen Sex hattet. Das mag jetzt vielleicht etwas taktlos sein, aber dafür sind die Laken nicht zerknittert genug. Ich wüsste also nicht, wofür ich dir einen Vortrag halten sollte.«

Das war's. Ich würde ein Gesetz gegen Leute erlassen, die noch vor dem Mittagessen Deduktionen anstellten.

Als ich mich aufrichtete und mir die Augen rieb, kam Leander auf die andere Seite des Betts, sodass ich ihn endlich sehen konnte. Wir waren uns schon einmal an meinem siebten Geburtstag begegnet. Er hatte mir ein Kaninchen geschenkt. Alles, woran ich mich erinnern konnte, war ein großer Mann mit breiten Schultern, der sich fast die ganze Zeit lachend mit meinem Vater in einer Ecke unterhielt.

Dieser Eindruck galt auch weiterhin. Trotz der frühen Uhrzeit (der Wecker neben mir zeigte 7:15 an, weil die Welt es darauf anlegte, mich fertigzumachen) war er bereits tadellos gekleidet. Er trug einen perfekt sitzenden Blazer und in seinen Schuhen konnte man sich spiegeln. Unter seinem glatt nach hinten gekämmten Haar blitzten von Lachfältchen umgebene Augen. Er streckte mir die Hand hin.

»Jamie Watson«, sagte er. »Du siehst genauso aus wie dein Vater, als ich ihn damals kennenlernte. Was diese Situation nur umso seltsamer für mich macht, wärst du also so lieb, das Bett zu verlassen, das du mit meiner Nichte teilst?«

Ich stand hastig auf. »Wir sind nicht – ich bin nicht – freut mich sehr, Sie kennenzulernen.« Ich hörte Holmes hinter mir kichern und drehte mich zu ihr um. »Im Ernst jetzt? Du könntest mir ruhig ein bisschen Rückendeckung geben.«

»Dann soll ich ihm also die Details erzählen?«

»Soll ich dir eine Schaufel geben, damit du weiter mein Grab ausheben kannst?«

»Ich würde lieber dir weiter dabei zuschauen«, schoss sie zurück. »Du machst das nämlich ziemlich gut.«

Irgendetwas stimmte nicht. Unsere Sticheleien klangen fieser als sonst. Ich hielt inne, wusste nicht mehr, was ich sagen sollte.

Leander rettete mich. »Schluss jetzt, Kinder«, sagte er und öffnete die Tür. »Hört mit dem Gezanke auf oder ich mache euch kein Frühstück.«

Die Küche wirkte wie eine riesige Höhle und bestand ganz aus Metall, Marmor und Glas. Die Haushälterin war bereits damit beschäftigt, einen Teig auf der Arbeitstheke auszurollen. Keine Ahnung, warum es mich überraschte. Natürlich kochten Holmes' Eltern nicht selbst, sofern man das offizielle Dinner am Abend zuvor als Hinweis darauf nehmen konnte.

»Sarah, meine Liebe.« Leander gab ihr einen Kuss auf die Wange. »Sie haben doch nach dem Abendessen gestern wieder wer weiß wie lange hier unten geschuftet. Ich übernehme das. Wir lassen Ihnen das Frühstück aufs Zimmer bringen.« Er schenkte ihr ein unwiderstehliches Lächeln, das ich nur allzu gut kannte – es stammte aus dem Theatermanuskript *Charlotte Holmes wickelt dich um den Finger* und sollte verboten werden.

Die Haushälterin lachte und errötete, dann drückte sie ihm ihre Schürze in die ausgestreckte Hand und ging aus der Küche.

Holmes, die sich an die Theke gesetzt hatte, stützte das Kinn in die Hände. »Du kannst das viel besser als ich.«

Leander antwortete nicht sofort, sondern suchte erst eine von den Pfannen aus, die an einem Kupfergitter hingen.

Holmes verfolgte jede Bewegung seiner Hände. »Du weißt doch, dass es am besten funktioniert, wenn man das, was man sagt, auch so meint«, entgegnete er. »Spiegeleier?«

»Ich habe keinen Hunger.« Sie beugte sich vor. »Du hast da ein paar interessante blaue Flecken an deinem Handgelenk.«

»Stimmt«, sagte er, als hätte sie eine Bemerkung über das Wetter gemacht. »Jamie? Speck? Brötchen?«

»Oh Gott, ja. Gibt es hier auch irgendwo einen Wasserkessel? Ich brauche dringend einen Tee.«

Er zeigte mit dem Pfannenwender in Richtung Spüle und wir machten uns an die Arbeit und bereiteten ein Frühstück zu, von der eine ganze Kompanie satt geworden wäre. Holmes saß währenddessen mit prüfend zusammengekniffenen Augen da und zerlegte ihn in seine Einzelteile.

»Nur zu«, sagte Leander schließlich. »Lass hören, ob die Deduktionen, die du anstellst, korrekt sind.«

Sie verschwendete keine Zeit. »Deine Schuhe sind hastig zugebunden – der rechte ist anders geschnürt als der linke – und dein Blazer ist in den Armbeugen zerknittert. Du bist dir dieser Tatsachen genauso bewusst wie ich, du versuchst also entweder jemandem eine Botschaft zu schicken oder bist so abgespannt und müde, dass es dir egal ist, kein absolut perfektes Erscheinungsbild abzugeben, was wiederum bedeutet, dass du eine *ziemlich* harte Zeit hinter dir hast. Deine Haare sind erst vor Kurzem in Deutschland geschnitten worden. Schau mich nicht so an, der Schnitt ist viel avantgardistischer als sonst, außerdem hat Milo erwähnt, dich neulich gesehen zu haben. Also Berlin. Wenn du die Pomade weglassen würdest, würden sie dir genauso ins Gesicht fallen, wie den Sängern von diesen Emo-Bands, die Jamie so gut findet. Jetzt hört schon auf, mich so finster anzugucken. Ich weiß zufällig, dass Onkel Leander seit seiner Jugend immer zu demselben Friseur in Eastbourne geht.« Ungeduldig zog sie an ihren eigenen Haaren. »Du versteckst ein Hinken, solltest dich dringend mal wieder rasieren und – hast du etwa jemanden *geküsst*?«

Der Wasserkessel begann so laut zu pfeifen, dass niemand von den beiden hörte, wie ich lachte.

Leander machte eine missbilligende Geste mit dem Pfannenwender. »Charlotte.« Mir fiel auf, dass er der Einzige in der Familie zu sein schien, der sie nicht mit ihrem Spitznamen ansprach. »Kein Wort wirst du von mir erfahren, du hinreißendes Geschöpf, es sei denn, du frühstückst etwas mit uns.«

»Meinetwegen.« Ein Lächeln huschte über ihr Gesicht. »Du abscheulicher Kerl.«

Nachdem Leander der Haushälterin ein Tablett aufs Zimmer gebracht hatte, setzten wir uns an die Arbeitstheke und ich warf erneut einen verstohlenen Blick zu Holmes' Onkel. Sie hatte recht; er sah müde aus, die Art von Müdigkeit, die ich vergangenen Herbst selbst erlebt hatte, und zwar aus dem Gefühl heraus, mich nicht der Schutzlosigkeit ausliefern zu dürfen, die Schlaf mit sich brachte. Das und die Besorgnis, die er hinter seinem Showmasterlächeln zu verbergen versuchte. Ich fragte mich, wo er wohl gewesen war, bevor er nach Sussex kam.

»Ich war in Deutschland«, pflückte er den Gedanken prompt aus meinem Kopf. »In diesem Punkt hatte Charlotte recht. Man hat mich gebeten, einen Fälscherring auszuheben, der im Verdacht steht, Werke eines deutschen Malers aus den

1930er-Jahren zu vertreiben. Der Auftrag kam aus höchsten Regierungskreisen. Ich musste mir eine neue Identität zulegen. Das ist ein heikles Geschäft. Man muss das Vertrauen einiger gefährlicher Leute gewinnen *und* wissen, wie man mit scheuen Kunststudenten umgeht, die Bilder von Rembrandt fälschen, um sich ihren Lebensunterhalt zu verdienen.« Zu meiner Überraschung grinste er. »Ehrlich gesagt, macht es ziemlich viel Spaß. Als würde man *Looping Louie* spielen, nur mit Pistolen und einer Perücke.«

Holmes zupfte an den Manschetten seines Hemds und entblößte die blauen Flecken darunter. »Spaß. Verstehe.«

»Iss deinen Speck oder ich sage kein Wort mehr.« Er schob ihr ihren Teller hin. »Wie bereits erwähnt, hatte ich in den letzten Monaten nicht gerade mit den angenehmsten Leuten zu tun. Und um ehrlich zu sein, wollte ich diesen Fall eigentlich gar nicht übernehmen. So interessant er auch ist, er ist mit einer *Menge* Lauferei verbunden und meine Beine fühlen sich nun mal am wohlsten, wenn sie auf meiner Ottomane liegen. Ich finde Puzzles genauso spannend wie jeder andere, aber das ... tja, und dann habe ich mit deinem Vater zu Mittag gegessen, Jamie, und er hat mich davon überzeugt, den Fall anzunehmen. Wie früher, sagte er, als wir in Edinburgh noch gemeinsam herumschnüffelten. Er hat jetzt eine Familie, ist also weniger mobil als ich, aber ich habe ihm jeden Tag gemailt und ihn auf dem Laufenden gehalten und er hat mir dabei geholfen, die einzelnen Teile zusammenzufügen.«

»Tatsächlich?«, sagte ich entgeistert. »Er ist Ihnen eine Hilfe gewesen?« Mein Vater war leicht erregbar, verantwortungslos und nicht immer ganz klar im Kopf. Es fiel mir einigermaßen schwer, ihn mir als analytisches Genie vorzustellen.

Leander zog eine Braue hoch. »Glaubst du wirklich, ich würde ihn mit einbeziehen, wenn es nicht so wäre?«

Ich zog ebenfalls eine Braue hoch. Vielleicht war es so, aber vielleicht war er auch bloß das Publikum für Leanders Zaubershow. Bei den Holmes wusste man nie so genau, wo man stand.

Meine Holmes saß neben mir und zerrupfte ihr Brötchen. »Ja, aber die blauen Flecken. Und die Sache mit dem Küssen.«

»Verdeckte Ermittlungen«, sagte ihr Onkel mit dramatischer Stimme. »Extrem verdeckte Ermittlungen.«

Sie verzog das Gesicht. »Was machst du dann hier in England? Nicht, dass ich mich nicht freue, dich zu sehen.«

Leander stand von seinem Platz auf und sammelte unser Geschirr ein. »Weil dein Vater Kontakte hat, auf die ich mit meinen illegalen Mitteln nicht zugreifen kann. Und weil ich mir ein genaues Bild von Jamie machen wollte, da ihr ja jetzt anscheinend an der Hüfte zusammengewachsen seid. Morgens *und* nachts.«

Holmes zuckte mit den Schultern, die unter dem riesigen T-Shirt noch zerbrechlicher als sonst wirkten, und steckte sich ein winziges Stück von dem Brötchen in den Mund. Ich betrachtete sie, die zarte Linie ihres Arms, ihre Lippen, die vom Abend zuvor immer noch leicht geschwollen wirkten. Oder bildete ich mir dieses Detail nur ein und schmückte es aus, weil ich das Bedürfnis hatte, daraus eine Geschichte zu machen, und Ursache und Wirkung sah, wo es gar keine gab?

Sie hätte mich beinahe geküsst. Ich hatte es gewollt. Alles war gut.

»Wenn es überhaupt eine Rolle spielt«, sagte Leander, der mit hochgekrempelten Hemdärmeln an der Spüle stand, »meinen Segen habt ihr.«

Holmes lächelte ihn an und ich lächelte ihn auch an, weil keiner von uns beiden wusste, was er darauf erwidern sollte.

Es war, als würde die letzte Nacht in einem anderen Universum existieren. Eine einzige Stunde auf einer von einem Meer aus Unbehaglichkeit umgebenen Insel, auf der wir miteinander reden konnten, wie wir es immer getan hatten, und jetzt, wo wir die Insel hatten verlassen müssen, trieben wir wieder hilflos umher.

Die darauffolgenden Tage vergingen nur langsam, wie es meistens der Fall ist, wenn man eine Strafe absitzt. Tagsüber las ich auf einer sonnigen Fensterbank im Dienstbotentrakt den Faulkner-Roman, den ich mir mitgenommen hatte. Die Räume hier standen mittlerweile fast alle leer, ich musste mir also keine Sorgen machen, entdeckt zu werden. Was eine Erleichterung war. Mir war ziemlich schnell der Gesprächsstoff ausgegangen mit Holmes' Eltern. Ich fand ihre Mutter zwar nach wie vor Furcht einflößend, aber ich hasste sie nicht. Sie war krank und machte sich Sorgen um ihre Tochter.

Schließlich informierte Alistair uns, dass Emmas Zustand sich verschlechtert hatte. Sie aß nicht mehr mit uns, und als ich eines Abends vor dem Essen herunterkam, schoben Pflegekräfte gerade unter Leanders Anweisungen ein Krankenbett durch die Eingangstür.

»Ich dachte, sie hätte Fibromyalgie«, hörte ich wie aus dem Nichts Holmes' Stimme hinter mir sagen. »Bei Fibromyalgie braucht man keine häusliche Krankenbetreuung. Ich dachte ... ich dachte, es würde ihr besser gehen.«

Ich schaffte es, nicht zusammenzuzucken. Das machte sie neuerdings ständig, geisterte durch die Zimmer, in denen ich mich aufhielt, und sobald ich sie bemerkte, murmelte sie eine Entschuldigung und verschwand wieder. Also sagte ich nichts, versuchte nicht, sie zu trösten, beobachtete nur, wie Leander das Gesicht verzog, als einer der Krankenwärter das Bett gegen den Türrahmen rammte.

Von oben drang die laute Stimme eines Mannes. »*Aber die Offshore-Konten ... Nein, da mache ich nicht mit.*« Gehörte sie Alistair? Eine Tür schlug zu.

Es spielte keine Rolle. Als ich mich zu Holmes umdrehte, war sie schon wieder weg.

Einen Moment später stieß ich im Wohnzimmer auf Leander. Vielleicht klang »Wohnzimmer« ein bisschen zu nett für diesen Raum mit dem Kuhfellteppich, auf dem eine schwarze Couch und ein teuer aussehender niedriger Tisch standen. Ich war auf der Suche nach meiner abwesenden besten Freundin durchs Haus gestreift und fand stattdessen ihren Onkel und ihre Mutter.

Ich blieb überrascht in der Tür stehen. Hätte sie nicht in dem Krankenbett sein sollen, dass vorhin gebracht worden war? Stattdessen lag sie, die Handballen gegen die Stirn gepresst, hier auf der Couch.

»Das ist das letzte Mal, dass ich dir helfe«, sagte Leander, der über ihr stand, mit leiser, aufgebrachter Stimme. »Für alle Zeiten. Hast du verstanden? Das ist das allerletzte Mal. Kein Schulgeld mehr. Keine sonstigen Rettungsaktionen. Du hättest mich um alles bitten können, aber das ...«

Sie rieb sich übers Gesicht. »Ich weiß, was das Wort ›letzte‹ bedeutet, Leander«, sagte sie und klang in dem Moment exakt wie ihre Tochter.

»Und wann?«, fragte er. »Wann wirst du mich dafür brauchen?«

»Du wirst es wissen, wenn es so weit ist«, sagte Emma. »Schon bald.« Sie stand auf, hatte jedoch Mühe, sich auf den Beinen zu halten. Als wäre sie innerlich zusammengeschrumpft und bestünde nur noch aus einer verstaubten, leeren Hülle.

Leander bemerkte es ebenfalls und trat auf sie zu, um sie zu stützen, aber sie hob warnend eine Hand und verließ mit langsamen, schwerfälligen Schritten den Raum.

»Hallo, Jamie«, sagte Leander, der mir immer noch den Rücken zukehrte.

»Woher wussten Sie, dass ich es bin?«, fragte ich. »Ist langsam an der Zeit, dass ihr euch alle einen anderen Partytrick ausdenkt. Mit dem hatte ich mittlerweile fast schon gerechnet.«

»Setz dich«, sagte er und bedeutete mir, auf dem Sofa Platz zu nehmen. »Wo ist Charlotte?«

Ich zuckte mit den Achseln.

»Das dachte ich mir schon«, sagte er.

»Ist alles in Ordnung mit Mrs Holmes?«, fragte ich, um das Thema zu wechseln.

»Nein«, sagte er. »Wobei das wohl ziemlich offensichtlich ist. Erzähl mir, wie es deiner Familie geht. Ich stehe zwar in regelmäßigem Kontakt mit deinem Vater, aber ich würde es gern von dir hören. Wie geht es deiner reizenden kleinen Schwester? Ist sie immer noch nach diesen glitzernden bunten Plastikponys verrückt? James vermisst sie ganz furchtbar.«

»Shelby geht es gut«, sagte ich. »Sie hat die My-Little-Pony-Phase überwunden und malt jetzt Porträts von Hunden. Nächstes Jahr wechselt sie auf die Highschool.«

Leander sah mich lächelnd an. »James hat Andeutungen gemacht, sie nach Sherringford schicken zu wollen. Es wäre schön, euch beide am selben Ort zu haben. Sonntags zusammen zu essen. Am Wochenende zum Minigolfen zu gehen. Oder auf die Rollschuhbahn. Rollschuhlaufen ist doch eine Freizeitaktivität für die ganze Familie, oder?«

»Ähm, ja.« Ich war mir allerdings ziemlich sicher, dass es heutzutage Rollerskating hieß und ich lieber sterben würde, bevor ich so etwas tat.»Aber ich habe gehört, wie Sie vorhin ›Kein Schulgeld mehr‹ gesagt haben. Wir können es uns nicht leisten, Shelby nach Sherringford zu schicken. Nicht aus eigener Kraft. Und es ist kein Geheimnis mehr, dass Sie meine Internatsgebühren bezahlen.«

Sein Lächeln verblasste.»Das gilt nicht für deine Familie. Niemals. Ich würde deinem Vater bei allem beistehen, Jamie, weil ich weiß, dass er mich nie bitten würde … egal. Du kannst dir absolut sicher sein, dass du diesem Krieg nie zum Opfer fallen wirst. Dafür werde ich sorgen.«

Ein unsichtbarer Krieg mit unsichtbarem Blut. Oder zumindest nicht unseres, noch nicht. Lee Dobson hatte er bereits das Leben gekostet und mich hätte es ebenfalls um ein Haar erwischt.»Wie hat das alles überhaupt angefangen?« Die Frage beschäftigte mich schon seit Wochen.»Warum haben die Holmes August Moriarty überhaupt als Hauslehrer eingestellt? Ich weiß, es ging dabei um Publicity oder so was, aber wenn Sie alle sich so sehr hassen, warum hätten Holmes' Eltern dann dieses Risiko eingehen sollen?«

»Das ist eine ziemlich lange Geschichte.«

Ich lachte.»Mal schauen, ob ich das in meinem vollen Terminplan unterbringen kann, ich bin nämlich total damit beschäftigt, mich ignorieren zu lassen.« Genauso war es. Da konnte ich den Abend auch damit verbringen, ein paar Lücken auszufüllen, bei denen Holmes mir nicht helfen würde.

»In Ordnung«, sagte er,»aber zuerst machen wir uns einen Tee, vorher bekommst du kein Wort aus mir heraus.«

Zehn Minuten und eine Kanne Earl Grey später saßen wir wieder auf der Couch.

Irgendwo in der Ferne hörte ich das Meer rauschen.»Du bist mit den Fällen vertraut, bei denen Sherlock Holmes auf

Professor Moriarty traf, oder? Sherlock hat einige ›berüchtigte‹ Männer zu Fall gebracht, aber Moriarty war der, der ganz oben auf der Liste stand. Ein Mistkerl vor dem Herrn. Sämtliche anderen Verbrecher Englands entrichteten Schutzgeld an ihn. Er leitete ihre Aktionen, verwob ihre Fäden zu einem Netz. Und Sherlock konnte dank seiner begnadeten Deduktionsgabe die Spinne in diesem Netz aufspüren.« Er rieb sich gedankenverloren über die Schläfe. »Unterbrich mich, wenn du das schon mal gehört hast.«

»Ich habe es schon mal gehört«, sagte ich und blies auf meinen Tee. Die halbe Welt hatte es schon mal gehört. Sherlock Holmes' Kampf gegen den Professor; Holmes' und Dr. Watsons Flucht vor ihm in die Schweiz; mein Urururgroßvater, der über einem Wasserfall auf einer Klippe steht und sich fragt, ob sein bester Freund und Partner in den in die Tiefe stürzenden Wassermassen den Tod gefunden hatte. An diesem Tag verschwanden sowohl Holmes als auch Moriarty; Moriarty für immer und Holmes kehrte erst einige Jahre später in die Baker Street zurück, nachdem er auch den letzten Handlanger des Verbrecherkönigs ausgelöscht hatte.

So oder so ähnlich lautete die Geschichte.

»Als Kind habe ich diese Fixierung auf Moriarty nie verstanden«, sagte Leander. »In den Geschichten deines wunderbaren Urururgroßvaters wurde er nie erwähnt. Erst in ›Das letzte Problem‹, wo es den Anschein hat, als wäre er eine Erfindung, um all diese legendenumwitterten, außergewöhnlichen Verbrechen zu erklären, in denen Sherlock ermittelt hatte. Dann verschwand er wieder. In meiner Jugend sind sich unsere Familien eigentlich immer sehr höflich begegnet. Es war fast schon übertrieben. Sie hatten nicht den besten Ruf – das bleibt nicht aus, wenn man mit einem berüchtigten Nachnamen geschlagen ist, die Sünden der Vorfahren und so weiter. Aber *sie* waren nicht die Napoleons des Verbrechens. Das sagte ich auch meinem Vater.«

»Und was hielt er davon?«

Leander fuhr sich durch die Haare. »Nicht viel«, gestand er. »Er entgegnete, ihnen würde das Verbrechen im Blut liegen. Es herrschte vielleicht so etwas wie Frieden zwischen uns, als diese Sache mit August anfing, aber davor hatten wir immer wieder irgendwelche Fehden mit ihnen ausgetragen, praktisch während des ganzen zwanzigsten Jahrhunderts.«

»Hatten wir? Ich meine, hatten Sie?«, korrigierte ich mich, denn meines Wissens hatten die Watsons das zwanzigste Jahrhundert vor allem damit verbracht, ihr spektakuläres Vermögen beim Kartenspielen durchzubringen.

»Sieh es mir bitte nach, falls ich die Daten durcheinanderbringe«, Leander nippte an seinem Tee, »aber 1918 beschafft sich Fiona Moriarty als Mann verkleidet einen Posten als Wächter in Sing Sing. Sie soll sich unter ihrer Kostümierung Mehlsäcke um die Taille gebunden haben, um kräftiger zu wirken. Ein brillanter Coup. Zwei Monate später, nachdem sie die übelsten Verbrecher der Welt angeworben und alles an Informationen gesammelt hatte, was sie brauchte, kündigt sie ihren Job, wird zwei Wochen später – als *anderer* Mann verkleidet – am helllichten Tag bei einem Banküberfall verhaftet und landet wieder in Sing Sing, diesmal in einer Zelle. Noch in derselben Nacht flüchtet sie mit zwanzig anderen Häftlingen durch einen Tunnel, den sie in den vorangegangenen zehn Tagen gegraben hatte. Ein Tunnel, der unter dem Hudson River entlanglief.«

Ich stieß einen leisen Pfiff aus. »Und, gelang die Flucht?«

Er grinste. »Tunnel haben zwei Ausgänge, nicht wahr? Mein Urgroßvater hatte am anderen Ende ein Lagerfeuer entfacht. Die armen Häftlinge rannten alle schreiend in ihre Zellen zurück. Dachten, sie hätten ihre Freiheit gefunden ... stattdessen fanden sie jede Menge Rauch. Fiona Moriarty wanderte ebenfalls wieder hinter Gitter. Ihr Plan war raffiniert gewesen. Gut fünf dieser Gefängnisinsassen hatten für ihren Vater gearbeitet. Männer, die zum innersten Zirkel gehörten und dabei geholfen hatten, sie großzuziehen. Die nach dem Tod ihres Vaters nach Amerika flohen, um dem langen Arm von Sherlock Holmes zu entkommen.« Leander zog eine Braue hoch. »Gefühle. Sie werden einem am Ende immer zum Verhängnis.«

Er klang, als würde er eine Zeile zitieren. »Das glauben Sie doch nicht wirklich«, sagte ich.

»Sie hat es am Ende mit Sicherheit geglaubt. Das Komische daran ist, dass Fiona *stinkreich* war. Sie hatte genügend Geld, um die Richter zu bestechen. Um die Polizei zu bestechen. Um die korrupten Politiker von Tammany Hall zu bestechen. Und sie versuchte es auch, aber niemand wollte ihr Geld anrühren. Die Angst vor den Konsequenzen, die von unserer Seite drohten, war zu groß. Schlussendlich schrieb einer von ihnen seinem alten Freund Henry Holmes, der das nächste Schiff nach Amerika nahm und ihren Ausbruch gerade noch rechtzeitig vereitelte.«

»Und das war bestimmt nicht das Ende der Geschichte.«

»Nein. Es geht so weiter. 1930. Glasgow. Der Tresorraum einer Bank. Alle Täter werden gefasst, aber die Juwelen sind verschwunden. Und jetzt rate mal, wer sich in der High Society mit einer Million Pfund schweren Rubinen zeigte?« Er lachte, als er meinen Gesichtsausdruck sah. »Jamie, du hast zu lange in Amerika gelebt. Sterlingpfund. Die Währung. Offenbar hatte einer ihrer Handlanger die Rubine mithilfe eines Flaschenzugs durch die Kanalisation zu ihnen befördert. Quentin Moriarty beteuerte, die Juwelen seiner Frau würden aus einer Erbschaft stammen, aber Jonathan Holmes widerlegte diese Behauptung durch zwei Ratten, ein Skalpell und ein Damentaschentuch. 1944 – die Moriartys plündern während des Zweiten Weltkriegs europäische Museen; 1968 – sie leiten den Vorsitz des Nobelpreis-Komitees; 1972 – meine ältere Schwester Araminta wird beauftragt eine Reihe von Nachrichten zu dekodieren, die mit dem Bacon-Chiffre verschlüsselt sind. Darin ging es um den Verkauf nuklearer Sprengköpfe. An *Walter Moriarty*. Aber was bitte schön sollte ein Moriarty mit Sprengköpfen anfangen? Vermutlich sie gewinnbringend weiterverkaufen. Er wurde vor Gericht gestellt. Zwei Geschworene entwickelten eine seltene Krebsart. Die Frau des Richters verschwand. Alles ganz still und leise. Nichts davon erschien in den Medien. Und dann brachte jemand alle drei Katzen von Araminta um.«

»Gott«, sagte ich. »Das ist ja schrecklich.«

»Sechzehn Wochen später wurde Walter Moriarty aus dem Gefängnis entlassen. Es war eine absolute Farce. Und dennoch – und das darfst du nie vergessen – war nicht jeder aus dieser Familie schlecht.« Er schenkte sich noch eine Tasse Tee ein. »Eigentlich gab es immer nur ein schwarzes Schaf pro Generation. Der Rest ... tja. Als ich jünger war, kannte ich einen Patrick Moriarty. Wir begegneten uns auf einer Party in Oxford, betranken uns und redeten über das böse Blut, das zwischen unseren Familien herrschte – wobei man das damals nicht mit jetzt vergleichen kann. Er sagte, der entscheidende Unterschied zwischen uns sei, dass die Holmes herzlose Optimisten und sie hedonistische Pessimisten wären.«

»Herzlose Optimisten?« Wie eine Optimistin wirkte meine Holmes nicht gerade.

»Kennst du diese alte Darstellung der Justitia? Mit den verbundenen Augen und der Waage? Aus schimmerndem Kupfer, unberührbar. So ungefähr habe ich mir uns immer vorgestellt. Um Gerechtigkeit über andere Menschen bringen zu können, muss man sich von ihnen distanzieren. Nicht alle Holmes sind Detektive. Bei Weitem nicht. Die meisten von uns landen im Staatsdienst. Manche gehen in die Forschung, andere werden Juristen. Ein wirklich staubtrockener Cousin verkauft Versicherungen. Aber wenn wir Detektivarbeit leisten, neigen wir dazu, uns außerhalb des Gesetzes zu bewegen. Wir haben unsere eigenen Quellen. Und manchmal, wenn das Recht nicht greift, werden wir selbst zum Richter. Bei dieser Art von … Machtausübung sollte man sich nicht von Gefühlen leiten lassen. Was würden sie einem nützen, wenn man einen Mann aus dem Weg räumen müsste, von dem man weiß, dass er ein hungerndes Kind hinterlässt? Darüber hinaus neigen wir von Natur aus nicht zu Überschwang. Wir sind vor allem Verstandesmenschen. Der Körper dient lediglich dazu, uns von einem Ort zum nächsten Ort zu bringen. Aber im Laufe der Zeit haben wir Kalk angesetzt. Immer nur auf uns selbst fixiert zu sein, ließ uns spröde werden. Vielleicht konnten wir unsere Aufgaben dadurch besser ausführen. Denn man tut diese Art von Arbeit nicht, wenn man nicht davon überzeugt ist, dass sie wirklich etwas bewirkt und die Welt zu einem besseren Ort macht. Und man ist nicht davon überzeugt, die Welt verbessern zu können, wenn man nicht ein *gigantischer* Egomane ist.«

»Und die Moriartys?«

Leander betrachtete mich über den Rand seiner Teetasse. »Sie besitzen einen Haufen Geld und einen Familiennamen, der sie zu Geächteten machte, und einige von ihnen wuchsen zu genialen Köpfen heran. Also fühlen sie sich dazu berechtigt, sich nur das Beste auf dieser Welt zu nehmen. Ziehe deine eigenen Schlüsse daraus, mein lieber Watson. Aber es gibt erst seit dieser Generation so viele unfassbar verkommene Exemplare auf einmal. Ich vermisse solche Moriartys wie Patrick«, sagte er und lachte kurz. »Er wurde Fondsmanager. Wir reden hier von geringfügigeren Vergehen. Krumme Börsengeschäfte, Veruntreuung, et cetera. Und die, mit denen wir es jetzt zu tun haben … tja, August war ein netter Bursche, viel netter, als Patrick es je hätte sein können. August war geduldig mit Charlotte. Hatte einen messerscharfen Verstand. Als Emma und Alistair ihn einstellten, blickte Alistair gerade in das Auge eines Medienorkans und wir brauchten etwas, mit dem wir unser Ansehen in der Öffentlichkeit wiederherstellen konnten. Es hatte seit zwanzig Jahren keine Zusammenstöße mehr mit den Moriartys gegeben. Erinnerungen verblassen. Zu der Zeit schien es eine gute Idee zu sein.«

»Das wird wohl auf einigen Grabsteinen stehen, bevor diese Sache hier zu Ende ist«, sagte ich.

»Du hast einen ganz schön beißenden Humor.« Sein Blick wurde versonnen. »Ich frage mich allerdings, ob du womöglich nicht recht hast. Der Kreislauf beginnt wieder von vorn.«

»Und was ist mit meiner Familie?«, fragte ich. »Haben wir überhaupt keine Rolle mehr in all dem gespielt?« Mir war klar, dass ich mich wie ein kleines Kind anhörte, aber ich war mit den Geschichten um Sherlock Holmes groß geworden. Mein Vater bezeichnete sich selbst als Ex-Schnüffler. In meiner Vorstellung hatten wir in all den Jahren immer im Mittelpunkt des Geschehens gestanden und Seite an Seite mit den Holmes für die gute Sache gekämpft.

»Lange Zeit nicht, nein«, antwortete Leander. »Vielleicht weil die meisten von uns zu verkopft waren. Zu distanziert. Unsere Familien waren einander wohlgesonnen, sicher, aber es wurden keine Freundschaften zwischen uns geknüpft. Nicht bis ich deinen Vater kennenlernte. Und bis du Charlotte begegnet bist.«

Ich seufzte. Ich konnte nicht anders.

Er beugte sich vor und klopfte mir auf die Schulter. »Du tust ihr gut. Lass ihr einfach ein bisschen Freiraum. Das Konzept Freundschaft ist neu für sie. Ich glaube, du bist der Erste, den sie so nah an sich heranlässt.«

Also versuchte ich, ihr ein bisschen Freiraum zu geben.

Vormittags mein Faulkner-Roman und nachmittags Stille, wenn ich durch die Bibliothek der Holmes streifte und Bücher herauszog, die ich gern gelesen hätte, aber nie lesen würde, weil es immer wertvolle Erstausgaben mit Goldschnitt und hauchdünnen Seiten waren, Bücher, die dazu bestimmt waren, angeschaut und nie aufgeschlagen zu werden. Ich hatte Angst, irgendetwas daran kaputt zu machen. Es gab so vieles, vor dem ich Angst hatte. Davor, womöglich ohne Holmes' Freundschaft klarkommen zu müssen, wenn wir in ein paar Wochen wieder in Sherringford sein würden. Davor, dass das bedrohliche Gefühl, das mir ständig im Nacken saß, ein Vorbote für einen bevorstehenden Verlust sein könnte. Das alles machte mich so fertig, dass ich das Gefühl noch nicht einmal abschütteln konnte, wenn ich abends beim Essen neben Leander saß, der Emma Holmes' Platz eingenommen hatte. Er versuchte mich mit schlüpfrigen Anekdoten über meinen Vater aufzumuntern, in denen es am Ende immer darauf hinauszulaufen schien, dass einer den anderen gegen Kaution aus dem Gefängnis holen musste.

»Ich habe mir nie die Mühe gemacht, mir eine *Lizenz* zu besorgen, und die Polizei arbeitet nicht gern mit Amateuren.« Er grinste vor sich hin. »Die Klienten dagegen schon. Sie waren geradezu versessen darauf. Erinnere mich, dir von der

Sache mit deinem Vater und der rothaarigen Löwenbändigerin zu erzählen.«

»Bitte«, sagte ich, »bitte, bitte nicht.«

Und Holmes? Sie war da und doch nicht da. Stumm wie eine Krähe auf einer Stromleitung. Ihr Vater unterhielt sich auf Deutsch mit dem Gast, der an diesem Abend zum Dinner eingeladen war, ein Bildhauer aus Frankfurt, der kein Englisch sprach. Jeden Abend war es ein anderer Gast, manchmal auch zwei, und sobald das Essen vorbei war, zogen Leander und Alistair sich mit ihnen ins Arbeitszimmer zurück und schlossen die Tür hinter sich. Es schien immer ewig zu dauern, bis sie endlich aufstanden und gingen und wir uns ebenfalls zurückziehen konnten.

Dann war wieder ein Tag geschafft und Holmes und ich kehrten auf mein Zimmer zurück und waren plötzlich wieder in der Lage, miteinander zu sprechen.

Am ersten Abend stand sie auf, strich ihren Rock glatt und warf mir einen langen Blick zu, bevor sie den Raum verließ und den Flur hinunterging. Ich folgte ihr wie in einem Traum, verlor sie, als sie auf den langen, verschlungenen Fluren des Hauses um eine Ecke bog. Aber ich wusste, wo ich sie finden würde. Und so war es auch. Sie saß im Gästezimmer am Fußende meines Betts und schlüpfte aus ihren Schuhen. Den Blick auf mich gerichtet, ließ sie einen davon von ihrem Finger baumeln und biss sich auf die Unterlippe. Es hätte lächerlich sein sollen, aber stattdessen löste es ein Brennen in meiner Brust aus.

»Hi«, sagte ich mit rauer Stimme, weil mein Mund plötzlich so trocken war.

»Hi«, sagte sie und hob ein Lexikon auf, das auf dem dunklen Boden nicht zu sehen gewesen war. »Was weißt du über die Bhagavad Gita?«

Nichts.

Ich wusste nichts über ein siebenhundert Strophen langes Sanskrit-Epos oder warum ich mich an einem Dienstag um Mitternacht im Haus ihrer Eltern dafür interessieren sollte, nachdem sie in der Nacht zuvor wie eine Erscheinung in mein Bett geschlüpft war und mich auf sich gezogen hatte. Sie blieb wach und las mir aus dem Lexikon vor, bis ich zu einem harmlosen Ball zusammengerollt einschlief.

Am nächsten Abend war es *Tausendundeine Nacht.*

Keine Holmes am nächsten Morgen; noch mehr Dunkelheit, wenn ich die Vorhänge aufzog. Noch mehr Faulkner auf der Fensterbank, während Maus, Holmes' Katze, zu meinen Füßen saß und mich anstarrte. Ich fragte mich, ob sie mich durch die Augen der Katze beobachtete. Ich fragte mich, ob ich in einer Endlosschleife festhing, einem Experiment, einem nicht enden wollenden Albtraum. Wenn ich durch die Flure stromerte, hörte ich sie Geige spielen, aber sie war weder in ihrem chaotischen kleinen Reich im Kellergeschoss noch im Wohnzimmer. Sie war nirgendwo. Die Arpeggios, die sie spielte, stiegen im Haus empor, als würden sie aus seinem Fundament kommen.

Ich wanderte wie ein viktorianischer Geist umher. Als ich einmal durch den Flur mit den Porträts kam, der zu Alistairs Arbeitszimmer führte, hörte ich, wie er sagte: *Er wird sie nicht noch einmal anrufen.* Daraufhin antwortete Leander: *Ihr werdet nicht von hier fortmüssen. Das lasse ich nicht zu.* Irgendwie schien es immer um Geld zu gehen, Geld, das auf dem Spiel stand, das Familienanwesen, aber ich konnte mir absolut keinen Reim darauf machen. Ich war von Reichtum umgeben. Von Macht. Warum dann dieses ganze erregte heimliche Getuschel? Verteidigte man so seine Trophäen, wenn man sie einmal gewonnen hatte?

Ich ertappte mich dabei, wie ich mir die Zugfahrpläne nach London anschaute. Bis Heiligabend war es nur noch eine Woche und ich wusste, dass Mum Shelby eine Staffelei schenken würde. Es wäre schön, ihr beim Auspacken zuzuschauen. Ich könnte nach London fahren, dachte ich. Ich könnte Lena anrufen und fragen, ob sie bei Tom – ihrem Freund und meinem Zimmergenossen aus Sherringford – war. Es wäre eine Wohltat, sie zu sehen. Wir würden pokern. Uns gnadenlos betrinken. Ich fragte mich, ob er womöglich der einzige Freund war, den ich noch hatte. Der Scheißkerl, der mich den ganzen Herbst über gegen Bezahlung ausspioniert hatte. Und in dem Moment wusste ich, dass ich auf der Stelle etwas kaputt machen musste.

So kam es, dass ich draußen am künstlich angelegten Teich der Holmes endete. Es war vier Uhr nachmittags, also schon stockdunkel, und ich traute mir nicht zu, den Weg zum Meer hinunter zu finden. Existierte es überhaupt oder war es nur ein Geräusch, eine schemenhaft in der Ferne drohende Masse? Es spielte keine Rolle. Ich brauchte es nicht. Alles, was ich brauchte, waren die großen Steine um diesen Teich, meine Finger, um sie aus der schlammigen Erde zu graben, und meine Arme, um sie in das schwarze Wasser zu schleudern.

Als Leander mich fand, hatte ich mir gerade eine Axt aus dem in der Nähe stehenden Werkzeugschuppen geholt und schaute mich nach etwas anderem um, an dem ich mich abreagieren konnte.

»Jamie.« Er war so klug, es aus einiger Entfernung zu rufen.

»Leander«, sagte ich. »Nicht jetzt.« Unter den Bäumen lagen so viele abgebrochene Äste und Zweige, dass es mich eine Weile beschäftigen würde. Ich trat gegen einen der Hau-

fen und suchte nach den größten und dicksten Ästen, denen, die Widerstand leisten würden.
»Was machst du da?«
Ich warf ihm einen Blick zu. Er hatte die Hände in die Taschen geschoben und von seinem sonst so verschmitzten Lächeln fehlte jede Spur. »Ich bringe meine Wut auf gesunde Weise zum Ausdruck«, antwortete ich sarkastisch. »Also lassen Sie mich verflucht noch mal in Frieden.«
Er tat mir den Gefallen nicht. Stattdessen trat er einen Schritt näher. »Ich könnte dir einen Sägebock aus dem Schuppen holen.«
»Nein.«
»Oder einen Mantel.«
»Hauen Sie ab.«
Noch ein Schritt. »Ich könnte dir eine größere Axt besorgen?«
Ich hielt inne. »Okay, von mir aus.«
Wir arbeiteten schweigend, schlugen zuerst die verdorrten Triebe von den dickeren Ästen ab und siebten die mit Astlöchern aus. Da kein Hackklotz zur Verfügung stand, stützte ich den ersten Ast rechts und links mit ein paar Steinen ab, damit er aufrecht stehen blieb. Dann schwang ich die Axt über den Kopf und hieb sie mit ganzer Kraft ins Holz.
Ich sah kaum, was ich tat, hörte nichts außer dem rauschenden Blut in meinem Kopf. Ich spaltete den nächsten Ast, den Leander für mich bereitlegte, und den nächsten und den nächsten, spürte, wie das Brennen in meinen Schultern immer heftiger wurde, bis es schließlich von einer unglaublichen, alles Denken abschaltenden Erschöpfung abgelöst wurde. Ich hielt inne und rang nach Luft. In den Innenseiten meiner Hände hatten sich blutende Blasen gebildet. Zum ersten Mal seit Tagen fühlte ich mich wieder wie ich selbst und ich ließ

mich einen Moment lang von diesem Gefühl durchdringen, bevor es verflog.

»Tja«, sagte Leander und klopfte seine Sachen ab. »Zu schade, dass es im Haus nur Gaskamine gibt, sonst wärst du jetzt ein ziemlicher Held.«

Ich setzte mich auf den Holzstapel. »Ich will gar kein Held sein.«

»Ich weiß«, sagte er. »Aber ein Held zu sein ist manchmal einfacher als nur ein Mensch.«

Gemeinsam schauten wir zu dem auf dem Hügel thronenden Haus hinauf.

»Ich dachte, Sherlock Holmes hätte Bienen gezüchtet«, sagte ich. *Ich könnte alle Bienenstöcke aufmachen. Ich könnte sie in dieses furchtbare Speisezimmer treiben und sie an den Wänden Honigwaben bauen lassen.* »Ich sehe hier aber nirgends welche.«

»Sein Cottage gehört jetzt meiner Schwester Araminta. Es liegt die Straße runter«, sagte er. »Ich bin nicht besonders oft dort. Sie hat nicht so gern Besuch.«

Ich hob versuchsweise einen Arm an und streckte ihn. »Scheint, als hätten Sie die ganzen netten Gene in der Familie abbekommen.«

»Alistair hat auch einen kleinen Anteil geerbt, zusammen mit dem Familienanwesen.« Seine Stimme hatte einen bitteren Unterton. »Aber ja, du hast recht. Ich habe Freunde. Ich veranstalte Partys. Ich verlasse schockierenderweise hin und wieder mein Haus. Und wenn meine Deduktionen korrekt sind, bin ich der einzige Holmes in jüngerer Vergangenheit, der sich verliebt hat.«

Ich öffnete den Mund, um nach Charlottes Eltern zu fragen, besann mich dann aber eines Besseren. Falls die beiden sich liebten, schien es nicht relevant zu sein.

»Sind Sie noch mit ihm zusammen?« Ich zögerte. »Es war doch ein Er, oder?«

Leander seufzte und setzte sich neben mich. Der Holzstapel schwankte unter unserem gemeinsamen Gewicht. »Was willst du von Charlotte?«

»Ich ...«

Er hob einen Finger. »Und komm mir jetzt nicht mit ›Beziehung‹ oder ›Freundschaft‹. Diese Begriffe sind zu vage. Sei konkret.«

Ich hatte nicht die Absicht gehabt, irgendetwas davon zu sagen, sondern dass er sich aus unseren Angelegenheiten heraushalten sollte. Aber es war nicht mehr *unsere* Angelegenheit.

»Sie macht mich zu einem besseren Menschen. Ich mache sie zu einem besseren Menschen. Aber im Moment rufen wir das Schlechteste im anderen hervor. Ich will, dass es wieder so wie vorher ist.« Es klang einfach, wenn ich es so aussprach.

»Darf ich dir einen Rat geben?«, fragte Leander, und diesmal klang seine Stimme wie die Nacht um uns herum, verhüllt und traurig. »Ein Mädchen wie sie ist nie ein Mädchen gewesen – und dennoch ist sie eines. Und du? Du wirst es ohnehin nicht vermeiden können, verletzt zu werden.«

Wo wir gerade von »zu vage« gesprochen hatten. »Wie meinen Sie das?«

»Jamie«, sagte er, »der einzige Ausweg führt mitten hindurch.«

Ich war zu erschöpft, um weiter darüber zu reden, also wechselte ich das Thema. »Haben Sie irgendetwas gehört? Von Ihren Kontakten, meine ich. Irgendetwas Nützliches, das Sie mit nach Deutschland zurücknehmen können?«

Seine Augen verengten sich. »So etwas in der Art. Ich habe erfahren, dass ich ein Wörtchen mit Hadrian Moriarty reden muss. Aber da bin ich mit Sicherheit nicht der Einzige.«

Hadrian Moriarty war Kunstsammler, ein erstklassiger Betrüger und, wie ich diesen Herbst gelernt hatte, gern gesehener Gast im europäischen Frühstücksfernsehen. Es überraschte mich nicht, dass er in einen Kunstskandal verwickelt war.

»Und sonst ist alles in Ordnung? Ich habe zufällig ein paar Wortfetzen aufgeschnappt, in denen es darum ging, von hier fortzumüssen.« Ich senkte den Blick. »Ich weiß, das geht mich nichts an.«

»Stimmt«, sagte Leander, klopfte mir aber freundschaftlich auf die Schulter. »Nach der ganzen körperlichen Anstrengung wirst du heute Nacht bestimmt gut schlafen. Ich empfehle dir allerdings, es allein zu tun und deine Tür abzuschließen. Und einen Stuhl unter die Klinke zu klemmen.«

»Warten Sie.« Ich zögerte. »Sie und dieser Mann. Sind Sie noch mit ihm zusammen? Sie haben die Frage vorhin nicht beantwortet.«

»Nein.« Er berührte noch einmal kurz meine Schulter und stand dann auf. »Wir sind nie zusammen gewesen. Er hat nicht … er ist mittlerweile verheiratet. Oder war es. Und ist es jetzt wieder.«

Ich fügte die Puzzleteile selbst zusammen.

Denn die Geschichte dreht sich im Kreis, und das trifft besonders auf mein Leben zu, falls Leander in meinen Vater verliebt gewesen war. Ich dachte wieder an den Ratgeber, den er erstellt hatte. *74.: Ganz gleich, was Holmes zustößt – man ist nicht daran schuld und hätte es nicht verhindern können, egal wie sehr man es versucht hätte.* Ich sah Leander Holmes nach, wie er den Hügel zum Haus hinaufging, dann vergrub ich den Kopf in den Händen.

***

Ich schloss die Tür ab. Ich klemmte einen Stuhl unter die Klinke. Ich ging allein schlafen, und als ich aufwachte, lag Charlotte Holmes zu einer kleinen dunklen Kugel zusammengerollt neben meinem Bett auf dem Boden.

»Watson«, sagte sie schlaftrunken und hob den Kopf. »Du hast ständig Textnachrichten bekommen. Also habe ich dein Handy aus dem Fenster geworfen.«

Besagtes Fenster stand immer noch offen. Ein kalter Wind fuhr hindurch. Man musste mir zugutehalten – für jetzt und alle Zeiten –, dass ich sie nicht in den Teppich, auf dem sie lag, wickelte oder herumschrie oder Antworten verlangte oder das Zimmer mit Benzin übergoss.

Wenigstens lag das Gästezimmer im Erdgeschoss.

Ich stand so cool ich konnte auf, stieg über sie hinweg und klaubte mein Handy aus einem Rosenbusch. »Acht Nachrichten«, sagte ich. »Von meinem Vater. Wegen Leander.«

»Oh.« Holmes setzte sich auf und rieb sich die Arme. »Kannst du das zumachen? Es ist eiskalt.«

Ich schloss geräuschvoll das Fenster. »Anscheinend hat dein Onkel sich gestern nicht bei ihm gemeldet. Was nichts Ungewöhnliches wäre, wenn mein Vater während der letzten vier Monate nicht jeden Abend eine Mail von ihm bekommen hätte. Er möchte, dass wir uns vergewissern, dass es ihm gut geht.«

Ich versuchte vergeblich, nicht daran zu denken, wie verloren Leanders Stimme geklungen hatte. Mein *Vater*. Mein selbstzufriedener Vater, der immer aussah, als hätte er keine Zeit gehabt, sich ordentlich anzuziehen. Mein Vater, der sich irgendwie durch sein Leben wurstelte, erst in England, jetzt in Amerika, der einen öden Job ohne Perspektive hatte, der ein paar ziemlich miese Krimis verfasst hatte, die er mit der Hand geschrieben und mir dann mit dramatischem Unterton und alle darin vorkommenden Stimmen nachahmend am Telefon vorgelesen hatte. Das eigentliche Mysterium war, wie ihn überhaupt irgendjemand lieben konnte.

Holmes' Blick musterte mich aufmerksam. »Du warst der Letzte, der ihn gesehen hat.«

»Ich?«

»Leander war nicht beim Abendessen. Du auch nicht.«

Ich hatte mir in der Küche ein Sandwich gemacht und mich dann auf mein Zimmer verzogen, weil ich es nicht ertragen hätte, mich einem Raum voller prüfender Blicke zu stellen. »War ich wohl nicht.«

»Nein, ihr beide habt …« Sie schaute auf meine Hände.

»Holz gehackt? Im Ernst, Watson?«

»Zum Abreagieren«, sagte ich. Sie zitterte, also zog ich die Decke vom Bett und legte sie ihr um die Schultern.

»Oh, ich bitte um Entschuldigung«, fuhr sie mich an und warf die Decke wieder ab. »Ich vergaß, dass du dich in einen hippen Holzfäller verwandelst, wenn wir nicht alle paar Stunden über deine Gefühle sprechen. Ist doch egal, wie es *mir* geht.«

»Richtig, ist es. Weil es ja so einfach ist, mit dir zu reden, wenn du dich den ganzen Tag vor mir versteckst, in irgendeiner verborgenen Ecke Geige spielst, deine Tür verbarrikadierst und so tust, als wärst du nicht da. Verglichen mit dir bin ich ein Wunder an Feinfühligkeit. Du bist hier diejenige, die ein Schloss aufbricht und einen Stuhl wegtritt, um *auf meinem Boden zu schlafen.*«

»Habe ich nicht«, sagte sie. »Ich bin durch das Fenster geklettert.«

Der Stuhl klemmte tatsächlich immer noch unter der Türklinke. »Warum? Erklär mir das. Warum bist du letzte Nacht überhaupt hierhergekommen?«

»Ich wollte dich sehen. Ich wollte nicht mit dir reden. Also habe ich gewartet, bis du geschlafen hast.« Sie hörte sich an, als würde sie mit einem Vollidioten sprechen. »Was ist daran so schwer zu verstehen?«

»Komm schon, du verrücktes Ding«, sagte ich, aber meine Stimme klang angespannt. In ihren Augen lag ein schmerzerfüllter Ausdruck, der ihren unbekümmerten Ton Lügen strafte, und ich hasste es, derjenige zu sein, der dafür verantwortlich war. Und zwar indem ich einfach nur hier stand. »Lass uns deinen Onkel suchen gehen. Wahrscheinlich versucht er gerade, den Gärtner zu bezirzen, oder bringt den Eichhörnchen von nebenan das Singen bei.«

Er war nicht im Garten. Er war nicht in der Küche oder im Wohnzimmer oder in dem Raum mit dem Pooltisch, den jeder grauenhafterweise »Billardzimmer« nannte. Die Marmorböden unter meinen Füßen waren eisig und ich lief mit schnellen Schritten hinter Holmes her, die sich in einen langen über den Boden schleifenden staubfarbenen Morgenrock gewickelt hatte.

»Vielleicht ist er nach Eastbourne gefahren, um etwas zu erledigen«, sagte ich, als wir in der Eingangshalle angekommen waren.

Seufzend deutete sie aus dem Fenster. »Ist er nicht. Es hat letzte Nacht geregnet und in der Einfahrt sind keine frischen Reifenspuren zu sehen. Wir können genauso gut meinen Vater fragen. Es gibt mehrere Möglichkeiten, das Haus zu verlassen, und vielleicht hat Leander es eilig gehabt. Wir wissen nicht über alles Bescheid, was er während seines Aufenthalts hier herausgefunden hat.« Sie steuerte die Treppe an, die zum Arbeitszimmer ihres Vaters führte.

»Alles? Hast du etwa gelauscht?«, fragte ich und beeilte mich, sie einzuholen.

»Natürlich habe ich gelauscht. Was soll man in diesem elenden Haus sonst tun?«

»Du bist mir also nicht aus dem Weg gegangen? Du hast *gelauscht?*«

Sie dachte kurz nach. »Möglich, dass ich beides getan habe.«

»Egal. Erzähl mir, was du herausgefunden hast.«

»Soweit ich es verstanden habe, hat Leander Informationen gesammelt, die er für seine Nachforschungen in Deutschland braucht. Welche Kartelle welche Verbindungen haben, welche erfolglosen Künstler dafür bekannt sind, sich ein bisschen was mit Fälschungen dazuzuverdienen, wer Verbindungen zu anderen Städten hat und zu welchen. Er ist vor allem zwei bestimmten Fälschern auf der Spur, einem Gretchen und jemandem namens Nathanael.« Sie runzelte die Stirn. »Vielleicht ist das aber auch sein aktueller Liebhaber. Das wäre faszinierend.«

»Holmes. Leander? Verschwindet?«

»Richtig. Ich habe diesen Namen immer wieder durch den Lüftungsschacht gehört, aber der Kontext hat nie ausgereicht, um zu verstehen, in welcher Beziehung mein Onkel zu ihm steht.«

»Der Lüftungsschacht?«

Holmes fegte um eine Ecke. »Der Lüftungsschacht, der von meinem Schrank zum Arbeitszimmer meines Vaters führt.« Ich musste an ihre gespenstische allgegenwärtige Geige denken, daran, wie die Musik aus dem Nichts gekommen zu sein schien. Aber wie es aussah, war sie durch die Luftschächte emporgestiegen, als Holmes in ihrem Schrank spielte. Ich stellte mir vor, wie sie inmitten ihrer Kleider auf dem Boden saß, den Kopf an die Wand gelehnt, und mit geschlossenen Augen eine Sonate spielte. »Aber nichts davon gibt uns Aufschluss darüber, was wir wissen müssen. Also fragen wir meinen Vater.«

»Holmes.« Ich wollte mich *nicht* mit ihren Eltern auseinandersetzen, wenn es nicht unbedingt nötig war. »Warte. Hat er dir denn keine Nachricht hinterlassen? Hast du auf deinem Handy nachgeschaut? Vielleicht hat er dir mittlerweile geschrieben und alles erklärt.«

Stirnrunzelnd zog sie ihr Handy aus der Tasche ihres Morgenrocks. »Ich habe eine neue Nachricht auf der Mailbox«, sagte sie. »Sie ist vor fünf Minuten eingegangen. Von einer unbekannten Nummer.«

Sie blieb stehen und stellte auf laut. »Lottie, es geht mir gut«, sagte Leander mit vorgetäuscht fröhlicher Stimme. »Bis bald.«

Sie starrte fassungslos auf das Handy und spielte die Nachricht noch mal ab.

»Lottie, es geht mir gut. Bis bald.«

Ich spähte auf das Display. »Wenn das nicht seine Nummer ist«, sagte ich, »was glaubst du, von wessen Handy er dich angerufen hat?«

Holmes drückte auf Rückruf.

Die gewählte Nummer ist vorübergehend nicht zu erreichen. Sie versuchte es noch einmal. Und noch einmal. Dann wischte sie zu der Sprachnachricht zurück – »Lottie, es« – und steckte das Handy weg, bevor er den Rest sagen konnte. Seine Stimme drang dumpf aus der Tasche ihres Morgenrocks.

»Er nennt mich nicht so«, sagte sie. »Nie – ich muss zu meinem Vater.«

Die Männer und Frauen auf den Porträts, die im Flur zum Arbeitszimmer hingen, blickten finster auf uns herab. Ich wollte Holmes gerade fragen, ob sie bei ihrem Lauschangriff noch irgendetwas anderes aufgeschnappt hatte, als die Tür am Ende des Flurs aufging.

»Lottie«, sagte Alistair und stellte sich ihr in den Weg. »Was machst du hier oben?«

»Hast du Onkel Leander gesehen?«, fragte sie und knetete nervös ihre Hände. »Er wollte heute mit Jamie und mir in die Stadt fahren.«

Ich fragte mich, wie man es schaffte, ein Mitglied der Familie Holmes anzulügen; mir selbst war es noch nie gelungen. Funktionierte es vielleicht nur, wenn man selbst eines war?

Der vernichtende Blick, den Alistair seiner Tochter zuwarf, legte nahe, dass es auch dann nicht funktionierte.

»Er ist gestern Abend abgereist. Einer seiner Kontakte in Deutschland wurde misstrauisch, als ihm auffiel, dass er ihn schon seit ein paar Tagen nicht mehr gesehen hatte.« Er wedelte mit der Hand. »Selbstverständlich lässt er dir ausrichten, dass er dich liebt und dir alles Gute wünscht und so weiter.«

Aus dem Arbeitszimmer drang ein raschelndes Geräusch und Holmes' Vater stemmte den Arm in den Türrahmen. »Mum?«, fragte Holmes und versuchte, sich an ihm vorbeizuschieben. »Ist sie da drin? Ich dachte, sie wäre auf ihrem Zimmer.«

»Nicht«, sagte er. »Es geht ihr sehr schlecht heute.«

»Aber ich ...« Sie duckte sich unter seinem Arm hindurch und trat ins Zimmer.

Das Krankenhausbett war nirgends zu sehen. Ich hatte Emma Holmes schon seit Tagen nicht mehr zu Gesicht bekommen und angenommen, sie würde das Bett hüten, stattdessen lag sie hier wie hingeworfen auf dem Sofa. Ihre aschblonden Haare hingen strähnig um ihr Gesicht und sie trug einen ähnlichen Morgenrock wie ihre Tochter über einem zerknitterten und verschwitzt aussehenden Pyjama. Als ich etwas sagen wollte, hob sie eine Hand. Ich schaute zu Holmes hinüber, die sich versteifte.

Dieses Haus war so ganz anders als unsere Wohnung, wo man auf dem Weg zum Badezimmer ständig über jemanden stolperte. Hier konnte man vermutlich wochenlang umherirren und nichts als helle Marmorböden, geschwungene Treppenaufgänge und einsame Armsessel sehen. Man fühlte sich sicher schnell, als wäre man der einzige Mensch auf der Welt.

»Hast du schon irgendwelche Pläne für die Weihnachtstage?«, fragte ihre Mutter in schroffem Flüsterton.

»Ich …«

»Ich habe mit meiner Tochter gesprochen«, unterbrach sie mich, sah dabei aber wütend zu Alistair. Für jemanden, der es gewohnt war, immer alles unter Kontrolle zu haben, musste es schrecklich sein, sich in so einem verletzlichen und schwachen Zustand zu befinden.

Alistair räusperte sich, doch bevor er etwas sagen konnte, ergriff Emma wieder das Wort. »Ich habe vorhin mit deinem Bruder telefoniert, Lottie. Er würde es begrüßen, wenn du die Feiertage bei ihm in Berlin verbringst.«

»Oh«, sagte Holmes und schob die Hände in die Taschen. Ich hörte förmlich, wie sich die Maschinerie in ihrem Kopf in Gang setzte. »Ist das so.«

»Nimm bitte Rücksicht auf deine Mutter«, sagte Alistair. »Wir können eine vernünftige Unterhaltung darüber führen.«

»Sie *muss gehen*.« Emma richtete sich wie ein mit seinen Scheren durch die Luft fuchtelnder Krebs auf den Ellbogen auf. Sie schien Mühe zu haben, Luft zu bekommen.

»Muss sie nicht«, murmelte Alistair. Er machte keine Anstalten, ihr zu helfen. »Mir wäre es lieber, Lottie würde hierbleiben. Wir bekommen sie so selten zu Gesicht.«

Holmes sah alarmiert aus, aber ihre Stimme klang ruhig. »Milo und du habt euch schon seit Wochen nicht mehr gehört«, sagte sie an ihre Mutter gewandt. »Du hattest nicht dieses Zucken um die Mundwinkel, das du immer bekommst, wenn du mit ihm gesprochen hast.«

»Mir geht es nicht gut«, sagte ihre Mutter, als wäre das nicht offensichtlich. »Unter solchen Umständen ist es nur normal, von seinen üblichen Verhaltensweisen abzuweichen.«

»Möglich«, sagte ihre Tochter. »Aber die Ärztin, die ihr eingeschaltet habt – Dr. Michaels vom Highgate Hospital – ist nicht auf Fibromyalgie spezialisiert, sondern auf ...«

»Gift«, beendete Emma Holmes den Satz.

Alistair drehte sich auf dem Absatz um, trat auf den Flur und zog mit Nachdruck die Tür hinter sich zu.

Gift?

»Sie ist außerdem auf Nanotechnologie spezialisiert«, murmelte Holmes, aber es war eindeutig, dass ihr Gehirn ihren Gefühlen davonlief. Dann: »Oh *Gott,* Mum. Gift? Aber ich habe keine Anzeichen bemerkt, ich hätte ... ich habe nie gewollt, dass ...«

Die Augen ihrer Mutter funkelten. »Daran hättest du vielleicht denken sollen, bevor du dich mit Lucien Moriarty angelegt hast.«

Ich lehnte mich benommen an die Wand. Noch immer träumte ich davon, was mir diesen Herbst passiert war. Die vergiftete Feder. Das Fieber. Die Halluzinationen. Wobei ich genauer gesagt nicht vergiftet, sondern mit einem seltenen Virus infiziert worden war, aber Bryony Downs hatte es trotzdem geschafft, mich in ein blasses, hilfloses Wrack zu verwandeln. Ich wollte mir gar nicht vorstellen, wie es Emma Holmes gehen musste.

»Wo ist Leander?«, fragte Holmes und straffte die Schultern. »Warum zur Hölle sollte er einfach so abreisen, ohne sich von mir zu verabschieden?«

Ich machte mich auf eine vernichtende Reaktion gefasst. Aber das Feuer in den Augen ihrer Mutter war schon wieder erloschen und ihr Gesicht aschfahl. Man sah die Venen an ihrer Stirn durchschimmern. Ich dachte an das Foto, das ich einmal von ihr gesehen hatte, eleganter schwarzer Hosenanzug, dunkelrot geschminkte Lippen, die Macht, die sie ausstrahlte, knisternd wie ein frei liegendes Stromkabel. Es gelang mir nicht, das Bild mit der erschöpften Frau vor mir in Einklang zu bringen. *Vergiftet,* dachte ich. *Mein Gott.*

»Das ist nicht der Punkt, um den es hier geht.« Emma Holmes schloss die Augen, als müsste sie sich auf die Worte konzentrieren.

»Leander verschwindet ein paar Tage, nachdem du vergiftet wurdest, heimlich, still und leise, und du willst mir weismachen, es gäbe nichts, worüber man sich Sorgen machen müsste?« Holmes wandte sich zur Tür des Arbeitszimmers um. »Dass das alles Teil des Plans ist? Was um Himmels willen ist hier los?«

»Wir konnten die Vergiftung zum Tag eurer Ankunft zurückdatieren; es war ein einmaliger Vorfall und wir haben entsprechende Vorkehrungen getroffen. Wir kontrollieren sämtliche Nahrungsmittel, alles, was wir einatmen. Wir lassen besondere Vorsicht bei der Auswahl des Personals walten. Bald wissen wir mehr. Aber im Moment ... Jamie und du könnt auf keinen Fall hierbleiben, Lottie, zu deiner eigenen Sicherheit. Ich habe dir etwas Geld überwiesen. Fahr zu deinem Bruder. Verschwinde aus diesem Haus.« Sie hob eine Hand, als wollte sie ihre Tochter berühren, aber Holmes ignorierte es. Sie stand vollkommen aufrecht da und hatte die Augen leicht zusammengekniffen.

»Du musst mir glauben, dass es nur zu deinem Besten ist«, sagte ihre Mutter.

»Zu meinem Besten«, wiederholte Holmes. »Zu eurem Besten vielleicht, aber nicht zu meinem. So war es schon immer.

Du bist Chemikerin; bis morgen hast du die Situation unter Kontrolle. Wenn ich gehe ...«

»Du wirst gehen.«

»... dann nur, um nach meinem Onkel zu suchen, denn wenn ich mich nicht irre, schwebt er in größter Gefahr.«

Emma sah mich an. »Sie werden sie begleiten«, sagte sie mit verzweifeltem Blick. Es war weniger ein Befehl als eine flehentliche Bitte. Ein Friedensangebot an ihre Tochter.

Jeder in diesem Haus schien mit sich selbst im Widerspruch zu stehen. Wut und Liebe und Loyalität und Angst schichteten sich zu einem diffusen Gefühlswirrwarr übereinander. Ich öffnete den Mund, um ihr zu sagen, dass ich das nicht tun würde, dass meine Mutter mich umbringen würde, dass ich nicht der Lakai oder Bodyguard ihrer Tochter war. Charlotte Holmes konnte sehr gut auf sich selbst aufpassen, und falls doch nicht, war ich der Letzte, von dem sie Hilfe annehmen würde.

Holmes griff, ohne mich anzusehen, nach meiner Hand.

»Natürlich«, hörte ich mich selbst sagen. »Natürlich begleite ich sie.«

4.

Wenn ich es geschickt anstellte, hatte ich gute Karten, um einen Deal mit meinem Vater auszuhandeln. Das hoffte ich zumindest. Denn wenn es mir nicht gelang, würde meine Mutter mich dafür umbringen, dass ich ohne elterliche Aufsicht nach Deutschland abhaute.

»Leander ist fort«, sagte ich zu meinem Vater und nahm das Handy in die andere Hand. »Holmes' Vater sagte, er wäre mitten in der Nacht aufgebrochen. Anscheinend ist einer seiner Kontakte unruhig geworden.«

Während ich redete, behielt ich Holmes im Auge, die neben mir auf der Rückbank saß. Sie trug von Kopf bis Fuß Schwarz: bis zum Kragen zugeknöpftes Hemd, schmale Hose und Chelsea-Boots, die ich selbst gern gehabt hätte. Zwischen ihren Knien klemmte ihr kleiner schwarzer Koffer mit den großen silbernen Verschlüssen. Ihre glatten Haare waren hinter die Ohren gestreift und ich beobachtete sie dabei, wie sie, die Lippen unwillig vorgeschoben, wütend auf ihr Handy eintippte. Sie sah gefährlich aus und war gleichzeitig von einer unerklärlichen Zartheit. Wie die Verkörperung eines leisen Windhauchs.

Sie sah aus, als hätte sie einen neuen Fall zu lösen. Ich wusste nicht, was ich davon halten sollte.

Die Handyverbindung rauschte. »Dann fahrt ihr also nach Berlin. Um nach ihm zu suchen.« In der Stimme meines Vaters lag ein flehender Unterton. Ich konnte mich nicht daran erinnern, wann mich das letzte Mal so viele Erwachsene nacheinander so inständig um etwas gebeten hatten, als wäre ich jemand, den man nicht einfach so herumkommandieren konnte, sondern der selbst etwas zu sagen hatte. Es war eine seltsame Woche gewesen, um es mal vorsichtig auszudrücken.

Ein seltsames Jahr.

»Wir fahren nach Berlin, weil Emma Holmes von Lucien Moriarty vergiftet wurde«, sagte ich und fügte hinzu: »Zumindest sieht alles danach aus.«

Holmes zog eine Braue hoch, sagte aber nichts. Auf dem Display ihres Handys tauchte eine Nachricht von Milo auf. *Ich habe die Nummer überprüft. Leander hat dich mit einem Prepaid-Handy angerufen. Was nichts Ungewöhnliches ist, schließlich ermittelt er verdeckt.*

Finde heraus, woher der Anruf kam. Wo wurde das Handy gekauft und von wem?

Ich musste mir ziemlich den Hals verrenken, um mitlesen zu können. Mit einem gereizten Seufzen hielt sie das Handy zwischen uns.

Du interessierst dich mehr dafür als für das, was zu Hause in Sussex vor sich geht? Ein Giftanschlag? Also wirklich, warum in Herrgotts Namen haben sie es dir erzählt und mir nicht?

Weil ich das kluge, vernünftige Kind bin, schrieb sie zurück. *Das weniger rachsüchtig ist.*

Bist du aber gerade.

Hast du Lucien schon aus Thailand herausgezerrt und angefangen, ihm die Zähne einzeln auszureißen?

Noch nicht. Im Moment organisiere ich eine Sicherheitseinheit für das Haus in Sussex.

Gut, aber hoffentlich in einem angemessenen Rahmen. Selbstverständlich. Du machst dir doch keine Sorgen um Mutter, oder?, fragte Milo.

Holmes zögerte, bevor sie antwortete. *Nein. Natürlich nicht. Die Situation ist unter Kontrolle.*

»Sie wurde vergiftet«, wiederholte mein Vater fassungslos. »Großer Gott, Jamie. Und damit rückst du erst jetzt heraus? Wobei es nicht so ist, als hätte ich so etwas in der Art nicht selbst schon mit ihnen mitgemacht – aber hör zu, die Holmes haben schon immer auf sich selbst aufpassen können. Würde es dir etwas ausmachen, vielleicht trotzdem die Fühler nach Leander auszustrecken, während ihr dort seid? Ich bin mir sicher, dass Milo irgendetwas darüber weiß. Er hat seine Spitzel doch überall sitzen.«

»Das mache ich«, sagte ich und leitete dann meinen Deal ein. »Wenn du es im Gegenzug übernimmst, Mom zu erklären, warum ich an Weihnachten nicht in London sein werde. Und dafür sorgst, dass sie nicht hierherkommt und nach mir sucht.«

Er atmete geräuschvoll aus. »Das wünschst du dir zu Weihnachten? Dass ich am Spieß brate?«

»Du kannst jederzeit selbst nach Deutschland fliegen und nach Leander Ausschau halten«, sagte ich, was unfair war, weil er mit Sicherheit genau das gern getan hätte. Aber er würde auf keinen Fall so weit gehen, meine beiden kleinen Halbbrüder über Weihnachten alleinzulassen, noch nicht einmal, um nach seinem verschwundenen besten Freund zu suchen.

Ich hörte meinen Vater schnauben. »Du bist vielleicht eine harte Nuss«, sagte er. »Ja, in Ordnung, ich rede mit deiner Mutter, wenn du an Milo dranbleibst. Ich bin sicher, dass er ein paar seiner Leute erübrigen kann, die sich nach seinem Onkel umschauen.«

Ich weiß, dass Leander nicht in der Stadt ist, lautete der Text auf Holmes' Display. *Zumindest nicht als Leander Holmes.*
Wohl kaum, schrieb Holmes zurück. *Ich brauche sämtliche Kontakte, die du in Kreuzberg und Friedrichshain hast. Gibt es dort draußen nicht irgend so eine schäbige kleine Kunstschule?*
Warte.
»Ich habe keine Ahnung, was du da gerade wieder ausheckst«, zischte ich ihr zu. »Ich dachte, es geht nach Berlin. Wo bitte schön liegt Kreuzberg?«
»In Berlin«, sagte Holmes, als würde es sich von selbst verstehen.
»Jamie?«, sagte mein Vater.
»Kannst du mir diese Mails schicken, die er dir geschrieben hat? Sie wären bestimmt hilfreich.«
Er zögerte. »Lieber nicht«, sagte er schließlich. »Aber ich lasse dir jede Information zukommen, die du brauchst.«
»Warum kannst du mir nicht einfach die Mails schicken?«
»Jetzt mal ehrlich, Jamie. Würdest du mir bedenkenlos Charlottes Mails schicken, wenn sie dir monatelang jeden Tag geschrieben hätte?«
»Klar.« Selbstverständlich nicht. Aber ich hatte keine Zeit, um darüber zu diskutieren; vor uns tauchte bereits der Flughafen auf. »Hör zu, ich muss Schluss machen.«
»Versprich mir, dass du nicht auf eigene Faust nach Leander suchst. Er hat sich dort eine komplexe Scheinidentität aufgebaut und ich will nicht, dass du es irgendwie vermasselst. Versprich es mir.«
Kein *Es ist riskant.* Kein *Ich will nicht, dass du dich in Gefahr bringst.* Seine einzige Sorge war, dass ich Leanders Deckung nicht auffliegen ließ. Schön zu wissen, dass er wie immer klare Prioritäten setzte.
»Keine Alleingänge, versprochen«, log ich. »Zufrieden?«

»Wir sind jetzt am Flughafen, Miss«, rief der Fahrer nach hinten, und Holmes, die neben mir auf ihr Handy starrte, brach in entsetztes Lachen aus.

Ich habe einen Stadtführer für euch organisiert, stand auf dem Display. *Ich fürchte nur, dass keiner von euch beiden sonderlich begeistert davon sein wird.*

»Nein. Sag ihm, das kann er vergessen.« Mir war nämlich plötzlich wieder eingefallen, *wer* noch in Milo Holmes' Diensten stand. »Auf gar keinen Fall.« Dann gab ich noch ein paar andere deftige Flüche von mir, die ich in einer finsteren Gasse in Brixton aus dem Mund eines Mannes gehört hatte, den man den Bordstein hatte fressen lassen.

»Jamie?«, fragte mein Vater. »Was zum Teufel ist los?«

Ich legte auf. Ich konnte nicht aufhören, Holmes' Display anzustarren, auf dem jetzt stand: *Würdest du Watson bitte sagen, er soll auf seine Wortwahl achten? Mein Mann am anderen Ende der Abhöranlage bekommt sonst einen Hörsturz.*

***

Obwohl ich schon seit ich denken kann zwischen England und Amerika hin- und hergependelt war – oder vielleicht gerade deswegen –, war ich ansonsten nie viel gereist. Unsere Familienurlaube waren immer ziemlich unspektakulär gewesen. Wenn man in Connecticut aufwuchs, unternahm man unweigerlich irgendwann einen Ausflug nach New York, der in unserem Fall aus einem Besuch in einer Restaurantkette und einer Broadwayshow mit Rollschuh laufenden Tigern bestanden hatte. (Wofür ich, wie für fast alles, meinem Vater die Schuld gab.) Nachdem ich nach London gezogen war, verreiste ich genau ein einziges Mal: Meine Mutter mietete einen Wohnwagen und fuhr mit meiner Schwester und mir nach Abbey Wood. Ein Stadtteil im Südosten von London, keine zwanzig

Kilometer von uns zu Hause entfernt. Es regnete die ganzen vier Tage, die wir dort verbrachten, in einem Stück durch. Meine Schwester und ich mussten uns ein Klappbett teilen und am letzten Morgen wachte ich mit ihrem Ellbogen im Mund auf.

Kurz, es war ganz anders, als mit Charlotte Holmes nach Berlin zu reisen.

Das Hauptquartier von Greystone befand sich in Mitte, einem Viertel im Nordosten der Stadt. Milo hatte es als Technologieunternehmen mit dem Schwerpunkt auf Überwachung gegründet; als klar wurde, dass es gewisse Dinge gab, die Normalsterbliche nicht tun konnten, weitete er sein Einsatzgebiet aus. Seine Angestellten – seine Soldaten und Spione –, waren als unabhängige Streitmacht im Irak stationiert, und auf Holmes' Abschlussfeier von der Middle School ließ er sämtliche Gäste von seinen Leibwächtern filzen.

Das alles und mehr erzählte mir Holmes im Taxi vom Flughafen, obwohl ich das meiste davon schon wusste. Ich war nicht sicher, ob sie mir unterstellte, ein schlechtes Gedächtnis zu haben, oder ob sie aus Nervosität so viel redete. Sie hätte allen Grund dazu gehabt. In ungefähr zehn Minuten würden wir jemandem gegenüberstehen, dessen Bruder den vergangenen Herbst dafür genutzt hatte, sich amüsante und kreative Möglichkeiten auszudenken, um uns zu töten, jemandem, der seinen eigenen Tod vorgetäuscht hatte, um seiner Familie (und dem Gefängnis) zu entkommen, jemandem, den Charlotte Holmes so sehr geliebt hatte, dass sie versuchte, ihn ins Gefängnis zu bringen, weil er ihre Liebe nicht erwiderte. August Moriarty hatte einen Doktor in reiner Mathematik, ein Märchenprinzlächeln und einen Bruder namens Hadrian, der seinem Neffen wahrscheinlich alles beigebracht hatte, was er über den Handel mit gestohlenen Gemälden wusste. Wen würde Milo sonst aussuchen, um uns durch die Stadt zu führen?

Ich wollte meine Axt zurück. Oder Milos aufgespießten Kopf.

Es lag kein Schnee in der Stadt und es war wärmer als in London und mir wurde klar, dass ich über den Ort, an dem wir waren, so gut wie keine Ahnung hatte. Alles, was ich über Berlin wusste, stammte aus Geschichtsbüchern und Filmen über den Zweiten Weltkrieg. Ich wusste von der Nazivergangenheit, ich wusste, dass in Deutschland die besten Autos hergestellt wurden und dass es hier Wortzusammensetzungen für Gefühle gab, von denen ich noch nie gehört hatte. Meine Mutter benutzte gern das Wort *Schadenfreude* – Vergnügen am Unglück anderer –, wenn im Radio der Verkehrsfunk lief. *Wer ist auch so dämlich, sich in London ein Auto zuzulegen*, sagte sie dann immer. Wir machten es wie echte Londoner – oder wovon sie glaubte, dass es sich für echte Londoner gehörte – und nahmen die U-Bahn.

Das Berlin, durch das wir gerade fuhren, erinnerte mich ein bisschen an London. Genau wie dort schienen die Gebäude, an denen wir vorbeikamen, alle ein zweites Leben zu führen. Ein Supermarkt war in einem alten Museum untergebracht. Das riesige Gebäude einer ehemaligen Hauptpost war in eine Galerie umgewandelt worden, die alte Inschrift POSTFUHRAMT in dem Sandstein war schon verblasst und in den Schaufenstern waren Skulpturen von … Ohren? … ausgestellt. Auf einer Hauswand prangte das Grafitti eines Laternenpfahls, dessen reales Vorbild direkt daneben stand. Kunst, wohin man schaute – auf den Fassaden, auf Werbetafeln, in Wandbildern mit Texten wie KILL CAPITALISM und BELIEVE EVERYTHING und KEEP YOUR EYES OPEN, die von den Mauerwänden auf die Straßen hinunterkrochen. Ich vermutete, dass sie deswegen in Englisch geschrieben waren, damit jeder sie verstehen konnte, aber dann erinnerte ich mich, gehört zu haben, dass die Stadt mit ihren günstigen Mieten und der jungen Szene Künstler aus aller Welt anzog. Am meisten verblüffte mich, dass keines der Graffitis entfernt worden war. Die Stadt schien aus dieser permanenten Verwandlung gepaart mit Kapitalismuskritik zu bestehen, sodass die sauberen Fassaden der Neubauten irgendwie unfertig aussahen, jedenfalls kam es mir so vor.

Aber je mehr wir uns Mitte näherten, desto stärker veränderte sich das Stadtbild wieder. Wir kamen an kleinen, inmitten der Viertel liegenden Parks vorbei, und als wir nicht mehr weit von Greystone entfernt waren, passierten wir prachtvolle alte Museen, gigantische Kreisverkehre und hohe Häuserfassaden, hinter denen sich begrünte Hinterhöfe versteckten.

Ich zog mein Notizbuch heraus, um alles aufzuschreiben. Holmes schaute ebenfalls aus dem Fenster, aber ich glaubte nicht, dass sie irgendetwas davon in sich aufnahm. Sie war schon mal hier gewesen. Außerdem hätte ich mir an ihrer Stelle vor allem darüber Gedanken gemacht, was ich zu August Moriarty sagen würde.

Als wir fast da waren, hatte ich eine ganze Seite mit Notizen gefüllt und beeilte mich, sie zu Ende zu bringen, bevor das Taxi zum Stehen kam.

»Komm *schon*, Watson.« Holmes warf dem Fahrer einen Geldschein nach vorn und zog mich aus der Tür.

Greystone nahm die obersten zehn Stockwerke eines modernen verglasten Hochhauses ein, das den Rest des Straßenblocks überragte und ein bisschen wie ein Fremdkörper darin wirkte. Weil es sich um ein privates Sicherheitsunternehmen handelte – weil es sich um Milo handelte –, mussten wir uns einem vollständigen Security-Check unterziehen: Metalldetektor, Körperscanner und zwei verschiedene Fingerabdruck-Automaten. Erst dann schickte man uns in einem Lastenaufzug in seine Penthousewohnung in der obersten Etage. Auf dem Weg dorthin passierten wir eine Bürofläche nach der anderen.

»Er wusste, dass wir kommen, oder?«, fragte ich Holmes zum ungefähr zehnten Mal.

»Offensichtlich«, sagte sie, worauf der Aufzug kurz ins Schlingern kam. »Ist dir aufgefallen, wie schlampig sie die Netzhauterkennung durchgeführt haben? Wahrscheinlich sitzt er mit einer Schüssel Popcorn vor seiner Bildschirmwand und schaut sich seine Security-Feeds an. Idiot.«

Der Aufzug geriet erneut ins Schlingern.

»Hör auf damit«, sagte ich, »sonst lässt er uns noch in den sicheren Tod stürzen.«

Milo Holmes hatte etwas von einem Schauspieler, der von einem Filmset der 1960er-Jahre in unsere Zeit gestolpert war. Er hatte die sonore Stimme eines Englischprofessors und schien nie etwas anderes als maßgeschneiderte Anzüge zu tragen. (Von denen einer ordentlich zusammengefaltet in meinem Koffer lag. Ich hatte ihn mir einfach genommen und versuchte vergeblich, kein schlechtes Gewissen deswegen zu haben.) Seine Büroräume waren genau wie er – altmodisch und spießig wie der MI5 in alten Spionageromanen. Ich hatte das Gefühl, als hätte er sich aus seinen Lieblingsfilmen und -büchern das herausgepickt, was ihm am besten gefiel, und zu einer wilden Mischung aus nicht zusammenpassenden Stilrichtungen neu zusammengesetzt.

Aber dass wir von zwei bewaffneten Sicherheitsleuten in Empfang genommen wurden, damit hatte ich dann doch nicht gerechnet.

Wir hatten kaum zwei Schritte aus dem Aufzug getan, als die

beiden, ein Mann und eine Frau, uns aufhielten und ihre automatischen Waffen auf uns richteten. Die Frau hob ihr Handgelenk an den Mund und murmelte irgendetwas von wegen *feindlich* und *unerlaubter Zutritt.*

»Wir sind schon komplett durchgecheckt worden, es müsste also alles in Ordnung sein«, sagte ich mit erhobenen Händen. Keine Reaktion. »Ähm. Sprechen Sie vielleicht nur Deutsch?«

Der Mann richtete die Waffe auf mein Gesicht.

»Anscheinend nicht.« Meine Stimme klang unnatürlich hoch.

Holmes schaute ungerührt an die Deckenbeleuchtung. »Milo. Ich weiß, dass du mich hören kannst. Wo hast du deine guten Manieren gelassen? Wegen dir fängt Watson schon an zu quieken.«

»Mit meinen Manieren ist alles in bester Ordnung.« Ihr Bruder trat aus einer unsichtbar in die Wand eingelassenen Tür und nickte seinen beiden Aufpassern zu. Zackig schulterten sie ihre Waffen und verschwanden den Gang hinunter. Statisten in der billigen Zaubershow, mit der Milo Holmes seinen Lebensunterhalt verdiente.

»Hat doch Spaß gemacht, oder?«, sagte Milo.

»Nein«, sagte ich. »Behandeln Sie alle Gäste so?«

»Nur meine kleine Schwester.« Er schob die Hände in die Taschen seines eleganten Jacketts. »Hättet ihr den Besucheraufzug genommen, hätten wir viel weniger Probleme gehabt.«

»Aber *Ihre* Leute haben uns doch ...«

Holmes hob eine Hand und brachte mich zum Schweigen. Ihr Blick wanderte durch den Raum. »Deine Eingangshalle sieht immer noch wie ein hässlicher Antiquitätenladen aus. Willst du sie nicht endlich mal modernisieren lassen?«

»Das hier ist nicht die Eingangshalle, wie dir sehr wohl klar ist, sondern meine Privatwohnung«, sagte er. »Du weißt, wo die Eingangshalle ist, und hast sie auch schon ziemlich oft gesehen. Vor ein paar Minuten bist du dort noch geröntgt worden. Möchtest du sie noch mal aufsuchen?«

»Klar, weil es ja auch so viel Spaß macht zu sehen, wie du deine Zeit mit so unglaublich wichtigen Dingen verbringst, wie meine Zähne zu fotografieren, statt nach unserem Onkel zu suchen. Oder die Sicherheitsvorkehrungen auf dem Familienanwesen zu verstärken.«

»Wer sagt, dass ich das nicht tue?«

»Ich sage das. Ich schaue dir beim Nichtstun zu.«

»Du würdest gar nicht wissen, worauf du dabei achten solltest.«

Sie trat auf ihn zu. »Du abscheuliches Schwein. Ich wusste schon, wie man die Verhaltensweise anderer deutet, bevor du das Alphabet konntest ...«

»Ach? Dann ist dir bestimmt aufgefallen, dass ich meine Zunge im Zaum gehalten und bis jetzt noch kein Wort darüber verloren habe, dass du und dein ›Partner‹ hier offenbar angefangen habt, euren Trieben nachzugeben, und dass es – schade, schade, schade – bis jetzt nicht sonderlich gut läuft ...«

Holmes stürzte sich auf ihn, aber er wich ihr aus und stieß ein triumphierendes Lachen aus.

»Hey. *Hey!* Wo ist er?«

»Wo ist wer, Watson?«, knurrte sie.

»August Moriarty. Der Grund wegen dem ihr euch streitet? Ich kann mich natürlich auch irren. Ist bloß so eine Vermutung.« Ich musterte Milo von Kopf bis Fuß, so wie er es bei unserer ersten Begegnung mit mir gemacht hatte. »Genau wie die Vermutung, dass mit Ihnen schon seit Jahren niemand mehr seinen Trieben nachgegeben hat. Drei Jahre? Vier?«

Milo rückte seine Brille zurecht. Dann nahm er sie ab und rieb sie mit seinem Jackettärmel sauber.

»Zwei, um genau zu sein«, hörte ich eine sanfte Stimme hinter mir sagen. »Er ist nie so richtig über diese Komtess hinweggekommen und seitdem habe ich hier keine Mädchen mehr gesehen.«

Charlotte Holmes wurde zur Salzsäule.

»Aber bei mir ist es noch länger her«, sagte die Stimme. »Also sollte ich mich wohl nicht darüber lustig machen. Apropos, wie ich gehört habe, habe ich es euch drei zu verdanken, dass meine Verlobung aufgelöst wurde. Und das meine ich genau so, wie ich es gesagt habe. Danke.«

Milo seufzte. »August. Gut, dass du da bist. Lottie, ich habe ihm Zugang zu meinen Kontakten gegeben. Er wird euch alles zeigen. Ich – nun, ehrlich gesagt, habe ich Wichtigeres zu tun.« Am Ende des Gangs blieb er noch einmal stehen und drehte sich um. »Ach, übrigens, Lottie, Phillipa Moriarty hat angerufen und eure Verabredung zum Lunch bestätigt. Ich habe ihre Nummer in deinem Zimmer hinterlegt.«

Nachdem er diese Bombe hatte platzen lassen, ging er. Ich hatte keine Zeit, es zu verarbeiten. Ich war mit Holmes und Moriarty allein gelassen worden. Und weil ich ein Feigling war – bin –, wartete ich bis zur letztmöglichen Sekunde damit, mich umzudrehen.

August Moriarty war wie ein am Hungertuch nagender Künstler angezogen. Er trug eine zerrissene schwarze Jeans, ein schwarzes T-Shirt und Stahlkappenstiefel – natürlich ebenfalls schwarz – und seine Haare waren zu einem wasserstoffblonden Fake-Iro geschnitten. Trotzdem haftete ihm beinahe sichtbar seine wohlhabende Herkunft an und seine Augen funkelten mit einer Intensität, die mich an …

Tja, sie erinnerte mich an Charlotte Holmes. So wie alles an ihm. Auf dem Foto, das ich auf der Webseite seiner Mathematikfakultät gesehen hatte, trug er ein Tweedsakko und lächelte und jetzt stand er wie ihr spiegelverkehrter Zwilling hier vor mir. Noch bevor sie überhaupt ein Wort gewechselt hatten, war es offensichtlich, dass sie sich gegenseitig etwas *angetan* hatten, dass sie sich vielleicht gegenseitig kaputt gemacht hatten oder sich gegenseitig wie Alkohol destilliert hatten, bis nur noch etwas Hartes, Starkes, Eckiges übrig geblieben war. Sie hatten eine gemeinsame Geschichte, die nichts mit mir zu tun hatte.

Vielleicht deutete ich zu viel hinein. In ihn. Andererseits war die Beziehung zwischen Holmes und mir schon angeknackst genug, und er kam mir wie ein Windstoß vor, der auch noch den Rest zum Einstürzen bringen konnte.

Ein sehr höflicher Windstoß.

»Milo hat mir nur Gutes über dich erzählt«, sagte er, als er meine Hand schüttelte.

Er hatte eine Tätowierung auf dem Unterarm, etwas Dunkles, Ornamentartiges. »Was interessant ist, weil Milo sonst Menschen, die nicht als Hologramm abgebildet sind, kaum wahrnimmt.«

»Ich wusste nicht, dass ihr beide euch so nahesteht.« Ich musste etwas sagen. Wir schüttelten uns immer noch die Hand.

Er hatte einen festen Griff. Ich drückte etwas stärker zu.

Er lachte, es klang sympathisch. »Wir sind beide Geister. Wo sollte man sonst arbeiten, wenn man offiziell nicht existiert? Ich bin mir ziemlich sicher, dass Milo seine digitalen Fingerabdrücke so gründlich entfernt hat, dass er technisch gar nicht geboren wurde. Wir haben eine Menge gemeinsam.«

»Klingt einleuchtend«, sagte ich, weil er immer noch meine Hand schüttelte.

»Ich sollte mich wahrscheinlich auch für meinen Bruder entschuldigen. Du musst wissen, dass ich ihn nie darum gebeten habe, dich umzubringen.«

Meine Finger wurden langsam taub. »Ich bin mir ziemlich sicher, dass ich nur so etwas wie ein Kollateralschaden bin.«

»Ja, natürlich. Natürlich.« Ein seltsamer Ausdruck glitt über sein Gesicht und verschwand wieder. »Tut mir leid.«

»Und Phillipa?«, fragte ich. »Steht ihr euch ... nahe? Weißt du, warum sie uns sehen will?«

»Nicht wirklich, nein«, sagte er. »Seit ich offiziell gestorben bin, haben wir nicht mehr miteinander gesprochen.«

Ich riskierte einen Blick zu Holmes. Außer dass sie mittlerweile die Hände in die Seiten stemmte, hatte sie sich keinen Millimeter von der Stelle gerührt. Sie wirkte weder nervös noch ängstlich. Sie schien noch nicht einmal eine ihrer Bestandsaufnahmen von ihm zu machen, wie ich es eigentlich erwartet hatte, um jede kleinste Veränderung aufzuspüren, die die letzten zwei Jahren an ihm hinterlassen hatten. Um herauszufinden, was ihr Verrat angerichtet hatte. Ob er sie dafür hasste.

Sie sah ihn einfach nur an.

»Ich habe deine Geburtstagskarte bekommen«, sagte sie leise. »Danke.«

»Ich hoffe, es hat dich nicht gestört, dass sie in Latein geschrieben war. Ich wollte nicht überheblich wirken. Ich wollte nur ...«

»Ich weiß. Es hat mich an diesen einen Sommer erinnert.« Ihre Augen begannen zu leuchten. »Das war Absicht, oder?«

August Moriarty schüttelte immer noch meine Hand. Genauer gesagt, hielt er sie fest, weil keiner von uns beiden sich mehr rührte. Er starrte Holmes an, als wäre sie eine Münze am Grund eines Brunnens, und ich – tja, ich starrte auf den leeren Raum zwischen ihnen.

»Die hätte ich gern wieder«, sagte ich und zog endlich meine Hand zurück.

August schien nichts davon mitzubekommen. »Ihr seid bestimmt ziemlich müde von der Reise. Wenn ich das richtig verstanden habe, bleibt ihr die ganze Woche, oder? Milos persönlicher Assistent wird euch eure Zimmer zeigen, dann könnt ihr euch erst mal ein bisschen einrichten. Habt ihr im Flieger zu Mittag gegessen? Sehr gut. Und heute Abend ... also, es gibt da so eine Bar, in die ich gern mit euch gehen würde. Mich interessiert eure Meinung zu ein paar Dingen dort.«

»Und über diese Sache mit Phillipa reden wir nicht?« Ich legte die ganze Feindseligkeit, die ich fühlte, in den Namen.

»Sprichst du von der Old Metropolitan Bar?«, fragte Holmes ihn.

»Ich spreche von der Bar, in der Leander immer samstagabends war.«

»Dann gehen wir dort heute hin. Ich kann mir nicht vorstellen, was er ... ich kann nicht länger warten.«

»Das Old Metropolitan«, sagte August mit einem seltsam bitteren Unterton. »Du hast es gewusst, oder? Wie hast du es erraten?«

»Ich rate nie.«

Ich räusperte mich. »Wir hätten auch einfach meinen Vater fragen können. Leander hat ihm seit Oktober täglich geschrieben und ihn auf dem Laufenden gehalten. Ich bin mir sicher, er hat eine Liste mit Orten für uns, an denen wir suchen können. Und könnten wir bitte kurz über Phillipa sprechen? Was will sie von dir?«

Keiner von den beiden warf auch nur einen kurzen Blick in meine Richtung.

»Hilf mir. Woher hast du gewusst, dass es das Old Metropolitan ist?« August zog sie zu einer Sitzbank zwischen den Aufzügen. Er klang fasziniert, aber da schwang noch ein anderer, düsterer Unterton mit. »Ganz langsam und Schritt für Schritt. Charlotte, du musst es geraten haben.«

»Es ist Samstagabend«, wiederholte sie. »Und ich rate ...«
»Nie, stimmt«, sagte ich, aber niemand hörte mir zu.

***

Ich beschloss, mich allein auf die Suche nach meinem Zimmer zu machen und nicht auf Milos *persönlichen Assistenten* zu warten. Ich hielt es keine Sekunde länger zwischen Holmes und August aus.

Es war nicht weiter schwierig, mich zurechtzufinden. Sämtliche Türen auf dem langen Flur waren mit einem Zugangscode gesichert – ich wollte ehrlich gesagt gar nicht wissen, was sich dahinter befand –, bis auf die am Ende des Gangs.

Ich öffnete sie und atmete scharf ein.

Es war, als wäre ich wieder in Raum 442. Oder in Holmes' Zimmer in Sussex. Es war, als wäre ich wieder in Charlotte Holmes' Kopf.

In dem Raum war es dunkel; im Gegensatz zu ihrem kleinen Laborraum in Sherringford besaß dieser hier ein Fenster, seine Scheibe war jedoch getönt, sodass kein Tageslicht hindurchfiel. Eine Reihe von Lampen baumelte von der Decke. Ich schaltete das Licht ein. Auf einem Tisch standen die üblichen Gerätschaften eines Chemielabors, darunter die obligatorischen Bunsenbrenner, außerdem ein weißes, zu kleinen Häufchen aufgeschichtetes Pulver, das vermutlich zu einem nicht beendeten Experiment gehörte. Keine Regale, aber trotzdem überall Bücher, die sich neben einem dick gepolsterten Sessel stapelten, hinter einer Couch, links und rechts eines weiß verputzten Kamins und sogar in seinem Inneren auf dem Feuerrost, wo sie wie Brennholz übereinandergeschichtet waren. Ich nahm eines von dem kleinen Turm neben der Tür. Es war auf Deutsch und hatte ein gespaltenes Kreuz auf dem Cover. Ich legte es zurück.

In einer Ecke in ungemütlicher Nähe zum Labortisch stand ein schmales Bett, das viel neuer aussah als die restliche Einrichtung. Es war offensichtlich erst vor Kurzem hier reingestellt worden und eindeutig für mich gedacht.

Ich beschloss, mein Lager stattdessen in Holmes' Bett aufzuschlagen.

Es war ein an der gegenüberliegenden Wand stehendes Hochbett, das wie der Mastkorb auf einem Schiff wirkte, von dem aus sie ihr kleines Reich überwachen konnte. Ich fragte mich, wie alt Holmes wohl gewesen war, als Milo dieses Zimmer für sie einrichtete. Elf? Zwölf? Er war sechs Jahre älter; nach allem, was ich von Holmes wusste, hatte er mit achtzehn angefangen, sein Imperium aufzubauen. Und in diesem neuen Leben hatte er ihr einen eigenen Platz eingeräumt. Während ich die Hochbettleiter hinaufkletterte, versuchte ich, mir eine jüngere Ausgabe von Holmes vorzustellen, die, eine Taschenlampe zwischen die Zähne geklemmt, dasselbe tat.

Sie musste sich wie Milos Erster Offizier gefühlt haben, umgeben von seinen ihm treu ergebenen Männern, in einer eigenen Kajüte. Unberührbar. Weit weg von der Welt.

Ich war mir darüber im Klaren, was ich da machte. Ich provozierte eine Konfrontation, wenn ich ihr Krähennest in Beschlag nahm. Ich wollte, dass sie wusste, dass es mich noch gab. *Watson*, würde sie sagen und sich eine Zigarette anzünden. *Führ dich nicht wie ein kleiner Junge auf. Komm da runter, ich habe einen Plan.*

August Moriarty war kein kleiner Junge. Er war ein Mann. Das war mein erster Eindruck von ihm gewesen, der, auf den es letztlich ankam. Ich konnte nicht anders, als ihn als einen Maßstab zu sehen, an dem ich bereits gescheitert war. Wenn er die fertige Skizze war, war ich der noch unvollendete Hintergrund. Sagen wir mal so: An guten Tagen war ich ein Meter siebenundsiebzig. Ich trug verwaschene Jeans und die Lederjacke von meinem Vater. Ich hatte zwölf Dollar auf dem Konto und war trotzdem irgendwie bei diesem Trip mit von der Partie, einem Trip nach *Europa*, wo meine beste Freundin für sämtliche Kosten aufkam und sich in fließendem Deutsch mit dem Fahrer unterhielt, und ich mir alle Mühe gab, mich nicht wie Gepäck zu fühlen, das auf dem Wagendach festgezurrt war.

Ich hockte dort oben und wartete. Dreißig Minuten vergingen. Eine Stunde. Ich hasste diese Gedankenspiralen, aber man hatte mir keine anderen Optionen gelassen.

Aus reiner Selbstquälerei fragte ich mich, was Phillipa Moriarty wohl von Holmes wollen könnte. Welchen Grund sie haben sollte, einem gemeinsamen Mittagessen zuzustimmen. Ich hatte ein paar ziemlich konkrete Vorstellungen dazu – Tod, Verstümmelung –, musste aber selbst zugeben, dass sie bestimmt nicht so unvorsichtig sein würde, Holmes Gewalt anzutun und es mit Milos Privatarmee aufzunehmen. Was hatte sie dann vor? Vielleicht Entspannungspolitik betreiben? Möglicherweise wusste sie, wo Leander festgehalten wurde. Vielleicht wollte sie uns wissen lassen, dass sie nichts mit Luciens albernem Krieg zu tun hatte.

Vielleicht hatte sie herausgefunden, dass ihr kleiner Bruder August lebte.

In meiner Verzweiflung zog ich mein Handy heraus und schrieb meinem Vater eine Nachricht. *Was weißt du über Phillipa Moriarty?*

Die Antwort kam prompt. *Nur das, was man in den Zeitungen über sie lesen konnte, also auch nicht mehr als du. Warum?*

Was weißt du über eine Bar namens Old Metropolitan?

Leander ist samstagabends immer dorthin gegangen, um sich mit einem Dozenten der Kunsthochschule Sieben zu treffen. Einem gewissen Nathanael. Und der Name Gretchen ist ebenfalls öfter gefallen.

Die beiden Fälscher, die Holmes erwähnt hatte. *Noch irgendwelche anderen Orte, über die ich Bescheid wissen sollte?*

Ich maile dir eine Liste. Ich bin wirklich froh zu hören, dass Milo die Angelegenheit so ernst nimmt.

Ich war mir ziemlich sicher, dass Milo nichts dergleichen tat und uns deswegen an August abgeschoben hatte. Ich steckte mein Handy weg.

Eine Minute später holte ich es wieder raus.

Als du noch mit Leander zusammengearbeitet hast, hast du dich da manchmal wie sein Gepäck gefühlt? Ich meine, kam es vor, dass er darauf bestand, dich bei einem Fall mitzunehmen, und dann einfach loslief und ihn ohne dich löste?

Natürlich. Aber es gibt eine Möglichkeit, sich nicht mehr so zu fühlen.

Und wie geht das?, fragte ich.

Ich weiß nicht, wann mein Vater zu einem Menschen geworden war, dem ich genügend vertraute, um ihn um Rat zu fragen. Es behagte mir irgendwie nicht.

Mein Handy vibrierte. *Ich habe hundert Dollar auf dein Konto überwiesen. Und jetzt lauf los und löse den Fall ohne sie.*

***

Im Old Metropolitan war mehr los als in jeder anderen Bar, in der ich in England gewesen war. Nicht dass ich schon in so unglaublich vielen Bars gewesen wäre – aber es waren genügend, um zu wissen, wovon ich sprach. In England durfte man ab sechzehn ein Bier im Pub trinken, wenn man mit seinen Eltern da war; ab achtzehn durfte man trinken, was man wollte. Die Gesetze in Deutschland waren nicht viel anders. Ich betrachtete es als Ironie des Schicksals, wie so vieles andere in meinem Leben, dass ich ausgerechnet nach Amerika auf die Highschool verfrachtet worden war, wo man erst dann Alkohol trinken durfte, wenn man praktisch schon seinen Collegeabschluss in der Tasche hatte.

Das Old Metropolitan war voller Studenten. Es lag nur ein paar Straßen von der Kunstschule Sieben entfernt, wie ich auf dem Weg dorthin festgestellt hatte. Als ich das Greystone Headquarter verließ, war es noch später Nachmittag gewesen, weshalb ich beschloss, die Zeit bis zum Einbruch der Dunkelheit dafür zu nutzen, mir eine Tarnung zuzulegen. Ich hatte zugeschaut, wie Holmes es vor meinen Augen geschafft hatte, sich durch eine minimale Veränderung an ihrem gewohnten Erscheinungsbild in eine völlig andere Person zu verwandeln. Als ich sie einmal fragte, ob ich mich nicht auch mal so tarnen sollte, lachte sie mir ins Gesicht.

Diesmal würde es nicht so weit kommen. Ich hatte mir in einem Secondhandladen einen Hut und ein Paar dicke braune Boots gekauft. Dann war ich spontan in einen Friseursalon gegangen, an dem ich unterwegs vorbeikam, und hatte nach einem Haarschnitt gefragt, den ich seit meiner Ankunft immer wieder auf Berlins Straßen gesehen hatte – an den Seiten rasiert und oben lang. Ich hatte wellige Haare, aber was immer das für ein Zeug war, das sie in dem Laden benutzten, es sorgte dafür, dass sie glatt nach hinten anlagen. Als ich fertig war, setzte ich meine Brille auf und betrachtete mich im Spiegel.

Ich hatte immer etwas an mir gehabt, das in Großmüttern das Bedürfnis auslöste, sich in Wartezimmern mit mir zu unterhalten. Vermutlich sah ich nett aus. Ich war nie in der Lage gewesen, mich selbst so zu sehen. Was ich jetzt aber durchaus sehen konnte, war, dass dieses Etwas nicht mehr da war. Grinsend setzte ich mir meinen Fedora auf den Hinterkopf, gab dem Friseur Trinkgeld und machte mich auf den Weg, um irgendwo etwas zu essen.

Simon, dachte ich. *Ich werde mich Simon nennen.*

Ich holte mir in einem etwas schmuddelig aussehenden Imbiss ein Gyros und spazierte damit zum Old Metropolitan. Wenn ich sonst allein an einem neuen Ort unterwegs war, war ich mir immer überdeutlich bewusst, wie ich ging, was ich mir anschaute, war besorgt, man würde mir sofort ansehen, dass ich ein Tourist war, und fühlte mich deswegen irgendwie minderwertig. Heute Abend lief ich herum wie jemand, der von hier war, leckte das Zaziki von meinen Fingern und schaute mir mit gleichgültigem Blick die Street Art an. Simon interessierte sich nicht für den riesigen, in Neonfarben gemalten Drachen über dem Eingang des Old Metropolitan, dessen Zähne wie zur Warnung gebleckt waren. Simon hatte das schon zigmal gesehen. Sein Onkel wohnte um die Ecke.

Simon war auch das Gedränge im Inneren vertraut, also setzte ich ein gelangweiltes Gesicht auf, als ich mich zur Theke durchschob. Was mir jedoch etwas schwerfiel, als ich mich in der Menge umschaute. Trotz der neuen Klamotten und des neuen Haarschnitts war ich immer noch die normalste Person weit und breit. Ich kam an einem Mädchen vorbei, das rosafarbene Haare hatte, die zu den Spitzen hin leuchtend goldfarben wurden. Sie gestikulierte mit einem vollen Glas in der Hand und verschüttete dabei etwas auf mich, während sie sich mit ihren Freunden auf Deutsch unterhielt. Das einzige Wort, das ich verstehen konnte, war »Heidegger«, der Name des Philosophen. Zumindest glaubte ich, dass er ein Philosoph war. Wusste ich das von den *Simpsons*? Ich versuchte, direkten Blickkontakt zu vermeiden.

Eine Taktik, die ich beim Barkeeper, endlich an der Theke angekommen, bereits wieder aufgeben musste. »Was darf's sein?«, fragte er mich auf Englisch. Er hielt mich offensichtlich für einen Engländer. Ich rief mir in Erinnerung, dass das okay war. Simon war Engländer.

Jamie geriet in Panik.

»Ein Pimm's Cup«, antwortete ich mit starkem englischem Upper-Class-Akzent, weil ich beschlossen hatte, dass Simon aus wohlhabenden Verhältnissen stammte, und weil ich irgendwann mal im Fernsehen gesehen hatte, dass auf Pferderennen Pimm's getrunken wurde, und ja, allmählich wurde es immer eindeutiger, dass Holmes recht gehabt hatte. Ich war ein absolut mieser Spion, denn der heutige Abend schien zu beweisen, dass ich all mein Wissen über die Welt aus dem Donnerstagabendprogramm im Fernsehen bezog.

Aber der Barkeeper zog noch nicht einmal eine Braue hoch. Er drehte sich einfach um und mixte mir meinen Drink. Ich befahl mir, mich zu entspannen, einen Muskel nach dem anderen, zwang meine rasenden Gedanken zur Ruhe und rückte mit Nachdruck meinen Hut auf dem Hinterkopf zurecht.

Mein Plan hatte so ausgesehen, an meinem Getränk zu nippen und die Gespräche um mich herum zu belauschen, bis ich irgendwann den Namen der Kunstschule Sieben aufschnappte. Dann hätte ich mich dazugestellt und mich als angehenden Studenten ausgegeben, der gerade seinen Onkel hier besuchte. *Vielleicht kennt ihr ihn ja – groß, zurückgekämmte dunkle Haare, wie ich Engländer? Kann ich euch vielleicht einen Drink spendieren? Kennt ihr ein Mädchen namens Gretchen? Ich habe sie letzte Woche hier getroffen* – und so weiter und so fort, bis jemand den Ort erwähnt hätte, an dem er einen von beiden zuletzt gesehen hatte, oder Leanders mysteriösen Dozenten, und ich die neue Spur aufgenommen hätte, noch bevor Holmes am Arm ihres blonden Gastons aufgekreuzt wäre.

Ein idiotensicherer Plan. Wie alle idiotensicheren Pläne erwies er sich als lächerlich. Zum einen war es *laut* im Old Metropolitan. Ich hatte schon Schwierigkeiten herauszuhören, welche Sprachen um mich herum gesprochen wurden, von einzelnen Wörtern ganz zu schweigen. Zum anderen hatte ich nicht damit gerechnet, dass ich plötzlich schüchtern sein würde. Bisher war es mir nie schwergefallen, mit Fremden eine Unterhaltung anzufangen, und ich kapierte nicht, warum ich auf einmal ein Problem damit hatte.

Vielleicht weil ich mich in den letzten drei Monaten hauptsächlich mit jemandem unterhalten hatte, der Gespräche, die Blutspritzer zum Gegenstand hatten, für Small Talk hielt.

Sie hat mich total verkorkst, dachte ich und sank ein bisschen über meinem Drink in mich zusammen. Von Simon war nicht mehr viel übrig. Was hatte ich mir bloß dabei gedacht? So zu tun als ob, war noch nie meine Stärke gewesen. Ich wollte noch nicht einmal hier in dieser Bar sein, wo mir die auf volle Lautstärke aufgedrehten Synthesizer von Krautwerk in den Ohren dröhnten, während der Typ neben mir an seinem Lippen-Piercing herumspielte. Ich beugte mich vor, um meinen Drink zu bezahlen, schaffte es aber nicht, die Aufmerksamkeit des Barkeepers auf mich zu lenken.

Als ich mich wieder zurücklehnte, fiel mir auf der anderen Seite der Theke ein Mädchen auf, das mich zeichnete.

Sie versuchte noch nicht einmal, es heimlich zu machen, und schaute immer wieder über den Rand ihres Skizzenblocks zu mir rüber. Sie hatte lange glänzende schwarze Locken und eine süße Stupsnase und war genau die Art von Mädchen, die ich gemocht hatte, als ich mich noch für andere Mädchen interessierte. Bevor ich wusste, was ich tat, nahm ich mein Glas und steuerte auf sie zu.

Ihre Augen weiteten sich, dann biss sie sich mit einem schiefen Lächeln auf die Unterlippe. Ich fühlte mich auf einmal wieder ziemlich selbstsicher.

Das heißt, Simon fühlte sich ziemlich selbstsicher.

»Hi«, hörte ich ihn sagen. »Benutzt du Kohlestifte?«

»Ja. Und du?«

»Mein umwerfend gutes Aussehen.« Was war das denn für ein übler Spruch? »Wie heißt du?«

»Warum willst du das wissen?« Sie hatte einen amerikanischen Akzent.

»Bist du aus den Staaten?«

»Nein.« Sie lachte. »Aber mein Englischlehrer.«

Simon setzte sich neben sie. »Ich werde dir jetzt eine Frage stellen und möchte, dass du sie ehrlich beantwortest, okay, *love*?« Großer Gott. »Hast du mich gerade gezeichnet?«

Sie klappte den Zeichenblock an ihren Oberkörper. »Vielleicht.«

»Vielleicht ja oder vielleicht nein?« Simon hob einen Finger in Richtung des Barkeepers, der diesmal sofort reagierte. »Einmal dasselbe, was sie hat …«

»Einen Wodka Soda …«

»Einen Wodka Soda.« Bis jetzt hatte sie Simon noch keine Abfuhr erteilt. Er sah sie grinsend an. Falls in diesem Lächeln irgendetwas von Jamie steckte, beschlossen sowohl er als auch ich es zu ignorieren. »Also? Ja oder nein?«

Ihr Name war Marie-Hélène. Sie stammte aus Lyon, aber ihre Familie lebte in Kyoto. Sie war gern zu Besuch dort, wollte aber eines Tages unbedingt in Hongkong leben – »Es ist wie ein Ort der Gegenwart, der in der Zukunft liegt«. Sie studierte an der Kunstschule Sieben, weil sie sich als kleines Mädchen bei einem Familienausflug nach Paris im Louvre verlaufen hatte und statt panisch zu werden wie verzaubert durch die Impressionisten-Abteilung gewandert war. »Danach habe ich jahrelang Wasserlilien gemalt«, erzählte sie, »und meine Eltern mussten mich Claude nennen, wie Claude Monet.«

Simon mochte sie. Mehr noch, ich mochte sie. Sie hatte etwas Schelmisches an sich, so als hätte sie ein Geheimnis.

Aber ein kleines, keines in Holmes-Größe. Sie war ganz anders als Holmes, was mich so erleichterte, dass ich hätte heulen können.

»Ja, ich habe dich gezeichnet.«

Ich konzentrierte mich wieder auf sie. »Warum?«

»Ich wollte den Ausdruck einfangen, den du vorhin im Gesicht hattest. Gerade eben hattest du ihn schon wieder. Als wäre deine Großmutter gestorben und du wärst darüber wütend. Das ist ... interessant. Und ein bisschen verstörend.« Marie-Hélène drehte ihren Block herum und zeigte mir die Zeichnung. Ein Junge mit einem albernen Hut, der auf seine Hände hinunterstarrt, als könnte er dort ein paar Antworten finden.

Das Porträt war ziemlich gut. Nur das Motiv missfiel mir.

Ich zwang mich in den Simon-Modus zurück. »In echt sehe ich viel besser aus, oder?«, sagte ich.

Sie spielte mit dem Strohhalm in ihrem Drink und schaute zu mir auf. »Stimmt.«

Ich wusste nicht, was ich als Nächstes tun sollte, weil ich mich in so einer Situation normalerweise zu ihr hinuntergebeugt und sie geküsst hätte. Wobei das nicht ganz korrekt ist. Das hätte ich als Nächstes getan, *wenn* wir auf einer Privatparty gewesen wären – würde das in einer Bar überhaupt funktionieren? Es war vermutlich das, was Simon tun würde. Ich wollte es, ich wollte es wirklich, und gleichzeitig sträubte sich alles in mir dagegen. Sollte ich das Thema wechseln? Nach Gretchen fragen, mit der der Kunstfälscher Leander Kontakt aufgenommen hatte? Nach dem Dozenten? Sollte ich sie einfach küssen und so tun, als würde mir davon nicht schlecht werden?

Der Moment ging vorbei. Sie nahm einen Schluck von ihrem Wodka Soda und fing plötzlich an zu strahlen. »Hey!«, rief sie und winkte jemandem hinter mir zu. »Hier drüben!«

Eine Sekunde später waren wir von wild durcheinanderplappernden Mädchen umringt. Eine von ihnen hatte einen mit Farbklecksen übersäten Rucksack dabei, woraus ich schloss, dass es ihre Freundinnen von der Kunstschule waren. »Alle mal zuhören«, rief Marie-Hélène, »das hier ist Simon, er ist *Engländer*.« Die Mädchen stellten sich ebenfalls vor und ich glaubte, in dem Durcheinander von Stimmen, den Namen Gretchen herauszuhören. Mein Puls beschleunigte sich.

»Ich überlege, nächstes Jahr auf die Kunstschule Sieben zu gehen«, versuchte ich die lauter gewordene Musik zu übertönen. Mittlerweile lief Disco. »Ich mache Videoinstallationen! Macht von euch auch jemand Videoinstallationen!«

»Ja!«, rief das Mädchen neben mir.

»Kann ich dich was dazu fragen?«

»Freitagmorgens!«

Ich war nicht sicher, ob sie meine Frage verstanden hatte oder ob ihr Englisch nicht so gut war, aber im nächsten Moment setzte die Mädchenhorde sich in Bewegung und Marie-Hélène nahm meine Hand. Eine Einladung mitzukommen. Ich warf etwas Geld auf die Theke und ballte innerlich die Siegerfaust. Wir würden auf eine Party gehen, auf der mit Sicherheit noch mehr Studenten sein würden, von denen bestimmt irgendjemand etwas über Leander wissen würde, und ich würde mit *Informationen* zu Holmes zurückkehren können, mit Details, die sie und August nicht haben würden ...

Oder vielleicht doch. Wie in einem Albtraum standen sie und August nämlich plötzlich zwischen uns und dem Ausgang der Bar.

5.

Ich hatte sie nicht reinkommen sehen. Was ich normalerweise als Beweis für ihre perfekte Tarnung genommen hätte, nur dass sie in ihrer Aufmachung komplett aus der Menge herausstachen. Sie hatten sich für die umgekehrte Taktik entschieden. August sah wie der Inbegriff eines Touristen aus – eine Tonne Gel in den Haaren, weiße Turnschuhe und halbhohe Socken. Und Holmes, die mit einer mausbraunen Perücke, die strähnig ihr Gesicht einrahmte, neben ihm stand, kramte gerade in einer Bauchtasche.

Sie schaute auf. Ihr Blick wanderte zu meiner Hand, die in der von Marie-Hélène lag, und ich glaubte zu sehen, dass sie blass wurde.

Wenn es so war, hatte sie sich blitzschnell wieder im Griff.

»Da bist du ja«, rief Holmes. Ich dachte schon, sie würde meine Deckung auffliegen lassen, als sie August ansah und sagte: »Ich hab dir doch gesagt, dass er es nicht schafft, uns abzuhängen.«

Marie-Hélène warf mir einen fragenden Blick zu.

»Meine Cousine und mein Cousin aus London«, sagte ich, nicht bereit, mir Simons Geschichte aus den Händen reißen zu lassen. »Ich habe nicht versucht, sie abzuhängen. Sie wollten mal einen Abend allein durch die Stadt ziehen.«

»Frag sie doch, ob sie mitkommen wollen.« Ihre Freundinnen waren schon draußen. Sie ließ meine Hand los und drückte die Tür auf.

August und Holmes hefteten sich an meine Fersen. »Wie heißt du?«, zischte sie.

»Simon. Und ihr?«

»Tabitha und Michael.«

»Sollt ihr Geschwister sein?«, fragte ich August. Sie trugen beide braune Kontaktlinsen.

»Sollen wir, ist nur leider nicht besonders glaubwürdig. Ich bin nämlich viel hübscher als sie.«

Ich musste grinsen, dann rief ich mir in Erinnerung, dass ich ihn hasste. »Hat sie dich zu der Verkleidung gezwungen?«

»Ich stehe direkt neben euch«, sagte Holmes und stampfte in der kalten Nachtluft leicht mit dem Fuß auf. »Wohin gehen wir, Watson? Was hast du herausgefunden?«

Noch nichts, aber das würde ich ihr nicht auf die Nase binden. Ich war immer noch verletzt, dass sie und August mich einfach links liegen gelassen hatten. Wir waren am nächsten Tag mit Phillipa zum Mittagessen verabredet? Wir kümmerten uns einen Dreck um die Tatsache, dass ihre Mutter vergiftet worden war? »Ich habe herausgefunden, dass Simon ziemlich gut bei Französinnen ankommt«, antwortete ich stattdessen und lief los, um Marie-Hélène und ihre Freundinnen einzuholen.

Es war kälter geworden. Ich eroberte Marie-Hélènes Hand zurück unter dem Vorwand, sie aufwärmen zu wollen. War ich mir darüber bewusst, dass Holmes hinter mir war und es sah? Natürlich. War es nicht unter meiner Würde, Dinge zu tun, um sie eifersüchtig zu machen? Tja … nein.

Es war aber auch nicht schwer, Marie-Hélène und ihre Freundinnen zu mögen. Sie unterhielten sich über die neue

Damien-Hirst-Ausstellung, die in der darauffolgenden Woche eröffnet werden sollte, und als ich keine Lust mehr hatte, so zu tun, als würde ich über alles Bescheid wissen, und zugab, keine Ahnung zu haben, wer das sein sollte, schauten sie mich nicht komisch an, sondern klärten mich auf. Anscheinend legte er Kühe in Formaldehyd ein. War das Kunst? Ihrer Ansicht nach ja. In einer Welt, in der Wissen eine Währung war, war ich meistens pleite. Es tat gut, ausnahmsweise mal nicht deswegen belächelt zu werden.

»Wo genau gehen wir eigentlich hin?«, fragte ich das Mädchen mit dem farbverschmierten Rucksack.

»Ein paar von unseren Freunden wohnen bei so einem superreichen Kunsthändler. Er vermietet Zimmer an Studenten. Ihm gehört das Haus da vorne.« Sie deutete mit dem Kinn auf ein hohes Backsteingebäude an der nächsten Straßenecke. »Wenn er in der Stadt ist, schmeißt er an den Wochenenden immer fette Partys. Ist ziemlich cool dort. Wir gehen regelmäßig hin.«

»Aber?«, fragte ich, weil ihr Tonfall nicht zu ihren Worten passte.

»Aber er ist ein widerlicher Sack«, antwortete sie achselzuckend. »Er ist um die fünfzig und hat ständig eine andere junge Studentin aus der Kunstschule am Start. Viele waren schon mit ihm zusammen. Hat ein bisschen was von einem Pakt mit dem Teufel. Man trifft ein paar wichtige Leute, bekommt ein paar hübsche Sachen gekauft, geht mit einem ekelhaften alten Typen ins Bett, und wenn man nach einer Weile wieder abserviert wird, hat man in irgendeiner Form davon profitiert. Aber du musst dir keine Sorgen machen. Auf Jungs steht er nicht.«

Ich bekam eine Gänsehaut. »Du bist Gretchen, oder?«, fragte ich und hoffte, sie würde auf die zeigen, die es war.

»Gretchen?« Sie schüttelte den Kopf. »Ich bin Hannah. Marie-Hélène nennt uns immer ihre *Mädchen*. Vielleicht hast du das vorhin falsch verstanden.«

Wie es aussah, würde ich auf einer zwielichtigen Party landen, weil ich in einer Bar etwas aufgeschnappt und falsch verstanden hatte.

Marie-Hélène zog mich die Stufen zum Eingang des Backsteingebäudes hoch. »Sie haben Ihr Reiseziel erreicht«, sagte sie und hielt uns die Tür auf.

Im Erdgeschoss war es überraschend dunkel und still, aber das war nicht unser »Reiseziel«. Ohne Licht zu machen, führte Hannah uns zu einer Art Kellertür. »Da die Treppe runter«, flüsterte sie. »Benutzt eure Handys, wenn ihr Licht braucht.«

Am Fuß der Treppe war eine weitere Tür und hinter dieser Tür befand sich eine Art Kellergewölbe.

Marie-Hélène und ihre Freundinnen gingen schnurstracks auf die Bar in der Ecke zu. Ich blieb neben der Tür stehen, eine Hand an meinem Hut, und nahm alles in mich auf.

Die Wände waren gefliest. Ein feuchter, stechender Geruch lag in der Luft. Es dauerte einen kleinen Moment, bis mir klar wurde, dass es Chlor war.

Ich schob mich an einer Gruppe von Leuten vorbei und entdeckte seinen Ursprung – ein großes Schwimmbecken mitten im Raum. Ein Mädchen strampelte mit den Beinen auf einem aufblasbaren Schwan und hielt dabei ihr Martiniglas über ihren Kopf. Zwei Jungs ließen ihre Füße im Wasser baumeln, während sie knutschten. Die Gesichter der Leute und die Wände waren mit dem sich im Wasser brechenden Licht gesprenkelt.

Ich drehte mich zu Holmes um, weil ich ihre Reaktion auf all das sehen wollte, so wie ich es in solchen verwirrenden Situationen, tief hinunter in den Kaninchenbau, immer tat.

Ich brauchte ungefähr eine Minute, bis ich sie endlich gefunden hatte. Sie stand immer noch auf der mittlerweile verlassenen Treppe und beendete gerade ihre Verwandlung – eine subtile diesmal. Irgendwo unterwegs hatte sie sich der Bauchtasche entledigt. Mit der einen Hand öffnete sie hastig ihren Cardigan, mit der anderen tupfte sie Lipgloss auf ihre Lippen. Der ganze Vorgang dauerte keine Minute, und als sie in das Gewölbe hinuntertrat, trug sie ein kurzes schwarzes Kleid und hatte einen arroganten Ausdruck im Gesicht. Ihre stumpfen mausbraunen Haare hatten in dem flirrenden Licht hier unten einen weichen, warmen Schimmer angenommen. Sie war dasselbe Mädchen wie in der Old Metropolitan Bar und gleichzeitig ein ganz anderes.

Sie stolzierte auf ihren hohen Absätzen auf August und mich zu, stellte sich zwischen uns, sagte: »Jungs?«, und wir hakten uns bei ihr unter und geleiteten sie auf die Party.

Ich beugte mich zu ihrem Ohr hinunter. »Ist das der Moment, in dem wir unsere Informationen austauschen?«, raunte ich. »Ich weiß nämlich, wie du auf das Old Metropolitan gekommen bist. Du hast den Namen der Bar einfach zufällig bei einem deiner Lauschangriffe in Sussex aufgeschnappt. Keine Zauberei also.«

Sie sah zu mir auf. »Wenn ich dem, was du über mich schreibst, Glauben schenken soll, dann ist alles Zauberei, Simon.«

»Ist er dein Biograf?«, fragte August. »So wie Dr. Watson? Gott, das ist so sü...«

»Es ist nicht *süß*.« Ich blieb am Rand des Schwimmbeckens stehen. Holmes sah sich mit zusammengekniffenen Augen im Raum um. Das Wasser warf tanzende Lichtreflexe auf ihre Wangen, und ich musste dem Bedürfnis widerstehen, ihr Gesicht zu berühren, um herauszufinden, ob ich sie wegwischen konnte. »Natürlich weiß ich, dass es keine Zauberei ist. Ich beweise es dir. Soll ich dir sagen, was du als Nächstes tun wirst?« Sie deutete ein Lächeln an. »Schieß los.«

Ich nahm mir einen Moment Zeit, mich auf der Party umzuschauen. Hannah hatte recht gehabt. Hier und da fiel jemand aus dem üblichen Raster, aber im Grunde ließen sich die Leute in zwei Kategorien einteilen: junge Studentinnen und Männer, die nach Geld aussahen. Während die Mädchen überwiegend winzige Kleidchen anhatten, waren die Typen alle komplett unterschiedlich gekleidet, manche trugen Anzug, andere hatten eher einen Künstlerlook, manche trugen existenzialistisches, zerknittertes Schwarz, andere waren wie aus dem Ei gepellt. Manche hatten den Körper eines Tänzers, andere den nervösen Blick eines Schriftstellers.

Neben uns wischte ein Mädchen auf dem Display ihres iPhones durch Aufnahmen, die ihre Arbeiten zu zeigen schienen. »Wie Sie sehen können«, sagte sie, »bin ich genau die Richtige für Ihre Vernissage.«

Sofort drehte Holmes den Kopf, um zuzuhören.

Konzentrier dich, befahl ich mir innerlich und schaute mich weiter in dem Gewölbe um. Ich wollte mich nicht lächerlich machen, nicht wenn an Holmes' anderer Schulter dieser blonde Gaston klebte.

»In der Ecke dort hinten ist ein Mann«, sagte ich schließlich. »Der mit dem Schal und der runden Brille. Er passt am besten auf das Profil von Leanders Dozent. Wie war noch mal sein Name? Nathanael?«

Holmes gab ein leises Brummen von sich. Sie schaute nicht zu ihm rüber; ihre Aufmerksamkeit war weiter auf die Unterhaltung hinter uns gerichtet. »Was hat dich zu dieser Schlussfolgerung geführt?«

Auf einmal schien es für mich nichts Wichtigeres zu geben,

als recht zu haben. Als sie dazu zu bringen, mich anzusehen, mich wirklich *anzusehen*. Ich musterte besagten Mann, der gerade mit ausholenden Gesten etwas erzählte. »Seine Körpersprache. Er wirkt sehr viel entspannter als die anderen Männer hier. Er scheint niemandem etwas beweisen zu müssen oder eine der jungen Studentinnen abschleppen zu wollen. Nein, er trifft sich hier mit Freunden. Und die Leute um ihn herum sind ebenfalls ziemlich entspannt. Schau dir den Typen neben ihm an – er ist vielleicht höchstens achtzehn und hat Nathanael gerade in den Arm gezwickt, während er redete. Jetzt sieht er erschrocken aus, wahrscheinlich über seinen eigenen Mut, und alle lachen. Sie fühlen sich wohl miteinander. Er ist eine Autoritätsfigur für sie, aber sie mögen ihn.«

Holmes taxierte den Mann im Anzug mit der kaltblütigen Gelassenheit eines Bluthunds, der eine Spur wittert. Das Problem war nur, dass es ein anderer Mann in einem anderen Anzug war.

»Außerdem passt er ins Profil«, wiederholte ich und versuchte verzweifelt, ihre Aufmerksamkeit zurückzugewinnen, »und die Leute treffen sich samstagabends im Old Metropolitan und kommen anschließend hierher, und du hast selbst gesagt, dass dein Onkel mit jemandem aus dieser Szene zu tun hatte. Steht Leander auf Rothaarige?«

Holmes verzog bei dieser Andeutung auf das Liebesleben ihres Onkels das Gesicht. »Schön, von mir aus, nur leider spielt das alles keine Rolle, weil wir keine Möglichkeit haben, an ihn ranzukommen. Keiner von uns gibt einen glaubwürdigen Kunsthändler ab und deine Aufmachung schreit ein bisschen zu laut angehender Kunststudent. Du siehst aus, als würdest du gerade von einem Casting kommen. Einen Undercut, Watson? Im Ernst?«

August lächelte vor sich hin.

»Marie-Hélène hat mir die Nummer abgekauft«, sagte ich etwas angesäuert.

»Weil sie dich süß findet.«

»Und du nicht?«

Nathanael schaute zu uns rüber. Ich hatte den Fehler gemacht, ihn anzustarren. Schnell drehte Holmes sich zu mir um und zupfte meinen Kragen zurecht. »Du siehst lächerlich aus«, sagte sie. Ihre Hände waren warm. »Ich mag dich viel lieber, wenn du du bist.«

Mir stieg ein ekelhafter süßer und vertrauter Geruch in die Nase. Forever Ever Cotton Candy. Das japanische Parfum, das August ihr vor Jahren geschenkt hatte.

»Du siehst gut aus, Simon«, sagte er und klopfte mir auf die Schulter. »Und was deine Deduktionen angeht, das war wirklich tolle Arbeit.« Es klang irgendwie unnatürlich, als hätte er aus einem Handbuch gelernt, wie man jemandem ein Kompliment machte.

»Wie auch immer«, sagte Holmes und trat von mir zurück. »Wir kümmern uns später um ihn. Zuerst ziehen wir uns den dicken Fisch an Land.«

»Welchen dicken Fisch?«

Auf Augusts Gesicht lag ein seltsam angespannter Ausdruck, aber als ich noch mal hinschaute, war er verschwunden. »Charlotte, Jamie und ich gehen eine Runde Pool spielen«, sagte er.

»Pool spielen? Du meinst wohl im Pool spielen.« Ich schüttelte den Kopf. »Warum zur Hölle sollten wir das tun?«

»Viel Spaß«, sagte sie und wickelte sich eine Haarsträhne um den Finger. Sie war schon dabei, wieder in ihre Rolle zurückzuschlüpfen. »Ich glaube, allein arbeite ich sowieso effektiver.«

Holmes und doch nicht Holmes. Die Worte nüchtern, die Stimme die einer Femme fatale.

»Da bin ich mir sicher, Tabitha«, sagte August gereizt und zog mich mit sich. Vorbei an der Theke, an dick gepolsterten, im Kreis stehenden Sesseln und einer Gruppe anzugtragender Männer, die alle rauchten und ihre Handys checkten, während ein Mädchen in einem kurzen Rock ihnen ihre Getränke brachte. Ich fragte mich, ob sie eine der Kunststudentinnen war, die hier wohnten. Ob das Teil des Deals war? Mir wurde schlecht.

In der hinteren Ecke stand ein Pooltisch. Im Gegensatz zu dem schweren alten bei Holmes zu Hause war dieser aus Plexiglas. Man konnte durch ihn hindurchschauen. Der Filzbezug war aus blickdichtem Weiß.

»Das ist doch alles unnötig kompliziert«, sagte ich.

»Was meinst du?«

»Die Party hier. Diese Situation. Dieser Pooltisch.« Ich trat gegen eines der Plexiglasbeine. »Wie gelangweilt muss man sein, um so ein Ding zu entwerfen?«

August sortierte die Kugeln in das Dreieck. »Kannst du überhaupt spielen?«

Ich hatte ab und zu nachmittags in einem Pub in der Nähe der Schule gespielt. Was natürlich nichts zu sagen hatte, weil ich damals die meiste Zeit Rose Milton, das Mädchen meiner Neuntklässler-Tagträume, angestarrt hatte.

»Klar«, sagte ich.

»Beim Pool geht es vor allem um Geometrie und Hand-Auge-Koordination.« Er warf mir einen Queue zu. »Ich fange an.«

»Das ist also der Plan. Mich erst mal genüsslich beim Poolbillard schlagen und mir dann erklären, warum du und Holmes mich vorhin in Milos militärischem Gruselkabinett links liegen gelassen habt?«

Die Kugeln schossen mit einem satten klackernden Geräusch über den Tisch, als er den Anstoß machte. Zwei Volle verschwanden in der oberen rechten Ecktasche.

»Sag mal«, er lehnte sich an die Wand, »hängt dir die Opferrolle nicht manchmal zum Hals raus?«

Das kam so unerwartet, dass ich glaubte, es mir eingebildet zu haben. »Entschuldigung?«

»Jamie, ich kenne dich seit gerade mal ein paar Stunden und du zuckst jetzt schon jedes Mal zusammen, wenn ich etwas zu dir sage.«

»Ich zucke nicht ...«

»Ich bin die ganze Zeit nett zu dir gewesen. Also was ist das Problem?«

»Du ... also entweder bist du total naiv oder spielst uns allen nur was vor. Die Art, wie du mit mir redest, ist lächerlich. Die Art, wie du sie ansiehst ...« Tief durchatmen, ermahnte ich mich. Wenn ich ihn zu Boden schlagen würde, würde Holmes mich umbringen. »Wie es aussieht, spiele ich die Halben.«

»Tust du, aber noch bin ich dran.« Sein Blick war nach wie vor auf den Tisch gerichtet. Die Vollen lagen alle in unmöglich zu spielenden Positionen da. Wahrscheinlich stellte er gerade irgendwelche hochkomplexen mathematischen Berechnungen an. »Bist du wirklich so unsicher? Oder ist es etwas anderes?«

»Hast du eine Ahnung, was du ihr bedeutest?«, knurrte ich. »Ich weiß es nämlich.«

»Du weißt gar nichts. Und ich habe dich nicht nach Charlotte gefragt.«

Ich musterte ihn wütend. Sein hässliches Tattoo, seine hochgestochene Ausdrucksweise, seine verfluchte dreiundzwanzigjährige Selbstsicherheit. »Dann erklär's mir, du Genie.«

»Vielleicht sollte ich das wirklich«, sagte er und lochte mit einem elegant ausgeführten Stoß seine nächste Kugel ein.

»Anders scheinst du es ja nicht zu verstehen.« Noch ein Treffer. Noch eine versenkte Kugel. »Ich habe kein junges Mädchen ausgenutzt. Ich habe ihr keine Drogen besorgt. Ich habe meinen Bruder nicht gebeten, ihr Leben zu zerstören und ein amerikanisches Internat dem Erdboden gleichzumachen.«

»Oder mich aus dem Weg zu räumen, was auch beinahe geklappt hätte«, sagte ich. »Darum hast du ihn auch nicht gebeten. Gibt es einen Grund, warum du plötzlich so wütend auf mich bist?«

»Ich bin nicht wütend auf dich.«

»Oh doch, das bist du.«

August, der gerade den Queue neu angesetzt hatte, hielt mitten in der Bewegung inne. »Ich habe meinen Tod vorgetäuscht, um meiner Familie zu entkommen. Und dem Gefängnis, aber vor allem ihnen. Meine Eltern waren einverstanden und ließen mich gehen; meine Geschwister halten mich für tot. Ich bin nicht der Feind. Ich bin nicht der Böse. Ich dachte, das hätte ich klargemacht.« Sein Gesichtsausdruck war so leer wie eine mit einem Schwamm sauber gewischte Tafel. Aber seine Worte klangen aufrichtig.

»Ich ... also. ›Feind‹ ist ein ziemlich starkes Wort.«

»Jamie.«

»Du ... ach, spiel einfach weiter.«

Er stieß die weiße Kugel an und ließ sie mit voller Absicht vom Tisch springen.

Ich hob sie vom Boden auf. »Du hast mir nichts getan, du musst also kein schlechtes Gewissen haben und mich aus Mitleid gewinnen lassen. Das brauche ich nicht.«

»Nein«, sagte er. »Aber vielleicht brauchst du eine Chance, endlich in das Spiel mit einzusteigen.«

»Klingt wie ein Satz, den du eine Weile proben musstest.«

Er sah mich finster an. »Ich versuche, nett zu dir zu sein.«

»Gib es auf. Du bist nicht nett. Oder falls du nett bist, bist du aus der Übung.« Ich zögerte. »Ich bin auch nicht besonders nett. Und Holmes, sie ist weiß Gott alles andere als nett.«

Das entlockte ihm ein echtes, aber trauriges Lächeln. »Ich bin nett, Jamie. Ich ... ich habe nur schon eine ganze Weile mit niemandem mehr geredet.«

Danach spielten wir einfach. August wirkte plötzlich viel entspannter als vorher, machte mich auf bestimmte Winkel aufmerksam, half mir, einen Stoß vorzubereiten, als ich nicht wusste, wie ich meine blaue Zwei einlochen sollte.

»Bist du in sie verliebt?«, fragte ich, als er eine weitere Kugel versenkte.

Sein Gesicht wurde wieder völlig ausdruckslos. Sah er immer so aus, wenn er aufgewühlt war? »Bist du es?«

»Es ist kompliziert.« Ich beobachtete ihn, aber seine Miene war weiterhin nicht zu deuten. »Wenn du es nicht bist, warum hast du sie dann so angeschaut, als wir heute bei Milo ankamen?«

August seufzte. »Ich bin jetzt schon seit ein paar Jahren in Berlin. Ich mache Dateneingabe. Milo legt mir einen Stapel Tabellen auf den Tisch – meistens Zahlen, in denen es darum geht, welche Luftstützpunkte wie viele Metalldichtungen haben – und ich gebe sie in einen Computer ein. Sie stammen bereits von einem Computer, das Ganze ist also völlig überflüssig. Eine Art Arbeitsbeschaffungsmaßnahme. Ich könnte ganz andere Dinge für Greystone tun, aber ...«

»Aber du bist ein Moriarty.« Die Kellnerin in dem kurzen Rock kam mit ihrem Tablett vorbei. Ich nahm ein Glas und bot es August an.

Er nahm es mit einem kleinen Lächeln entgegen. »Es geht darum, wer mein Bruder ist, wer meine Tante und mein Onkel sind und so weiter und so fort, aus dem Grund kann man mir keine heiklen Informationen anvertrauen. Oder einen interessanten Job.«

»Hat Milo einen so großen Hass auf dich?«

»Milo ist der Chef eines Spionagerings. Weiß der Himmel, wie das jemand schafft, der das Haus nur verlässt, wenn er unbedingt muss. Er hasst niemanden. Er *mag* auch niemanden. Aber er liebt seine Schwester, und weil sie einen Unterschlupf für mich haben wollte, hat er ihr einen Gefallen getan. Ich bin tot. Niemand dort draußen darf erfahren, dass ich *nicht* tot bin. Niemand darf mich erkennen. Meine Möglichkeiten waren beschränkt. Also habe ich das Angebot akzeptiert.« Er leerte sein Weinglas in einem Zug. »Willst du wissen, warum?«

»Ja«, sagte ich, weil mich diese Frage schon seit Wochen beschäftigte.

»Ich habe diesen Job angenommen, weil ich in dem absurden Krieg, der zwischen meiner und ihrer Familie herrscht, die weiße Fahne schwenken wollte. Ich dachte, wenn ich es schaffen würde, mich mit Milo anzufreunden, wenn ich meine Eltern überzeugen würde, sich mit den Holmes zu versöhnen, wenn es mir gelingen würde, die Dinge wieder ins Lot zu bringen, dann ... Aber damals war ich noch jünger und naiver. Meine Eltern reden noch nicht einmal mehr mit mir.«

Ich pfiff leise durch die Zähne. August machte eine ironische Verbeugung. »Tja, wie heißt es so schön?«, sagte er. »Der Weg zur Hölle ist mit guten Absichten gepflastert.«

»Wem sagst du das.«

»Und hier bin ich. Keine Freunde. Kein Kontakt zu meiner Familie, die kriminell ist oder zumindest den Ruf hat, es zu sein. Es gibt nur mich und eine Doktorarbeit in Mathematik, die ich nicht zu Ende bringen kann, weil ein Toter keine Doktorarbeit schreibt. Und mein Spezialgebiet sind Fraktale am nördlichen Polarkreis. Es gibt keine Schiffe für Tote, die in nächster Zeit dorthin aufbrechen. Ich lebe in einem traurigen kleinen Zimmer in Milos traurigem kleinen Palast. ...« Er schüttelte wütend den Kopf. »Hör zu, als ich Charlotte heute nach all der Zeit wiedergesehen habe, bin ich ... ich weiß nicht. Es war, als wäre meine Vergangenheit doch nicht ausgelöscht worden. Weder das Gute noch das Schlechte. Es war, als würde sie irgendwo da draußen immer noch existieren. Als würde ich immer noch existieren. Mir war nicht klar gewesen, wie einsam ich bin, bis ich sie sah.«

»Und das ist alles.«

»Sie ist meine Freundin. Vielleicht ist es selbstzerstörerisch, sie zu mögen, aber ich tue es nun mal.« Er zuckte mit den Achseln. »Ich versuche ihr nicht die Schuld für das zu geben, was passiert ist. Ihre Eltern – ach, vergiss es. Du darfst sie nicht einsperren, Jamie, und du darfst nicht zulassen, dass sie dasselbe mit dir versucht. Es fällt dir vielleicht schwer, das zu glauben, aber Charlotte und ich haben uns ziemlich nahegestanden, und als es zwischen uns nicht so lief, wie sie es sich wünschte, warf sie eine Granate nach mir und rannte davon.«

»August ...«

»Wir sind auf dieselbe Weise erzogen worden. Wir denken auf dieselbe Weise. Wir haben dieselbe selbstzerstörerische Art, mit Problemen umzugehen ...«

»Dann seid ihr jetzt so was wie Kumpels? Das kaufe ich dir nicht ab. Wir reden hier von dem Mädchen, das dein Leben zerstört hat, und du willst mir weismachen, du könntest einfach so mit ihr *abhängen*.« Die Worte klangen schärfer als beabsichtigt.

August blinzelte ein paarmal hektisch, fast so, als kämpfte er mit den Tränen, und plötzlich war sie da, die echte Gefühlsregung, auf die ich die ganze Zeit gewartet hatte – und zeigte sich mit brutaler Heftigkeit.

»Es ist nicht so, als hätte ich etwas Besseres zu tun«, sagte er schließlich. »Ich bin tot, schon vergessen?«

Ich sah ihn an. Trotz der Kleidung und den geschliffenen Manieren und dem vielen Selbstmitleid war es schwer, ihn nicht zu mögen. Später würde ich mich fragen, ob es daran lag, dass er mich an Holmes erinnerte, eine Version von Charlotte Holmes, die von der Gegenseite, dem Feind, großgezogen worden war.

»Hängt dir die Opferrolle nicht manchmal zum Hals raus?«, fragte ich, weil ich so gut darin war, diese Art von Seitenhieben wegzustecken.

»Überhaupt nicht«, antwortete er, »sie macht mir sogar ziemlich viel Spaß.« Und dann versenkte er nacheinander seine letzten Kugeln.

»Arschloch.«

»Nur damit du's weißt: Das ist die einzige vernünftige Antwort auf diese Art von Frage.«

»Leg die Kugeln neu auf, Klugscheißer«, sagte ich und zumindest für diesen Abend waren wir Freunde.

* * *

Zwei Spiele später kam Marie-Hélène herüber und ertappte mich dabei, wie ich gähnte.

»Lange Nacht?« Sie machte diese Sache, die hübsche Mädchen machen, und schlüpfte wie beiläufig unter meinen Arm.

»Nein«, sagte ich, als August gerade seinen fünften Stoß in Folge ausführte. »Am Ende gewinne ich.«

Ich war mir da nicht so sicher. Aber Simon war es. Simon mochte auch, wie weich sie sich anfühlte, und kurz darauf merkte ich, dass ich angefangen hatte, mit den Enden ihrer Haare zu spielen.

Es fühlte sich gut an. Einfach. Wann hatte ich angefangen zu glauben, eine gute Beziehung müsse kompliziert sein?

Freundschaft, das verstand ich. Darin gab es so eine Art Handlungsbogen, eine Geschichte, die beide erzählten, nur indem sie zusammen waren. Etwas, das sich daraus zusammensetzte, was man von der Welt wollte und was man stattdessen bekam. Eine Geschichte, an die man den anderen erinnerte, wenn man sich danach sehnte, verstanden zu werden. Meine würde ungefähr so lauten: *Weißt du noch, wie wir uns das erste Mal begegnet sind? Ich dachte immer, du wärst blond. Ich dachte immer, du wärst meine Zwillingsschwester. Meine andere Hälfte. Und dann habe ich dich kennengelernt und kurz darauf wurde der Scheißkerl vom anderen Ende des Flurs umgebracht und plötzlich bist du noch zu etwas anderem für mich geworden.* Ich hatte nämlich das Gefühl, dass ich aus dem vergangenen Jahr nichts anderes vorzuweisen hatte als unsere Freundschaft. Als wäre ich eine Leiterplatte, deren verhedderten Drähte alle ohne Umwege zu Charlotte Holmes führten.

Und trotzdem war es nicht bloß Freundschaft. Seit ich sie kannte, schaute ich praktisch kein anderes Mädchen mehr an, und früher hatte ich mir ständig Mädchen angeschaut. Ich hatte sie nicht nur angeschaut, sondern zur voll aufgedrehten Musik von Radiohead in meinem Zimmer mit ihnen herumgemacht. Ihnen per SMS Gute Nacht gesagt. Ich glaube, ich war kein so übler Freund, auch wenn die Beziehung nie besonders lange dauerte. Aber ich war nie mit ihnen befreundet gewesen, so wie ich es mit Holmes war, und ich wusste nicht, ob das, was ich fühlte, eine Art Rückfall zu meinem alten Selbst war. Wurde ich wieder zu dem fünfzehnjährigen James Watson jr., der zwei Eintrittskarten für den Frühjahrsball der Highschool in der Tasche hatte? Ich war mittlerweile so viel mehr als das. Ich hatte diese ganzen aussichtslosen Schwärmereien, meine Unfähigkeit, Freundschaft und Liebe zu trennen, hinter mir gelassen.

Hatte ich doch, oder?

Ich hatte so lange geglaubt, dass das, was ich von Holmes wollte – alles war. Als wäre diese Sache zwischen uns ein Alice-im-Wunderland-Kaninchenbau, durch den wir endlos fallen konnten, ohne je auf dem Grund aufzuschlagen. Ich wollte, dass wir zusammengehörten, bedingungslos, auf eine Weise, an die niemand anderes heranreichen konnte. Vielleicht fühlte ich so, weil sie so eigen und verschlossen war und mir trotzdem irgendwie die Tür zu ihrem Inneren geöffnet hatte. Ausgerechnet mir. Vielleicht lag es daran, wie wir uns kennengelernt hatten, Seite an Seite im Schützengraben. Vielleicht wollte ich mit ihr zusammen sein, weil ich mir nicht vorstellen konnte, was passieren würde, wenn ich eine andere begehren würde. Ich wünschte mir einen Stempel in unserer Akte: *Alle Kästchen abgehakt. Keine weiteren Beteiligten erforderlich.* Sie wollte nicht, dass ich sie berührte, wollte aber die ganze Zeit in meiner Nähe sein. Geschlossener Kreislauf. *Zutritt verboten.*

Hurensohn, dachte ich, und das hatte nicht nur etwas damit zu tun, dass August auch diese Runde gewonnen hatte.

»Zu schade.« Marie-Hélène lehnte sich an meine Brust. »Wenn du bereit bist aufzugeben, könnte ich dich jemandem vorstellen. Mein Zeichenlehrer ist hier. Er macht zwar keine Videoinstallationen«– *Zum Glück*, dachte ich, *einen Profi würde ich nicht hinters Licht führen können* –, »aber vielleicht kann er dir etwas über die Aufnahmebedingungen an der Sieben für nächstes Jahr erzählen?«

August ordnete schweigend die Kugeln für ein neues Spiel.

»Ich komme gleich wieder«, sagte ich, weil die Person, der Marie-Hélène zuwinkte, der Mann war, den ich meinen Deduktionen nach für Nathanael hielt.

»Okay, Simon«, sagte August und mir fiel wieder ein, wie ganz und gar nicht einfach das alles war.

***

So kam es, dass ich mich fünf Straßen weiter in einem Industrieloft wiederfand und auf ein Päckchen Kohlestifte starrte.

»Denkt an Form«, rief Nathanael. »Denkt an *Stil.*«

»Ich denke daran, ihn umzubringen«, sagte ich zu Marie-Hélène, die mich daraufhin entsetzt ansah. Holmes hätte leise gekichert, aber Holmes war nicht hier.

Nach einer nicht enden wollenden Stunde, in der er über das *künstlerische Schaffen aus dem Bauch heraus* dozierte, davon, die *Rohheit* der *Welt* in seiner *Arbeit zu spüren*, konnte ich Holmes und ihre Abneigung gegen Gefühlsäußerungen etwas besser verstehen. Über seine Gefühle zu sprechen war etwas ganz anderes, als sie in einem abstrakten Kontext auszudrücken. Wenn Künstler oder Schriftsteller zu sein das bedeutete, dann war ich vielleicht keiner. Erst recht nicht, wenn es dazu gehörte, sich einen langen Bart wachsen zu lassen. Nathanael war wie von Moos überwuchert.

Ich kam zu dem Schluss, dass Leander sich bei seinen Ermittlungen für nichts zu schade war, wenn er diesen Typen tatsächlich geküsst hatte.

Aber Marie-Hélène und der Rest seines Zirkels hingen wie gebannt an seinen Lippen. Ich verstand, warum – er hörte seinen Studenten wirklich zu, interessierte sich für ihre Meinung, war mit kleinen Details aus ihrem Leben vertraut. Er neckte Marie-Hélène mit »ihrem neuen Schwarm«, obwohl er mich gerade erst kennengelernt hatte. Ich dachte an Mr Wheatley, meinen ehemaligen Lehrer in Kreativem Schreiben, und daran, wie gut es sich angefühlt hatte, wenn er Interesse an meiner Arbeit zeigte. (Auch wenn er dieses Interesse aus seinen eigenen niederträchtigen und kranken Motiven vorgetäuscht hatte.)

Gut möglich also, dass Nathanael ein Wichtigtuer war. Aber alles in allem schien er kein übler Kerl zu sein und ich hatte irgendwie ein schlechtes Gewissen, dass ich in dieser Situation der Böse war.

Es sei denn, er war ebenfalls der Böse.

»Sie sollten nächstes Jahr an die Sieben kommen«, hatte Nathanael auf der Party zu mir gesagt. »Sie sind ein netter Junge. Haben Verstand. Das habe ich gleich gespürt. Die verrückte Bande hier hat mich überredet, noch ein Draw 'n' Drink zu veranstalten – Alkohol hatte schon immer einen nicht zu unterschätzenden Einfluss auf die Kunst. Warum kommen Sie nicht mit und zeigen mir, was Sie so machen? Ich könnte bei der Zulassungskommission ein gutes Wort für Sie einlegen.«

Und so waren wir ein paar Straßen weiter bis zu diesem Industrieloft gelaufen, das – wer wusste das schon – möglicherweise Nathanael gehörte, und jetzt saß ich hier und hielt ein Stück Kohle so zwischen den Fingern, wie ich bei meinem ersten und letzten Versuch zu rauchen eine Zigarette gehalten hatte. Was *nicht* der Art und Weise entspricht, wie man eine Zigarette *oder* Kohlekreide hält.

»So nennt ihr das? *Zeichenkohle?*«, fragte ich Marie-Hélène, als die Leute um uns herum mit einem Bier in der Hand herumgingen und sich die Zeichnungen der anderen anschauten. Nathanael war völlig in die Arbeit eines Mädchens am anderen Ende des Raums versunken. Ich hatte keine Ahnung, wie ich ihn noch einmal in ein Gespräch verwickeln sollte, und es herrschte langsam Aufbruchstimmung. Die Nacht war fast zu Ende.

»Nein.« Marie-Hélène starrte stirnrunzelnd auf meinen Skizzenblock. »Es ist eine Stunde vergangen, Simon. Alle haben das Stillleben gezeichnet ...« Sie musste den Gedanken nicht zu Ende führen. Mein Blatt sah aus, als hätte es Windpocken bekommen.

»Das ist experimentell«, sagte ich und schob das Kinn vor. »Total ... Picasso-esk. Mein Lehrer hat immer gesagt, meine Arbeit wäre eine Reminiszenz an seine blaue Phase.«

Marie-Hélène verzog das Gesicht. Ich konnte ihr keinen Vorwurf machen. Simon war ein ziemlich grauenhafter Typ.

SOS! Kannst du zeichnen, schrieb ich Holmes unter dem Tisch. *Ich stehe kurz davor, als Hochstapler entlarvt zu werden. Bist du beschäftigt? Kannst du kommen?*

Die Antwort kam augenblicklich. *Nicht beschäftigt,* schrieb sie. *Habe erbärmlichen Misserfolg erlebt. Auktionator leugnet beharrlich jede Möglichkeit, gestohlene Werke gekauft/verkauft zu haben, auch unter Ausübung von Druck.* (Ich wollte nicht wissen, was genau sie damit meinte.) *Kann nicht zeichnen, es aber besser vortäuschen als du. Adresse bitte.*

Zehn Minuten später war sie da und beugte sich über meine Schulter. »Oh nein, Simon«, sagte sie so laut, dass es alle hören konnten, »traust du dich etwa immer noch nicht, vor anderen Leuten zu zeichnen? Er kann manchmal so unglaublich schüchtern sein. Sag nicht, dass er dir irgendetwas von wegen er würde ›experimentelle‹ Kunst machen erzählt hat.« Holmes sah Marie-Hélène an und schüttelte übertrieben langsam den Kopf. »Männer. Sie sind solche Selbstsaboteure. Kannst du mir zeigen, wo ich hier ein Glas Wein herbekomme? Ich habe gerade den *schlimmsten* Abend meines Lebens hinter mir ...«

Nathanael hatte zugehört, denn als Holmes Marie-Hélène

mit sich zog, kam er mit einem besorgten Ausdruck im Gesicht zu mir rüber. »Ist das wahr, Simon? Es ist okay – ich weiß, wie schwierig es ist, vor erfahreneren Künstlern zu arbeiten. Möchtest du darüber reden?«

»Ich, ähm, das würde ich gern«, sagte ich und hasste Holmes dafür, dass sie es mal wieder geschafft hatte, mir innerhalb von dreißig Sekunden den Hals aus der Schlinge zu ziehen.

Nathanael führte mich zu einer winzigen Küchenzeile. Das Loft war ein riesiger widerhallender Ort mit rohen Backsteinwänden und nacktem Betonboden, aber die Küche bestand lediglich aus einer Spüle und einer Mikrowelle. »Tee? Mir ist aufgefallen, dass Sie nichts trinken.«

»Kommt auch nicht so oft vor«, antwortete ich als Simon. »Außerdem bin ich gerade ein bisschen nervös, was mit Alkohol nur noch schlimmer werden würde.«

»Seltsam. Normalerweise ist es genau umgekehrt.« Er holte eine Tasse aus einem ansonsten leeren Hängeschrank und füllte sie mit Wasser. »Sie sind ein netter Junge.«

»Bin ich das?« Ich lachte. Es klang leicht hysterisch.

»Absolut. Aber Sie wirken etwas traurig. Ist irgendetwas nicht in Ordnung?«

Ich zuckte mit den Achseln. »Ich fühle mich hier nur ein bisschen außen vor.«

»Ich führe Sie gern herum und stelle Sie allen vor.«

»Danke.« Es ärgerte mich, dass ich gern Ja gesagt hätte. »Ich glaube, damit wäre ich heute etwas überfordert.«

»Ist wohl kein so guter Abend, was? Okay, ich habe den Wink verstanden«, sagte er. »Wie haben Sie eigentlich von der Schule hier erfahren? Außerhalb der Stadtgrenzen sind wir nicht sehr bekannt.«

Ich beschloss, einen kleinen Vorstoß zu wagen. »Mein Onkel lebt hier in der Nähe. Ich wohne bei ihm. Er konnte heute

Abend nicht mitkommen, aber samstagabends geht er normalerweise immer ins Old Met und er meinte, ich sollte es mir mal anschauen. Vielleicht kennen Sie ihn ja? Groß? Dunkle, zurückgestrichene Haare ...«

Nathanael ließ die Tasse fallen, die klirrend auf dem Boden zersprang. »Oh ... oh Gott, tut mir leid. Mir zittern die Hände, war eine lange Nacht. Das ist ja unglaublich – Sie sind der Neffe von David? Er hat nie von seiner Familie erzählt.«

Volltreffer. Meine Aktion hatte sich doch gelohnt. Das heißt, falls David auch tatsächlich Leanders Pseudonym war. »Sie kennen ihn?«, fragte ich, während Nathanael die Porzellanscherben mit dem Fuß zu einem Haufen zusammenschob.

»Das kann man so sagen.« Er wich meinem Blick aus. »Und er ist heute Abend zu Hause geblieben? Ich hätte nicht gedacht, dass ... ach, nicht so wichtig.«

»Sie wissen ja, wie er ist«, antwortete ich mit falscher Unbekümmertheit. »Fängt plötzlich an, ein Fünf-Gänge-Menü zu kochen. Bleibt an einem Kreuzworträtsel hängen.«

»Das klingt ganz nach ihm«, sagte er, worüber ich erleichtert war, weil ich keine Ahnung hatte, was »David« an einem Samstagabend zu Hause machen würde. Oder wer Nathanael eigentlich für ihn war. Ich wusste bloß seinen Namen und dass er einer von Leanders Kontakten war. Möglicherweise. Bedeutete das, dass er verdächtig war? Hatte er Bilder gestohlen? Organisierte er einen Fälscherring? Gehörte er einem Drogenkartell an? Arbeitete er mit Leander zusammen? Hatte er deswegen so überrascht reagiert, als er von »David« hörte, weil er wusste, dass er irgendwo festgehalten wurde oder – was für ein schrecklicher Gedanke – tot war?

Verflucht, was tat ich hier eigentlich und wo war Holmes?

»Ich sollte mich langsam mal wieder auf den Weg machen«, sagte ich und täuschte ein Gähnen vor. Ich musste dringend mit meinem Vater sprechen und noch mehr Details erfahren. »Mein Onkel macht sich Sorgen, wenn ich zu lange wegbleibe. Bestimmt freut er sich, wenn er hört, dass ich Sie getroffen habe.«

»Ja. Ja, natürlich.« Nathanael musterte mich mit zusammengekniffenen Augen. Plötzlich fühlte ich mich wie ein Insekt auf dem Objektträger eines Mikroskops. »Richten Sie ihm bitte aus, dass er mich morgen Abend an der East Side Gallery treffen soll. Unsere übliche Ecke, zur üblichen Zeit.«

Das klang nicht nach einer Falle oder so etwas. »Klar, mache ich.«

»Ihr Name war Simon, richtig?« Sein Blick wurde stechender.

»Genau. Dann bis bald!« Bevor er nach Simons Nachnamen fragen konnte, war ich aus der Tür.

Holmes wartete draußen auf mich. Ihre Arme waren mit einer Gänsehaut überzogen und ich gab ihr meine Jacke. Sie nahm sie zögernd. »Ist das unser neuer Status quo? Du überlässt es mir, mich um deine Freundin zu kümmern, während du meine Nachforschungen sabotierst?«

»*Unsere* Nachforschungen. Und hey, kann schon sein. Apropos, wie kam es eigentlich dazu, dass ich mit deinem Freund Pool gespielt habe, während du dich an irgendeinen Auktionator herangemacht hast?«

»Könntest du bitte damit aufhören, dir mich als so eine Art Mata Hari vorzustellen? Meine verdeckten Ermittlungen sind sehr viel subtiler.«

»Tatsächlich?«

»Tatsächlich.«

»Wie hast du ihn zum Reden gebracht?«

»Ich habe an sein Mitgefühl appelliert.«

»Holmes.«

Sie hielt kurz inne. »Gut möglich, dass ich damit gedroht habe, seinen Shih Tzu umzubri...«

»Schon gut. Ich will es nicht wissen.«

Wir sahen uns an. Einen Moment später fing sie an zu lachen. »Watson, weißt du überhaupt, was genau Leander hier in Berlin macht?«

»Nein«, gab ich zu. »Nicht genau.«

»Ich auch nicht«, sagte sie. »Sollten wir dann nicht ins Greystone Headquarter zurückkehren und es herausfinden?«

6.

Hast du ihn schon gefunden?

Die Nachricht meines Vaters weckte mich am darauffolgenden Tag um fünf Uhr morgens. *Ruf an, wenn du wach bist. Ich muss es wissen,* stand auf meinem Handydisplay. Ich drehte es um und versuchte, mein schlechtes Gewissen zu beruhigen.

Letzten Herbst waren wir völlig auf uns allein gestellt gewesen, weil Holmes zu stolz gewesen war, ihre Familie um Hilfe zu bitten. *Jetzt nicht mehr,* dachte ich und stieg von ihrem Hochbett herunter. Holmes war bereits aufgestanden. Als wir nachts nach Hause gekommen waren, hatte sie sich bäuchlings auf die Matratze fallen lassen und war sofort eingeschlafen, als hätte ihr Körper die seltene Gelegenheit erkannt, neue Energie zu tanken.

Ich hatte unruhig geschlafen und jetzt, wo ich wach war, wollte ich unbedingt loslegen. Noch zehn Minuten, dann würde ich Milo wecken. Mit seiner Hilfe würden wir Holmes' Onkel bestimmt noch am selben Tag gefunden haben und uns endlich ganz normalen Dingen zuwenden können. Museen besuchen. Indisch essen gehen. Vielleicht ein paar Weihnachtseinkäufe erledigen. Ich dachte einen Moment darüber nach, was ich Holmes schenken könnte. Pipetten? Ein Buch über irgendetwas Bizarres wie Seeteufel? August würde sich bestimmt etwas Ausgefalleneres einfallen lassen.

Schluss damit. Es gab im Moment wirklich Wichtigeres, als mir darüber den Kopf zu zerbrechen.

Milo wartete im Flur auf mich, als wäre er ein Roboter, den man über Nacht zum Aufladen dort abgestellt hatte. »Watson«, sagte er ungeduldig. »Na endlich. Frühstück gibt es in meiner Küche.«

Während ich ihm folgte, fiel mir auf, dass sein Wohnbereich auf der anderen Seite des Stockwerks lag. Offenbar waren Holmes und ich in dem Gang untergebracht, der direkt vor seinem Penthouse lag und rund um die Uhr von Milos Sicherheitskräften kontrolliert wurde. Er hatte es zwar nicht laut ausgesprochen, aber ich hatte den Eindruck, als hätte er seine Schwester zu ihrem Schutz dort einquartiert und nicht weil er befürchtete, sie könnte seinen wertvollen alten Teppich ruinieren.

Sie war das Erste, was ich sah, als wir sein Refugium betraten. Sie stand im Licht des bodentiefen Fensters und spielte auf ihrer Geige. Ich blieb in der Tür stehen, um ihr zuzuhören. Die Melodie hatte etwas Gespenstisches, beinahe Galaktisches an sich – ein Notenwirbel aus schmerzhaft hohen Tönen. Es war ein beunruhigendes Stück. Milo war in die Küche gegangen und hatte angefangen, Kaffeebohnen zu mahlen. Vielleicht hatte er heute Morgen schon eine kleine Stadt ausgelöscht. Jetzt bereitete er in einer French Press Kaffee zu.

Sein Zuhause wirkte leicht angestaubt und verwohnt und schien wie die Eingangshalle aus einem anderen Jahrhundert zu stammen, nur etwas schäbiger. August saß mit einer Tasse zwischen den Händen auf einem karierten Sofa und lauschte mit geschlossenen Augen Holmes' Geige. Es überraschte mich, jetzt mehr Emotionen in seinem Gesicht zu sehen als den ganzen Abend zuvor.

»Jamie«, begrüßte mich August, als ich mich neben ihn fallen ließ. »Peterson kennst du bereits, oder? Er hat ein Briefing zu Leander für uns vorbereitet. Holmes wartet noch auf den Kaffee, aber hier ist Tee, wenn du magst.«

»Danke.«

Er lehnte sich ins Polster zurück. »Ich liebe dieses Stück.«

Sie spielte mittlerweile etwas anderes. Es klang geradlinig und mathematisch, was auf Bach hindeutete. Sie trug ein Paar von meinen Strümpfen und ihr »CHEMISTRY IS FOR LOVERS«-T-Shirt und spielte das Lieblingslied ihres ehemaligen Hauslehrers, und ich fragte mich, ob das ihre Art war, sentimentale Gefühle auszudrücken.

Sie hielt inne und die letzte Note schwebte noch einen Augenblick durch den Raum. »Peterson«, sagte sie mit immer noch schlaftrunkener Stimme in Richtung Tür. »Schön, Sie zu sehen.«

»Ma'am.« Er schob so etwas Ähnliches wie einen Infusionsständer herein, an dem zwölf, mit einer Art blinkendem Prozessor verbundene Bildschirme angebracht waren.

Milo kam mit einem Tablett aus der Küche. Er schenkte bedächtig Kaffee ein, auf eine Weise, die lange Übung verriet.

»Ich hätte nicht erwartet, dass Sie so etwas selbst machen«, sagte ich.

»Du scheinst zu unterschätzen, wie wichtig das Einhalten gewisser Routinen ist«, entgegnete er. »Mein Vater hat es immer für außerordentlich wichtig erachtet, etwas für sich selbst zu tun, und zwar jeden Tag auf dieselbe Weise. Es reinigt den Geist und hilft dabei, sich auf die wesentlichen Dinge zu konzentrieren.«

Großer Gott, dachte ich und stellte mir vor, wie er jeden Tag allein auf seiner Couch saß und sich feierlich seinen selbst zubereiteten Kaffee einschenkte, während Peterson das morgendliche Briefing vorbereitete. Ich hatte mich mit Genies umgeben – den bedauernswertesten und einsamsten Genies, die ich finden konnte.

»Jamie.« Peterson schaltete die Monitore ein. »Geht es Ihnen wieder besser?«

»Ja, vielen Dank.«

»Wir werden die Besprechung mit einer Grundlagenschulung beginnen«, sagte er in seiner ruhigen, freundlichen Art. »Mr Holmes hat mich gebeten, Sie in Bezug auf Kunstdiebstahl und Strafverfolgung auf den neuesten Stand zu bringen.«

»Wäre es nicht am sinnvollsten, die deutschen Behörden zu kontaktieren und um Informationen über Leanders Ermittlungen zu bitten?«, fragte Holmes und setzte sich auf den Boden.

»Mr Holmes hat diese Informationen bereits eingeholt«, entgegnete Peterson vage. »Aber er ist der Meinung, dass Sie alle eine Schulung auf diesem Gebiet benötigen.«

Mit regloser Miene wartete Holmes, bis Milo seine Tasse an die Lippen hob, und versetzte seinem Ellbogen dann einen Stoß. Der Kaffee ergoss sich über seine Brust. Sie lächelte ihr Schwarze-Katze-Lächeln.

»Wenn wir hier fertig sind, besorge ich Ihnen ein Bleichmittel und ein neues Hemd«, sagte Peterson zu Milo, der vor Wut kochte. »Und jetzt zu Ihrer Grundausbildung in moderner Ermittlungstechnik auf dem Gebiet der Kunstkriminalität …«

Wir lernten, dass die Kunstwelt ein weitestgehend unkontrolliertes Gebiet ist. Es gibt keine globalen Datenbanken über die Transaktionen auf dem Kunstmarkt, sodass es Händlern denkbar einfach gemacht wird, gestohlene oder gefälschte

Werke zu verkaufen. Da die meisten Länder nur sehr begrenzte Mittel für den Kampf gegen Kunstdiebe zur Verfügung stellen, können diese Händler praktisch unbehelligt ihren kriminellen Geschäften nachgehen.

Was noch erschwerend hinzukommt, ist die überwältigende Menge an Kunstwerken, die die Nazis von Künstlern und Sammlern – überwiegend Juden – gestohlen hatten, die während des Zweiten Weltkriegs aus Deutschland flohen. Und nicht allen gelang die Flucht. Die, die es nicht schafften, wurden in Konzentrationslager deportiert und auch deren Häuser und Wohnungen wurden geplündert. Obwohl es immer wieder Versuche der deutschen Regierung gab, diese Werke ausfindig zu machen und an die Familien zurückzugeben, sind viele Kunstwerke verschwunden geblieben. Perfekte Voraussetzungen dafür, diese Werke wie von Zauberhand wieder auftauchen zu lassen – ohne dass trotz aller Anstrengungen seitens der Gutachter je irgendjemandem auffällt, dass es sich dabei in Wirklichkeit um Fälschungen handelt.

»Leider haben die meisten Strafverfolgungsbehörden dringlichere Fälle auf dem Tisch«, fuhr Peterson fort. »Private Ermittler wie Leander Holmes sind oftmals die letzte Hoffnung bei der Verfolgung von Fälschern und Fälscherringen, Händlernetzwerken, die Kunstwerke deportierter oder geflohener Juden verkaufen, oder irgendwelcher Drogenkartelle, die sich mit dem Handel gefälschter Kunst etwas dazuverdienen. Da es sich hier um einen sehr kleinen und exklusiven Kreis handelt, musste er seinen verdeckten Einsatz monatelang vorbereiten, bevor er auch nur darauf hoffen konnte, Zugang zu irgendwelchen verwertbaren Informationen zu erhalten.«

Während er sprach, war auf den Monitoren hinter ihm ein Aquarium-Bildschirmschoner zu sehen. Ich machte mir Notizen auf einem Block, den Milo mir geborgt hatte.

August hob die Hand, als würden wir in einem Klassenzimmer sitzen. »Wie passen meine Brüder Lucien und Hadrien in dieses Bild?«

Peterson zögerte. »Hadrian Moriarty ist dafür bekannt, sich mit Schmiergeldern die Gunst von korrupten Staatsoberhäuptern zu erkaufen, um ungestraft Kunstschätze außer Landes schmuggeln zu können.«

»Das weiß ich«, sagte er und drehte sich zu Milo, »aber wie passen sie in dieses Szenario hier?«

Milo machte eine Handbewegung und die zwölf Bildschirme schalteten zu einem Security-Feed. Genauer gesagt, waren es gleich mehrere Security-Feeds, die jedoch nicht, wie man es aus Filmen kannte, schwarz-weiß, sondern in Farbe waren. Eine Strandhütte mit sich bauschenden Vorhängen, zwischen denen hindurch das Meer zu sehen war. Ein Zimmer mit einem Himmelbett. Anderer Schauplatz, andere Zimmer. Und auf den untersten vier Bildschirmen das Haus der Holmes in Sussex, jedes Mal aus einem anderen Blickwinkel. Ich erschrak, als ich den Holzstapel wiedererkannte, wo ich Leander zuletzt gesehen hatte.

Milo nahm seine Finger zu Hilfe, um die einzelnen Feeds aufzuzählen. »Hier haben wir das neueste Versteck deines Bruders Lucien. Und hier die Zweitwohnung deines Bruders Hadrian in Kreuzberg – im Ernst, August, sorge das nächste Mal bitte dafür, in eine bessere Familie geboren zu werden –, der Vordereingang und der Blick auf seine zum Hof liegenden Fenster. Und auf seine Toilette, aber aus Gründen der Schicklichkeit hielt ich es für angebracht, davon nichts zu zeigen. Der Raum hat ein ziemlich großes Fenster, weshalb ich mich entschieden habe, ihn in die Überwachung mit einzubeziehen.« Er machte erneut eine drehende Bewegung aus dem Handgelenk und auf den Bildschirmen erschienen weitere

Aufnahmen. »Ich lasse jedes Zimmer im Haus unserer Familie aus jedem nur erdenklichen Blickwinkel überwachen, einschließlich des Klärbehälters, und habe zwei Spezialisten abbestellt, die mit nichts anderem beschäftigt sind, als diese Bildschirme zu überwachen und ihre Deduktionen zusammenzufassen.«

»Das beantwortet nicht meine Frage«, sagte August. Holmes, die neben ihm saß, beugte sich vor, um einen besseren Blick auf die Monitore zu haben, und trommelte mit den Fingern auf ihren Knien.

»Lucien muss nur niesen und ich erfahre es. Bestellt er einen anderen Cocktail als den, den er sich sonst zu seinem traurigen kleinen Versteck mit Meerblick bringen lässt, ist es einer meiner Männer, der ihn ihm serviert. Er muss nur daran *denken,* in seinen Wagen zu steigen, und schon fehlen drei Dichtungsringe und der hintere rechte Reifen. Und fliegt jemand, der auch nur im Entferntesten mit ihm zu tun hat, nach England, wird eine Notlandung in Berlin veranlasst, während der er mit Gewalt aus dem Flugzeug entfernt wird.« Milos Stimme vibrierte vor Hass. Ich sank ein bisschen in mich zusammen, als er weitersprach. »Ich habe ihn von all seinen Ressourcen und Kontakten abgeschnitten. Sein letztes Telefonat war vor drei Wochen, als er seine Schwester Phillipa anrief, und ich habe die Verbindung nach exakt eins Komma drei Sekunden unterbrochen.

Um also deine Frage zu beantworten: Falls Lucien etwas mit Leanders Verschwinden zu tun hätte – wäre er besser als ich in meinem eigenen Spiel, dabei bin ich der Beste. Ich habe meiner Schwester gesagt, dass sie sich keine Sorgen machen soll, und das wird sie auch nicht müssen. Wir werden das in Ordnung bringen.«

Holmes schaute fragend zu ihrem Bruder auf. Er erwiderte

ihren Blick, immer noch sichtlich wütend auf sie, aber dann nahm sie die Kanne, um ihm neuen Kaffee einzuschenken, und er entspannte sich etwas.

Als er sich wieder den Bildschirmen zuwandte und fortfuhr, kehrte er zu seinem steifen Selbst zurück. »Und was Hadrian Moriarty angeht … er nimmt meine Dienste in Anspruch.«

Ich hustete. August vergrub das Gesicht in den Händen.

»Das musst du erklären«, sagte Holmes. Sie klang nicht überrascht.

»Ich dachte eigentlich, du würdest von selbst darauf kommen, Lottie.«

Sie holte Luft. Dachte darüber nach. Dann nahm sie genau wie er vorhin die Finger zu Hilfe, um das Ergebnis ihrer Überlegungen aufzulisten. »Die einzige Art von Dienstleistung, die du einem solchen Mann anzubieten hättest, läge im Bereich Personenschutz. Ich kann mir nicht vorstellen, dass er deine Söldner für irgendetwas anderes engagieren würde, außer dem Transport rechtlich fragwürdiger Kunstwerke von einem Land in ein anderes, da jedoch die meisten anständigen Regierungen dich und deine ›unabhängigen Dienstleister‹ verabscheuen, bezweifle ich, dass du dir zum Wohle eines Moriarty derart die Hände schmutzig machen würdest. Entschuldige, August.«

Er stöhnte hinter seinen Händen.

»Also kann es sich nur um Personenschutz handeln. Aber wie ist es dazu gekommen? Hadrian würde nie an dich herantreten, es sei denn, er hätte herausgefunden, dass August für Greystone arbeitet, und in diesem Fall hättest du die Konsequenzen mit Sicherheit bereits zu spüren bekommen. Es sei denn, Leanders Verschwinden wäre die Konsequenz – aber nein, er hätte es gleich auf mich abgesehen gehabt. Nach allem, was ich von Hadrian Moriarty und seiner sechstausend

Dollar teuren Uhr weiß, geht er nicht besonders subtil vor. Nein. *Du* bist an *ihn* herangetreten.«

Milo nippte an seinem Kaffee.

»Aber warum, um alles in der Welt, sollte er sich darauf einlassen? Selbst wenn er kein persönliches Interesse daran hat, mir die Haut abzuziehen und sie an seine Wand zu hängen, hat sein älterer Bruder sehr wohl eines, und ich kann mir nicht vorstellen, dass Hadrian sich auf so etwas ohne einen triftigen Grund einlassen würde. Was könntest du ihm angeboten haben? Man appelliert nicht an die Güte eines Moriartys. Entschuldige, August« – August stöhnte erneut –, »also musst du ihm gedroht haben.« Sie las einen unsichtbaren Hinweis im Gesicht ihres Bruders. »Nein, falsch. Du hast einfach etwas benutzt, vor dem er schon längst Angst hat.«

»Leander«, setzte ich die Teile zusammen. »Er hat Angst, dass Leander seinen Fälscherring auffliegen lassen könnte.«

»Aber er hat nicht in Hadrians direktem Umfeld ermittelt – *oh*. Leander war undercover unterwegs. Vielleicht hat er ganz zufällig eine Spur entdeckt, die zu Hadrian führte. Und obwohl Kunstschwindlern von offizieller Seite so gut wie keine Gefahr droht ...«

»Und dann kommt plötzlich ein Holmes mit jeder Menge Informationen daher und geht damit an die Presse ...«

»... und es wahrscheinlich nie zu einer rechtlichen Verfolgung käme, wäre sein internationaler Ruf zerstört«, beendete Holmes ihre Schlussfolgerungen. »Dann würde in seinem mit dem Geld aus geraubten Kunstschätzen gefütterten Sparschwein bald Ebbe herrschen.«

August ließ die Hände wieder sinken und schaute auf. In seinen Augen lag ein unglücklicher Ausdruck. »Dann versorgst du meinen Bruder also mit Informationen über Leanders Ermittlungen und bist für seinen Personenschutz zuständig. Und deine Männer berichten dir, was Hadrian so treibt.«

»Peterson«, rief Milo. »Besorgen sie jedem von den dreien ein Fleißbildchen.«

Milos sarkastischer Kommentar war der Tropfen, der mein Fass zum Überlaufen brachte. Vielleicht hatte ich langsam mehr Übung im Umgang mit Mitgliedern der Familie Holmes. Vielleicht war ich einfach nur der Einzige, der richtig Angst hatte. Jedenfalls konnte ich meinen Mund nicht halten. »Sind Sie moralisch so bankrott, dass Sie bereit sind, mit dem Leben Ihres Onkels zu spielen?«, fragte ich.

»Die Informationen laufen in beide Richtungen«, sagte Milo. »Ich habe Leander gesagt, was er tun muss, um Hadrian nicht in die Quere zu kommen. Wie er ihm aus dem Weg gehen kann. Es war die einzige Möglichkeit, sich nicht die Zügel aus der Hand nehmen zu lassen. Uneingeschränkte Macht kommt vor Sicherheit, das hat mir mein Vater beigebracht.«

»Es ist nicht Ihre Sicherheit, die Sie geopfert haben«, entgegnete ich und er spannte die Kiefermuskeln an.

»Es kann also nicht Hadrian sein, der Leander festhält«, sagte August sichtlich erleichtert. »Genauso wenig wie Phillipa, die beiden sind unzertrennlich. Sie haben nichts damit zu tun, oder?«

»Soweit ich weiß, nein«, sagte Milo.

Holmes blickte auf ihre Hände. Sie wirkte nicht wütend oder traurig, sondern ... niedergeschlagen. Als wäre sie sich absolut sicher gewesen, die Lösung für Leanders Verschwinden zu kennen, und als wäre ihr diese Sicherheit jetzt genommen worden. Ich hatte mich gefragt, warum sie sich so wenig Sorgen um ihren Onkel zu machen schien. Hier war die Antwort. Sie hatte geglaubt, es wäre genauso einfach, ihn zu finden, wie Augusts Bruder aufzuspüren.

Sie war es nicht gewohnt, sich zu irren.

Mit düsterem Gesicht beugte sie sich vor, um sich noch einmal Milos Security-Feeds anzuschauen, als würde die Antwort dort liegen. Vielleicht war es ja so.

Ich wandte mich wieder Milo zu. »Hadrian kennt die Einzelheiten über Leanders Ermittlungen. Und trotzdem glauben Sie, dass er nichts mit seinem Verschwinden zu tun hat.«

Milo seufzte. »Leander ist Hadrians Operationen in keiner Weise zu nahe gekommen, bis auf neulich, als er einen Händler in die Mangel genommen hat, der auch Moriartys Interessen vertritt. Hadrian erfuhr davon, also erfuhr ich ebenfalls davon. Daraufhin habe ich meinen Onkel umgehend angerufen und ihm gesagt, dass er das Land verlassen soll. Dass er nach Sussex gehen und die Verbindungen meines Vaters anzapfen soll, die vielleicht ein neues Licht auf die Ermittlungen werfen könnten. Der Händler hatte somit genügend Zeit abzutauchen, bevor Leander zurückkehrte. Alle glücklich. Alle unversehrt.«

»Und wenn Hadrian Spitzel in England hat und Wind davon bekam?«, sagte ich.

»Das würde er nicht wagen. Ich habe dafür gesorgt, dass jeder Millimeter unseres Hauses überwacht wird.«

»Und Phillipa ...«

»Was das betrifft, scheint Lottie ihre eigenen Pläne zu haben.« Er runzelte die Stirn. »Euch kann jedenfalls nichts passieren. Ich werde ein oder zwei Scharfschützen zu dem Restaurant schicken, in dem ihr euch mit ihr trefft.«

»Ein oder zwei Scharfschützen«, murmelte August. »Ihr seid wirklich alle gleich.«

Neben ihm bewegte Holmes ihre Hände vor dem Bildschirm auf und ab. Nichts passierte.

»Verzeihung?«, sagte Milo. »Ich jongliere hier mit einer

Vielzahl brennender Keulen, von denen eine zufällig *du* bist. Wenn dir das nicht passt, kann ich dir jederzeit eine Stelle in Sibirien verschaffen, August.«

»Vielen Dank. Leander hat diese Art der Einmischung bestimmt auch sehr geschätzt.«

»Oh ja«, sagte Milo lächelnd. »Er war begeistert.«

»Moment mal«, sagte ich. »Wenn er nicht hinter Hadrian und Phillipa her war, wen hatte Leander denn dann im Visier?«

Mit einem kleinen triumphierenden Laut riss Holmes ihr Handgelenk nach rechts. Jeder der zwölf Überwachungsbildschirme sprang zu einem anderen Feed: dem Hauseingang in Sussex aus verschiedenen Blickwinkeln. Dann zeichnete sie mit der linken Hand eine steile Diagonale in die Luft und sämtliche Aufnahmen begannen zurückzuspulen.

Milo schnalzte missbilligend. »Du bist zu schnell.«

»Bin ich nicht«, sagte sie und drehte ihre Handflächen nach oben. Das Bild stoppte gehorsam. »Diese Sensoren sind übrigens reine Energieverschwendung. Was ist mit der Fernbedienung passiert?«

August räusperte sich. »Ich habe die Bewegungssensoren entwickelt. Die zugrunde liegende Mathematik basiert auf einem Differenzial von ...«

»Ja, ja, ich weiß«, zischte sie und ließ die Bildschirme weiterlaufen. »Schaut mal hier. Der Abend, an dem Leander verschwand. Zu sehen sind er und Jamie, die offensichtlich gerade einen sehr bewegenden Moment neben dem Holzstapel erlebt haben; hier gehen sie zum Haus zurück. Durch das Fenster sehen wir die Familie beim Abendessen. Leander in seinem Zimmer.« Sie machte eine Drehung aus dem Handgelenk und der Bildschirm wechselte zu einer anderen Ansicht. »Dort sind die Aufnahmen nicht lückenlos. Milo hat in den Gästezimmern lediglich Fotokameras installiert, die alle zehn Minuten ein Bild machen.«

»Ein Flüchtigkeitsfehler«, sagte er, »den ich mittlerweile behoben habe.«

»Offensichtlich. Hier sehen wir, wie Leander auf seinem Handy telefoniert. Er läuft dabei auf und ab oder bewegt sich zumindest. Jetzt packt Leander seine Taschen. In der nächsten Einstellung eilt er mit seinem Gepäck die Treppe zur Eingangshalle hinunter und hier« – sie wechselte zur Außenansicht des Hauses, wo ein Mann mit einer schwarzen Kappe sich die Einfahrt hinunter entfernte – »verlässt er den Kamerablickwinkel und geht auf ein wartendes Auto zu.« Sie warf ihrem Bruder einen Blick zu. »Wo ist er danach hin?«

Milo schnippte seufzend mit den Fingern. Die Bildschirme wurden schwarz. »Wir wissen nicht, wo er jetzt ist. Aber wir wissen, wo er war und was er davor getan hat. Meinen Informanten zufolge haben die deutschen Behörden ihn damit beauftragt, einen Fälscherring zu infiltrieren und genügend Beweise zu sammeln, um ihn dingfest zu machen. Dieser Fälscherring hat Kopien von Werken eines Künstlers namens Hans Langenberg aus den 1930er-Jahren in Umlauf gebracht. Die schiere Anzahl der Bilder, die plötzlich ›entdeckt‹ wurden, hat ein paar Alarmglocken zum Schrillen gebracht, weshalb man daraus einen Sonderfall gemacht hat.«

Auf dem Monitor erschien ein Gemälde. Ich blinzelte. Es hatte genau die intensive atmosphärische Dichte, die mir an Bildern so gut gefiel, ganz in Kobalt und Grau gehalten mit ein paar eierschalenfarbenen Unterbrechungen. Das Motiv stellte ein in einer Ecke lesendes Mädchen in einem roten Samtkleid dar, neben sich einen Mann, der einen Brieföffner in den Händen drehte. Ein anderer schaute aus einem dunklen Fenster. Sie waren alle in dem einzigen Lichtfleck des Bildes versammelt; der Rest des Raums war dämmerig, unerforscht.

»Das hier ist sein berühmtestes Gemälde – *Die letzten Tage des August*. Er war Deutscher, stammte aus München. Unverheiratet, keine Familie. Extrem verschlossen und von einer ungeheuren Schaffenswut, wie es heißt. Trotzdem soll er nur drei seiner Bilder zum Verkauf freigegeben haben. Letztes Jahr tauchte bei einer Versteigerung ein Fund ›neu entdeckter Werke‹ auf.« Die Bildschirme zeigten eine Flut ganz ähnlicher Bilder – als Motive Dachkammern und Mansardenzimmer, ein nächtlicher Garten, immer mit einer Gruppe von Gestalten irgendwo im Hintergrund, die einen hellen Gegenstand in der Hand hielten, sich entweder ansahen oder den Blick voneinander abwandten. »Die Gutachter sind ratlos. Es ist unmöglich festzustellen, ob diese Bilder zu Langenbergs Werken zählen. Und wenn das an die Öffentlichkeit gelangen würde, könnte es so aussehen, als würden skrupellose Fälscher aus der geraubten Kunst getöteter jüdischer Künstler und Kunstsammler einen riesigen Profit schlagen. Es gibt bereits Gerüchte, das Geld würde in die Taschen von Neonazis wandern. Die deutschen Behörden wollen dem so schnell wie möglich ein Ende bereiten.«

Die Bilder zogen einen alle in ihren Bann, gefälscht oder nicht, und ich war enttäuscht, als die Monitore wieder schwarz wurden.

August musste meinen Gesichtsausdruck gesehen haben. »Sie sind wunderschön«, sagte er mit dieser Stimme, die ich nicht ausstehen konnte, mit der er so tat, als wäre er er selbst.

»Ja«, sagte Holmes zu meiner Überraschung. »*Die letzten Tage des August*. Erstaunlich, es ist wirklich schön. Sie sind alle wunderschön. Und Leander hat versucht, die vermeintlichen Fälscher aufzuspüren, ihr Atelier unter die Lupe zu nehmen und Beweise dafür zu finden, dass Langenbergs Wiedergeburt Betrug ist?«

»Genauso lautete sein Auftrag.« Milo nickte Peterson zu, der daraufhin anfing, den Rollständer mit den Bildschirmmodulen zusammenzupacken. »Mehr hat man mir zu seiner eigenen Sicherheit nicht gesagt. Aber dieser Fälscherring ist in ganz Europa tätig, Lottie. Berlin ist natürlich ein guter Ausgangspunkt, aber ich weiß mit Sicherheit, dass Leander auch Verbindungen in anderen Städten untersuchte. Budapest. Wien. Prag. Krakau. Das ist eine gewaltige Aufgabe, er könnte also so gut wie überall sein. Ja, er hat aufgehört, Jamies Vater zu mailen, aber möglicherweise ist er so tief in die Szene eingetaucht, dass er nichts riskieren möchte, was seine Tarnung auffliegen lassen könnte. Es ist nicht gerade sehr subtil, seinem besten Freund, dessen Nachname Watson lautet, jeden Tag ausführlich Bericht zu erstatten.«

»Er hat mich Lottie genannt«, sagte sie beinahe flehend. »In seiner Sprachnachricht. Er nennt mich nie Lottie. Und er hat mir kein Geschenk dagelassen, bevor er ging.«

»Darling. Alle nennen dich Lottie.« Milo stand auf. »Sei nicht albern. Vielleicht steckt Leander gerade wirklich in Schwierigkeiten. Vielleicht ist er sogar in ernster Gefahr. Aber das wäre nicht das erste und auch nicht das letzte Mal. Das ist sein Job. Ich werde mich aus der Sache heraushalten. Vor allem in Anbetracht der heiklen Situation, in der ich mich mit Hadrian befinde. Denkst du vielleicht, es war einfach, ihm weiszumachen, dass Leander sich aus freien Stücken für einen Aufenthalt außerhalb des Landes entschlossen hatte, und nicht, weil er zwei Sekunden davon entfernt war, über Informationen zu stolpern, die Hadrian Moriartys schmutzige Geschäfte aufdecken würden? Nein. Ich muss mich hier an bestimmte Vorsichtsmaßnahmen halten.«

»Das hier ist nicht das Fiasko mit der verschwundenen Giraffe in Dallas oder der Datenklau in Wales. Das hier ist ... es fühlt sich anders an. Er ist aus *unserem Haus* verschwunden.«

»Und Vater sagt, dass es ihm gut geht«, entgegnete Milo, als wäre das ein unwiderlegbares Argument. »Ich weiß, du machst dir Sorgen, aber ich kann meine außerberuflichen Bemühungen nur in eine Richtung lenken. Lucien macht mir im Moment viel größere Sorge. Ob er die Hände bei dem Giftanschlag auf Mutter im Spiel hat ... und wer weiß? Diese Bedrohung könnte auch Leander gelten. Es kann jedenfalls nichts schaden, die Sicherheitsvorkehrungen in Bezug auf Lucien Moriarty und unsere Familie zu erhöhen. Unsere Mutter ist in Gefahr, und auch wenn sie nicht zu Lotties Lieblingsmenschen zählt« – Holmes zuckte zusammen – »weiß ich, dass sie auf keinen Fall ihren Tod will. Meine Leute vor Ort untersuchen die Sicherheitslücke. Mir wird wöchentlich Bericht erstattet. Die Überprüfung unseres Personals ist so gut wie abgeschlossen. *Meine* Sorge ist, dass Lucien es irgendwie geschafft hat, von Thailand aus mit seinen Leuten in Verbindung zu treten, und ich muss herausfinden, wie.«

»Und das bedeutet?«, fragte August.

»Das bedeutet, dass ich nach Thailand fliege. Noch heute Abend. Ich muss mir selbst ein Bild von der Situation vor Ort machen.« Er lächelte dünn. »Ich werde bald zurück sein. Ich habe einen Krieg zu führen.«

Ich erinnerte mich daran, was Alistair Holmes zu mir gesagt hatte. *Ich bin der Urheber einiger kleiner internationaler Konflikte gewesen.* Der Drang, es mit der ganzen Welt aufzunehmen, lag bei den Holmes eindeutig in der Familie. Aber seine Schwester hatte nicht denselben Ehrgeiz wie er. Ihrer war noch viel größer.

Milo nannte seiner Schwester die Namen einiger seiner Agenten, an die sie sich wenden konnte, wenn sie Hilfe brauchte, wobei ich mir nicht sicher war, ob sie überhaupt zuhörte. August schaute geistesabwesend Peterson hinterher, der den Rollständer aus dem Raum fuhr.

»Holmes und ich treffen uns zuerst mit Phillipa zum Mittagessen, was bestimmt total nett und kein bisschen schrecklich und abartig wird, und heute Abend gehen wir zur East Side Gallery«, sagte ich zu August, obwohl sie und ich noch nicht darüber gesprochen hatten. »Dieser Nathanael, der Dozent von der Kunstschule, ist dort mit Leander verabredet. Ist sicherlich interessant zu sehen, was passiert, wenn er nicht auftaucht. Vor allem unter dem Aspekt, dass er vielleicht der Händler ist, zu dem Leander Kontakt aufgenommen hat, bevor er verschwand.«

Aber August hörte kaum zu. »Er vertraut mir«, sagte er verblüfft. »Er hat gerade einfach so ... all diese Informationen vor mir ausgebreitet und verlässt sich darauf, dass ich nichts davon meiner Familie erzähle.«

Ich sah ihn scharf an. »Und? Hast du vor, sein Vertrauen zu missbrauchen?«

»Nein«, sagte er und lachte hart auf. »Das würde ich niemals tun. Ich habe es ernst gemeint, als ich sagte, dass ich hierhergekommen bin, um Frieden zu schließen. Er hat mir nur noch nie so viel Vertrauen entgegengebracht und ich verstehe nicht, warum er seine Meinung auf einmal geändert hat.«

Holmes berührte Milos Schulter und beugte sich vor, um ihm etwas ins Ohr zu flüstern. Er schüttelte den Kopf und küsste sie flüchtig auf die Wange. »Bis bald«, sagte er, nickte uns zu und ging.

»Herzlichen Glückwunsch, August. Du hast gerade die

Sicherheitsfreigabe für die streng geheime Akte deiner Familie erhalten.« Sie zupfte an ihrem »CHEMISTRY IS FOR LOVERS«-T-Shirt. »Wenn wir dann jetzt bitte mit unserem Tagesprogramm fortfahren könnten? Es ist schon sieben Uhr morgens und ich hätte das gern bis Mitternacht erledigt.«

***

Holmes wollte mit August und mir in unser Zimmer zurückkehren, um vor dem Mittagessen mit Phillipa eine »Strategie zu entwerfen«, aber August entschuldigte sich und sagte, er hätte noch zu tun.

»Und was bitte schön soll das sein?« Holmes hob eine Braue, als ich sie kopfschüttelnd ansah. »Was? Ständig beklagt er sich darüber, dass er nichts zu tun hat. Ich habe nur eine Tatsache festgestellt und verstehe nicht, was daran unhöflich sein soll.«

Er legte ihr bestimmt die Hände auf die Schultern, als wäre er wieder ihr Privatlehrer. »Charlotte. Ich habe nichts zu tun. Ich versuche – sehr höflich –, dich loszuwerden, um eine Stunde für mich zu haben. Im Unterschied zu euch beiden macht mich dieses ständige Zusammensein langsam etwas fertig.«

»Das hättest du doch einfach sagen können.«

August schüttelte lächelnd den Kopf und ging auf den Aufzug zu.

Ich fragte mich, wohin er wollte.

»Erzähl mir nicht, dir wäre das Konzept der höflichen Verneinung fremd«, sagte ich zu Holmes, als sie die Tür zu unserem Zimmer öffnete.

»Natürlich nicht. Ich erwarte nur mehr von meinen Freunden. Ehrlich zu sein ist sehr viel effizienter als zu lügen.«

»Milo hat ihm diese Informationen nur gegeben, um zu sehen, was er damit anstellen wird.«

»Selbstverständlich. Aber ich vertraue ihm. Er hat sich damals dafür entschieden, sich praktisch selbst auszulöschen, statt mich ans Messer zu liefern. Ich glaube nicht, dass er seine Meinung plötzlich geändert hat.« Sie dachte einen Moment darüber nach. »Und außerdem, selbst wenn er vorhat, sich aus dem Staub zu machen und uns zu verraten, vielleicht glaubt er, dass es jetzt mal Zeit ist, auch an sich zu denken.«

»Nimmst du das nicht ein bisschen zu sehr auf die leichte Schulter?«

Sie lächelte grimmig. »Ich bin mir ziemlich sicher, dass Milo nie das Fadenkreuz von Augusts Rücken entfernt hat. Hadrian kann ja versuchen, Informationen von einem rauchenden Häufchen Asche zu bekommen, ich glaube allerdings nicht, dass er damit Erfolg haben würde.«

Dieses Bild war so schief, dass ich lachen musste. »Du bist ja richtig gut gelaunt heute Morgen.«

»Bin ich«, entgegnete sie. »Und jetzt mach dich bereit. Ich will die Strategie für unser Mittagessen mit Phillipa durchgehen.«

***

»Die Meeresfrüchte hier sind ganz ausgezeichnet«, sagte Phillipa. Sie hob dezent einen Finger und wie aus dem Nichts tauchte ein weiß gekleideter Kellner neben ihr auf. »Bringen Sie mir bitte ein Glas Champagner. Ihre Hausmarke genügt, es muss nichts Ausgefallenes sein.«

»Ist Champagner nicht schon per Definition etwas Ausgefallenes?«, fragte ich.

»Es ist gerade mal Mittag«, sagte Holmes, ohne von ihrer Speisekarte aufzuschauen.

»Kinder.« Phillipa lächelte dünn. »Erzählt mir nicht, ihr

hättet eure Austernschale noch nie mit Champagner ausgeschwenkt. Was bringen sie euch auf diesem erbärmlichen Internat nur bei?«

Ich zog eine Braue hoch. »Wie man Kindern wie uns einen Mord anhängt.«

Diese ganze Angelegenheit war einfach absurd. Phillipa hatte darauf bestanden, das Restaurant auszuwählen; Milo hatte zehn Minuten, bevor wir uns auf den Weg machten, eine Adresse zugeschickt bekommen und erstaunt auf die Nachricht geschaut. »Dieses Restaurant hat im Jahr 1853 eröffnet«, sagte er, als er uns zum Wagen führte, »und ist seit 1853 völlig überteuert. Genießt den italienischen Marmor. Ich werde ein paar meiner Leute hinschicken und diskret in eurer Nähe platzieren.«

Wie sich bei unserer Ankunft jedoch herausstellte, hatte Phillipa Moriarty das komplette Restaurant gebucht. Sie wartete im hinteren Bereich an einem Tisch, über sich ein funkelndes Mosaik, das einen Drachen darstellte. »Hallo zusammen«, hatte sie uns lächelnd begrüßt. »Ich hoffe, der Platz hier ist Ihnen angenehm?«

»Nein, absolut nicht. Er ist inakzeptabel«, hatte Holmes entgegnet. »Ich bestehe darauf, dass die Männer meines Bruders uns durch die Fenster sehen können.« Dann hatte sie uns zu einem Tisch am Fenster geführt, als wären wir unartige Schüler, die sie zum Büro des Direktors brachte.

Das bestimmte den Ton der darauffolgenden erbärmlichen sechzig Minuten.

»Ziehen Sie Austern aus Neuengland vor?«, fragte Phillipa und spielte mit ihrer winzigen Gabel. »Ich ja, aber es ist so unglaublich schwierig, sie übers Meer zu verschiffen, und wozu auch, wenn man so herrliche italienische Meeresfrüchte in der Nähe hat?«

»Wo ist Leander?«, fragte ich in einem Tonfall, den man kleinen Kindern gegenüber anschlägt. »Ich weiß, dass Sie es wissen.«

»Schön«, sagte Phillipa und ignorierte mich einfach. »Ich werde auf jeden Fall welche nehmen.« Sie hob wieder ihren Finger und gab ihre Bestellung auf, die sie, soweit ich es beurteilen konnte, auf Italienisch herunterratterte.

»Wo«, sagte ich, »ist Leander?«

Phillipa zog eine kleine Grimasse und zupfte ihren Schal zurecht. »Man könnte hier ruhig die Heizung ein bisschen höher drehen, finden Sie nicht? Brrr.«

»Wo. ist. Leander.«

So ungefähr sah unser Plan aus, wenn man es denn einen Plan nennen konnte. Ich würde Phillipa so lange mit dieser Frage, die sie nicht beantworten würde, bearbeiten, bis sie den Grund für dieses Treffen nennen würde. *Wenn sie sich die Mühe macht, ein Mittagessen zu arrangieren,* hatte Holmes gesagt, *wird sie den höflichen Schein wahren wollen. Das verschafft uns Zeit, ihr auf den Zahn zu fühlen. Während du sie mit Fragen auf Trab hältst, kann ich in Ruhe ihre Verhaltensmuster beobachten und entschlüsseln.*

»Wo ist Leander?«, sagte ich und bestellte ein Mineralwasser beim Kellner. Holmes tat immer noch so, als würde sie die Speisekarte lesen, aber ich war mir sicher, dass sie in Wirklichkeit damit beschäftigt war, Phillipas Mimik zu studieren. Die ältere Frau schien keine einzige Sekunde lang still zu sitzen. Es waren subtile Gesten – sich die Haare aus dem Gesicht streichen oder an einem Ärmel zupfen –, aber ihre Hände waren permanent in Bewegung.

Fünf Minuten vergingen. Zehn. Es war, als würde Phillipa auf etwas warten. Ich hätte ja befürchtet, dass dieses Treffen ein Ablenkungsmanöver war, aber wofür? Schließlich war es nicht so, als wäre das Greystone Headquarter durch unsere Abwesenheit angreifbar geworden.

Die Austern wurden auf einer Platte auf einem Bett aus zerstoßenem Eis serviert. Holmes' Augen verzogen sich kurz zu freudigen Schlitzen. Ihre ersten Austern hatte sie bei meinem Vater in Connecticut gegessen, als meine Stiefmutter Abbie mit einem Sack davon vom Fischmarkt nach Hause zurückkehrte, und fast eine ganze Platte davon verputzt. Ich kannte sie mittlerweile gut genug, um zu wissen, dass ihr das Ritual daran gefiel, das merkwürdige, zarte Muschelfleisch, die hübschen kleinen Werkzeuge, mit dem man sie öffnete und verzehrte.

Holmes nahm beinahe ehrfürchtig eine Auster in die Hand und musterte sie eingehend. »Ach ja, wie geht es eigentlich Ihren Orchideen?«, fragte sie Phillipa in höflichem Plauderton.

Und einfach so glitt Phillipa die Maske vom Gesicht.

»Ich gebe Ihnen genau diese eine Chance, mit uns zu verhandeln.« Phillipa legte die Hände auf den Tisch. »Das ist mehr, als Sie verdient haben, und das wissen Sie. Sagen Sie mir, wo August ist, und ich setze mich bei Lucien zu Ihren Gunsten ein. Hadrian hat kein Interesse daran, mit Ihnen zu verhandeln, aber ich.«

»Zu schade, dass Ihr Gärtner Sie verlassen hat, und dann auch noch so plötzlich.« Holmes hob die Auster höher und studierte sie aufmerksam. »Heute Morgen erst, oder? Milo brauchte dringend jemanden, der sich um seine ... Nelken kümmert.«

»Es gibt noch andere Orchideengärtner«, entgegnete Phillipa. »Hier sind meine Bedingungen. Ich werde Lucien bitten, Ihnen eine Schonfrist von zwei Jahren zu geben. Eine zweijährige Amnestie von dem Todesurteil, das er über Sie verhängt hat – genügend Zeit, um die Schule zu beenden und erwachsen zu werden. Und dann werden Sie verschwinden. Eine neue Identität annehmen. Einen neuen Namen.«

»Milo hat sich auf meine Empfehlung hin für diesen Gärtner entschieden«, sagte Holmes und drehte die Austernschale in der Hand. »Oh, sie duften so herrlich nach Meer, finden Sie nicht auch? Da bekomme ich sofort Heimweh und wünschte, ich wäre zu Hause. In Sussex.«

Phillipa zögerte. »In Sussex.«

»Ja, in Sussex. Bei meiner Mutter, die sehr krank ist. Und meinem Onkel, der aber leider verschwunden ist. Sagen Sie«, Holmes griff über den Tisch, um die kleine Austerngabel von Phillipas Teller zu nehmen, »haben Sie Leander Holmes in letzter Zeit gesehen? Als ich ihn das letzte Mal sah, war er sehr besorgt um meine … sehr kranke Mutter.«

»Die Frage sollte wohl besser lauten, wo Sie meinen kleinen Bruder festhalten«, zischte Philippa. »Versuchen Sie nicht, mit mir zu spielen.«

»Ihr Bruder«, sagte Holmes.

»Mein Bruder.«

»Welcher? Der Kindermörder, der sich an einem Strand von Thailand versteckt? Oder der Antiquitätendieb mit den Geheimratsecken?«

»Hat Ihnen denn *nie* jemand Respekt beigebracht?«, explodierte Phillipa. »Hat Ihnen noch nie jemand gesagt, dass es nicht genug ist, clever zu sein? Sie müssen bereit sein, mit anderen *zusammenzuarbeiten*. Ich versuche, Ihnen einen Ausweg anzubieten.«

»Mit Ihnen werde ich niemals zusammenarbeiten.«

»Ich kann jederzeit meine Leute hereinrufen und Sie zu Lucien schaffen lassen«, fuhr Phillipa fort. »Ich könnte mir vorstellen, dass ihm das alles sowieso viel zu langsam geht und er nichts dagegen hätte, die Dinge etwas zu beschleunigen. Ihnen die Hände zu brechen. Sie zu töten. Wollen wir doch mal sehen, ob es mir nicht gelingt, Sie nach Thailand zu verfrachten, bevor Ihr tumber Bär von einem Bruder es verhindern kann.«

»Der Kellner schreibt jemandem eine Nachricht«, sagte ich zu Holmes. Ich machte mir nicht die Mühe zu flüstern. »Er hat sein Handy genau in der Sekunde herausgezogen, als sie anfing, laut zu werden.«

Holmes beugte sich vor. »Vielleicht ist August noch am Leben. Und vielleicht unternimmt mein Onkel nur einen Ausflug in die Schweizer Alpen und hat vergessen, uns darüber zu informieren. Fakt ist, wir haben keine Zeit und dafür haben Sie gesorgt. Das hier sind *meine* Bedingungen. Sie befehlen Ihrem Bruder Lucien, sich den Behörden zu stellen. Sie und Hadrian reisen nach England und *entschuldigen* sich bei meinen Eltern. Und Sie sagen mir, wo mein Onkel ist. Und dann grabe ich vielleicht August aus und finde heraus, ob er überhaupt noch etwas mit Ihnen zu tun haben will.«

»Ich soll mich bei Ihren Eltern *entschuldigen*? Und wofür, wenn ich fragen darf? Dafür, dass sie das Pech haben, mit einer Tochter wie Ihnen gestraft zu sein?«

»Dafür, dass Sie meine Mutter vergiftet haben«, sagte sie leise. »Dafür, dass Sie versucht haben, mich umzubringen. Dafür, dass Sie einen dummen Fehler zu einer schrecklichen internationalen Krise hochspielen.«

Ich hatte mich halb dem Fenster zugewandt und nach draußen geschaut, und da waren sie plötzlich – Wagen, die heranfuhren und sich wie schwarze Perlen am Straßenrand aufreihten. »Wir sollten den Rückzug antreten«, sagte ich. »Jetzt.«

»Diese Bedingungen sind inakzeptabel.« Philippa lehnte

sich in ihren Stuhl zurück.»Nein, Charlotte. Vergessen Sie nicht, dass Sie das alles angefangen haben. August wird uns zu unseren Bedingungen übergeben.«

»Holmes«, sagte ich und achtete darauf, meine Stimme ruhig zu halten. »Sie sind bewaffnet.«

Holmes fischte mit einem Fingernagel das Austernfleisch aus der Schale und ließ es auf ihren Teller fallen, goss einen Schluck Champagner in die leere Schale und trank sie in einem Zug aus.

»Sie werden es noch zutiefst bedauern, mein Angebot nicht angenommen zu haben«, sagte Holmes zu Phillipa, und dann liefen sie und ich wie vom Teufel gehetzt los.

Durch das Labyrinth aus Tischen, durch die seltsam geschäftige Küche, doch statt durch die Hintertür abzuhauen – »Da stehen sie garantiert auch schon«, zischte sie –, rannte sie um eine Reihe verdutzt schauender Köche herum, zog mich in den Tiefkühlraum und knallte die Tür hinter uns zu.

»Dein Bruder ist hoffentlich wirklich in der Nähe«, sagte ich hustend, »das Ding hier lässt sich nämlich nur von außen öffnen.«

»Mit einem Tastencode«, sagte sie und zog ihr Handy heraus. »In so einem exklusiven Fischrestaurant achtet man darauf, dass niemand sieht, wie die fangfrische Seezunge eingefroren wird – hallo, Milo, könntest du bitte den Code für den Tiefkühlraum im Piquant hacken? Watsons Bartstoppeln fangen schon an zu frieren. Ändere den Code und dann schick jemanden, der uns abholt.«

Sie legte auf. Wir sahen uns an.

»Milo hat doch erst heute Morgen noch gesagt, es sei völlig ausgeschlossen, dass Hadrian oder Phillipa euren Onkel festhalten«, sagte ich. »Also worum ging es da gerade?«

»Milo ist manchmal ein bisschen kurzsichtig. Zu denken,

161

man wüsste alles, kann gefährlich sein«, sagte sie. »Ich weiß, dass die Moriartys etwas damit zu tun haben. Ich bin mir dessen absolut sicher.« Sie sagte es mit einer solchen Heftigkeit, dass ich einen Schritt zurückwich.

»Orchideen?«, versuchte ich sie abzulenken, damit sie sich wieder ein bisschen beruhigte. »Das ist dein Masterplan gewesen? Ihren Orchideengärtner abzuwerben?«

Ihre Augenbrauen begannen sich mit weißem Raureif zu überziehen. »Sie hat für ihre Blumen mehrere internationale Preise gewonnen«, sagte sie. »Ich dachte, Milo könnte ein paar Tipps gebrauchen. Vielleicht ein oder zwei Bäume in seinem Penthouse ziehen.«

»Du bist *schrecklich*.«

Sie grinste. »Ich weiß.«

»Dann war das gerade eben nur so eine Art Pinkel-Wettbewerb.«

»Es war mein Angebot, ihr eine letzte Chance zu geben.« Sie seufzte. »Manchmal bin ich einfach viel zu nett.«

»Ich will lieber nicht wissen, wie es aussieht, wenn du nicht nett bist«, sagte ich. »Gott, ist das kalt. Ich glaube, ich kann alle meine Zähne spüren. Wie lange noch, bis die Männer deines Bruders hier sind?«

»Sie hatten vermutlich auf dem Dach Stellung bezogen. Also vielleicht noch ein oder zwei Minuten. Bis jetzt habe ich noch keine Schüsse gehört, was ein gutes Zeichen ist.« Sie stampfte ein bisschen mit den Füßen auf, um sich zu wärmen. »Watson?«

»Holmes?«

Sie musterte einen Moment den Betonboden.

»Ich habe meinen Mantel am Tisch vergessen«, sagte sie, und als sie aufschaute, sah ich, dass ihr Blick glasig und traurig wirkte.

Ich trat einen Schritt auf sie zu. »Hey«, sagte ich sanft. »Was ist los?«

»Hast du gewusst, dass mein Onkel immer ein Geschenk für mich hinterlässt, bevor er geht? Diesmal nicht. Er ... das letzte Mal war es ein Paar Handschuhe. Sie waren aus schwarzem Kaschmir. Fingerlos. Perfekt, um Schlösser zu knacken.« Sie schaute wieder zu Boden und schob die Hände in die Taschen. »Ich wünschte, ich hätte sie jetzt bei mir.«

Fünf Minuten später öffneten Milos Männer die Tür. Meine Zunge war schon fast eingefroren und auf meinen Schuhen lagen Eiskristalle und Holmes hatte aufgehört zu weinen. Aber wahrscheinlich hatte sie nie damit angefangen.

Zurück im Greystone Headquarter passierten wir den Security-Check, indem wir den Wachleuten einfach sagten, sie sollten sich sonst wohin scheren, und fuhren mit dem Aufzug zu unserem Zimmer. Holmes hatte sich in die Sorte vorsätzliches Schweigen gehüllt, die bedeutete, dass ihr Hirn auf Hochtouren lief. Noch zehn Minuten länger und sie würde in einen Berg Decken gewickelt anfangen, Kette zu rauchen.

»Ich bin gar nicht zum Essen gekommen.« Das war die Sorte vorsätzlicher dämlicher Kommentare, mit der ich versuchte, sie aus sich selbst herauszuholen. Zufälligerweise stimmte er auch. »Ich hätte gern von den Austern probiert.«

»Wir gehen noch mal hin«, versprach sie. »Du kannst dir ja in Milos Küche ein Sandwich machen.«

»Muss ich damit rechnen, dass jemand aus dem Hinterhalt auf mich schießt, wenn ich die Küche betrete?«

»Nein, musst du nicht«, sagte sie. »Wo ist dein Handy?«

»Ich hab es hiergelassen. Warum?«

»Wir treffen uns mit einer Moriarty und du lässt dein Handy

zu Hause? Was wenn wir voneinander getrennt worden wären?«

»Wir sind aber nicht voneinander getrennt worden«, antwortete ich gereizt. Ich hatte wirklich einen Bärenhunger. »Ich hab keine Lust, es die ganze Zeit mit mir rumzuschleppen, wenn mein Vater mich ständig mit Nachrichten bombardiert und ich ihm immer noch nichts Neues erzählen kann.«

»Schau jetzt mal auf deinem Handy nach.« Sie setzte sich auf den Boden und zog ein Buch aus dem Stapel neben sich.

Da war sie wieder – die vertraute Mischung aus Angst und Nervenkitzel, die mich jedes Mal erfasste, wenn sie mich zu so etwas aufforderte. Ich kletterte auf das Hochbett und kramte mein Handy aus den zerwühlten Laken. Das Display zeigte eine Nachricht von einer Nummer an, die als FRANZÖSISCHES TECHTELMECHTEL eingespeichert war. Sie lautete: *Simon, hast du immer noch Lust, heute Nachmittag Kaffee trinken zu gehen? Würde mich total gern weiter über meine Bilder unterhalten.*

Ich fluchte leise. Unter mir balancierte Holmes ihr Buch auf den Knien und lächelte vor sich hin. Sie musste sich nachts an meinem Handy vergriffen haben. Und es war ihr gelungen, Marie-Hélène die grauenhafteste Nachricht der Welt zu schicken:

Hello Darling, hoffe, es ist okay, dass ich einfach so schreibe. Hab deine Nummer von Tabitha. Fantastische Kupplerin, meine Cousine. Lust, morgen ein Tässchen Tee trinken zu gehen?

»Holmes. So schreibt doch kein Typ, der ein Mädchen davon überzeugen will, sich mit ihm zu treffen.«

»Ich konnte einfach nicht widerstehen. Genauso klingst du, wenn du versuchst, den Jungen aus gutem Haus zu spielen.« Sie biss sich auf die Lippe, um sich ein Lachen zu verkneifen.

Du bist mir ja einer, hatte Marie-Hélène geantwortet. *Großer Gott. Schickst deine Cousine vor, um die Arbeit für dich zu machen! Natürlich hab ich Lust, mich mit dir zu treffen.*

Fände es total schön, deine Bilder zu sehen, lautete »meine« Antwort, *und mehr darüber zu hören. Habe mich gestern Abend bei deinem Zeichenlehrer ziemlich schräg benommen. Dafür möchte ich mich entschuldigen. War nervös.*

»Simon hätte sich für ein einfaches ›Sorry‹ entschieden, statt ›Dafür möchte ich mich entschuldigen‹, wenn er schon die ganze Zeit im Telegrammstil schreibt«, beschwerte ich mich.

Sie blickte mit unschuldigem Blick von ihrem Buch auf. »Oh Darling, *sorry*. Da war ich wohl nicht ganz bei der Sache.«

Warum nervös?, hatte Marie-Hélène gefragt und mehrere Engel-Emojis angehängt.

Kannst du dir das nicht denken? Du bist wunderschön. Weißt du auch.

Errötendes Emoji.

»Oh nein«, stöhnte ich. »Das klingt wie ein Song von L. A. D. Oder wie so eine Art L. A. D.-Fan-Fiction meiner Schwester.«

»Ich habe einiges dazugelernt von deiner Schwester«, sagte Holmes mit einer gewissen Genugtuung. »Zum Beispiel, dass du als kleiner Junge darauf bestanden hast, eine ganze Woche lang deine Unterwäsche über deiner Hose zu tragen. Ich habe die Fotos gesehen.«

»*Nein.*« Ich würde Shelby umbringen, und zwar auf extrem einfallsreiche Weise.

»Außerdem kann ich jeden einzelnen Song auf dem ersten Album von L. A. D. auswendig.« Sie fing tatsächlich an, vor sich hin zu trällern. »*Girl / yeah girl you're beautiful / you know you're effin beautiful ...*«

Ich warf ein Kissen nach ihr, dem sie geschickt auswich.
»Wie kann jemand, der in Musik einen Privatlehrer hatte, nur so schief singen?«

»Es ist nun mal jeder auf seine Weise begabt, Watson. Es können nicht alle professionelle Herzensbrecher sein.«

»Und was ist der eigentliche Grund, warum ich mich heute Nachmittag mit Marie-Hélène auf einen *Tee* treffe? Oder willst du mir einfach nur auf die Nerven gehen?«

Sie hob das Buch hoch. Auf dem marmorierten Einband stand ein deutsches Wort.

»Und?«, sagte ich. »Denkst du, ich verstehe auf einmal Deutsch? Was ist das für ein Buch?«

»Ein Buch über Gifte und ihre Wirkungen. Es gibt ein paar Dinge, die man nicht mithilfe des Bildmaterials von Überwachungskameras herausfinden kann oder indem man das Hauspersonal filzt, sosehr Milo dem auch widersprechen würde. Wenn ich im Moment schon nichts für Leander tun kann ... Ich gehe alles durch, was ich über die Krankengeschichte meiner Mutter weiß. Versuche, einzugrenzen, womit sie in Kontakt gekommen ist, um von dort zurückzuverfolgen, wie es ins Haus gelangte. Milo ist fort und damit habe ich uneingeschränkten Zugang zu seinem *Labor*. Zu seiner Technik! Das wird ein absolut großartiger Nachmittag werden.«

»Ich dachte, wir würden diesen Fall bis Mitternacht gelöst haben«, sagte ich.

»Werden wir auch.«

»*Diesen* Fall. Nicht den deiner Eltern.«

»Sie stehen ganz offensichtlich in Verbindung zueinander. Ockhams Rasiermesser, Watson. Wie oft kommt es vor, dass zwei Mitglieder einer Familie innerhalb derselben Woche vergiftet und entführt werden?« Ihre Worte klangen sachlich, ihre Stimme nicht. »Die einfachste Theorie ist immer vorzuziehen. Ich rasiere also alle anderen Theorien ab, wenn man so will. Während du dieses Mädchen als Eintrittskarte benutzt. Horch sie aus. Knips deinen schnoddrigen, draufgängerischen Charme an.«

»Hast du noch mehr von diesen miesen Metaphern auf Lager?«

»Jetzt nicht, Watson.«

»Okay, schon gut.« Was sagte das über uns aus, dass wir uns bei der Planung meines Dates mit einem anderen Mädchen so gut verstanden wie schon seit Tagen nicht mehr? »Ich werde einen Blick in Marie-Hélènes Atelier werfen, ihren Freundinnen ein paar Suggestivfragen stellen und versuchen, mehr über Nathanael in Erfahrung zu bringen, bevor wir heute Abend zur East Side Gallery gehen. Aber zuerst mache ich mir ein Sandwich.«

»In Ordnung.« Sie warf sich ihren schäbigen Morgenmantel über, als würde sie sich ein Cape umlegen, und klemmte sich das Buch unter den Arm. »Und, Watson«, fügte sie im Gehen hinzu, »setz deinen Hut auf.«

Ich hörte sie den ganzen Weg den Flur hinunter kichern.

***

Marie-Hélène mochte meinen Hut. Sie mochte auch meine Boots und das Band-Shirt, das ich zu meiner zerrissenen Jeans trug, was vielleicht keine so gute Idee war, weil ich sie nie gehört hatte.

»Und überhaupt«, sagte sie und hielt ihren Latte zwischen behandschuhten Fingern. »Faulkner ist schon immer mein Lieblingsschriftsteller gewesen, aber Murakami mag ich auch total. Sie sind so unterschiedlich, es ist schwierig, sich zwischen ihnen zu entscheiden.«

»Aha«, erwiderte ich lahm. »Geht mir genauso.« Wir standen vor dem Café, in dem wir uns getroffen hatten. Es war nur ein paar Häuser von der Kunstschule entfernt. Sie hatte mir das Gebäude vorhin gezeigt – Giebeldach, Backsteinfassade –, und ich wartete auf eine Gelegenheit, sie zu fragen, ob ich mir vielleicht mal ihr Atelier anschauen dürfte.

»Und Graphic Novels. Ich glaube, die haben mich überhaupt erst zum Zeichnen gebracht.« Sie nippte an ihrem Kaffee. Der Wollbommel auf ihrer Mütze wackelte vor und zurück. »Alles in Ordnung? Du siehst wieder so abwesend aus.«

Ich zwang mich zu lächeln. »Nur ein bisschen gedankenverloren, Darling«, sagte ich und so war es auch. Ich wollte weiterkommen. Ich wollte mit neuen Beweisen zu Holmes zurückkehren. Ich wollte wissen, seit wann es nicht mehr meiner Vorstellung von einem perfekten Sonntag entsprach, mich auf einer verschneiten Straße in Berlin mit einem französischen Mädchen über unsere Lieblingsautoren zu unterhalten. Ich wollte einfach nur so schnell wie möglich in ihr Atelier, damit ich ihre Sachen durchschnüffeln konnte, während sie auf der Toilette war.

Manchmal fragte ich mich, ob mein Umgang mit Charlotte Holmes ein Monster aus mir gemacht hatte. In Momenten wie diesem war ich mir sogar sicher. »Wie bist du eigentlich zur Kunst gekommen?«

»Ich habe mich einmal als kleines Mädchen im Louvre verlaufen und – warte mal.« Sie runzelte die Stirn. »Hab ich dir das nicht schon im Old Met erzählt?«

Hatte sie. Ich ruderte hastig zurück. »Doch, natürlich. Ha. Aber das war der Moment, in dem dir klar wurde, dass du Kunst *magst*. Ich meinte den Moment, in dem du gemerkt hast, dass du Kunst, ähm, *machen* willst.«

Marie-Hélène zog eine Braue hoch, erzählte mir dann aber

eine Geschichte, in der es um Muscheln, die Löffelsammlung ihrer Großmutter und einen Stift ging, den sie vom Postboten klaute. Es war eine lustige Geschichte, unterhaltsam und gut erzählt. Ich hörte fast augenblicklich auf, zuzuhören. Stattdessen nahm ich ihre Hand und begann wie beiläufig in Richtung der Kunstschule zu schlendern.

»Hast du irgendetwas von deinen alten Arbeiten dort oben?«, fragte ich, als wir vor dem Gebäude angekommen waren.

»Nein«, sagte sie. »Versuchst du, mit mir allein zu sein, Simon Harrington?«

Den Nachnamen hatte Holmes mir verpasst. »Vielleicht.«

Ich beobachtete, wie sie darüber nachdachte. Ihre Nasenspitze hatte sich in der Kälte leicht gerötet und ihre Lippen waren in einem leuchtenden Kirschrot nachgezogen. Sie sah aus, als wäre sie einem Märchen entsprungen. Und ich wollte sie nicht küssen. Wie konnte es sein, dass ich sie nicht küssen wollte? Ich war völlig verdorben worden.

»Okay«, sagte sie und wirkte plötzlich schüchtern. »Ich zeige dir meine Bilder.«

»Ist sonst noch jemand da?«, fragte ich, während sie den Schlüssel herauskramte.

»Es sind nur noch ein paar Tage bis Weihnachten. Ich fahre morgen nach Hause, glaube aber nicht, dass außer mir noch jemand hier ist.«

»Gut«, sagte ich eine Spur zu eifrig. Das bedeutete weniger Zeugen und so gut wie freie Bahn, um mich in den Ateliers ihrer Kommilitonen umzuschauen. Mir war sehr daran gelegen, Nathanaels Studenten als Verdächtige auszuschließen. Ich mochte Marie-Hélène. In einem anderen Leben hätte ich sie bestimmt sehr gemocht und ich wollte aufhören, mich zu fragen, wie ich sie für unseren Fall benutzen konnte.

Bis auf den blassen Winternachmittag, der durch die Fenster strömte, lagen die Ateliers, an denen wir vorbeikamen, alle im Dunkeln, und Marie-Hélène machte erst Licht, als wir in ihr eigenes Atelier traten, das am Ende des langen Flurs lag. Dann setzte sie sich auf ihren Arbeitstisch und baumelte mit den Beinen.

»Hi«, sagte sie und biss sich auf die Unterlippe.

Mist, dachte ich. Weil ... natürlich. Natürlich war das der Moment, in dem von mir erwartet wurde, den nächsten Schritt zu tun. Ihren Hals zu berühren. Sie zu küssen. Ihr vielleicht sogar ein L.A.D.-Stück vorzusingen – irgendetwas, um den lächerlichen Nachrichten gerecht zu werden, die Holmes verschickt hatte.

Die Nachrichten *waren* lächerlich gewesen, und zwar in mehr als einer Hinsicht. Es hätte mit Sicherheit eine Möglichkeit gegeben, dieses Treffen ohne dieses ganze übertriebene Flirten einzufädeln. Die beiden schienen sich am Abend zuvor gut verstanden zu haben, warum hatte Holmes sich dann nicht selbst mit Marie-Hélène getroffen? Sie war die bessere Detektivin. Das wussten wir beide.

Okay, ich hatte mich am Abend zuvor ziemlich weit aus dem Fenster gelehnt und ständig den Arm um Marie-Hélène gelegt und vor Holmes damit angegeben, dass das französische Mädchen auf mich stand. *Haha, es ist mir egal, dass August da ist, ich habe auch jemanden.* Also ja, verflucht, ich hatte mich wie der letzte Idiot benommen, aber ich dachte, sie würde es mit einem Achselzucken abtun und ... *Oh mein Gott,* dachte ich plötzlich, *sie versucht mich zu verkuppeln. Entweder weiß sie, dass ich das hier total vermasseln werde, oder ...*

Oder sie wusste, dass ich es total vermasseln würde, *und* wollte, dass ich mich an Marie-Hélène heranmache und sie, Holmes, verdammt noch mal in Ruhe lasse. Ich sah förmlich vor mir, wie sie mit August darüber lachte und sagte: *Du weißt ja, wie Watson ist. Es ist nie um mich gegangen. Er mag jedes hübsche Mädchen.*

Tja, hier ist ein hübsches Mädchen, das mich ganz offensichtlich will, dachte ich und ließ Simon aus seiner Höhle kriechen. Der schlang die Arme um Marie-Hélènes Taille und küsste sie wie ein Mann, der aus dem Krieg nach Hause zurückkehrt.

Hier noch ein weiterer Punkt, der in die Rubrik »Monster« fällt: Es war ein guter Kuss. Sie lehnte sich an mich, zog mich zu sich herunter, als würde sie mich wirklich wollen, als wäre ich nicht der grauenhafte Typ, für den Holmes mich zu halten schien, als wäre ich für ein Mädchen wie sie gut genug.

Ein Mädchen wie Marie-Hélène, meine ich. Natürlich, was auch sonst.

Mit einem kleinen kehligen Laut zog sie mich enger an sich und schob den Saum meines Hemds hoch, damit sie meinen Bauch berühren konnte. Ihre Hände waren warm, steckten aber immer noch in Handschuhen. Wir bemerkten es gleichzeitig und sie zog sie lachend mit den Zähnen von ihren Fingern. Irgendetwas in meiner Brust meldete sich mit einem harten Ruck, etwas Offenes und Rohes. Etwas, das die Hände unter ihre Jacke gleiten lassen wollte. Ihre Bluse aufknöpfen.

Der Rest von mir, und damit der weitaus größere Teil, wollte wieder in Raum 442 sein, Knie an Knie mit Charlotte Holmes, während sie mir von ihren Geierskeletten erzählte.

»Hey«, sagte ich atemlos zu Marie-Hélène, »du fährst morgen nach Hause. Geht das nicht ein bisschen zu schnell?«

»Ich finde nicht.« Sie strich mit einem Finger meinen Arm hinauf.

»Ich … ehrlich gesagt schon.«

Sie setzte sich überrascht auf. »Simon, du bist ein Gentleman«, sagte sie neckend, aber ich spürte, dass sie verletzt war.

»So habe ich es nicht gemeint.« Ich strich ihr eine Strähne

aus dem Gesicht. »Aber es war nicht nur so dahingesagt, dass ich mir gern deine Bilder anschauen würde.« Das stimmte, aber der Grund dafür war ein anderer, als sie dachte. »Und ich würde dich nach Weihnachten gern wiedersehen.« Das stimmte irgendwie. »Wann kommst zu zurück?«

»Das sollte kein …« Sie seufzte. »Ich habe letzte Woche mit meinem Freund Schluss gemacht. Ich möchte nicht … ich will dich nach Weihnachten nicht wiedersehen. Ich wollte bloß ein bisschen Spaß mit dir haben, weil ich dachte, du wärst bald wieder weg und ich … wenn ich in Lyon bin, werde ich ihm wahrscheinlich begegnen. Ich wollte nicht, dass er der Letzte ist, mit dem ich zusammen war.«

»Oh.«

»Sorry. War das zu ehrlich?«

Nein. Wir steckten beide zu tief in der Sache drin; nur nicht in derselben. »Kein Problem«, sagte ich und es war die volle Wahrheit.

Marie-Hélène lächelte ein bisschen traurig. »Du bist süß. Es ist nur … mein Herz ist woanders.«

»Das ist okay.« Ich hielt ihr eine Hand hin und sie sprang von ihrem Arbeitstisch hinunter. Wir sahen uns an und ich musste ein bisschen über das alles lachen. Die Tasse mit den Pinseln. Die direkte Art, mit der sie mich – Simon – zu Fall gebracht hatte. Überhaupt die Tatsache, dass ich hier in Deutschland mit einem fremden Mädchen in ihrem Atelier war und dass Charlotte Holmes das alles eingefädelt hatte, um zu sehen, wie ich mich verhalten würde.

»Wenn ich schon mal hier bin«, sagte ich, »könntest du mir doch vielleicht zeigen, woran du gerade arbeitest? Oder wäre das irgendwie komisch?«

Sie kicherte. »Ein bisschen schon«, sie ging zu einem Stapel Bilder, der an der Wand lehnte, »aber auch irgendwie schön.

Also ... wie wäre es damit? Das ist ein Motiv aus einem der türkischen Bäder in Budapest. Ich war total begeistert von den Fliesen und wollte das Mosaik, das ich dort gesehen habe, abstrakt darstellen. Die Pinsel, die ich dafür benutzt habe ...«

Obwohl die Leinwände, die sie mir zeigte, alle eindeutig Originale waren, Studien von Orten, an denen sie gewesen war, Landschaften, die ihr in Erinnerung geblieben waren, ertappte ich mich dabei, dass es mich interessierte und ich anfing, ihr Fragen zu stellen. Ehrlich gemeinte Fragen. Zuerst wollte ich mich damit eigentlich nur davon ablenken, dass ich immer noch unangenehm erregt war – mein Körper reagierte, ohne dass mein Gehirn ihm die Erlaubnis dazu erteilt hatte –, aber sie sprach so selbstbewusst und mitreißend über ihre Arbeit, während sie in ihrem kleinen Mantel mit Pelzkragen die Leinwände durchging, dass es mich automatisch fesselte. Diese Mischung aus herausragendem Können und Leidenschaft hatte ich schon immer reizvoll gefunden, sie hätte also auch über ihre Steinsammlung reden können und ich hätte trotzdem gern mehr darüber erfahren.

»Die hier habe ich im Unterricht gemalt, als Übung«, sagte sie, als sie zu den letzten Leinwänden kam. Eines der Motive kam mir flüchtig bekannt vor.

»Warte mal«, sagte ich. »Das sieht aus wie ein Bild von ... Picasso.«

»Gut erkannt.«

Ich nahm den Hut ab und sah sie mit hochgezogenen Brauen an. »Im Ernst?«

»Simon«, sagte sie und zauste mir durch die Haare, »du bist echt süß.« Während sie die Leinwand hervorzog, damit ich es mir genauer anschauen konnte, beschloss ich, dass ich dringend etwas wegen meines Haarschnitts unternehmen musste. Fürs Erste setzte ich wieder den albernen Hut auf.

»Es ist eine Version des Gemäldes *Der alte Gitarrenspieler.* Alle Studenten müssen es im ersten Jahr in Nathanaels Klasse malen. Er sagt, Fälschung ist die beste Übung.«

»Was ist damit gemeint?«, fragte ich, während ich weiter das Bild betrachtete. Es war offensichtlich, was damit gemeint war, aber ich wollte es aus ihrem Mund hören. Vor allem, da sie das Bild nicht eins zu eins kopiert hatte. Nicht dass ich mich so gut mit Picasso auskannte, um die Unterschiede zu bemerken, aber wie Marie-Hélène gerade selbst gesagt hatte, lautete der Titel des Gemäldes *Der alte Gitarrenspieler,* und ihre Version zeigte eine ältere Frau, die die Arme um ein Instrument schlang, das keine Gitarre war.

»Das ist ein *Kokyū*«, sagte sie, als hätte sie meine Gedanken gelesen. »Mein Vater hat so eines. Es gehörte meiner Großtante. Es ist wunderschön, oder?«

»Ja.« Ich strich mit den Fingern über die Leinwand. »Warum lässt er euch nicht eure eigenen Ideen umsetzen?«

»Weil es auf der Suche nach dem eigenen Stil helfen kann, den von erfolgreichen Künstlern auszuprobieren. Nathanael sagt, wir sollen herausfinden, was wir uns von ihnen abschauen können. Wenn ich also Picasso kopiere und versuche, mit meinen Pinselstrichen dasselbe zu tun, was er mit seinen getan hat, scheitere ich zwar ziemlich sicher, aber ich begreife etwas über seine Arbeitsweise und«, sie ahmte Nathanaels Stimme nach, »›ich lerne etwas über meine eigene! Über meine Seele!‹«

»Seele scheint ihm echt unglaublich wichtig zu sein«, sagte ich.

»Ja.« Ihr Lächeln verblasste. »Er wurde fast ein bisschen sauer auf mich, weil ich ein paar von Picassos Bildelementen verändert hatte. Er meinte, ich hätte mich zu weit von der Aufgabe entfernt. Und die Bilder, die genau nach Vorlage gemalt waren, lobte er bei der Besprechung in den höchsten Tönen. Das fand ich ehrlich gesagt ganz schön beschränkt. Ich hatte ja trotzdem den Stil von Picasso kopiert.«

Ich war mir ziemlich sicher, die Antwort auf meine nächste Frage bereits zu kennen. »Hat er einfach ein Faible für Picasso?«

»Nein«, sagte sie. »Er arbeitet mit der Kunstgeschichtslehrerin zusammen und gibt eine Liste mit Malern aus, die sie im ersten Semester durchnimmt. Das Ganze ist so eine Art fächerübergreifendes Projekt – wir lernen alles über die Künstler, die wir aussuchen, ihr Leben, ihre Geschichte, und versuchen, ein echtes Gefühl für ihre Arbeit zu bekommen.«

»Welcher Maler wird noch gerne kopiert?« Sie warf mir einen seltsamen Blick zu – wahrscheinlich stellte ich zu viele Fragen. Ich schob die Hände in die Taschen und senkte den Blick. »Ich dachte nur ... wenn ich tatsächlich hier anfange, wäre es vielleicht nicht schlecht, wenn ich mich schon ein bisschen auf diese Aufgabe vorbereiten könnte.«

Marie-Hélène lachte. »Ich weiß noch was Besseres«, sagte sie. »Du besorgst mir noch einen Kaffee und danach spielen wir ein bisschen Einbrecher.« Als sie meinen entsetzten Blick sah, fügte sie hinzu: »Wir gehen in die Ateliers von den anderen. Was hast du denn gedacht?«

Sie klang in diesem Moment so sehr wie Holmes, dass mein Magen einen Salto schlug. War ich deswegen sofort bereit zu tun, worum sie mich gebeten hatte? *Gott*, dachte ich. *Was hat es nur mit diesen Mädchen auf sich? Warum endete es immer damit, dass ich ihnen hinterherlief?* Aber dieses Mädchen hier war eine Schülerin von Nathanael, und sie und ihre Kommilitonen fälschten in seinem Unterricht Bilder, ob ihnen nun klar war, was sie da taten, oder nicht, und nein, ich wollte nicht mit ihr zusammen sein, aber sie hatte diese unschuldigen Sommersprossen auf der Nase, also sagte ich natürlich Ja und fragte sie, was für einen Latte sie diesmal gern hätte.

***

»Das ist vielleicht das beste misslungene Date, das ich je hatte«, sagte Marie-Hélène und drückte die Tür zum Atelier ihrer Freundin Naomi auf. Natürlich brachen wir nicht wirklich dort ein; es wurden keine Schlösser geknackt. Die Studenten hatten ihre persönlichen Sachen in Metallkästen unter ihren Tischen eingeschlossen, aber die Räume schienen gemeinschaftlich genutzt zu werden.

»Naomi hat ihr Projekt über Joan Miro gemacht. Wie viele andere auch. Ziegler ist ziemlich eigen damit gewesen«, sagte sie und ich kannte jetzt Nathanaels Nachnamen. »Für die beste Arbeit vergab er so eine Art inoffiziellen Preis und vermittelte einen Kontakt zu irgendeinem Verkaufsstand vor dem Centre Pompidou in Paris, an dem Nachbildungen an Touristen verkauft werden. Anscheinend kann man damit richtig gutes Geld verdienen.«

Naomi hatte Joan Miro kopiert. Rolf, von der Werkstatt nebenan, da Vinci. Es folgten Twombly mit seinen schwungvollen Krakeleien, eine Schwarz-Weiß-Collage von Ernst, bei der ein Mädchen in einem altmodischen Kleid ein iPhone an ihr Ohr hält (»Das hier hat Nathanael grauenhaft gefunden«, sagte sie), Grant Woods Gemälde *American Gothic*, eine wirklich scheußliche Kopie von van Goghs *Sternennacht* (Simon wäre auf dieser Schule vielleicht gar nicht so falsch), bis wir schließlich in der Werkstatt ihrer Freundin Hannah landeten und ich Marie-Hélène dabei ertappte, wie sie nicht gerade subtil auf die Uhr schaute. Hannah war das Mädchen mit dem farbverschmierten Rucksack, das mich auf der Party in dem Gewölbe vor den Männern gewarnt hatte.

»Sie ist aus München«, erklärte Marie-Hélène. »Sie liebt die deutschen Maler des zwanzigsten Jahrhunderts. Viele von uns stehen nicht so auf Kunstgeschichte – wir machen lieber unsere eigene –, aber Hannah hängt sich da total rein. Sie ist eine tolle Künstlerin und sehr klug.«

Langenberg. Ich verzog keine Miene. »So klug wie du?«, fragte ich.

»Sag du es mir«, antwortete Marie-Hélène achselzuckend und ging ein Bild nach dem anderen durch, um sie mir zu zeigen.

Sie stellten allesamt surrealistische Landschaften dar. Jedes Einzelne von ihnen war in grellen Neonfarben gemalt, die einem in den Augen wehtaten. Keine stillen Szenen in Wartezimmern. Keine dunklen Farben. Noch nicht einmal Menschen. Und vielleicht war mein Kunstgeschmack nur unterentwickelt oder vielleicht war ich bloß frustriert, weil ich schon wieder gegen eine Backsteinmauer stieß. Aber als wir zum Letzten kamen, wusste ich, dass ich hier fertig war.

Es war eine Erleichterung.

»Vielleicht habe ich letzte Nacht einfach zu viel getrunken.« Ich nahm meinen Hut ab und rieb mir über die Schläfen. »Am besten ich geh nach Hause und schlafe noch eine Runde. Tut mir leid, dass ich so ein Langweiler bin.«

»Kein Langweiler«, sagte sie und nahm mir den Hut ab, um ihn sich selbst aufzusetzen. Sie grinste. »Ich hatte heute ziemlich viel Spaß.«

Ich auch. Fast so normalen Spaß wie früher, wenn wir den ganzen Nachmittag im Pub herumlungerten und Gespräche führten, bei denen ich nicht das Gefühl hatte, eine Enzyklopädie, ein Wörterbuch und einen Punktestandzähler zu brauchen. Bei denen meine Freunde mich mochten und ich sie mochte und das alles war, was zählte. Nach denen ich nach

Hause gehen und mich mit meiner Schwester streiten und im Bett lesen konnte und mir keine Sorgen machen musste, dass alles, was mir wichtig war, sich langsam meinem Griff entzog.

Die Art von Spaß, bei der niemand auf dich schießt, dachte ich, und als ich mir wieder meinen Hut von Marie-Hélène nahm, küsste ich sie auf die Wange. Bevor ich mich aufrichten konnte, hakte sie einen Finger in meine Gürtelschlaufe. »Vielleicht könnte ich dich doch wiedersehen, wenn ich zurück bin«, sagte sie leise. »Ich glaube, das würde mir gefallen.«

»Da bin ich schon wieder in London«, sagte ich. »Aber wenn du je zufällig in der Nähe bist –« *Dann ruf mich nicht an,* hätte ich am liebsten gesagt, *weil du bezaubernd bist und etwas Besseres verdient hast als einen erfundenen reichen Scheißkerl, der dich nicht so mag, wie er es sollte.*

»Ja, wenn.« Sie küsste mich auf den Mundwinkel, ein langsamer, unerwarteter Kuss. Er war weder unschuldig noch romantisch – er war eine Andeutung, ein Satz mit drei Auslassungspunkten. Ich schloss die Augen und ließ es so stehen.

»Bis dann, Simon«, sagte sie und ich trottete langsam zu Greystone zurück und war mir nicht sicher, was ich zu Holmes sagen sollte, wenn ich dort ankam.

Ich war so in Gedanken versunken, dass ich den Wagen, der mir folgte, zuerst nicht bemerkte. Der milchiggraue Himmel sah nach Schnee aus, es war kaum etwas los auf den Straßen und das schwarze Auto kroch die Fahrspur entlang wie ein sich ausbreitender Tumor.

An einem Zebrastreifen wurde ich langsamer. Der Wagen wurde ebenfalls langsamer. Als ich mich in eine kleine Gasse schlug und an einer anderen Straßenecke wieder herauskam, war der Wagen einen Moment später auch wieder da. Schließlich blieb ich an der nächsten Kreuzung stehen, nahm meinen Hut ab und wartete.

Der Wagen fuhr heran und das hintere Fenster glitt hinunter.

»Mr Watson«, sagte eine Stimme. »Ich nehme Sie gern ein Stück mit.«

Der Hahn einer Pistole wurde gespannt. Es war kein Vorschlag. Ich stieg ein.

7.

Der schwarze Wagen brachte mich nicht zu einer Gefängniszelle oder einem Lagerhaus oder einem abgelegenen Feld mit einem bereits ausgehobenen Erdloch. Und selbst wenn es so gewesen wäre, hätte ich mir nicht schon vorher vor Angst in die Hose machen können, weil ich nicht sehen konnte, wohin wir fuhren. Als ich in den Wagen gestiegen war, hatte mir jemand sofort die Augen verbunden und die Hände mit etwas gefesselt, das sich wie ein Kabelbinder anfühlte.

Was zur Hölle ging hier vor?

»James«, sagte die Stimme, die seltsam unbeteiligt klang, »bevor wir beginnen, möchte ich, dass Sie wissen, dass das nicht meine Stimme ist. Ich habe diesen Mann dafür engagiert, in meinem Auftrag mit Ihnen zu sprechen. Er bekommt sozusagen alles souffliert.«

Ich strengte meine Ohren an, die Stimme des Mannes war direkt neben mir und ich glaubte, auf der Rückbank mir gegenüber ein Geräusch wahrzunehmen, das klang, als würde jemand etwas in ein Tablet eingeben. Ich stieß den Fuß nach vorn und war mir ziemlich sicher, ein Knie getroffen zu haben.

Ein Schmerzenslaut. Geschiebe. Das Klicken einer Waffe, die entsichert wird. Vielleicht tippte er doch nichts in ein Tablet. Aber ich bekam keine Zeit, länger darüber nachzudenken, weil ich im nächsten Moment gegen die Tür geworfen und mir nach einer kleinen Rangelei auch noch die Füße gefesselt wurden.

»Ich habe nicht vor, Ihnen wehzutun, Sie dummer kleiner Junge«, sagte die Stimme. »Hören Sie auf, herumzuzappeln.«

Es entstand eine Pause, in der alle wieder ihre Plätze einnahmen. Der Wagen schwenkte leicht nach rechts. Wäre ich Holmes gewesen, hätte ich unsere Route daran erkannt, wie oft wir abbogen, und hätte daraus schließen können, wohin wir fuhren. Dreimal? Viermal? Ich wünschte, ich hätte wie sie den Stadtplan von Berlin auswendig gelernt.

Aber das hatte ich nun mal nicht. Also konzentrierte ich mich stattdessen auf das Innere des Wagens – wie viele Leute waren mit mir hier drin? Außer den zweien, von denen ich schon wusste. Als die Stimme wieder zu sprechen begann, versuchte ich herauszufinden, wo sie im Nichts verhallte und wo sie auf Widerstand stieß. Vielleicht gab es noch eine dritte Person?

»Das ist nicht Ihr Kampf. Ist es nie gewesen. Sie bringen Charlotte Holmes in Gefahr.«

Die Stimme sprach mit britischem Akzent. Was eine nutzlose Deduktion war, weil ich von Engländern umgeben und es sowieso nicht seine eigene Stimme war.

»Um ehrlich zu sein«, sagte ich, in der Hoffnung, ihn zum Weitersprechen zu animieren, »bin ich mir ziemlich sicher, dass Sie derjenige sind, der sie in Gefahr bringt, Hadrian.«

Ich war mir ziemlich sicher, dass es nicht Hadrian war, der hier mit mir im Wagen saß, aber es war einen Versuch wert. Wer sonst sollte eine Flotte schwarzer Limousinen haben und sich die Mühe machen, mich zu kidnappen, um mir seinen Standpunkt zu verdeutlichen?

(Wobei mir aufgefallen war, dass die Familie Holmes mindestens eine von diesen schwarzen Limousinen besaß, einschließlich eines Fahrers, der sie durch die Stadt chauffierte. Genau wie Milo. Vielleicht war das so, wenn man reich war, ein bisschen wie im Märchen, nur dass statt der Kürbiskutsche plötzlich eine schwarze Limousine in der Garage stand. Und statt der bösen Stiefmutter gab es einen blutrünstigen Kunsthändler.)

Die Stimme zögerte. »Laut meinen Anweisungen soll ich jetzt lachen.«

»Und?«

Die Stimme schaffte es, verlegen zu kichern.

Wieder das leise Tippgeräusch, aber die Stimme begann bereits zu sprechen, bevor es verstummte.

»Ich werde Ihnen meine Identität nicht verraten. Sie tut nichts zur Sache. Es genügt, wenn Sie wissen, dass ich ein persönliches Interesse in dieser Angelegenheit habe, und ich möchte, dass Sie damit beginnen, Ihre Rückreise nach Hause zu planen. Sie besitzen keine besonderen Fähigkeiten. Das wissen Sie. Sie sind ein ziemlich durchschnittlicher junger Mann. Sie sind zu nichts nütze, außer dazu – benutzt zu werden.«

»Macht bestimmt Spaß, sich so kryptisch auszudrücken, nur leider hat das Letzte absolut keinen Sinn ergeben.« Ich wollte, dass die Stimme weitersprach, um mir etwas Zeit zu verschaffen, denn als ich meine Hände bewegte, fiel mir auf, dass der Kabelbinder nicht so eng geschnürt war, wie er es hätte sein sollen.

»Stellen Sie sich vor, Sie sind ein Päckchen. Es ist Weihnachten, stellen Sie sich also ein hübsch verpacktes Geschenk vor. Charlotte trägt es mit sich herum. Es ist schwer, aber es ist schön und sie schaut es sich gern an. Vielleicht spricht das Päckchen sogar. Ist geistreich. Schmeichelt ihr. Gibt ihr das

Gefühl, etwas Besonderes zu sein, und sie mag dieses Gefühl. Und eines Tages lässt Charlotte es aus Versehen irgendwo liegen, und Simsalabim, wird es ihr weggenommen. Zuerst ist Charlotte traurig. Dann wütend. Charlotte wird alles tun, um ihr Geschenk zurückzubekommen. Schreckliche Dinge. Dinge, die zu ihrem Tod oder ihrer Inhaftierung führen werden. Genau das wollen wir verhindern.«

»In dieser komischen Kindergeschichte, die Sie mir erzählen, bin ich also ein sprechendes Päckchen.« Vorsichtig schob ich meine Handgelenke zwischen meine Knie und zog ganz langsam eine Hand aus der Fessel. »Das ist eine ziemlich dämliche und unnötig lange Metapher. Sie sind nicht sonderlich sprachbegabt, oder? Mathe ist bestimmt eher ihr Ding.«

Ein Zögern. »Gehen Sie nach Hause, James. Sie wissen selbst, dass Sie ihr nichts zu bieten haben.«

Meine Hand war fast frei. Mit meinem Ellbogen tastete ich so unauffällig wie möglich nach dem Türgriff. »Ich mache ziemlich gute Spaghetti carbonara.«

Der Wagen wurde langsamer. Hielten wir gleich an einer Ampel?

»Gehen Sie nach Hause.« Die Stimme klang traurig. »Oder wir rufen Ihren Vater an.«

Ich lachte. Ich konnte nicht anders. »Tun Sie sich keinen Zwang an«, sagte ich. »Ich habe schon seit ein paar Stunden nicht mehr mit ihm gesprochen, er wartet sicher schon darauf, auf den neuesten Stand gebracht zu werden.« Dann zwängte ich die Hand aus der Fessel, öffnete die Tür und ließ mich aus dem Wagen fallen.

Ich schlug hart auf Asphalt auf und riss mir die Augenbinde herunter. Ein Hupkonzert, jemand fluchte laut, und um mich herum ein Chaos aus Autos, die mit quietschenden Reifen zum Stehen kamen, aber wenigstens eines hatte ich in den letzten paar Monaten gelernt. Bevor ich die zwei Meter zum Bordstein robbte, prägte ich mir das Kennzeichen der schwarzen Limousine ein.

***

Ich versuchte zwei aufgelösten Passanten klarzumachen, dass ich nicht gekidnappt worden war und es nicht nötig wäre, die Polizei zu verständigen. Sie taten es trotzdem, also erzählte ich den Beamten, dass meine Freunde und ich ein deutsches Trinkspiel veranstaltet hätten. Nein, ich könne leider keine Angaben zum Fahrer oder der Person, auf die der Wagen zugelassen war, machen, da ich sie erst heute kennengelernt hätte. Nein, ich wolle keine Anzeige erstatten. Ja, ich würde mir meine Freunde in Zukunft besser aussuchen. Nein, mir gehe es gut und ich würde es auch allein die Straße runter zu Greystone schaffen. Denn genau dort befanden wir uns, nur ein paar Schritte von Milos Headquarter entfernt, und ich wollte mir die Demütigung ersparen, die letzten fünf Meter gefahren zu werden.

Ich humpelte den Rest des Weges dorthin. Meine Schulter schmerzte höllisch, ich hatte sie mir geprellt, als ich mich aus dem Wagen rollte, und mir dabei auch die Hände aufgeschürft. Sie hatten sich immer noch nicht ganz von dem Zusammenstoß erholt, den ich vor Kurzem mit einem Einwegspiegel gehabt hatte, und es brauchte nicht viel, um die frisch verheilten Wunden wieder aufzureißen. Die Security in der Eingangshalle von Greystone hatte Erbarmen mit mir. Diesmal wurde ich nur einer Netzhauterkennung unterzogen.

Ich musste Holmes finden, auch wenn ich mich nicht darauf freute. Newsflash: Ich war in einen fremden Wagen eingestiegen, wo mir jemand sagte, ich sei nutzlos. Und wie war dein Nachmittag so?

Unser Zimmer war verwaist. Genau wie Milos Penthouse, zumindest in den Bereichen, zu denen ich Zutritt hatte – ich würde die Wachfrau auf dem Flur definitiv nicht bitten, mich einen Blick in sein Schlafzimmer werfen zu lassen. Ich fragte sie, ob sie Holmes oder August gesehen hätte, und sie zuckte mit den Achseln, als wäre es unter ihrer Würde zu antworten.

»Okay, gibt es hier vielleicht irgendwo ein Labor? Eines, zu dem Holmes normalerweise keinen Zutritt hat?«

»Falls Sie damit Mr Holmes' Schwester meinen – ja, gibt es. Das gilt im Übrigen für vierundneunzig Prozent dieses Gebäudes.«

»Ich hatte einen ziemlich miesen Tag«, sagte ich, »und bin mir zu hundert Prozent sicher, dass Sie wissen, wo sie gerade ist. Können Sie mich nicht einfach zu ihr bringen?«

Die Wachfrau seufzte tief und bedeutete mir dann, ihr zu folgen. Drei Stockwerke tiefer hämmerte sie einen Code in das Tastenfeld neben einer Tür ein und drückte sie mit ihrem Gewehr auf. »Unser audiovisuelles Labor.«

Der grellweiße Raum erinnerte mich unangenehm an eine Zahnarztpraxis. In der Mitte befand sich ein Computerterminal, an den Wänden reihten sich Bildschirme aneinander und alles, was es sonst noch so im Bereich hochmoderner Überwachungstechnik gab. Holmes saß unter einer dieser Bildschirmreihen. Sie hatte einen der Monitore mit einem Schraubenzieher auseinandergenommen – zumindest nahm ich das an, weil sie eine Werkzeugkiste neben sich stehen hatte – und zupfte mit einer Zange an einer Reihe schwarzer Kabel herum. Sie pfiff gut gelaunt und schief vor sich hin, weshalb ich davon ausging, dass ihre Bemühungen Erfolg hatten.

August Moriarty, der hinter ihr in einem Drehstuhl saß, beugte sich über ihre Schulter, als wir hereinkamen, und sagte ihr etwas ins Ohr.

»Hier ist ein Watson für Sie, Miss Holmes«, sagte die Wachfrau.
Keiner der beiden rührte sich.
Ich räusperte mich. »Ein blutender Watson, der entführt wurde.«
August stand auf. Holmes drehte den Kopf herum.
»Danke«, sagte ich. »Wenn ich das nächste Mal eure Aufmerksamkeit gewinnen möchte, soll ich dann vielleicht besser eine echte Bombe platzen lassen?«
Fürs Protokoll: Ich hatte wirklich unfassbar schlechte Laune.
»Deine Hände«, sagte Holmes und kam zu mir. »Was hast du diesmal gemacht?«
Ich hielt sie hoch und ließ das Blut auf den Boden tropfen. »Schwarze Limousine, Kennzeichen 653 764. Nach Lavendel duftender Lufterfrischer. Zwei Personen im Wagen, vielleicht drei. Sicher bin ich mir nicht. Mir wurden die Augen verbunden, die Einzelheiten konnte ich nicht erkennen, aber ich glaube, sie sind mit mir im Kreis gefahren. Es hat ungefähr fünf Minuten gedauert …«
»Watson, das kannst du mir alles auch gleich noch …«
»Mir wurde gesagt, ich sei nutzlos. Dass ich dich in Ruhe lassen und nach Hause gehen soll.«
Sie sah mich schweigend an.
»Und als ich mich aus dem Wagen rollte, habe ich mir, glaube ich, die Schulter ausgekugelt. August, wärst du vielleicht so nett? Sie muss dringend wieder eingerenkt werden.«
Er wurde blass. »Gibt es unter dem ganzen Personal hier denn keinen Arzt?«
»Himmelherrgott noch mal«, sagte Holmes, »was haben sie dir in Oxford eigentlich beigebracht?« Sie tastete meine Schulter ab, befahl mir, mich auf den Boden zu legen, dann stemmte

sie einen Fuß in meinen Magen und zog meinen Arm mit einem harten Ruck an seinen Platz zurück.

Ich schrie auf. Möglich, dass ich lauter als nötig schrie. Nachdem ich einmal tief durchgeatmet hatte, richtete ich mich auf und bewegte vorsichtig meine Schulter. Der Schmerz hatte tatsächlich etwas nachgelassen.

»Es wäre wahrscheinlich keine so gute Idee, dich nach Schmerzmitteln zu fragen, oder?«, sagte ich, als sie mir auf die Beine half.

»Wahrscheinlich«, antwortete sie. »Aber wenn du willst, kann ich trotzdem mal in meinem Schuh nachschauen. Vielleicht habe ich da ja noch etwas.«

Ich warf ihr einen scharfen Blick zu, der eine weitere Flut zuckender Schmerzen auslöste, und sie hob die Hände. »Watson, bitte, das war ein Scherz. Das Kennzeichen, das du dir gemerkt hast, gehört zu einem von Milos Wagen. Die Fahrzeuge in seiner privaten Flotte fangen alle mit 653 an. Er hat sich bestimmt nur Sorgen um deine Sicherheit gemacht. Im Grunde ist diese ganze Sache ja auch nicht deine Mission.«

Ich hatte zwar keine Beschwichtigungen von ihr erwartet, aber genauso wenig, dass sie meinem Entführer recht gab. »Okay«, sagte ich. »Aber ... keine Ahnung ... hätte dein Bruder mich nicht einfach anrufen und bitten können zu gehen?«

»Er hatte schon immer eine Schwäche für theatralische Auftritte. Lavendel-Lufterfrischer? Das klingt so erbärmlich, dass es zu ihm passen würde.« Sie nahm mein Handgelenk und besah sich die Handfläche. »Sieht schlimmer aus, als es ist. Ich werde unten anrufen, sie sollen jemanden mit Verbandszeug hochschicken und dann können wir hier weitermachen.«

»Womit genau? Wie hast du eigentlich deinen Nachmittag verbracht?«

»Damit, diesen Bildschirm hier auseinanderzunehmen.«

»Mir war nicht klar, dass du in meiner Abwesenheit einen Reparaturservice für Elektrogeräte aufgemacht hast.«

Sie musterte mich stirnrunzelnd. »Das ist einer der Bildschirme, der die Security-Feeds aus Sussex übertragen hat. Er funktioniert nicht richtig. Ich bin dabei, ihn zu reparieren.«

»Sprich nicht mit mir, als wäre ich ein kleines Kind.«

»Dann hör auf, dich wie eins zu benehmen. Wie geht es Marie-Hélène?«

»Was glaubst du denn, wie es ihr geht?«

»Wahrscheinlich schwebt sie auf Wolke sieben. Dumm genug, um auf deine kleine Darbietung hereinzufallen, ist sie jedenfalls.«

»Sie ist nicht dumm.«

»Verschone mich«, sagte sie. »Ich betrachte mich selbst als ziemlich intelligent und im Moment finde ich dich *und* Simon unerträglich. Wie machst du dir darauf einen Reim? Also, wie ist es gelaufen?«

Ich sorgte dafür, dass meine Stimme kalt klang, als ich antwortete. »Wir haben uns geküsst, bis sie mir einen Flur mit Ateliers voller gefälschter Bilder zeigte. Sie wurden als Semesterarbeiten für eine Klasse der Kunstschule Sieben angefertigt, die Nathanael Ziegler unterrichtet. Es waren keine Arbeiten von Langenberg darunter, aber ich konnte mich auch nicht im ganzen Gebäude umschauen. Trotzdem reichen die Anhaltspunkte, um mit Sicherheit sagen zu können, dass das die Spur ist, an der Leander dran war. Diese ganze Sache ist im Grund nicht *meine Mission*, ich weiß, aber wenn ich raten sollte, würde ich tippen, dass Leander versucht hat, die Zwischenhändler aufzuspüren. Um herauszufinden, wie das Geld den Besitzer wechselte. Man folgt immer dem Geld, richtig? Es ist wie beim Schwarzen Peter. Wer auch immer am Ende die Karte in der Hand hat, ist der Hauptschuldige.«

Ich bin nicht dumm. Das bin ich nie gewesen. Ich bekam gute Noten. Ich passte auf, wenn mir jemand etwas beibrachte, und ich legte Wert darauf, es schnell zu lernen. Schön, ich hatte weder Holmes' Erziehung gehabt noch besaß ich ihre Begabung, aber nur weil ich kein Genie war, bedeutete das nicht, dass ich nicht intelligent war.

Und nein, das war nicht meine Mission. Es war *unsere* Mission. Ihr Onkel war verschwunden, aber er war auch der beste Freund meines Vaters und ich hatte genauso das Recht, hier zu sein, wie sie. Ich hatte die Nase voll davon, mich ständig im Hintergrund zu halten. Mir Schwachsinn von irgendwelchen Leuten anzuhören, die mich auf offener Straße mit vorgehaltener Waffe entführten, um mir eine Lektion zu erteilen. Ich hatte die Nase voll davon, wie August mich – auch jetzt wieder – ansah, mit diesem nachsichtigen Blick, mit dem man einen wohlerzogenen Chihuahua bedachte.

»Du willst den Fall bis Mitternacht lösen?« Ich rieb meine Schulter. »Dann bringe ich meinen Vater dazu, uns die IP-Adressen von Leanders E-Mails zu geben, wenn er uns schon die Mails nicht schicken will. Dein Onkel muss doch irgendwo gewohnt haben, während er hier ermittelte. Lass uns *dort* hingehen und alles auf den Kopf stellen. Jemand soll Nathanael Ziegler durch Milos Verbrecher-Datenbank jagen. Vielleicht kommen wir so noch an ein paar andere bereits straffällig gewordene Komplizen ran? Bist du immer noch der Meinung, dass es klüger war, mich zu einem Date mit einer Kunststudentin zu schicken, während du zu Hause Mechanikerin gespielt hast?«

Holmes starrte mich an. Ich hatte keine Ahnung, was sie dachte.

»Dein Onkel ist *verschwunden*, Holmes.«

»Jamie«, sagte August warnend.

»Was soll's. Ist mir egal. Bist du eigentlich den ganzen Nachmittag hier gewesen, August? Du hast dir heute nicht zufällig eine von den schwarzen Limousinen aus Milos Fuhrpark geliehen?«

»Nein«, sagte er ausdruckslos.

»*Was habt ihr dann getrieben?*« Ich schaffte es nur mit Mühe, nicht zu schreien. Es machte mich wahnsinnig, dass sie so ruhig blieben.

August trat zu ihr und legte ihr eine Hand auf die Schulter. Die beiden sahen sich an. Er zuckte mit den Achseln; sie nickte. Es war die Art wortloser Konversation, die normalerweise ich mit ihr führte.

»Meine Mutter«, sagte Holmes endlich, »ist ins Koma gefallen.«

»Ins *Koma?*« Ich sah sie fassungslos an. »Ich dachte, der Giftanschlag sei ein einmaliger Vorfall gewesen. Ich dachte ...«

»Wir haben uns geirrt.«

»Sollten wir uns dann ab jetzt nicht voll und ganz darauf konzentrieren?«, fragte ich und begann, auf und ab zu gehen. »Und die Sache hier erst mal auf Eis legen und nach England zurückkehren? Das Leben deiner Mutter steht auf dem Spiel.«

Sie sah mich ruhig an. »Nein.«

»Nur damit du's weißt – du klingst gerade ziemlich herzlos.«

»Das hängt alles zusammen, Watson. Meine Mutter? Leander? Wenn ich den einen Fall löse, löse ich auch den anderen, und tut mir leid, wenn es dein empfindliches Zartgefühl verletzt, dass ich meinen Onkel zufällig mehr liebe.« Sie schluckte. »Das heißt nicht, dass ich meine Mutter nicht liebe. Aber ... ich muss Prioritäten setzen. Meine Mutter kann auf sich selbst aufpassen.«

»Während sie im Koma liegt.«

August, der hinter Holmes stand, verschränkte die Arme und sah mich finster an.

Ihr Gesichtsausdruck spiegelte seinen exakt wider. »Ich habe die Nachricht von Milos Geheimdienst erfahren. Mein Vater hielt es offenbar nicht für nötig, mich darüber zu informieren.« Sie deutete gereizt auf den Bildschirm. »Milo leitet mir von Thailand aus Bildmaterial weiter, damit ich es selbst noch einmal überprüfen kann, aber es ist nichts – und niemand – ins Haus gekommen, das nicht schon gestern dort gewesen wäre. Milo hat gerade als Vorsichtsmaßnahme das gesamte Personal gefeuert. Die einzigen Leute –« Seufzend strich sie sich die Haare zurück. »Mein Vater und die Ärztin kümmern sich um meine Mutter. Das ist alles, was ich weiß.«

»Und Lucien?«, fragte ich.

»Moriarty hat nichts unternommen. Jedenfalls nichts, wovon Milo etwas wüsste. Mehr kann er im Moment nicht tun.«

»Das tut mir leid.«

Als August ihr erneut die Hand auf die Schulter legen wollte, duckte sie sich weg und ging auf mich zu. Sein Blick folgte ihr durch den Raum. »Ich bin müde, Watson«, sagte sie. »Ich arbeite an zwei Fällen gleichzeitig und in beiden ist meine Familie betroffen. Das ist das erste Mal, dass ich mit so etwas konfrontiert bin. Milos dämlicher riesiger Sicherheitsapparat nützt nichts. Ich bin mir ganz sicher, dass er etwas übersehen hat. Ich weiß, wer die Täter sind. Ich weiß nur nicht, wie sie das, was sie getan haben, angestellt haben.«

»Ziehst du deine Schlüsse sonst nicht aus Fakten?«, fragte ich. »Statt deine Ermittlungsarbeit auf willkürliche Schuldzuweisungen zu stützen?«

Holmes zuckte mit den Achseln, aber ich sah, dass meine Worte sie getroffen hatten. »Ich bin nicht Sherlock Holmes. Das hier ist keine Fallstudie. Mein Onkel ist verschwunden und die einzige mögliche Antwort ist, dass die Moriartys dahinterstecken. Auf die eine oder andere Weise sind sie dafür verantwortlich. Sorry, August.«

August verzog das Gesicht.

»Würde es irgendetwas nützen, wenn Milo Lucien ... beseitigen würde?«, fragte ich.

»Und Hadrian?«, gab sie zurück. »Und Phillipa? Und ihre Bodyguards? Was glaubst du, warum sie uns nicht einfach sofort getötet haben? Was glaubst du, warum sie uns Leanders Leiche noch nicht per Paketpost zugestellt oder meiner Mutter eine Kugel in den Kopf gejagt haben?«

Ich dachte darüber nach, während ich mir wieder die Schulter rieb. Was war quälender, als seine eigenen schlimmsten Befürchtungen bestätigt zu bekommen? »Weil die Unsicherheit noch viel unerträglicher ist.«

Sie breitete die Arme aus, als wollte sie sagen *Da hast du es*.

»Bist du jetzt fertig damit, auf mir herumzuhacken?«

»Was ist mit meinen Theorien?«

»Sie sind durchaus wertvoll«, gab sie zu. »Natürlich sind sie das. Natürlich bist *du* das. Wofür hältst du mich? Für eine Art Maschine? Wenn ich einen Jasager wollte, meinst du nicht, dass ich dann einen finden würde, der mir viel öfter nach dem Mund redet?«

Ich verkniff mir ein Lächeln. »Also gut.«

»Und meinst du nicht«, sagte sie und kam näher, »dass es eine gewisse Ironie hat, wenn jemand sich die Mühe macht, dich zu entführen, obwohl er unaufhörlich beteuert, wie unwichtig du bist? Du solltest dich fragen, warum.«

»Das mit deiner Mutter tut mir sehr leid«, sagte ich leise.

»Mir auch.« Sie betrachtete mich einen Moment nachdenklich, ein warmes Leuchten in den Augen. »Also, sollen wir die Arbeit unter uns aufteilen? Setzt du dich mit deinem Vater in

Verbindung? Und August hat bestimmt nichts dagegen, in Milos Systemen ein bisschen Datenrecherche zu betreiben, schließlich ist er dafür eingestellt worden« – August verzog erneut das Gesicht –, »und wenn du nichts dagegen hast, würde ich gern noch mehr Zeit mit Milos Security-Feeds verbringen. Als ich jünger war, musste ich mit verbundenen Augen den Weg durchs Haus finden. Ich kenne jedes Zimmer. Und in diesen Aufnahmen fehlen ein paar.«

»Ist Milo auf dieselbe Weise ausgebildet worden?« Ich fragte mich, warum ihm bei der Überwachung ein solcher Fehler unterlaufen sein sollte, warum wir anscheinend alle mit verbundenen Augen herumliefen.

»Nein«, sagte sie zerstreut. Ihre Aufmerksamkeit war bereits wieder bei dem kaputten Bildschirm. »Er ist so gut wie nie aus dem Arbeitszimmer unseres Vaters herausgekommen. Er spricht fünf Sprachen, aber ich glaube kaum, dass er jemals unseren Keller gesehen hat. Sollen wir uns in einer Stunde wieder treffen?«

Als ich an der Tür war, räusperte sie sich. »Watson?«

»Was?«

»Hast du sie nur ... geküsst?«

Sie stand mit dem Rücken zu mir. »Ja«, sagte ich und wünschte, ich hätte ihr Gesicht sehen können.

»Siehst du sie wieder?«

»Ich glaube nicht.«

Holmes beugte ihren dunklen Kopf über die verschlungenen Kabel auf dem Arbeitstisch. »Das ist alles«, sagte sie, und als ich ging, folgte August mir.

»Kannst du mich kurz allein lassen?«, bat ich ihn. »Ich will meinen Vater anrufen.«

»Kommt das öfter vor, dass ihr euch so streitet?«

»Nein. Das heißt ... ja. In letzter Zeit kommt es wohl öfter vor, dass wir uns so streiten.« Ich zuckte mit den Achseln. »Tut mir leid, dass du es mitbekommen hast.«

»Ich weiß nicht, wie ihr beide immer noch befreundet sein könnt.«

»Klingt ein bisschen seltsam, wenn es aus dem Mund eines Moriartys kommt, der es nicht schafft, auf das Mädchen wütend zu sein, das sein Leben zerstört hat.«

Sein Blick wanderte zur geschlossenen Labortür. »Ist darüber hinwegzukommen nicht die bessere Alternative?«

»Hängt davon ab, was die andere Alternative ist.«

»Gibt es überhaupt eine? Eine vernünftige, meine ich.« Er seufzte. »Ich hasse sie nicht. Ich bin kein schrecklicher Mensch.«

Ich musterte ihn, der traurige Ausdruck auf seinem Gesicht, ob nun echt oder gespielt, die schwarzen Klamotten, deren Konturen sich in dem neonbeleuchteten Flur noch schärfer abhoben. »Du könntest ein anständiger Mensch sein«, sagte ich, »und sie trotzdem nicht mögen.«

»Was würde mir dann noch bleiben?« Sein Mund verzog sich zu einem Lächeln. »Ich bin ihr Freund. Und weil ich ihr Freund bin, werde ich für sie ein bisschen Datenrecherche betreiben. Umsonst.«

»Hey, du darfst Jagd auf Kunstfälscher machen«, rief ich ihm hinterher, als er den Flur hinunterging. »Freu dich doch mal ein bisschen. Ich erteile dir hiermit die Erlaubnis, kein Trauerkloß zu sein.«

»Tut mir echt leid wegen deiner Schulter«, sagte er. »Ich hoffe, du weißt das.« Dann bog er um eine Ecke und verschwand.

Ich fragte mich, ob das jetzt einfach nur ausgeprägte englische Höflichkeit gewesen war oder ob August doch etwas mit der Inszenierung dieser kleinen Spritztour mit verbundenen

Augen zu tun hatte. Hatte er Zugang zu Milos Fuhrpark? Zu seinem Team? Seinen Ressourcen? *Ich sollte stinksauer deswegen sein*, dachte ich. *Er hat jemanden eine Waffe auf mich richten lassen. Mir nahegelegt, nach Hause zu fahren. Er ... tja, er hat damit gedroht, meinen Vater anzurufen.*

Nein. Ich fing langsam an, Gespenster zu sehen. Er würde nicht so weit gehen, nur um etwas zu beweisen. Nur um mich dazu zu bringen, nach London zurückzukehren. Oder?

Durchatmen, befahl ich mir. *Freunde entführen keine Freunde.* Falls wir Freunde waren. Ich holte tief Luft. Ich brauchte eine zweite Meinung.

Mein Vater ging beim zweiten Klingeln dran. »Jamie«, sagte er überschwänglich. »Du hast Neuigkeiten! Schieß los!«

Im Hintergrund waren lautes Stimmengewirr, ein weinendes Kind und Geschirrklappern zu hören. »Wie spät ist es bei euch?«

»Ich bin beim Weihnachtsbrunch der Familie deiner Stiefmutter.«

»Oh, dann will ich euch nicht stören. Ich kann auch später noch mal ...«

»Tatsächlich?«, unterbrach mein Vater mich übertrieben laut. »Ach, das klingt ja wirklich nach einer äußerst kniffligen Sache! Abbie, mein Liebes, ich bin mal kurz draußen ... nein, nein, spielt ruhig ohne mich weiter! Ja, ich finde es auch schade, dass ich die nächste Runde Scharade verpasse ...«

»Amüsierst du dich?«, fragte ich ihn. Aus irgendeinem Grund hatte ich noch nie darüber nachgedacht, dass mein Vater einen ganzen Schwung neuer Verwandter bekommen hatte. Ich fragte mich, wie sie im Vergleich zu den Baylors, der Familie meiner Mutter, abschnitten. Von ihrer Seite hatte ich einen Cousin. Er war fünfundfünfzig und Buchhalter.

»Ich bin auf der Veranda.« Ich hörte, wie er die Tür hinter sich schloss. »Es sind so unglaublich viele, Jamie, und wenn sie nicht gerade die Küche niederbrennen, stiften sie Robbie dazu an, Feuerwerkskörper hinterm Haus anzuzünden. Man könnte diese Feiertage als brandgefährlich beschreiben.«

Mein Halbbruder Robbie war sechs. »Klingt, als würdest du gut in diese Familie passen.«

Mein Vater schnaubte. »Vielleicht wenn ich mir im Fernsehen Wrestling anschauen würde, statt Verbrechen aufzuklären. Und, was hast du herausgefunden? Oder hast du nur angerufen, um dich dafür zu entschuldigen, dass du meine Nachrichten ignoriert hast?«

»Ich habe nichts herausgefunden. Milo macht die ganze Arbeit.«

»Du und ich wissen genau, dass Milo gar nichts tut, sonst wäre Leander heute Morgen nach Hause geschickt worden. Sag mir, was du bis jetzt in Erfahrung bringen konntest.«

Ich brachte ihn auf den neuesten Stand und erzählte ihm auch von meiner kurzen Entführung und wen ich diesbezüglich im Verdacht hatte.

»Nun, das klingt ganz nach einem nicht besonders geschickt ausgeführten Akt der Nächstenliebe«, sagte er. »Du bist nicht schlimm verletzt? Na bitte, dann ist ja alles halb so wild. Nach dem, was du so erzählst, scheint August ein sehr netter junger Mann zu sein.«

Mir wurde gerade klar, dass ich möglicherweise doch stinksauer war. Auf August *und* meinen Vater. »Vielen Dank für deine Unterstützung.«

Er ging gar nicht darauf ein. »Freut mich zu hören, dass du dir ein paar eigene Strategien überlegt hast. Es klingt so, als sei die arme Charlotte im Moment etwas abgelenkt, und sie hat ja auch allen Grund dazu. Was für eine fürchterliche Sache, das mit ihrer Mutter. Emma mag ihre Eigenheiten haben, aber so etwas hat niemand verdient.«

»Bist du ihnen schon mal begegnet? Holmes' Eltern, meine ich?«

»Es gab ein paar Gelegenheiten. Man konnte recht vergnügliche Abende mit ihnen verbringen, als wir noch jünger waren. Emma ist eine brillante Chemikerin. Arbeitet für einen der großen Pharmakonzerne. Sie stellte ihre Fähigkeiten gern beim Mixen unserer Drinks unter Beweis. Molekulare Cocktailkunst ... Jedenfalls haben sie und Alistair uns in Edinburgh besucht, als Leander und ich uns ein Apartment teilten. Alistair erzählte uns wilde Geschichten über seine Heldentaten in Russland. Er hatte für mich immer etwas von James Bond an sich. Vermutlich war das auch genau der Eindruck, den er hinterlassen wollte.«

»Was passierte dann?« Das klang nicht nach den beiden Menschen, die ich kennengelernt hatte.

»Sie heirateten. Bekamen Milo, und dann machten sie eine ziemlich schwierige Zeit durch – aber behalte das bitte für dich – und bekamen Charlotte. Wahrscheinlich, um die Beziehung zu kitten. Von so etwas hört man ja immer wieder. Leider ist es in den meisten Fällen die denkbar schlechteste Lösung für alle Beteiligten. Aber Alistair war aus dem Verteidigungsministerium gefeuert worden ...«

»Ich dachte, der Kreml hätte versucht, ihn umbringen zu lassen«, sagte ich, »und dass man ihn zu seiner eigenen Sicherheit den Dienst quittieren ließ.«

»Hat Charlotte dir das erzählt?« Er seufzte. »Ich weiß nicht genau, was passiert ist. Wenn ich Leander damals richtig verstanden habe, wurde er dabei erwischt, wie er geheime Informationen an die Russen weitergab. Es spielt keine Rolle. Er verlor seinen Job. Sie hatten mit Geldproblemen zu kämpfen – du hast das Anwesen ja selbst gesehen, es muss absurd hohe Summen verschlingen – und stritten sich deswegen, und dann bekamen sie Charlotte. Und so gern ich deine Freundin auch habe, Jamie, glaube ich nicht, dass sie es ihnen in irgendeiner Form leichter gemacht hätte.«

Ich spürte, wie sich alles in mir sträubte. »Ganz schön hart, so etwas zu sagen.«

»Es ist nicht ihre Schuld, wie es um die Ehe ihrer Eltern bestellt ist«, entgegnete er. »Aber sie hat einem instabilen Fundament ein zusätzliches Gewicht aufgebürdet. Alistair und Emma Holmes sind keine besonders glücklichen Menschen. Nicht so wie Leander. Nicht so, wie ich mich selbst sehe.«

»Ich weiß.« Man konnte meinem Vater vieles nachsagen, aber nicht, dass er ein unglücklicher Mensch war.

»Vergiss das nicht, während du Charlotte zur Seite stehst. Es kann nur allzu leicht passieren, dass es einen mit in die Tiefe zieht. In die Dunkelheit. Die Herzlosigkeit. Nicht dass Holmes herzlos wäre, natürlich nicht nur, nur manchmal …« Ich wusste nicht, von welchem Holmes er sprach. Vielleicht wusste er es selbst nicht. »Du bist noch so jung, viel jünger, als ich es war, bevor ich mich auf diese Familie einließ. Ich möchte nicht, dass es dich kaputt macht.«

»Warum weigerst du dich, mir Leanders Mails zu schicken?«, fragte ich. Er hatte den Namen seines Freundes so oft erwähnt, und das immer mit einer solchen … Sehnsucht. Es hatte nichts Romantisches an sich gehabt. Aber auch nichts Unromantisches. Es hatte sich angehört, als hätte er ein Stück seines Selbst verloren, das er nun betrauerte.

Er war einen Moment still in der Leitung. »Er sagt darin ein paar Dinge über seine Nichte, die nicht sehr nett sind.«

»Wirklich? Sie scheinen sich ziemlich nahezustehen.«

»Das tun sie auch«, sagte er. »Aber sie ist ein junges Mädchen und macht nicht immer alles richtig und – ach verdammt, Jamie, diese Mails sind *privat*. Sie sind nicht für euch bestimmt. Tut mir leid, dass ich das so deutlich sagen muss, aber es ist wichtig, dass du es verstehst. Ich bin so weit weg von all dem, und dafür danke ich Gott, denn der letzte Fall, den wir gemeinsam übernommen haben, hätte uns beinahe das Leben gekostet, seines und meines. Ich muss mich um zwei kleine Kinder kümmern. Ich lebe in Amerika. Ich brauche diesen Abstand, selbst wenn ...«

»Selbst wenn du ihn nicht vollständig aus deinem Leben verbannen kannst.«

»So ist es. Okay, hör zu. Ich werde dir die IP-Adressen seiner letzten E-Mails schicken. Vielleicht können Milos Leute irgendwelche nützlichen Informationen daraus ziehen und ... oh, warte bitte kurz ...« Im Hintergrund war eine gedämpfte Unterhaltung zu hören, wahrscheinlich bedeckte er sein Handy mit der Hand, und als er wieder dran war, klang seine Stimme absurd fröhlich. »Ich muss leider Schluss machen, mein Sohn. Der Feigenpudding steht auf dem Tisch und ich muss mitsingen! Freut mich, dass ich dir bei deinen Mädchenproblemen helfen konnte! Wir unterhalten uns bald weiter. Ich schicke dir, was ich versprochen habe. Hab dich lieb, Jamie.«

»Bye, Dad«, sagte ich. »Ich dich auch.«

***

»Also. Nathanael Ziegler«, sagte Holmes eine Stunde später und drehte sich in ihrem Bürostuhl hin und her, »wurde vor drei Jahren wegen Drogenbesitz verhaftet. Wollt ihr wissen, wo?«

»Lass mich raten.« August legte eine dramatische Pause ein. Er lag mit hinter dem Kopf verschränkten Armen auf der

Couch in Milos Wohnzimmer, das wir gegen die Einwände seiner Mitarbeiter in Beschlag genommen hatten. Dort war einfach mehr Platz als in unserem Zimmer. »In der 221B Baker Street.«

»Was bist du doch für ein selten geistreicher Mensch, August. Nimm dir einen Keks. Es ist eine Adresse hier in Berlin und wir sind gestern Abend sogar dort gewesen.« Sie nannte einen Straßennamen, der August und mir jedoch nichts sagte. »Der Gewölbekeller? Das Schwimmbecken? Na, klingelt es vielleicht jetzt?«

»Dort ist eine Razzia durchgeführt worden?« August setzte sich auf. »Während einer Party?«

»Laut dem Polizeibericht hat er damals dort gewohnt.«

Ich erinnerte mich daran, was Hannah über die jungen Kunststudentinnen gesagt hatte, die sich für Geld und einflussreiche Kontakte mit älteren Männern einließen. »Vielleicht hat er Hadrian ja so kennengelernt.«

»Es würde jedenfalls sehr gut passen.« Holmes runzelte die Stirn. »Und Leander soll sich heute Abend mit ihm treffen, Watson?«

Ich dachte an das Gespräch mit Nathanael in seinem Industrieloft zurück. »Ja, falls er überhaupt auftaucht. Du hättest seine Reaktion sehen sollen, als ich ihm sagte, Leander sei zu Hause geblieben. Es war, als wüsste er … dass das nicht sein kann.«

»Du meinst, er hat reagiert, als wüsste er, dass Leander tot ist.«

Ich rutschte in meinem Sessel hin und her.

»Ich glaube einfach nicht, dass Leander tot ist«, sagte sie. »Er ist mit Sicherheit noch am Leben.«

»Glaubst du es?«, fragte August. »Oder bist du dir wirklich sicher?«

Holmes hob das Kinn. »Er kann nicht tot sein«, sagte sie und in ihrer Stimme lag lediglich die Andeutung eines Zitterns.

Ich hatte mich schon oft mit Holmes über solche in den Raum gestellten Behauptungen gestritten, aber ich brachte es nicht übers Herz, dagegenzuhalten und darauf zu bestehen, dass sie die Möglichkeit in Betracht ziehen musste, dass ihr Lieblingsonkel tatsächlich irgendwo in einem Graben liegen könnte. »Also?«

»Also. Es ist bereits sieben. So wie ich Leander kenne, können wir ziemlich sicher davon ausgehen, dass er sich nie vor acht mit Nathanael getroffen hat. Für den Fall, dass er doch früher auftaucht, habe ich Zugang zu den in diesem Umfeld installierten Überwachungskameras.« Sie schwenkte in ihrem Stuhl zum Fenster herum. »Die East Side Gallery ist weitläufig. Ein beliebtes Touristenziel. Wir brauchen einen Plan, damit die Aktion Erfolg hat.«

»Du hast eine ganze Kompanie von Spezialisten zu deiner Verfügung«, sagte August.

»Habe ich das?«, entgegnete sie. »Selbst wenn sie meinen Anweisungen folgen würden, ich habe noch nie mit ihnen zusammengearbeitet und das erhöht die mögliche Fehlerquote.«

»Als ob dein Bruder auch nur einen einzigen Dilettanten unter seinen Angestellten hat.«

Holmes schnaubte. »Du hast meinen Bruder doch kennengelernt, oder? Nein, wir ziehen das allein durch.«

»Du könntest Nathanael entführen«, sagte ich, meinte es aber nur halb als Scherz. »Hey, vielleicht könnte August das übernehmen.«

Er zuckte zusammen. »Lieber nicht«, sagte er.

War das ein Schuldeingeständnis? Ich würde ihn umbringen.

»Und was dann? Foltern wir ihn, bis er uns sagt, dass er glaubt, Leander sei tot?« Sie stand auf. »Sei so nett und denk nach, bevor du den Mund aufmachst.«

Der Deckenventilator surrte. Die Uhr in der Küche schlug die Zeit an. Holmes ging vor dem Fenster auf und ab und sprach mit sich selbst.

Und ich ... tja, nichts und ich. Was hätte ich schon groß vorschlagen können? »Was wollen wir überhaupt von Nathanael?«, fragte ich. »Seine Verbindungen zu Hadrian Moriarty nutzen? Wir haben doch August hier. Er eignet sich viel besser dafür, Hadrian oder Phillipa aufzuscheuchen. Sie hat uns ja bereits sehr deutlich zu verstehen gegeben, dass sie mit ihrem kleinen Bruder in Kontakt treten will. Ich meine – wollen wir Leander zurück oder wollen wir das Verbrechen aufklären, an dem er dran war?«

Holmes und August sahen sich an.

»Was? War das eine blöde Frage?«

Ich dachte darüber nach, während wir uns fertig machten. Es dauerte nicht lange, bis ich mich in Simon verwandelt hatte – der Hut, eine Weste, die derben Boots. Für den Fall, dass Nathanael mich sah, war es besser, wenn ich als Simon ging, da Jamie und er sich zu ähnlich sahen, um glaubwürdig zu behaupten, ich wäre jemand anderes. Aber als ich vor dem Spiegel stand und mir durch die Haare fuhr, wurde mir klar, dass es seltsam tröstend war, wieder er zu sein. Simon. Ich wusste, wie er ging. Wie er redete. Wie er dachte. Was er sagen würde. Von mir selbst konnte ich das nicht immer behaupten.

Zu meiner Überraschung sah Holmes wie ... Holmes aus. Sie hatte eine frische schwarze Jeans angezogen und ein schwarzes, bis zum Kragen zugeknöpftes Hemd und kramte jetzt mit der für sie typischen fiebrigen Konzentriertheit in einer Kosmetiktasche.

»Als was gehst du?«, fragte August sie und rückte seine falsche Nase zurecht. »Touristin? Au-pair-Mädchen? Mitglied einer Studentinnenvereinigung?«

»Als ich selbst«, sagte sie und schaute in einen Handspiegel, »in einem Universum, in dem ich eine Kunststudentin bin, die verzweifelt auf der Suche nach einer Unterkunft ist.« Sie begann schwarzen und silbernen Lidschatten aufzutragen.

»Ist das nicht zu riskant?«, fragte August. »Du könntest wenigstens als Rothaarige gehen ...«

»Wenn du dich nützlich machen willst, gib mir das Glätteisen, das da drüben liegt«, sagte sie zu ihm. »Und danach kannst du entscheiden, wie wichtig es dir ist, dass Hadrian weiterhin denkt, du seist tot.«

»Das klingt wie eine Drohung«, sagte er.

Sie nahm das Glätteisen, das er ihr reichte, steckte es ein und begann, sich damit Locken in die Haare zu drehen. »Entweder du bist dabei oder du bist nicht dabei. Ich hätte kein Problem damit, wenn du hierbleibst. Milo hat bestimmt noch ein paar Listen, die eingegeben werden müssen.«

Er sah sie einen Moment lang angespannt an. »Ich bin dabei«, sagte er mit kaum verhüllter Schärfe. »Warum hätte ich mir sonst eine verfluchte falsche Nase ins Gesicht kleben sollen.«

***

Die East Side Gallery war gar keine Galerie. Also zumindest keine, die, wie es der Name vermuten ließ, in einer hoch exklusiven Location untergebracht war, wo man Champagner trank und für ein Bild Millionen hinblätterte. Ich weiß nicht, warum ich ausgerechnet hier so etwas erwartet hatte, in einer Stadt, in der Kunst allgegenwärtig war und den öffentlichen Raum für sich beanspruchte.

Die East Side Gallery war die Berliner Mauer. Die Mauer, die den Osten der Stadt vom Westen getrennt hatte, als eine Folge des Zweiten Weltkriegs und später des Kalten Kriegs, als ein Symbol eines geteilten, ungleichen Berlins. Auf der einen Seite der mit Stacheldraht bewehrten und Sprengfallen gesicherten Mauer der reiche kapitalistische Westen, auf der anderen der arme kommunistische Osten. Nach der Öffnung der Berliner Mauer im Winter 1989 wurde aus ihrem längsten noch erhaltenen Teilstück eine Open-Air-Galerie, die Wandbilder von Künstlern aus aller Welt zeigte. Beeindruckende und aufrüttelnde Bilder von Menschen, die sich wie Geister von einem dunklen Hintergrund abhoben, von Tauben und Gefängnissen und in der Wüste schmelzenden Gestalten.

Ich hatte mich auf unserem Weg entlang der Mauer ein Stück hinter Holmes und August zurückfallen lassen und las auf meinem Handy eine kurze Zusammenfassung im Internet zur Historie dieses Orts. Die letzten paar Wochen fühlten sich wie eine einzige Geschichtsstunde an, von der ich nur das Ende mitbekommen hatte. Darin ging es um Berlin, aber auch um London, und um Liebe und Erbe und Verantwortung. Es war, als würde ich versuchen, vor einer Prüfung noch schnell einen Spickzettel mit den wichtigsten Eckdaten zum letzten Jahrhundert zu lesen.

Das alles gab mir das Gefühl, noch ziemlich jung zu sein, etwas, das ich nicht gewohnt war, nicht an der Seite von Holmes. Sie war sich bei allem, was sie tat, ihrer selbst so sicher, sogar dann, wenn es auf dem Spielfeld vor Erwachsenen wimmelte. Aber als ich jetzt im Dunkeln zu Fuß in dieser seltsamen, schönen Stadt unterwegs war und vor dem schneekalten Wind die Jacke enger zog, wünschte ich mir, ich wäre zu Hause bei Shelby und meiner Mutter und würde mit einer Wolldecke auf der Couch liegen und fernschauen.

Wir waren nicht die Einzigen, die nach Einbruch der Dunkelheit noch hier unterwegs waren. Eine Gruppe von Touristen stand vor einem Wandbild aus Handabdrücken und legte ihre eigenen Handflächen darauf. Ein Straßenkünstler verkaufte bemalte Mauerstücke an einer Ecke und spielte mit einem batteriebetriebenen CD-Player leisen Europop. Zwei Mädchen fotografierten sich gegenseitig vor einem Bild, auf dem eine üppige Lockenpracht zu sehen war. Die Blonde der beiden neigte lachend den Kopf nach vorn, sodass ihr die eigenen Locken übers Gesicht fielen, und als ihre braunhaarige Freundin das Foto schoss, sagte sie, *Ja, du bist meine Göttin, ich wünschte, ich hätte deine Haare.* Genau in dem Moment gingen Holmes und August an ihnen vorbei und die Braunhaarige meinte, *Vergiss es, ich will* ihre *Haare,* und schaute den beiden sehnsüchtig hinterher.

Charlotte Holmes und August Moriarty. Sie gaben ein eindrucksvolles Paar ab. Er sah wie immer unangestrengt cool aus – was mich gewaltig wurmte, vor allem weil ich wusste, wie hart erarbeitet meine eigene Coolness war. Er hatte seinen Iro dunkelbraun gefärbt und seine falsche Nase bog sich an der Spitze leicht nach oben, aber ansonsten trug er seine üblichen zerrissenen Jeans und eine Bomberjacke. Und Holmes ging wie eine Mensch gewordene Waffe neben ihm her. Ihre dunkel geschminkten Augen ließen ihre Iris beinahe durchscheinend wirken und ihre kunstvoll zerzauste Lockenmähne sah wie frisch nach dem Aufstehen aus. Unter ihrem Arm klemmte eine schwarze Zeichenmappe und ihr Schritt war zielstrebig.

Es war zehn vor acht, früher würde Nathanael ihrer Einschätzung nach nicht auftauchen. Aber die East Side Gallery war über einen Kilometer lang, und obwohl Holmes regelmäßig ihr Handy checkte, um zu schauen, ob Milos Männer

Nathanael schon auf ihren Überwachungskameras entdeckt hatten, war er noch nirgends zu sehen. Mich überkam das unangenehme Gefühl, dass wir hier viel zu exponiert waren. Nirgends um uns herum gab es Cafés oder irgendwelche anderen Rückzugsmöglichkeiten, für den Fall, dass man uns entdecken würde. Aber uns blieb nichts anderes übrig, als weiterzugehen.

Einen halben Block später stand er dann plötzlich ein paar Meter weiter an einer Straßenecke und blies sich in die Hände.

Mein Handy vibrierte. Holmes hatte ihn zur selben Zeit wie ich entdeckt. *Geh auf ihn zu und sag ihm, dein Onkel sei krank.*

Das war nicht geplant gewesen. *Ähm, beim letzten Mal bin ich gerade noch mal so davongekommen,* tippte ich zurück.

Er ist früh dran. Er kann uns jeden Moment sehen. Besser, es wirkt so, als wärst du extra wegen ihm gekommen – die Uhrzeit scheint ja immerhin zu stimmen. Warten wir ab, ob er dich wieder zu sich einlädt, dann folgen wir euch.

Und was würde er dort mit mir anstellen? Wenn er mit Hadrian Moriarty zusammenarbeitete, wenn er tatsächlich *wusste*, dass Leander tot war, konnte er heute Abend eigentlich nur aus einem einzigen Grund hier sein – um uns in eine Falle zu locken. Dabei war es schon schwer genug gewesen, das Mittagessen mit Phillipa unversehrt zu überleben.

Wieder einmal musste ich mir die Frage stellen – was machten wir hier eigentlich?

Vor mir sah ich, wie August Holmes etwas ins Ohr flüsterte. Sie schüttelte energisch den Kopf, aber er ignorierte es, drehte sich kurz halb zu mir um und nickte.

Dann ging er im Laufschritt auf Nathanael Ziegler zu.

Holmes blieb wie angewurzelt stehen. Ich war immer noch ein paar Schritte hinter ihr. August legte dem Kunstlehrer eine Hand auf den Rücken, und während er ihn von uns wegführte, sagte er etwas zu ihm, das ich nicht verstehen konnte.

»Er bittet Nathanael, ihn zu Hadrian zu bringen«, sagte sie und drehte sich zu mir um. Sie sah ziemlich sauer aus. »Er verschafft uns Zeit.«

»Um was zu tun?«

»Um bei Nathanael zu Hause nach Beweisen zu suchen«, sagte sie. »Beeilen wir uns.«

Es fing an zu schneien.

Die Fahrt durch die Stadt dauerte quälende zwanzig Minuten. Holmes wischte ständig über die beschlagene Scheibe und starrte auf die Straße hinaus, als könnte sie die anderen Wagen durch reine Willenskraft dazu bringen, sich in Luft aufzulösen. Sie hatte keine Ahnung, wie viel Zeit wir haben würden. Wir wussten noch nicht einmal, ob Nathanael immer noch in dem Haus über dem Kellergewölbe wohnte, dem Ort, an dem er wegen Drogenbesitz verhaftet wurde, oder in dem Industrieloft von letzter Nacht.

»Stand in dem Bericht auch, welche Drogen er bei sich hatte?«, fragte ich sie schließlich.

»Gras, glaube ich. Ich weiß nicht, wie streng so was hier verfolgt wird. Vielleicht hat ihn jemand verpfiffen, um die Aufmerksamkeit der Polizei auf ihn zu lenken. Dass er als Lehrer eine besondere Verantwortung hat, hat die Angelegenheit bestimmt nicht besser gemacht.« Der Wagen kam zum Stehen. »Endlich«, sagte sie, streckte dem Fahrer einen Geldschein hin und schob mich mit der anderen Hand aus der Tür.

Ich zog meine Handschuhe an. Die Fassade des Hauses ragte wie eine Warnung vor uns auf. »Gibt es einen Grund, warum wir keinen Greystone-Wagen nehmen?«

»Die Männer meines Bruders. Die Autos meines Bruders. Dass mein Bruder heute Morgen meinen linken Schuh verwanzt hat und gestern den rechten. Dass mein Bruder glaubt, er und mein Vater seien unfehlbar und der Rest von uns Idioten.« Sie stieß eine kleine Atemwolke aus, als sie hart auflachte. »In seinen Überwachungsaufnahmen, die ich mir angeschaut habe, musste ›Leander‹ nach unten schauen, um den Knauf unserer Eingangstür zu finden. Die Tür zu dem Haus, in dem er aufwuchs. Er greift nicht automatisch danach – er sucht danach. Weil es nicht *er* ist, Jamie. Wer weiß, wie er wirklich dort rausgeschafft wurde. Jemand könnte wie er angezogen gewesen sein, um die Kameras zu täuschen. Milo glaubt, ich würde mir das alles nur einbilden. Er hält sich für unfehlbar. Und ich spiele mit. Seit ich hier bin, habe ich keine Alleingänge unternommen, habe ihm einfach vertraut, und ich …«

Sie drehte sich abrupt um und ging auf die Haustür zu, aber ich fasste sie am Ellbogen und zog sie zurück.

»Tief durchatmen. Schau mich nicht so an – *atme*. Du kannst so nicht da rein. Atme.«

Sie verdrehte die Augen. »Du bist nicht meine Meditations-CD.«

»Der Grund, weshalb du wütend bist, hat nichts mit Milo zu tun.«

Wir sahen uns an. Ihre Pupillen waren riesig. Einen furchtbaren Moment lang fragte ich mich, ob sie etwas genommen hatte oder ob sie nur aufgewühlt war, und ich hasste mich dafür, dass ich den Unterschied nicht erkannte.

»August wird zu ihnen zurückkehren«, sagte sie schnell. Sie stand viel zu dicht vor mir. Ich konnte die Wärme ihres Atems spüren. »Er wird gemeinsam mit ihnen untergehen. Ich kann nicht – sie sind *Monster*, Jamie, und ich schwöre bei Gott, ich werde es beweisen.« Sie griff nach meiner Hand. »Wir haben keine Zeit, wir müssen rein. Hör zu. Du bist mein Stiefbruder. Ich fange nach Weihnachten an der Kunstschule Sieben an. Bis dahin brauchen wir eine Unterkunft, weil meine Mutter uns gerade rausgeworfen hat ...«

»Warte«, sagte ich und strich ihr den Schnee aus den Haaren. Für den Bruchteil einer Sekunde schmiegte sie sich an meine Hand. »Ich habe eine bessere Idee.«

Das Mädchen, das uns die Tür öffnete, hatte ein Piercing in der Nase und einen finsteren Blick. Sie sagte etwas auf Deutsch zu mir.

»Englisch?«, fragte ich sie und sie nickte knapp. »Sorry, dass wir einfach so hier aufkreuzen, aber meine Freundin hat hier gestern auf einer Party ihre Kamera liegen gelassen. Sie sagte, dass so ein Typ sie danach gefragt hätte ... braune Haare, um die vierzig, ziemlich laut. Sie glaubt, er unterrichtet an der Kunstschule. Weißt du zufällig, wer das ist?«

»Ihr glaubt, Ziegler hätte ihre Kamera geklaut?«, fuhr das Mädchen uns an. »Auf keinen Fall.« Sie schob die Tür zu.

Ich klemmte meinen Fuß dazwischen. »Sorry«, sagte ich noch einmal. »Ich wollte damit ja auch nicht sagen, dass er sie geklaut hat, sondern nur fragen, ob er sie vielleicht gefunden hat. Meine Freundin ist sich ziemlich sicher, sie beim Schwimmbecken liegen gelassen zu haben.«

Holmes neben mir nickte. Ihre Körpersprache spiegelte die des Mädchens – Hand in die Hüfte gestemmt, finsterer Blick. Seltsamerweise schien es das Mädchen zu entspannen.

»Ich hab doch schon gesagt, dass er Ziegler heißt«, sagte sie. »Seine E-Mail-Adresse steht auf der Webseite der Schule. Und jetzt zieht ab, ich hab zu tun.«

Ich sah sie lächelnd an, rührte meinen Fuß aber nicht von der Stelle. »Wohnt er denn überhaupt hier?«

»Was geht dich das an?« Sie verschränkte die Arme.

»Meine Kamera«, sagte Holmes leise und überdeutlich, »kostet mich drei Monate Arschlöchern Drinks servieren.«

Das Mädchen seufzte. »Ziegler hat hier mal gewohnt. Der einzige Mann, der hier *je* gewohnt hat, bis die Schule es herausfand und er ausziehen musste. Kam dort nicht so gut an, dass er mit den ganzen jungen Mädchen zusammenlebte.«

»Mit den Studentinnen von seiner Kunstschule?«, fragte Holmes angewidert.

»Keine Sieben-Mädchen. Andere Studentinnen. Aber das Haus gehört einem Freund von Ziegler, deshalb hat er hier günstig wohnen können. Was soll's. Ziegler hat deine Kamera jedenfalls ganz bestimmt nicht. Er ist kein Dieb, nur ein ziemlich fieser Typ.« Sie zögerte kurz und fügte dann hinzu: »Ich kann ja mal nachschauen, ob ich die Kamera irgendwo finde. Kommt morgen noch mal wieder.«

»Weißt du zufällig, wie dieser Freund von ihm heißt?«, fragte ich. »Der, dem das Haus gehört.«

»Großer Gott«, stöhnte das Mädchen. »Er heißt Moriarty«, dann schlug sie dreimal die Tür gegen meinen Fuß, bis ich ihn schließlich wegzog und triumphierend die Treppe hinunterhumpelte.

»Das war ziemlich direkt«, sagte Holmes.

Ich spürte meinen Puls in meinem gequetschten großen Zeh. »Tja, ich bin wohl nicht sehr subtil.«

»Das waren dreißig Minuten.« Holmes warf einen Blick auf ihr Handy. »Lust auf mehr?«

Unser nächstes Ziel lag nur drei Straßen weiter. Holmes bewegte sich wie ein Spürhund auf einer heißen Fährte, als wir die vier Stockwerke hochliefen.

Wir brauchten nur ein paar Minuten, um Nathanaels Loft zu durchsuchen, dasselbe Loft, in dem am Abend zuvor das Draw'n'Drink stattgefunden hatte. Sie ließ mich die Behördendaten über das Gebäude checken, während sie die Skizzen durchging, die die Studenten der Kunstschule Sieben hier zurückgelassen hatten.

»Scheint, als würde das Haus der Schule gehören«, sagte ich, während ich im Dunkeln die Informationen auf meinem Handy durchging. »Jedenfalls wird die Adresse auf der Internetseite der Sieben als Wohnheim aufgeführt, wenn ich das richtig verstehe. Laut Übersetzungs-App ist es ein ›Haus für ausgewachsene Bären‹.«

Sie nahm die Taschenlampe, die sie zwischen den Zähnen festgehalten hatte, aus dem Mund. »Das hier ist definitiv nicht sein ständiger Wohnsitz. Schau dir mal das Schlafzimmer an.«

»Welches Schlafzimmer?« Ich legte den Kopf in den Nacken. »Das Einzige, was es dort oben gibt, ist eine Staffelei.«

»Genau das meine ich.« Sie nahm die Skizzen und schob sie in ihre Zeichenmappe. »Er muss noch einen Hauptwohnsitz haben. Ich schau mich oben noch mal um. Achte auf lose Dielenbretter, Fußspuren und so weiter.«

Normalerweise machte Holmes sich nicht die Mühe, mir ihre Vorgehensweise zu erklären. »Brauchst du Hilfe?«

»Nein«, antwortete sie schärfer als nötig.

Ich sah sie mit hochgezogener Braue an.

»Wir haben nicht genügend Zeit«, entgegnete sie. »Außerdem hast du diesen Kleiderschrank noch nicht durchsucht.« Sie hängte sich ihre Mappe über die Schulter und stieg die Treppe hoch.

Der Schrank enthielt lediglich ein traurig aussehendes Jackett und den linken Schuh eines Männerstiefelpaars. In den Küchenschränken standen nicht zueinanderpassende Weingläser und unter der Spüle fand ich eine ziemlich eklig aussehende alte Saugglocke. Bis auf die Stühle und Tische, die ich am Abend zuvor hier gesehen hatte, gab es in dem Loft nichts von Interesse. Und ich konnte nun mal keine Schlüsse aus irgendwelchen Staubspuren ziehen oder Fenstern, die einen halben Zentimeter offen standen. Enttäuscht ließ ich den Blick durch das Loft wandern. Bestimmt gab es irgendwo hier einen Hinweis darauf, wo Leander festgehalten wurde. Es musste ...

»Ich habe etwas gefunden«, sagte Holmes und kam die Treppe heruntergelaufen. »Schau dir das an.«

Ein dicker Stapel Formulare. Auf dem obersten stand RECHNUNG und eine Anschrift von Hadrian und Phillipa Moriarty, darunter waren Gemälde und Dollarbeträge aufgelistet. Es war eine Inventarliste aller Fälschungen, die Nathanael an Hadrian verkauft hatte – seinen Zwischenhändler.

Neben einem der aufgeführten Werke stand *Langenberg*, gefolgt von einer Artikelnummer. Ich fuhr mit dem Finger die Liste ab. *Langenberg, Langenberg, Langenberg* ...

»Wo hast du das gefunden?«, fragte ich.

»Unter den Dielenbrettern. Und das hier lag darunter.«

Es war eine zerknitterte Visitenkarte mit der Aufschrift: DAVID LANGENBERG. BERATER.

»Das erklärt einiges«, sagte ich. »Und das hast du alles unter den Dielenbrettern gefunden?« Fast so, als hätte sie die Unterlagen aus dem Nichts gezaubert.

»*Langenberg*«, sagte Holmes ungeduldig.

»Ich kann lesen«, gab ich zurück. »Aber ich dachte, Hans Langenberg hätte keine Kinder gehabt.«

»Hatte er auch nicht. Aber vielleicht Neffen. Großneffen. Leander nannte sich ›David‹. David Langenberg. So einfach und so brillant.« Sie steckte die Karte und die Unterlagen ebenfalls in ihre Mappe. »Hat dein Vater dir diese IP-Adressen geschickt?«

»Ja, vorhin, als wir an der East Side Gallery waren.« Ich zeigte ihr die Liste auf meinem Handy. »Ich hatte aber noch keine Zeit, sie durchzugehen.«

»Schick sie an Milos Mitarbeiter.« Sie sah mich mit einem zufriedenen Lächeln an.

»Hast du vorhin nicht noch selbst gesagt, dass du dich nicht länger auf Milo und seine Mitarbeiter verlassen willst?«

»In dem Fall können sie mir gern ein bisschen Arbeit abnehmen.« Sie trat zu mir und legte eine Hand auf meine Brust. Ich musste mich beherrschen, nicht zurückzuweichen – warum machte sie das? –, aber dann zog sie die Hand so hastig wieder weg, als wäre ihr erst in dem Moment klar geworden, was sie da eigentlich machte. »Ich sterbe vor Hunger. Sollen wir irgendwo etwas essen gehen?«

Charlotte Holmes war nie zufrieden. Charlotte Holmes hatte nie Hunger. Charlotte Holmes gehörte nicht zu den Mädchen, die einen dazu überredeten, sich in einer Imbissbude im Touristenviertel eine Naan-Pizza und einen Root Beer Float zu holen, aber genau das tat sie.

Wir setzten uns auf die Fensterbank und schauten dem Schneetreiben draußen zu. Während sie die Peperoni von ihrer Pizza pulte, machte ich mir Notizen zu den IP-Adressen.

»Die hier ist der Kunstschule Sieben zugeordnet«, sagte ich. »Also wurde mindestens eine von Leanders Mail von dort gesendet. Vielleicht ist er Nathanael zur Schule gefolgt. Oder es ist die IP-Adresse des Wohnheims.«

Holmes nickte und baute aus den Peperoni einen kleinen Turm. Ich fragte mich, ob sie mir überhaupt zuhörte.

»Es sind auch die IP-Adressen einiger Cafés aufgeführt. Milos Team hat ein paar Namen mitgeschickt. Sieht aus, als wäre Leander in einem Starbucks gewesen ... vielleicht eine Filiale, die dort, wo er gewohnt hat, um die Ecke liegt? Die letzte stammt von hier.« Ich tippte mit meinem Stift auf die Adresse. »In diesem Teil der Stadt waren wir noch nicht.«

»Okay«, sagte sie.

»Holmes?«

»Mhm.« Sie betrachtete einen Moment ihre übereinandergestapelten Peperoni und steckte sich dann alle auf einmal in den Mund. »Ich hätte nicht gedacht, dass ich das schaffen würde«, nuschelte sie. »Meine Berechnungen waren richtig!«

Ich hatte sie noch nie so erlebt. »*Wovon* redest du?«, rief ich.

Holmes warf mir einen beleidigten Blick zu, der im Zusammenspiel mit ihren dicken Hamsterbacken einiges an Wirkung verlor. »Wir haben einen Beweis gefunden«, sagte sie, nachdem sie ihren Mund geleert hatte. »Einen konkreten Beweis. Jetzt muss Nathanael nur noch festgenommen und verhört werden und dann wird man die Verbindung zu Hadrian Moriarty haben. August bringt ihn bestimmt zu Greystone. Wir werden meinen Onkel noch heute finden, da bin ich mir ganz sicher.«

Holmes hatte mit ihrem Instinkt richtiggelegen, als sie sich im Herbst geweigert hatte, August Moriarty als Verdächtigen im Mordfall Lee Dobson in Betracht zu ziehen. Aber das hier fühlte sich anders an. Hier war keine Sentimentalität oder Nostalgie mit im Spiel. Es war auch kein Wunschdenken. Das war alles irgendwie ...

»Zu einfach«, sagte ich. »Ich meine, ist das nicht ein bisschen verdächtig, dass alle Informationen, die du brauchst, unter einem losen Dielenbrett liegen?«

Holmes verdrehte die Augen. »Ockhams Rasiermesser, Watson. Ich habe August geschrieben und ihn gebeten, Nathanael später zu Greystone zu bringen. Aber er hat geantwortet, dass es noch eine Weile dauern kann. Wir müssen also ein bisschen Zeit totschlagen.«

Mir war klar, dass sie versuchte, mich abzulenken, aber die Fröhlichkeit in ihrer Stimme war ansteckend. »Okay, worauf hättest du Lust?«

»Ein Date«, sagte sie.

»Ein Date.« Ich blinzelte. »Was für ein Date? So was wie ... tanzen gehen? Ins Kino? Einen Milchshake trinken?«

»Besser.« Auf einmal wirkte sie beinahe schüchtern. Sie wich meinem Blick aus und schaute aus dem Fenster. »Etwas ... das ich liebe. Und das wir nur hier tun können.«

»Etwas Deutsches?«

»Andere Länder, andere Sitten ...«, antwortete sie und so kam es, dass wir drei Tage vor Heiligabend auf dem Weihnachtsmarkt vor dem Schloss Charlottenburg landeten.

Er wirkte wie ein Meer aus Kerzen, die auf den Wellen eines dunklen Gewässers tanzten. Weiße, mit funkelnden Lichterketten bestückte Pavillons reihten sich aneinander, vor denen sich Leute mit Ohrenschützern und Handschuhen scharten, die aus dampfenden Bechern tranken und eine Art glasiertes Gebäck aßen. Es war kitschig und zauberhaft und ein bisschen seltsam und ... Weihnachten eben. Um ehrlich zu sein, liebte ich Weihnachten. Das war schon immer so gewesen. Und auf einmal sehnte ich mich schrecklich nach meiner Familie und dachte daran, wie schön es wäre, zu Hause am Kamin zu sitzen und Geschenke einzupacken.

Und gleichzeitig stand Holmes hier neben mir und benahm sich, als hätte sie eine Nahtoderfahrung gemacht und sei zurückgekehrt, um mir alles von dem Licht am Ende des Tunnels zu erzählen. Mir wurde klar, dass sie erleichtert war. Unendlich erleichtert. Als bei unserem letzten Fall festgestanden hatte, dass August nicht der Schuldige war, hatte sie sich genauso aufgeführt. Geredet wie ein Wasserfall und alles Mögliche in sich hineingestopft.

»Hast du schon mal Christstollen probiert?«, fragte sie mich prompt und zog mich zu einem Stand, hinter dem ein vergnügter älterer Mann stand, der ein perfektes Motiv für eine Weihnachtsgrußkarte abgegeben hätte. Sie kaufte zwei Stück.

»Was esse ich da?«, fragte ich, nachdem sie mir etwas auf einem Pappteller in die Hand gedrückt hatte, das wie eine glitzernde Scheibe Brot aussah.

»Christstollen«, wiederholte sie ungeduldig. »Das ist so eine Art Früchtebrot, nur dass dieser hier absolut köstlich schmeckt. Milo schickt uns normalerweise jedes Weihnachten ein Päckchen damit. Zusammen mit einer nach Fichtennadeln duftenden Kerze, die wir immer neben dem Weihnachtsbaum anzünden.«

Ich biss vorsichtig von dem Stollen ab. Er schmeckte überraschend gut.

Wir schlenderten weiter zwischen den Ständen hindurch, krümelten unsere Handschuhe mit Weihnachtsplätzchen voll und tranken nach Zimt und Nelken duftenden Glühwein. Holmes hatte den Kragen ihres Mantels – den sie mittlerweile aus dem Piquant geholt hatte, dem Restaurant, in dem wir uns mit Phillipa getroffen hatten – hochgeschlagen, damit der Schnee nicht in ihren Nacken rieseln konnte. Mit einem unsicheren Lachen blieb sie vor mir stehen und schlug meinen ebenfalls hoch.

»Sonst geht dir die Nässe bis auf die Haut.« Ihre Finger streiften meinen Nacken.

Ich erschauerte.

Auf dieser Seite des Weihnachtsmarkts hörte man aus Lautsprechern Klaviermusik von Händel, aber als wir zu dem riesigen beleuchteten Riesenrad kamen, schlug uns Popmusik entgegen. Irgendein amerikanischer Chartsong, in dem es um Turnschuhe ging, und das nächste Stück …

»Oh mein Gott«, sagte ich zu Holmes. »Sie spielen L. A. D.«

»Ich glaube, das zwölfjährige Mädchen hinter mir hat gerade dasselbe gesagt.«

»Sei still«, warnte ich sie, »oder ich fahre nicht Riesenrad mit dir.«

»Woher glaubst du zu wissen, dass ich das überhaupt will?«

»Klar willst du.« Ich zögerte. »Oder nicht?«

Sie sah mich mit einem schiefen Lächeln an, die Glühweintasse zwischen den Händen, Puderzucker an der Nasenspitze.

»Doch«, sagte sie. »Ich will.«

Wir stampften mit den Füßen auf, als wir nebeneinander in der Warteschlange standen; dabei lehnte sie sich wieder wie zufällig an mich, aber als ich sie von der Seite ansah, rückte sie so hastig von mir ab wie eine Katze, die man dabei ertappt hatte, wie sie sich auf dem Rücken räkelte.

»Ich möchte Wagen Nummer drei«, sagte sie kurz vor dem Kassenhäuschen.

»Warum?«, fragte ich.

»Ist dir das nicht aufgefallen? Wagen Nummer drei ist der schaukeligste.«

»Das Wort schaukeligste gibt es nicht.«

Sie sah mich mit diesem Lächeln an, das ich so gut wie nie zu sehen bekam, das Lächeln, das Sicherheitsschlösser und Banktresore öffnen konnte, das wie eine Falltür war, durch die man in ein Wunderland fiel. Ich berührte ihre Nasenspitze. Danach klebte Puderzucker an meinem Finger.

»Jetzt schon«, sagte sie leise.

Wie es sich für den Betreiber eines Fahrgeschäfts gehörte, hatte er kaum noch Zähne im Mund, und die Typen über uns bewarfen uns ständig mit Popcorn, und als das Riesenrad anhielt, blieb unser Wagen nicht am obersten Punkt stehen, sodass wir über die Stadt hätten blicken können, sondern praktisch ganz unten, wo wir nichts als baumelnde Füße über uns sahen.

»Die Fahrt dauert gerade mal zwei Minuten? Und dafür bezahlt man fünf Euro pro Person?« Sie kramte ein paar letzte Krümel aus ihrer Kekstüte.

»Bist du noch nie auf einer Kirmes gewesen?«

»Ich bin mal mit meiner Tante Araminta auf dem London Eye gefahren. Sie hielt es für wichtig, ab und zu solche ›Ausflüge‹ mit meinem Bruder und mir zu machen.« Holmes zog eine Grimasse. »Und an Weihnachten hat sie uns immer Sachen geschenkt, die eine Nummer zu groß waren, damit wir noch ›reinwachsen‹ konnten. Sie ist die Art von Mensch, für die in die Luft gemalte Anführungszeichen erfunden wurden.«

»Leander hat mir erzählt, die Moriartys hätten ihre Katzen getötet.« Kaum hatte ich es gesagt, verfluchte ich mich innerlich dafür. Warum musste mir das ausgerechnet jetzt herausrutschen, wo wir gerade eine Auszeit von dem Fall hatten (*Aber stimmt das überhaupt?*, fragte eine Stimme in meinem Kopf) und uns so gut verstanden?

Doch Holmes nickte nur. »Das hat sie völlig aus der Bahn geworfen. Sie verkauft mittlerweile ihren selbst hergestellten Honig und lebt sehr zurückgezogen. Ich habe sie bestimmt schon seit zwei oder drei Jahren nicht mehr gesehen.« Unser glitzernder Riesenradwagen kippte vor und zurück. »Ob die uns hier je wieder rauslassen werden?«

»Ich dachte, dir gefällt das Schaukelige.«

»Mir wird schlecht davon.«

»Mach einfach die Augen zu und genieß den L. A. D.-Song. Das ist ›Girl I See U Dancin'‹.«

»Du kennst den Titel.«

»*Girl I see u dancing / something something ransom* – ach, komm schon. Du stehst total auf dieses Stück.«

»*Ich?* Das gilt wohl eher für dich.«

Ich sah sie streng an. »Ich kenne deine dunkelsten und tiefsten Geheimnisse, Charlotte Holmes. Also komm mir bloß nicht so.«

Das Lächeln auf ihrem Gesicht gefror so plötzlich wie ein unvermittelter kalter Windstoß, und als ich sie nach dem Grund dafür fragen wollte, setzte das Riesenrad seine Fahrt fort.

8.

Als wir gegen Mitternacht zurückkehrten, stand August Moriarty vor unserer Zimmertür und blickte uns seltsam bedrückt entgegen.

»Wo ist Nathanael?«, fragte Holmes ihn scharf.

»Ich habe ihn laufen lassen«, antwortete er.

Sie wich einen Schritt zurück, als müsste sie sich davon abhalten, sich auf ihn zu stürzen. »Du bittest mich, dir zu vertrauen, bittest uns alle, dir zu vertrauen, und dann ziehst du einfach los und verschwindest mit dem Mann, den ich befragen will, *gibst dich zu erkennen* und plauderst alles, was du weißt, an Hadrian Moriarty aus und ...«

»Wir haben Hadrian nicht gesehen. Mein Bruder hat sich abgesetzt, Holmes«, unterbrach August sie. »Ich habe nicht die geringste Ahnung, wo er ist. Nathanael weiß es auch nicht. Genauso wenig wie Milo, der allerdings gerade in einem Flieger sitzt, was seinen Handlungsspielraum entsprechend einschränkt.«

»Das erklärt nicht, warum du ihn einfach wieder laufen gelassen hast«, sagte ich. »Wir haben hier einen Stapel Rechnungen für gefälschte Bilder, die Nathanaels Studenten angefertigt haben und die er anschließend deinem Bruder verkauft hat. Wir haben eine Visitenkarte von einem gewissen David

Langenberg, der wahrscheinlich gar nicht existiert. Und du lässt ihn gehen? Einfach so?«

»Weil er nicht weiß, wo Leander ist«, sagte August. »Es geht hier nicht um die Langenberg-Bilder. Mir ist egal, was ihr gefunden habt.«

»Du bist dir sicher, dass er es nicht weiß.« Holmes trat einen Schritt auf ihn zu. »Absolut sicher.«

August schüttelte den Kopf, als wollte er den Lärm daraus vertreiben. »Ja, ich bin mir absolut sicher.«

»Wie das?«, fragte ich. »Ich meine, wie kannst du das nur so auf die leichte Schulter nehmen?«

»Ich habe mir Informationen über Nathanaels Eltern besorgt. Sie leben in einem Pflegeheim nördlich der Stadt. Es hat mich gerade mal ein paar Sekunden gekostet, ihren Namen und die Adresse herauszufinden. Ich habe ihm damit gedroht, sie noch heute Abend zu töten, sollte ich nur den leisesten Verdacht haben, dass er lügt.« Seine Stimme brach. »Hast du schon vergessen, wie ich mit Nachnamen heiße? Oder muss ich dir erst noch erklären, warum er mir sofort geglaubt hat?«

»Da gibt es eine Verbindung«, sagte ich zu Holmes, um die Situation etwas zu entschärfen. »Die Verbindung, die wir gesucht haben. Wir wissen, dass dein Onkel sich als Langenberg ausgegeben hat ...«

»Wir wissen *gar nichts*«, unterbrach sie mich.

»Aber ...«

»Geh schlafen, August.« Holmes verschwand in unserem Zimmer, und nachdem ich ihr gefolgt war, warf sie mit so viel Nachdruck die Tür hinter uns zu, als würde sie eine Gruft verschließen.

»Das war laut«, sagte ich.

»Heute Abend können wir nichts mehr tun. Wir müssen bis morgen abwarten.«

»Bist du sicher?« Verlegen unterdrückte ich ein Gähnen. Zu meiner Überraschung drehte sie sich zu mir um und schaute mich an. Sie verengte dabei die Augen, als versuchte sie angestrengt, etwas zu sehen, das in der Ferne lag.

»Du siehst grauenhaft aus, Watson. Hast du nicht geschlafen?«

»Seit Oktober nicht mehr.« Ich lehnte mich an die Wand. Es fühlte sich gut an, mein Gewicht einer festen Oberfläche anzuvertrauen. »Ist das deine Art zu sagen, dass du dir Sorgen um mich machst, oder ist das der Abend der bitteren Wahrheiten?«

Holmes setzte zu einer scharfzüngigen Erwiderung an, schluckte sie dann aber herunter. Langsam hob sie eine Hand und legte sie an meine Wange. »Ich mache mir Sorgen um dich«, sagte sie. Es klang nicht einstudiert, so wie bei August, wenn er versuchte, nett zu sein. Im Grunde waren weder er noch Charlotte Holmes wirklich in der Lage, nett zu sein. Das Äußerste, was sie zustande brachten, war interessierte Höflichkeit. Genau diese Höflichkeit veranlasste Holmes jetzt dazu, mich zur Leiter ihres Hochbetts zu führen. »Das ist bequemer als das Klappbett. Aber das weißt du selbst, du hast ja schon hier geschlafen.«

»Und was machst du?« Ich kletterte nach oben und kroch unter die Decke.

»Ich weiß nicht«, sagte sie. »Einen Plan B entwerfen. Wie auch immer der aussehen soll.«

»Bleib nicht zu lange auf.«

»Nein.« Sie schaute, eine Hand an der Leiter, zu mir hoch. Die ersten drei Knöpfe an ihrem Hemd waren geöffnet und ich konnte die zarten Linien ihres Schlüsselbeins sehen. »Ich komme vielleicht ... später nach.«

»Okay«, sagte ich so beiläufig ich konnte. »Vielleicht bin ich später auch noch hier.«

Wollte ich, dass sie sich zu mir legte? Wollte sie es? Würde es etwas ändern, wenn ich die Antwort auf diese beiden Fragen kennen würde?

Sie beugte sich auf der anderen Seite des Zimmers über ihren Koffer, kramte nach ihrem Pyjama und rief dann, dass sie sich jetzt umziehen würde. Ich drehte ihr den Rücken zu, versuchte nicht auf das Rascheln des Stoffs zu lauschen und rief mir in Erinnerung, wie müde ich war. Ich war tatsächlich müde, wie mir mit einigem Erstaunen klar wurde. Ich wusste schon gar nicht mehr, wann ich mal nicht völlig erschöpft gewesen war und genügend Schlaf bekommen hatte.

Um ehrlich zu sein, hatte ich nie vergessen, was Lucien in Bryony Downs Apartment zu Holmes gesagt hatte. *Es ist gut zu wissen, was dir wichtig ist. Es gibt nämlich nur sehr wenig. Mein Bruder gehörte nicht dazu. Noch nicht einmal deine eigene Familie. Aber dieser Junge ...* Damit meinte er mich. Das Druckmittel. Die Schwachstelle. Ein Gedanke, mit dem ich mich nachts selbst quälte, während ich mir das Kissen über den Kopf zog und gegen das Gefühl ankämpfte, den roten Laserpunkt eines Scharfschützengewehrs zwischen den Schulterblättern zu haben.

Die Tür öffnete und schloss sich leise. Holmes war nach draußen geschlüpft und mir fielen bereits die Augen zu. Bevor ich einschlief, holte ich mein Handy heraus. *Wir haben eine Spur,* schrieb ich meinem Vater, obwohl ich nicht glaubte, dass das stimmte. *Kannst du bitte noch einmal darüber nachdenken, ob du mir nicht doch Leanders E-Mails schickst? Ich werde sie nicht lesen. Ich bitte Milo, sie nach brauchbaren Anhaltspunkten zu durchsuchen.*

Alles Lüge. Er wusste, dass ich jedes Wort lesen würde, genau wie Milo wusste, dass Lucien es auf seine Eltern abgesehen hatte, genau wie ich mit absoluter Gewissheit wusste, dass weder Holmes noch ich auch nur die leiseste Ahnung hatten, was wir überhaupt wollten.

Als ich Stunden später aufwachte, knurrte mein Magen und ich hörte jemanden sprechen. Eine männliche Stimme. Ich setzte mich so schnell auf, dass mir kurz schwindlig wurde.

»Lottie, es geht mir gut. Bis bald.« Leanders Stimme auf der Mailbox, dünner diesmal, und dann zerstückelt. »Lottie, es geht mir gut. Lottie, es … Lottie, es geht mir gut.«

Holmes saß in einer kleinen Lichtoase im Schneidersitz auf dem Klappbett, neben sich eine Lampe, und hämmerte auf die Tastatur eines Laptops ein. »Verdammt«, hörte ich sie fluchen. »Komm schon.«

»Wie läuft es so?«, fragte ich und sie schrak zusammen.

»Watson«, sagte sie und strich sich die Haare aus dem Gesicht. »Einer der Techniker hat mir gezeigt, wie man aus einer Tonaufnahme die Hintergrundgeräusche herausfiltert. Ich habe versucht, Leanders Mailbox-Nachricht auseinanderzunehmen. Wie spät ist es?«

»Keine Ahnung.« Ich schaute auf mein Handy. Es war zehn Uhr vormittags. »Hast du was herausgefunden?«

»Da ist irgendwas. Ein Echo … so, wie wenn …« Sie spielte es noch mal ab, dann knallte sie abrupt den Laptop zu. »Shit«, keuchte sie und presste sich eine Hand auf den Mund. »Ich stecke fest.«

»Komm her.« Ich wusste nicht, ob der Gedanke, zu mir ins Bett zu klettern, nicht eher verstörend als tröstlich war. Nach dem Blick zu urteilen, den sie mir zuwarf, war sie ebenfalls skeptisch. »Nicht was du denkst. Komm einfach.«

Sie stieg die Leiter hoch und setzte sich neben mich mit dem Rücken an die Wand, sodass sie ihr kleines Königreich überwachen konnte.

»Lena hat mir eine Nachricht geschickt«, sagte sie.

»Was schreibt sie?«

»Was wir in Deutschland wollen würden, Deutschland sei langweilig«, zitierte sie, »und dass Tom angefangen hat, ein ultrastarkes Deo zu benutzen, das Lena anmacht und gleichzeitig abstößt.«

»Klingt ganz nach ihr«, sagte ich. Sie lächelte. Wir wussten beide, dass sie ihre Zimmergenossin vergötterte, wir diese Tatsache aber nie laut aussprechen würden.

»Jeder Raum, den du mit Beschlag belegst, sieht so aus wie der hier«, sagte ich stattdessen. »Das Durcheinander. Die komischen Fachbücher. Wo kriegst du die überhaupt her? Und natürlich der obligatorische Labortisch und das Mikroskop. Als wäre das alles in einer kleinen Kiste in deinem Inneren verstaut, die … aufspringt, sobald du dich irgendwo niederlässt.«

»Das hast du schön gesagt, Watson.«

Ich grinste. »Du weißt selbst, dass es so ist. Du bist wie eine Schildkröte, die ihre ganze Welt auf ihrem Rücken mit sich herumträgt.«

»Das meiste im Leben kann man nicht kontrollieren. Wo du geboren wirst. Wer deine Familie ist. Was die Menschen von dir wollen, was du bist. Deswegen halte ich es für umso wichtiger, ein gewisses Maß an Kontrolle zu bewahren, wenn man die Möglichkeit dazu hat.« Sie senkte lächelnd den Kopf. »Also schaue ich mir die Dinge gern unter einem Mikroskop an.«

»Hast du gehört, was du gerade gesagt hast? Das ist ja fast schon tiefgründig gewesen.«

Sie schob ihren Fuß gegen den Rand des Betts. »Leander hat gern darüber gesprochen, wie wichtig Kontrolle ist. Darauf würde man bei ihm nicht so schnell kommen. Er ist geradezu berüchtigt für seine Trägheit, ein echter Faulpelz. Zieht mit seiner Geige im Gepäck von einem seiner Häuser zum nächsten, nimmt nur dann einen Fall an, wenn es ihm gerade in den Kram passt, lebt von seinem Treuhandfonds, geht in Restaurants. Und auf *Partys*.« Sie sprach das Wort mit einer solchen Verachtung aus, dass ich mir ein Lachen verkneifen musste.

»Oh Gott, Partys! Wie heißt es so schön – zuerst das Vergnügen, dann die Arbeit. Und ehe man sich versieht, fangen die Leute an, sich gegenseitig umzubringen.«

Sie verdrehte die Augen. »Watson. Es gibt Leute, die nicht gern lesen. Oder nicht gern Sport machen. Die Action wollen oder lieber etwas Gemütliches machen. Die einen haben keine Lust, sich in ihrer Freizeit geistig anzustrengen, die anderen wollen lieber etwas Anspruchsvolles machen. Aber mit mir stimmt etwas nicht, wenn ich keine Partys mag oder nicht gern ins Restaurant gehe? Was ist falsch daran, dass ich etwas dagegen habe, mich bestimmten gesellschaftlichen Konventionen zu unterwerfen oder mich danach beurteilen zu lassen, wie gut ich in Small Talk bin?« Sie ahmte die Stimme eines kleines Mädchens nach und sagte: »›Ja, bitte, ich hätte gern den Lachs, er sieht einfach himmlisch aus! Darf ich Sie vielleicht noch um ein Mineralwasser bitten? Vielen Dank!‹ Ich hasse die Vorstellung, eine Rolle zu spielen, wenn ich das Drehbuch nicht selbst geschrieben habe. Ich will mehr vom Leben, als höflich einen Schokoladenpudding bestellen zu können.«

Ich machte mir in Gedanken eine Notiz, später mehr über diese Geschichte herauszufinden.

»Leander ist brillant in solchen Dingen«, fuhr sie fort, »weil er durch irgendeine genetische Abweichung gut im Umgang mit Menschen ist. Sie mögen ihn. Sie haben sofort Vertrauen zu ihm, und weil er so normal wirkt, ist er in der Lage, sich unsichtbar zu machen, und wird in Ruhe gelassen. Er weiß, was er sagen muss, und eckt damit bei den Leuten nicht an.«

Sie sah mich an. »Ich wollte immer unsichtbar sein, und weil ich es will, ist es unmöglich.«

»Was für ein Leben wünschst du dir?«, fragte ich. »Wenn das alles vorbei ist? Die Schule, die Sache mit Lucien?«

Sie dachte eine Weile darüber nach. Ich hatte keine Ahnung, was sie antworten würde. Holmes wirkte immer so losgelöst von ihrer Umgebung, dass sie viel realer zu sein schien als alles um sie herum. Wenn sie in Sherrington über den Campus ging und einen Rucksack voller Bücher dabeihatte, wirkte er wie eine Requisite in einem Bühnenstück. Natürlich war mir klar, dass sie sich auch mal Schuhe und Shampoo kaufen musste, aber ich konnte mir eine Welt, in der sie so etwas tat, nicht vorstellen, und als ich sie letzte Woche dabei beobachtet hatte, wie sie sich über dem Waschbecken die Haare schnitt, hatte ich mich gefragt, ob sie es sich mithilfe eines YouTube-Videos beigebracht hatte, weil ich mir nicht vorstellen konnte, dass ihre Mutter oder ihr Vater es ihr gezeigt hatten. Genauso wenig konnte ich mir allerdings vorstellen, wie sie sich auf YouTube Videos anschaute.

Vielleicht war das nur meine Wahrnehmung. Vielleicht fand ich sie so unglaublich faszinierend, weil die Welt an mich noch nie so hohe Anforderungen gestellt hatte wie an sie und mich noch nie so wund und unglücklich zurückgelassen hatte, dass ich verschwinden wollte. Ich wusste, dass sie sich die Haare mit Shampoo aus dem Discounter wusch, weil ich in Sussex ihre Dusche benutzt hatte. Ich stand dort und sog den Duft ein, während das Wasser über mein Gesicht rann, und fragte mich, wie es sein konnte, dass ein Mädchen wie sie in denselben Läden einkaufte wie ich. Ich hatte ein hoffnungslos verklärtes Bild von ihr, obwohl ich mein Bestes gab, es nicht zu tun. Ich war nicht in sie verliebt, ganz bestimmt nicht, und konnte mir doch nicht vorstellen, ein anderes Mädchen zu lieben.

»Ich möchte mal ein kleines Detektivbüro haben«, sagte sie. »In London, weil es der einzige vernünftige Ort zum Leben ist. Wir werden wieder das Haus in der Baker Street übernehmen. Es ist mittlerweile ein Museum – niemand aus meiner Familie möchte dort wohnen, ist ihnen zu antiquiert –, aber ich glaube, dich würde es glücklich machen. Es ist noch genauso eingerichtet wie damals, wir müssten uns also keine neuen Möbel besorgen. Möbelgeschäfte sind fürchterlich, oder? Und wir werden Fälle übernehmen. Du kümmerst dich um die Klienten, sprichst ihnen Trost zu und machst dir Notizen. Wir lösen die Fälle gemeinsam, und ich erledige das Finanzielle, weil du keine Ahnung von Mathematik hast.« Sie hielt inne. »So ausgesprochen klingt es ziemlich kindisch. In der Praxis wird es sich bestimmt erwachsener anfühlen.«

»Ist das wahr?«, fragte ich leise, obwohl meine Gedanken laut und durcheinander waren. Ich hätte nie gedacht, dass sie in ihrer Fantasie dieselben Luftschlösser baute wie ich. »Ich komme in deinen Zukunftsplänen vor?«

»Wenn wir beide es so lange schaffen.« Sie lehnte den Kopf an die Wand und sah mich an. »Für jeden Fehler, den ich mache, bist du bereit, die Verantwortung zu übernehmen. Ich fange allmählich an zu glauben, dass du *gern* ein Fadenkreuz auf dem Rücken hast. Wenn du also unbedingt bleiben willst, kann ich dich genauso gut einplanen und ...«

Ich küsste sie.

Ich küsste sie langsam. Geduldig. Sonst herrschte immer diese Verzweiflung zwischen uns, als würde uns die Zeit davonrennen, das letzte Geheimnis nur einen Wimpernschlag von seiner Enthüllung entfernt, oder wir waren zu vorsichtig oder zu sachlich oder ein völlig aus dem Ruder gelaufenes Experiment. Seine beste Freundin zu küssen ist ein Ding der Unmöglichkeit, und jedes Mal, wenn wir es versucht hatten, hatten wir es so vermasselt, dass es uns beim nächsten Mal noch unmöglicher erschien.

Ich wollte ihr die Möglichkeit geben, sich auszuklinken. Das hatte ich immer gewollt, vor allem nach Dobson. Aber es war so unglaublich schwer. Als sie sich an mich lehnte und ihre Finger die Konturen meiner Halsgrube nachzeichneten, musste ich die Hände zu Fäusten ballen, um die Berührung nicht zu erwidern. Dann ließ sie eine Hand unter mein Shirt gleiten und ich zwang mich, mich von ihr zu lösen.

Ihr Atem ging schneller. »Was wenn wir das hier nicht tun würden? Wenn wir nur Freunde wären? Würdest du trotzdem mitkommen? Würdest du trotzdem mit mir in London leben? Sag, dass du es wollen würdest.«

»Ich glaube … wir sind nie nur Freunde gewesen, oder?«

Sie glättete das Laken zwischen uns und vermied es, mich anzusehen. »Dann würdest du mich also nicht wollen. Du würdest mich nicht nur als deine beste Freundin wollen.«

»Du willst alles von mir …«

»Alles muss nicht *das* bedeuten.« Ihre Stimme brach, und als ich die Hand nach ihr ausstreckte, wich sie zurück. »›Alles‹ ist ein Minenfeld, Jamie. Ich weiß nicht, wann mir ein Ausrutscher passieren wird. Vielleicht in zwei Jahren, und was dann? Wenn du dich bis dahin fest an mich gebunden hast, wirst du mich dafür hassen, wenn ich nicht mehr berührt werden will? Wenn ich eines Tages aufwache und wieder in meiner kleinen privaten Hölle bin und dir nie wieder erlaube, mich zu küssen? Du wärst nicht in der Lage, mich in dem Moment zu verlassen. Du bist ein *ehrenhafter Mann*. Aber ich weiß es. Niemand würde das ertragen. Du würdest einfach Stück für Stück – du würdest gehen.« Sie lachte. »Gott, ich würde jetzt am liebsten alles niederbrennen, damit ich das Schlimmste, was passieren kann, kenne. Damit ich es kontrollieren kann.«

Ich sah sie an. »Du würdest was? Mir sagen, dass ich gehen soll?«

»Oder ich könnte mit dir schlafen.« Der Ausdruck in ihren Augen war kalt. »Das hätte denselben Effekt. Es würde dich in die Flucht schlagen. Alles kaputt machen.«

Sie stieß mich weg. Sie war zu nah an mich herangekommen und jetzt versuchte sie den Fehler zu korrigieren, ihn mit *Messern* auszumerzen. Ich konnte das nicht, ich konnte keine Sekunde länger dort sitzen und zuhören, wie sie diese Dinge sagte, und, zu meiner Schande, war ich außerdem immer noch erregt. Sie musste so weit weg wie möglich von mir. »Geh.«

»Das hier ist mein Zimmer. Du bist in meinem Bett. Wo soll ich denn hin?«

»Wohin du willst. Ich kann jetzt nicht – verdammt, Charlotte, *geh* einfach.«

Es verging ein grauenhafter Moment, dann noch einer, und als sie die Leiter hinuntergeklettert war, marschierte sie ohne Umwege zur Tür hinaus.

Während wir geredet hatten, waren die ganze Zeit Nachrichten auf meinem Handy eingegangen. Von meinem Vater, in den Staaten war es sechs Uhr morgens. Ausnahmsweise betrachtete ich es als willkommene Ablenkung. Mir war gerade alles recht, um meine Gedanken zu beschäftigen.

Warum fragst du mich schon wieder nach diesen E-Mails? Ich habe dir bereits erklärt, warum ich sie dir nicht schicken möchte.

Dad, schrieb ich zurück, *ich sehe keine andere Möglichkeit. Milo ist in Thailand. Holmes hat mich gerade kalt abserviert. Ohne Lehm kann ich keine Ziegel machen.*

Keine Antwort.

Es sei denn, du kannst hierherkommen und selbst nach ihm suchen, ansonsten weiß ich nicht, wie wir Leander finden sollen.

Ich schicke sie dir.

Ich starrte einen Moment lang auf seine Nachricht. *Bist du sicher?*

Ja. Dir sollte allerdings klar sein, dass du sämtliche Schulferien bei mir verbringen wirst, bis du fünfzig bist.

Ist notiert, antwortete ich, schaltete das Handy auf stumm und steckte es in meine Tasche. Ich legte mich wieder hin und zwang mich zu schlafen. Zwang mich aufzuhören, auf ihre Schritte zu lauschen. Entweder sie kam zurück oder sie kam nicht zurück, ich wollte mich der Welt jetzt sowieso noch nicht stellen. Was hätte ich auch tun sollen? August Moriarty trösten, weil er jemanden bedroht hatte, der möglicherweise Leander entführt hatte?

Irgendwann schaffte ich es tatsächlich einzuschlafen, obwohl es mitten am Tag war. Meine Träume galoppierten vor mir davon. Sie waren angenehm und bedrohlich zugleich, und so laut, dass ich nichts davon verstand. Als ich aufwachte, tastete ich nach meinem Handy. Es war Abendessenszeit. Der Tag war schon fast zu Ende. Ich musste mir das Gesicht waschen. Einen klaren Kopf bekommen.

Auf dem Flur begegnete ich August, der hektisch auf seinem Handy herumtippte. Er sah erschöpft aus. »Schlechten Tag gehabt?«, fragte er.

»Dasselbe könnte ich dich fragen. Wo ist Holmes?«

Er winkte ab. »Als ich sie vor ein paar Stunden zuletzt gesehen habe, verströmte sie die Aura einer blutrünstigen Serienkillerin. Was hat sie herausgefunden, während ich unterwegs war? Sie wollte nicht darüber reden.«

Ich murmelte etwas Unverbindliches.

»Jedenfalls hatte ich ein paar Informationen für sie«, fuhr er fort. »Es gibt da eine Party-Location, die gern von Kunsthändlern besucht wird. Ein Freund hat mir die Adresse gegeben. Tagsüber ist es so eine Art Galerie. Kann natürlich gut sein, dass an einem Montagabend wie heute nicht viel los ist, aber versuchen können wir es ja trotzdem mal. Klingt nach einem Ort, an dem mein Bruder Hadrian aufkreuzen könnte. Jede Menge Künstler, jede Menge Koks und so was alles.«

Hatte ich das gerade richtig verstanden? »Und das hast du Holmes erzählt.«

»Klar.« Er schaute immer noch auf sein Handy. »Ich dachte, dass wir uns heute Abend mal ein bisschen dort umschauen könnten.«

»Wo ist sie jetzt?«

August zuckte mit den Achseln. »Was fürs Abendessen besorgen?«

»Wenn ich das noch mal kurz zusammenfassen darf: Du hast einer sichtlich aufgewühlten Charlotte Holmes gesagt, wo sie in einer fremden Stadt an Kokain kommen kann.«

August warf mir einen vernichtenden Blick zu. »Es ist absolut idiotisch, ständig wie eine Glucke hinter ihr herzulaufen. Charlotte weiß immer, wie sie an Koks kommt. Sie ist ein Ex-Junkie. Was denkst du, wie das funktioniert? Ich vertraue ihr, dass sie ihre Grenzen kennt. Viel mehr kann man nicht tun.«

»Du nicht, nein«, entgegnete ich kalt. »Wie lange kanntest du sie, als sie vierzehn war? Drei, vier Monate? Was für Grenzen, glaubst du, hat sie?«

»Mein Bruder ist süchtig«, gab er finster zurück, »also, *ja*, ich weiß durchaus, wovon ich rede, und falls du nicht gerade ihre Welt von Grund auf erschüttert hast, kann ich mir nichts vorstellen, was so schlimm wäre, dass sie …« Er verstummte und plötzlich wich alles Blut aus seinem Gesicht. »Oh Gott, Jamie. Was hast du getan?«

9.

Alles, woran ich auf der Rückbank des Taxis denken konnte, war: *Es muss ein deutsches Kompositum dafür geben, sich schuldig zu fühlen und gleichzeitig stocksauer zu sein.* Noch vor ein paar Stunden erst hatte Charlotte gesagt, dass ich bereit wäre, für jeden Fehler, den sie machte, die Verantwortung zu übernehmen. Und jetzt saß ich hier und bewies ihr, dass sie vollkommen recht hatte. Was mir am meisten zusetzte, war die Tatsache, dass August sofort gefragt hatte, was *ich* getan hatte, als wäre ich kaltherzig genug, ihr mit beiden Händen mutwillig das Herz zu brechen. Dafür hatte sie schon selbst gesorgt. Oder?

Gott, ich hatte das Gefühl, mich jeden Moment übergeben zu müssen. Ich nestelte an den Hebeln herum, um das Fenster herunterzufahren und frische Luft hereinzulassen. Der Taxifahrer fing an, ungehalten auf Deutsch auf mich einzureden, bis August eingriff und sich zwischen den Sitzen vorbeugte, um ihn zu beschwichtigen. Ihre Stimmen wurden immer lauter und mir war so schlecht, dass ich für nichts mehr garantieren konnte.

Ich versuchte mich auf meinen Atem zu konzentrieren, so wie ich es im Rugby-Training gelernt hatte, bis mein Magen sich wieder etwas beruhigte. »Lenk mich ab. Wo genau fahren wir hin? Wer hat dir diese Information gegeben?«

August lehnte sich wieder zurück und starrte finster auf den Hinterkopf des Fahrers. »Diese Location ist so eine Art Kunst- und Veranstaltungszentrum. War früher ein Kaufhaus und dann ein Nazigefängnis. Heute sind in dem Gebäudekomplex ein Café, ein Kino und Ateliers untergebracht, in denen regelmäßig Ausstellungen stattfinden. Man schlendert mit einem Glas Wein durch die Werkstätten, schaut sich an, woran die Künstler gerade arbeiten. Eine gute Gelegenheit für Kunsthändler, Neuentdeckungen zu machen, wobei man solche Absichten besser für sich behält. Geschäftsleute sind dort nicht so gern gesehen.«

»Klingt, als wärst du schon öfter dort gewesen.«

Er lächelte grimmig. »Auch ein toter Mann hat Hobbys. Übrigens kennt man mich dort unter dem Namen Felix.«

»Felix? Im Ernst?«

»Halt die Klappe, Simon.« Die Art, wie er es sagte, war Holmes auf so frappierende Weise ähnlich, dass ich lachen musste.

August wies den Fahrer an, uns einen halben Block früher rauszulassen, sodass wir uns dem Gebäude von hinten näherten. Es thronte auf einem grasbewachsenen kleinen Hügel und hob sich wie eine frankensteinartige Festung vor der Abenddämmerung ab. Die Türen waren in Alarmrot gestrichen, mit glitzernden Nägeln gespickt und mit kleinen Augen bemalt. Ich legte zögernd eine Hand an die Klinge.

»Warte …« August strich mir die Haare aus dem Gesicht. »Knöpf dein Hemd bis zum Kragen zu. Steck es in die Hose. Krempel die Hosenbeine um. Nein, höher. Und zieh die Socken aus, hier trägt man seine Turnschuhe ohne. Du redest nicht viel, aber nicht, weil du Angst hast, okay? Du bist gelangweilt. Besorg dir einen Drink, den hältst du in der einen Hand und mit der anderen scrollst du durch dein Handy.«

»Hast du das von Holmes gelernt oder umgekehrt?«, fragte ich, während ich einen Platz suchte, wo ich meine Socken verstauen konnte.

»Wir hatten eine erstaunlich ähnliche Kindheit«, sagte August, der Blick so hart und ausdruckslos wie Stein. »Und jetzt komm.«

Das Innere des Gebäudes war in ein eigentümliches Licht getaucht, die breiten Treppenaufgänge schraubten sich entlang der hohen getäfelten Wände nach oben. Es fiel mir nicht schwer, es mir als Kaufhaus vorzustellen. Aber es hatte viel von dem Glanz, das es einmal gehabt haben musste, verloren. Überall blätterte die Farbe ab, im Mauerwerk klafften Löcher, als hätte eine wütende Hand die Steine und den Putz herausgerissen. Jetzt war alles in Neonblau und -gelb gestrichen, die Wände, die Fenster, die hohen Decken, und obwohl die meisten Wandbilder nicht figürlich waren, entdeckte ich doch hier und da ein in den Farben verstecktes Gesicht, dessen Augen mich beobachteten.

»Die Musik kommt von einem der oberen Stockwerke – das dritte vielleicht? Wir versuchen es dort.«

Langsam stiegen wir die Stufen hoch. August versicherte mir, dass das Gebäude nicht einsturzgefährdet war, aber ein Ort, der so oft umfunktioniert worden war, hatte etwas Labiles an sich, so als wäre er Stück für Stück seines Kerns beraubt worden. Als wir den zweiten Stock erreicht hatten, traten wir zur Seite, um eine Gruppe lachender, tätowierter Mädchen vorbeizulassen. Eine von ihnen warf August die Art von Lächeln zu, mit dem Mädchen mich manchmal in Sherringford ansahen.

Im dritten Stock hatte man nachträglich Wände eingezogen, um die riesige Fläche in kleinere Räume aufzuteilen. Ateliers, wie ich vermutete. Allerdings reichten die Wände nicht bis zur Decke, sodass man die Beleuchtung sehen konnte, die

die Künstler bei sich benutzten. Neben der Treppe stand ein Tisch mit Getränken, August füllte zwei Plastikbecher mit Wodka und irgendeinem Softdrink und reichte mir einen davon, dabei zog er leicht eine Augenbraue hoch. *Nicht reden,* sagte sein Blick. *Und auch nicht das Zeug hier trinken.*

Er schlenderte langsam weiter, steckte ab und zu den Kopf in ein Atelier, begrüßte Leute auf Deutsch und wandte mir dann kurz mit einem entschuldigend klingenden Murmeln den Kopf zu. Während er sich mit irgendeinem kahl rasierten jungen Typen über dessen riesige Metallskulptur in Form einer Essiggurke unterhielt, beschäftigte ich mich weiter mit meinem Handy. Ich hatte eine Nachricht von Lena: *Wo seid ihr was ist bloß mit London passiert ist unfassbar langweilig hier.* Ich antwortete nicht darauf und rief stattdessen Leanders E-Mails auf, auf die ich mich aber auch nicht richtig konzentrieren konnte.

Ich horchte, ob irgendwo Holmes' markante Stimme zu hören war. Mir fiel auf, dass August sich immer so hinstellte, dass er die geöffnete Ateliertür im Blick hatte, für den Fall, dass sie vielleicht vorbeiging. Dann setzten wir unsere Pilgerreise fort, vorbei an Fernsehbildschirmen, auf denen mit Discomusik untermalte Wochenschauen in Schwarz-Weiß aus den 1940er-Jahren gezeigt wurden, an goldenen Keramikzehen, die wie Fingerfood auf einer rosafarbenen Platte angeordnet waren, an den winzigen Bildern nackter Mädchen, die ein selbstgefällig wirkender Typ ausstellte, dem ich am liebsten eine verpasst hätte. Stattdessen scrollte ich weiter durch Leanders E-Mails, ohne sie wirklich zu lesen. Endlich hatte ich meinen Vater dazu gebracht, sie mir zu schicken, und jetzt war mir so schlecht, dass ich mich nicht darauf konzentrieren konnte. *Lieber James,* begann jede von ihnen, *Lieber James, Lieber James.*

Dann stieß ich auf eine, die mit *Lieber Jamie* begann, sie war von Anfang Dezember, und für einen Moment hörte ich auf, nach Charlottes Stimme zu horchen.

Lieber Jamie,
ich weiß nicht, warum ich das Bedürfnis hatte, dich heute so anzusprechen. Außer mir hat dich früher nie jemand so genannt. Ich verbringe meine Zeit damit, mich im Umfeld dieser Kunstlehrer und ihrer Studenten herumzutreiben. Die Schüler haben alle eine so überwältigende Zuneigung zueinander, sie kommen mir vor wie Ertrinkende, die sich gegenseitig verzweifelt über Wasser halten. Eigentlich müssten sie sich schon längst in die Tiefe gezogen haben, aber sie sind immer noch da und schweißen und meißeln und zeichnen unter den wohlwollenden Blicken ihrer Lehrer. Nathanael geht sogar auf die Partys, die sie veranstalten. Er glaubt, ein bisschen in mich verliebt zu sein, was für meine Zwecke sehr förderlich ist, aber für seine natürlich verheerend. Man sollte sich nie in seinen Dealer verlieben ...

Ich hoffte, er bezog sich mit *Dealer* darauf, mit Kunst zu handeln und nicht mit Drogen. Doch ein Blick in die Augen der Künstler um mich herum zeigte, dass die Grenze zwischen diesen beiden Welten verschwommen war. Manche waren hoch konzentriert, während sie ihre Arbeiten vorstellten, und zogen August mit irgendetwas auf Deutsch auf, das ihn erröten ließ. Und andere saßen, die Hände im Schoß verschränkt, in einer Ecke und lächelten und lächelten und lächelten, als wäre es das Einzige, was sie noch zusammenhielt.

Dann das nächste Atelier. Es kam mir vor, als wäre mindestens schon eine Stunde vergangen, aber da ich die ganze Zeit auf mein Handy starrte, wusste ich, dass es nur zehn Minuten waren. Es kostete mich meine ganze Beherrschung, es dem Künstler, mit dem August sich gerade unterhielt, nicht über den Kopf zu ziehen, durch das Gebäude zu laufen und Holmes Namen zu rufen. *Es wird schon alles in Ordnung sein mit ihr,* sagte ich mir. *Es ist fast immer alles in Ordnung mit ihr.* Aber der Maler hielt August einen gestenreichen Monolog, also setzte ich mich auf einen Plastikstuhl, um den Rest von Leanders E-Mail zu lesen.

> Mir begegnet überall Hadrians Name. Er muss ein Vermögen gemacht haben, und obwohl ich nicht glaube, dass er etwas mit diesem Langenberg-Fiasko zu tun hat, weiß ich, dass er über Kontakte verfügt, die ich nutzen könnte, um den Fall voranzutreiben. Milo hält mich auf dem Laufenden, aber er gibt nur so viel preis, dass ich Hadrian aus dem Weg gehen kann. Ich wünschte ehrlich gesagt, meine Nichte könnte ihre Zusammenbrüche zeitlich besser abstimmen. Zwischen den Moriartys und uns herrschte seit fast einem Jahrhundert Waffenstillstand. Und du musst mich natürlich ausgerechnet dann dazu überreden, einen Fall anzunehmen, nachdem wir gerade die weiße Flagge verbrannt haben. Wenn Charlotte und August wenigstens die ganze Bandbreite eines Shakespeare'schen Liebesdramas erlebt hätten, dann wäre es die ganze Sache vielleicht wert gewesen. Aber am Ende ist er tot und mein armes Mädchen wird verbannt, zumindest in der Hinsicht sind sie Romeo und Julia nicht ganz unähnlich.
>
> Wenn ich etwas verstimmt klingen sollte, dann weil ich verstimmt bin. Ich weiß nicht, wie lange ich es noch als David Langenberg aushalte; er hat einen scheußlichen Krawattengeschmack und in seiner Atelierwohnung ist es eiskalt. Gar nicht zu reden davon, dass meine Schwägerin schon wieder krank ist (Fibromyalgie, eine fürchterliche Krankheit), und ohne ihr Einkommen ... Ich bin wirklich ernsthaft besorgt, dass Alistair das Familienanwesen

nicht halten kann, zumindest nicht, wenn er das Geld weiterhin so ausgibt. Mein Besuch steht sowieso an, ich werde also sehen, was ich tun kann. Er ist mir bei meinen Fällen immer eine große Hilfe gewesen. Und ich möchte nach so vielen Jahren endlich deinen Sohn wiedersehen!

Ach, könnten wir doch nur wieder in unserer Mansarde in Edinburgh diese albernen französischen Zigaretten rauchen und den Feueralarm auslösen. Und deine Kochkünste waren erbärmlich, aber ich bin weiß Gott ein noch viel miserablerer Koch. Du fehlst mir, James. Pass auf dich auf.

Ich hätte einen viel kühleren und distanzierteren Ton erwartet. Eine analytische Bestandsaufnahme, wie Dr. Watson sie statt seiner »Geschichten« hätte schreiben sollen, wenn es nach Sherlock Holmes gegangen wäre. Aber das hier – das waren keine Updates zu einem Fall, sondern Briefe, wie man sie jemandem schrieb, dem man sich nahe fühlte, obwohl er auf der anderen Seite des Atlantiks ein völlig anderes Leben führte. Mein Vater hatte seine Antworten herausgelöscht. Ich versuchte sie mir vorzustellen. Kein Wunder war er besorgt gewesen, als Leander aufhörte, ihm zu schreiben – er schien Leanders einzige Rettungsleine in einem schwierigen, Monate andauernden Fall zu sein. Er hatte als David Langenberg gelebt. Als jemand, der mit dem Künstler verwandt war? Der von dem, was mit Langenbergs neuen Werken passierte, finanziell profitierte?

Diese E-Mail war eine der letzten gewesen. Danach kamen nur noch zwei weitere.

Lieber James,
ich hatte heute Abend eine interessante Begegnung. Auf dem Weg aus meiner Haustür, ich hatte gerade erst meine Langenberg-

Tarnung angelegt, wurde ich beinahe von unserem Kunstlehrer Ziegler über den Haufen gerannt. Wir hatten uns lose zum Abendessen verabredet, ich war also nicht überrascht, ihn dort zu sehen. Ich weiß, ich habe dir nicht viel über meine Beziehung zu Nathanael erzählt. Genauer gesagt, David Langenbergs Beziehung zu Nathanael, bitte verzeih mir. Oder eher verzeih David. Es genügt, wenn ich sage, dass eine gewisse Menge romantischer Versprechen notwendig war, um sein Interesse an unserem kleinen Projekt zu sichern. Aber bis dahin war es nie zu einer Situation gekommen, in der ich ihm mit den Händen durch die Haare gestrichen wäre.

Nathanael ist ein gut aussehender Kerl. Er küsste mich vor meiner Haustür. Überraschte mich mit Blumen. Und ich beschloss, das Spiel mitzuspielen. Ich legte die Arme um ihn und …

Mehr kann ich dir dazu nicht sagen. Du weißt um meine Gefühle, Jamie.

Ich träume manchmal immer noch von dir. Aber auch dazu sollte ich dir wohl nicht mehr sagen.

Ich schlug mir die Hand vors Gesicht, las dann aber doch weiter.

Ziegler trug eine Perücke. Es fiel mir nicht schwer, meine Überraschung zu verbergen, das ist schließlich mein Job, trotzdem glaube ich, dass er den Stimmungswechsel spürte. Wie schon ein paarmal zuvor gingen wir auf eine Currywurst in die Imbissbude an der Ecke und unterhielten uns über das Vermögen, das wir machen würden, dank seiner Studenten und seiner eigenen Arbeiten. Habe ich dir schon erzählt, dass ich Langenbergs Bilder, selbst wenn sie von Nathanaels Hand stammen sollten, mittlerweile verehre? Es ist so ein Ausdruck von Schmerz in ihnen, von Einsamkeit. Von Isolation. Klingt es pathetisch, wenn ich sage, die Kunst liegt mir im Blut? Es ist so. Ich bin Künstler. Auch wenn meine Werke unsichtbar sind.

Ich möchte sehen, wie er einen »Langenberg« malt. Nicht nur, weil ich mir sicher bin, dass er nicht derjenige ist, der sie malt. Nathanael mit seinen blauen Augen und der zweifach gebrochenen Nase. Ich bin mir sicher, dass er nicht wirklich Nathanael ist. Er sieht wie eine verschwommene Version seines Fotos auf der Webseite der Schule aus. Er und doch nicht er. Wusstest du, dass Hadrian Moriarty dieselbe Nase hat? Und doch sehen sie sich in keiner Weise ähnlich. Ich habe dieses Gesicht berührt. Hatte meine Hände in seinen Haaren.

Vielleicht werde ich bloß langsam ein bisschen verrückt. Vielleicht ist es diese Isoliertheit, die mich paranoid werden lässt. Ich weiß es nicht. Aber die Demütigung, meinen Neffen um Hilfe zu bitten, ertrage ich nicht. Ich werde morgen nach Sussex fahren. Ich muss mit meinem Bruder sprechen.

August versuchte, meine Aufmerksamkeit auf sich zu ziehen, aber ich schüttelte angespannt den Kopf. Die letzte E-Mail hatte er zwei Tage später geschickt.

Lieber James,

es tut mir leid, dass ich dir gestern nicht geschrieben habe. Ich bin jetzt in Sussex und versuche wieder, ich selbst zu sein und die letzten Spuren dieses asketischen Gauners abzuschütteln.

Es ist schön, deinen Sohn zu sehen. Er kommt fast in jeder Hinsicht nach dir, und genau wie du ist er mit Haut und Haaren dabei. Charlotte ist ... anders. Achtsam. Misstrauisch. Sie ist nie ein besonders offener Mensch gewesen, aber ich glaube, dieses ständige Lauern auf eine Gefahr ist neu. Es hat nichts mit deinem Jamie zu tun, aber irgendwie doch.

Heute Nachmittag habe ich Charlotte endlich einmal allein erwischt. Wir unterhielten uns lange über ihren Vater. Es stehen gewisse Veränderungen in diesem Haus an, und es war wichtig, dass sie darüber Bescheid weiß. Dieses Mädchen. Starkes Kinn. Starke Stimme. Sie verstand sofort.

Laufe ich Gefahr, als Schwächling dazustehen, wenn ich dir erzählen würde, dass ich manchmal, wenn ich etwas getrunken habe, so tue, als wäre sie meine und nicht Alistairs Tochter?

Es gibt noch einige andere Dinge, die geregelt werden müssen – die Einkünfte, Charlottes Schulausbildung. Emmas gesundheitlicher Zustand ist ... nun, wir haben eine Ärztin hinzugezogen. Mehr kann ich leider nicht dazu sagen. Ich kehre sobald ich kann nach Berlin zurück.

Fröhliche Weihnachten. Röste ein paar Maronen für mich mit.

Das war es. Das war die letzte Mail gewesen.

Es fiel mir unglaublich schwer, mich wieder in die Gegenwart zurückzuholen. Ich strengte mich an, mich zu erinnern, die kalte Panik in meinem Magen in Worte zu fassen. *Holmes ist hier. Wir suchen nach ihr. Du hast keine Ahnung, in welchem Zustand du sie finden wirst.*

Und Hadrian Moriarty – war er Nathanael Ziegler? Ich hatte mich für ein Genie gehalten, als ich ihn aus der Menge herauspickte. Als er mich in sein Loft einlud. Nathanael hatte Panik vorgetäuscht, als ich Leanders Name erwähnte, und ich hatte geglaubt, es wäre ein Zeichen dafür, dass ich den Mann gefunden hatte, nach dem ich suchte. Ich hatte ja keine Ahnung gehabt, wie richtig ich damit lag. Tarnte Hadrian sich als Nathanael? Immer oder nur für diese Treffen? Unterrichtete er an der Kunsthochschule oder traf er Leander nur abends in diesem leeren, widerhallenden Loft, das der Schule gehörte?

Es war eine nicht ausformulierte Ahnung in Leanders Mail. Er glaubte nicht, dass er damit richtiglag.

Oh Gott, aber was, wenn doch? *Denk logisch, Watson.* Denn August Moriarty hatte Nathanael gestern Abend gesehen und *ließ ihn laufen.* Was, wenn er die ganze Zeit mit seiner Familie unter einer Decke steckte? Was, wenn er und Nathanael sich nicht mit Hadrian getroffen hatten, weil Nathanael Hadrian war?

Was, wenn das alles ein Trick war, um uns dorthin zu kriegen, wo Lucien Moriarty uns haben wollte?

Hektisch scrollte ich nach oben und ging die vorherigen Mails durch. Schneller diesmal und ohne mich noch in irgendeiner Form zu verstellen. Wir standen immer noch in demselben verdammten Atelier. Ich schaute zu August hinüber, dessen Blick fest auf das Gesicht des Künstlers geheftet war, während dieser sprach. Seine eigene Stimme war leiser geworden.

Ich sah mich ein bisschen um. Dieser Künstler schien sich mehr für herkömmlichere Malerei als die anderen hier zu interessieren – zumindest zeigten seine Leinwände keine grellen Neonfarben oder hauchdünne Streifen. Es waren Porträts. Immer ein dunkler, zur Seite schauender Kopf, der Gesichtsausdruck verhüllt. In verschiedenen Grauschattierungen. Es waren nicht dieselben Motive wie auf den gefälschten Langenberg-Bildern, die wir gesehen hatten, aber sie hatten alle eindeutig Ähnlichkeit mit seinem Werk *Die letzten Tage des August.*

Der Künstler sah nicht wie Nathanael Ziegler aus. Er sah auch nicht wie Hadrian Moriarty aus und vielleicht waren sie ein und derselbe. Dieser Typ sah wie achtzehn aus.

Als Augusts Blick zu mir herüberwanderte und er den Ausdruck auf meinem Gesicht wahrnahm, unterbrach er den Künstler, indem er einen Finger hochhielt. »Noch einen Wodka?«, fragte er. »Sind gleich wieder da.«

Ich musste meinen Verdacht vorläufig für mich behalten. Wir mussten Holmes finden.

August Moriarty hat dich entführt, flüsterte eine Stimme in meinem Kopf, *und du denkst immer noch, er würde auf deiner Seite stehen. Wie konntest du nur so dumm sein?*

»August«, zischte ich vor dem Eingang des Ateliers, aber er schüttelte bestimmt den Kopf. *Später,* formte er mit den Lippen. Auf dem Weg zurück zu dem Tisch mit den Getränken fragte ich mich, ob Holmes überhaupt hier war. Vielleicht hatte sie sich davongestohlen, um irgendwo in einem Café nachzudenken. Vielleicht war sie immer noch im Greystone-Headquarter, spielte Tonleitern auf ihrer Geige und hatte unseren Streit längst abgeschüttelt. Vielleicht hatte sie ausnahmsweise einmal das getan, was vernünftig war, und jemanden angerufen, um sich alles von der Seele zu reden, wobei ich keine Ahnung hatte, wer das hätte sein sollen.

Nein. Ich musste mich auf das Hier und Jetzt konzentrieren. Ich spürte, dass sie hier irgendwo war, und Augusts Miene nach zu urteilen, spürte er es auch. »Die Toiletten sind da drüben«, sagte er und zeigte auf eine Tür auf der anderen Seite des Stockwerks. »Danach hattest du doch gefragt.«

Ich nickte. Wir würden uns also aufteilen. *Dir bleibt fürs Erste nichts anderes übrig, als ihm zu vertrauen,* sagte ich mir. *Mit deinem Verdacht wirst dich später beschäftigen müssen.* Ich ging langsam auf die Toiletten zu und schaute zwischendurch immer wieder von meinem Handy auf, um einen schnellen Blick die Flure entlangzuwerfen. Überall Stimmen, aber die von Holmes war nicht darunter. Was nichts zu bedeuten hatte. Ich dachte daran zurück, wie sie sich unter der Veranda meines Vaters versteckt und den kompletten Rest ihres Pillenvorrats auf einmal geschluckt hatte, wie sie mit dem ausdruckslosen Gesicht einer Puppe im kalten Dreck gehockt war. Ich hatte ihr jedes Wort einzeln aus der Nase ziehen müssen, bis sie sich endlich öffnete und ein langer schwarzer Strom von Geständnissen aus ihr herausbrach.

In dieser Ecke hier gab es weniger Ateliers, stattdessen verbargen sich hinter den Trennwände kleine, schummrig beleuchtete Räume. Sofas und ein Fernseher, auf dem Netflix lief. Eine etwas aufwendiger gestaltete Bar, deren mit hochprozentigen Spirituosen bestückten Regale an einer mit Tafelfarbe gestrichenen und mit seltsamen kleinen Sonnenexplosionen bemalten Wand festgeschraubt waren. Sich unterhaltende und lachende Leute, manche wie Künstler angezogen, andere im Anzug, und ich fragte mich, wem diese seltsamen kleinen Räume »gehörten«, falls sie überhaupt jemandem gehörten, und wer darüber entschied, wer reinkam und wer nicht.

Und nach wie vor nirgends ein Zeichen von Holmes, bis ich sie schließlich entdeckte.

Sie war das Mädchen mit den goldblonden Haaren umgeben von einem Meer von Männern. Mein Blick war über sie hinweggeglitten und dann hatte ich ihre Augen gesehen – farblos, kalt und fremd.

Hastig zog ich mich zur Bar zurück, nahm mir einen Becher und goss mit zitternden Händen Cranberry-Saft ein. *Es scheint ihr gut zu gehen,* sagte ich mir, *sie unterhält sich, es ist alles in Ordnung.* Ich versuchte mich zu sammeln und das Selbstvertrauen aufzubringen, das ich brauchen würde, um in einen Raum voller fremder Menschen zu gehen und sie dort rauszuholen. Wo war August? Ich konnte ihn nirgends sehen. Ich hatte keine Ahnung, was ihre Tarnung oder ihr Plan war – oder ob sie überhaupt mit mir mitkommen würde.

Ich schlenderte langsam näher. Ich wollte sie nicht verschrecken. Als ich die Traube von Männern erreicht hatte, die um sie herumstand, wich ich den rudernden Armen eines bärtigen Typen aus, der gerade über Banksy schimpfte, und stellte mich in Holmes' Blickfeld.

Sie schien mich nicht zu bemerken. Ich beobachtete, wie sie eine Zigarette aus einer ihr angebotenen Packung zupfte. »Hat jemand Feuer?«, fragte sie mit ihrer tiefen, heiseren Stimme. Die Anwesenden sprachen also Englisch oder verstanden zumindest die Geste, da drei der in ihrer unmittelbaren Nähe stehenden Männer sofort ihre Feuerzeuge zückten. Als Holmes sich vorbeugte und ihre Zigarette in das Feuer eines goldenen Zippo hielt, trafen sich einen Sekundenbruchteil lang unsere Blicke. *Nicht jetzt,* sagte sie stumm und richtete sich wieder auf.

August musste die Zeichen ebenfalls gelesen haben. »Hier steckst du. Hätte nicht gedacht, dass es dir hier oben gefällt«, sagte er laut, als er plötzlich hinter mir auftauchte, und nahm mir den Becher aus der Hand. »Danke, dass du mir einen Drink besorgt hast.«

»Ich habe dich in der Menge verloren.« Einer der Männer strich mit dem Finger über Holmes nackte Schulter und sie kicherte.

»Gefällt es dir hier?«

»Nein«, raunte er, aber es war nicht die Antwort auf meine Frage. »Ich kenne den Typen. Michael!«, rief August und hob die Hand.

Der Mann, der am dichtesten von allen neben Holmes stand und außerdem am muskulösesten war und die wenigsten grauen Haare hatte, schaute kurz in Augusts Richtung und winkte flüchtig zurück. Er war eindeutig nicht daran interessiert, sich ausführlicher mit August zu beschäftigen; stattdessen beugte er sich zu Holmes und flüsterte ihr etwas ins

Ohr. Sie sah strahlend zu ihm auf. »Oh, tatsächlich? Wo?«, hörte ich sie fragen.

»Das ist Hadrians Bodyguard«, murmelte August. »Ich wusste nicht, dass er heute Abend hier sein würde.«

»Deswegen kennst du diesen Ort hier, oder? Du bist mit deinem Bruder hier gewesen? Mit Hadrian?«

August nickte kaum merklich.

»Ist er heute auch da?«

August zögerte und schüttelte dann den Kopf.

Er *war* hier gewesen. Und August hatte sich die ganze Zeit vor unseren Augen mit seinem verkommenen älteren Bruder unterhalten. Ich spürte, wie es in meinen Händen zuckte. Wenn wir nicht in der Öffentlichkeit gewesen wären …

»Michael«, rief er, »komm, wir besorgen uns einen Drink.«

Als Antwort hob der große, bullige Mann seinen Becher und schlenderte langsam davon. Holmes folgte ihm, ihre Finger mit seinen verschränkt.

»Ruf deinen Bruder an, du Vollidiot«, zischte ich August zu. »Sag ihm, er soll seinen Bodyguard nach Hause beordern. Ich gehe ihr nach.«

Noch nie hatte ich mich in einem solchen Zwiespalt gefühlt. Ich hatte ihre Grenzen in der Vergangenheit immer respektiert, vor allem wenn sie undercover unterwegs war und nach Informationen suchte. Entweder folgte ich ihrem Beispiel oder ich hielt mich komplett raus. Für mich stand in dieser Situation weniger auf dem Spiel; für mich stand immer weniger auf dem Spiel. Ja, mein Vater hatte uns darum gebeten, Leander zu suchen, aber es war nicht mein Onkel. Ja, ich war bei Holmes zu Hause gewesen, als es passierte, aber es war nicht meine Mutter, die Lucien vergiftet hatte.

Ich hatte mir eingeredet, dass es *unsere* Mission war. Ich hatte mich geirrt.

Aber es war meine beste Freundin, die vergewaltigt worden war, meine beste Freundin, die kokste und Oxy nahm und alles, was sie sonst noch in die Finger kriegte. Die außerdem immer in der Lage war, auf sich selbst aufzupassen, jedoch gerade diesem Hünen von deutschem Bodyguard in einen kleinen Raum folgte, der zu einer Garderobe umfunktioniert worden war. (*Was hat so etwas Konventionelles wie eine Garderobe an so einem Ort zu suchen?*, fragte sich ein winziger Teil meines Gehirns. *Soll das Kunst sein?*) Ich unterdrückte einen Fluch.

Weil es Dezember war oder weil es sich vielleicht tatsächlich um eine Kunstinstallation handelte, hingen lauter Mäntel in dieser Garderobe. Ich ging hinter einem bodenlangen Pelz in Deckung, wo ich zwar nichts sehen, aber hören konnte, worüber die beiden redeten.

»Ich hab dich beobachtet, seit du hier reingekommen bist«, sagte er. »Du bringst den ganzen Raum zum Leuchten.«

»Dich zu übersehen ist aber auch nicht so einfach. Gott, allein schon deine Oberarme – sieht nach einem ziemlich harten Work-out aus. Neben dir würde *mein* Bodyguard wie ein Schwächling wirken. Und du siehst viel besser aus.« Sie kicherte. »Willst du bei mir anfangen?«

Ich wusste nicht, was ich davon halten sollte. Ich hatte Holmes noch nie auf Koks erlebt und keine Ahnung, was es mit ihr machte. Was es überhaupt mit einem machte. Wie benahmen sich die Leute in Filmen? Redeten sie auf Koks schneller und waren selbstbewusster? Oder war das Heroin?

»Ich hab einen unbefristeten Arbeitsvertrag mit meinem Boss. Mit diesem Mann ist nicht zu spaßen.«

»Ach, das war bloß ein Scherz! Er ist nicht zufällig auch hier, oder? Ich will dich auf keinen Fall in Schwierigkeiten bringen.«

Manchmal drehte sich mir der Kopf, wenn ich daran dachte, wie viel Holmes' Undercover-Aktionen damit zu tun hatten, dämlichen Typen zu erzählen, was sie hören wollten.

»Heute Abend nicht, nein. Er hat mich hergeschickt, damit ich mich nach einem Typen umschaue, der für ihn malt, aber er ist auch nicht hier. Er schuldet meinem Boss ein paar Bilder und reagiert nicht auf seine Anrufe. Ziemlich dumm von ihm. Ich werde mich nachher noch bei der East Side Gallery umschauen, dort treibt er sich manchmal rum.« Es gab ein raschelndes Geräusch, als würde er sie in einen Ständer mit Mänteln schieben. »Warum kommst du nicht mit? Und danach gehen wir ein bisschen Party machen.«

»Wir sind schon auf einer Party. Lass uns doch einfach hier weiterfeiern«, murmelte sie. Mein Kopf füllte sich mit statischem Rauschen. *Sie hat alles im Griff,* sagte ich mir. *Sie hat immer alles im Griff.*

Ein nasses Schmatzen, das wie ein Kuss klang. Das Rascheln wurde lauter.

»Warte ...« Sie klang so unsicher, so ängstlich, dass ich die Fäuste in meine Taschen schieben musste. »Mein Ex läuft hier irgendwo rum. Ich will nicht, dass er dir wehtut.«

»*Mir* wehtut?« Das war anscheinend ein neues Konzept für ihn.

»Nein, wahrscheinlich eher nicht, aber ich möchte nicht, dass es eine unangenehme Szene gibt.« In ihrer Stimme lag ein durchtriebener Unterton. »Ich habe ihm das Herz gebrochen. Vielleicht hast du ihn ja schon mal gesehen? Groß, gut aussehend. Schon etwas älter. Dunkle, nach hinten gekämmte Haare.« Leander.

»Der? Du bist mit *dem* zusammen?«

»Ich weiß«, seufzte sie, »war ein ziemlicher Fehler. Ich mache mir nur Sorgen, dass ...«

»Um den musst du dir keine Sorgen mehr machen. Mein Boss hat sich darum gekümmert, okay? Und jetzt ...«

Wieder dieses nasse Schmatzen. Obwohl ... nein, diesmal klang es anders, eher wie das gequälte Aufjaulen eines Mannes, und bevor ich überhaupt wusste, was ich tat, schob ich mich mit erhobenen Fäusten aus meinem Versteck heraus.

Gerade rechtzeitig, um zu sehen, wie Holmes ihm ein zweites Mal den Ellbogen in die Kehle stieß. Er sackte zu Boden und riss einen Wasserfall aus Mänteln mit sich.

»Er hat versucht, unter mein Kleid zu fassen.« Sie rückte mit zitternden Händen ihre Perücke zurecht. »Lass uns verschwinden.«

Wir liefen zum Treppenaufgang. Selbst zitternd und mit fest aufeinandergepressten Lippen gelang es ihr noch, ihre Deckung aufrechtzuerhalten – eine blonde Ausgabe von Marie-Hélène. Entstanden so die Rollen, in die sie schlüpfte? Tastete sie mit ihrem Blick jeden Zentimeter eines Mädchens ab, das sie gerade kennengelernt hatte, um sie dann Stunden später mithilfe einer Perücke und ein paar aufgemalten Sommersprossen neu entstehen zu lassen?

Hinter uns wurden tumultartige Geräusche laut. Als ich mich umdrehte, sah ich einen Mann aus der Geraderobe rennen, der jedoch gepackt und weggezerrt wurde von – August?

»Schneller«, sagte Holmes und wir hetzten die bunt gestrichene Treppe hinunter. Nur wenige Augenblicke später stürzten wir aus der mit kleinen Augen bemalten Eingangstür und liefen den Hügel hinab. Leider hatte ich mir die Umgebung nicht richtig angeschaut, als wir vorhin hier angekommen waren – um uns herum war nichts, bis auf die schwerfälligen Silhouetten von Fabriken und Lastwagen in der Ferne.

»Wo sind wir hier?«, fragte ich sie, aber sie packte meinen Ellbogen und zog mich weiter. Am Ende des Blocks kam sie schlitternd zum Stehen und zog mich um die Ecke eines Lagerhauses. Ich suchte meine Taschen nach meinem Handy ab. »Ich muss dir etwas über August sagen.« Keine Antwort. »Er hat Kontakt mit seinem Bruder. Er hat mit Hadrian gesprochen. Ich glaube, das geht schon die ganze Zeit so.« Immer noch keine Antwort. »Holmes?«

Sie kniete sich an die Bordsteinkante, die Hände gegen den Asphalt gestemmt, und übergab sich auf die Straße. Ich ging neben ihr in die Hocke und hielt ihre Haare zurück. Die langen blonden Strähnen der Perücke fühlten sich kalt und steif zwischen meinen Fingern an. Ein eisiger Wind fuhr durch die Straße. Sie zitterte nicht, aber es würde jeden Moment zu schneien anfangen.

»Bist du okay?«

»Ja.« Sie hustete, dann zog sie ihre Perücke ab und warf sie zu Boden. Gefolgt von der Netzhaube und den falschen Wimpern. Ohne Perücke sah sie fast wieder wie sie selbst aus, ein Mädchen in schwarzen Klamotten mit verzweifeltem Blick.

»Ruf ein Taxi.«

»Ich habe kein Netz hier«, sagte ich. »Du?«

»Ich werde Milo fragen.«

»Ich dachte, er ist in Thailand?«

Sie sagte nichts. Stattdessen schaute sie die Straße hinauf, die zu dem Ateliergebäude führte. Der Wind frischte wieder auf und wehte ihr die Haare ins Gesicht.

Einen Moment später bog eine schwarze Limousine um die Ecke. Ohne Kennzeichen.

»Ich frage mich, wen er diesmal verwanzt hat«, murmelte ich, als ich die Tür öffnete, »dich oder mich.«

Der Fahrer war einer von Milos vielen stillen, dunkel gekleideten Männern. Nachdem wir hinten eingestiegen waren, hob Holmes kurz die Hand und sagte: »Nach Hause.«

Wir schwiegen eine Weile. Gedankenverloren fragte sie den Fahrer nach einer Plastiktüte; keine zwei Sekunden später streckte er ihr eine nach hinten, als hätte er einen ganzen Sack davon auf Lager. Ich wusste nicht, was ich sagen sollte, nach allem, was zuletzt bei Greystone zwischen uns passiert war. Sollte ich mich entschuldigen? Sie ins Kreuzverhör nehmen? Und wie sollte ich ihr erzählen, was ich aus Leanders E-Mails erfahren hatte? In der letzten stand, dass sie sich lange allein unterhalten hatten. Über die Veränderungen, die bei ihr zu Hause anstanden. Sollte ich vielleicht damit anfangen?

Nur dass es zunächst so aussah, als würden wir überhaupt nicht miteinander reden. Sie zog ihr Handy heraus und fing an, eine Nachricht zu tippen – an wen, wusste ich nicht –, und erst als sie damit fertig war, begann sie zu sprechen, mit heiserer, gefühlloser Stimme, die ich bisher erst einmal gehört hatte.

»Okay, du willst reden?«

Ich seufzte. »Ich muss dir etwas über August sagen.«

Sie holte tief Luft. »Watson. Falls du vorhast, mir zu erzählen, dass du dir Sorgen um seine Loyalität machst, bin ich nicht interessiert. Vielleicht hat er Kontakt zu seiner Familie. Vielleicht hat er keine Lust, den Babysitter für mich zu spielen. Es ist mir egal, welche Gründe du ausgegraben hast, aber im Augenblick würde ich ihm mehr vertrauen als dir. Womit wir bei Punkt zwei wären. Einen Moment.«

Sie übergab sich fein säuberlich in die Plastiktüte.

»Punkt zwei also«, fuhr sie fort. »Als du sagtest, dass ich gehen soll, bin ich gegangen. Diesmal gehe ich von selbst. Weil ich es *will*. Ich habe es satt, mir ständig von dir unterstellen zu lassen, ich hätte mich nicht mehr im Griff, weil ich *Jungsprobleme habe.*« Sie spuckte die letzten beiden Worte förmlich aus. »Bin ich plötzlich aus Glas? Warum hast du mir nicht sofort gesagt, dass du neue Informationen über meinen Onkel hast?«

»Woher weißt du das?«

Holmes sah mich an, als wäre ich ein kompletter Vollidiot. »Ist die Frage tatsächlich ernst gemeint?«

»Holmes. August hat Kontakt zu seinem Bruder und es ist mir egal, ob er glaubt, uns – mir – einen Gefallen zu tun, weil es einfach nur dumm ist. Ich meine, ist er einfach so in sein Büro spaziert? Überraschung, ich bin gar nicht tot, und hey, schau nur! Wir schreiben die Geschichte neu ...«

»Steig aus, Watson. Die Ampel steht auf Rot – ich bin mir sicher, du findest allein nach Hause.« Sie schaute in den Rückspiegel. Der Fahrer erwiderte ihren Blick nicht. »Oder soll ich vielleicht mitkommen und dir die Hand halten?«

Ich spannte die Kiefermuskeln an. Sie fiel auf dem Rücksitz einer nach Erbrochenem stinkenden Limousine, die uns Gott weiß wohin brachte, wie eine Bulldogge über mich her, aber ich würde den Teufel tun und mich von ihr provozieren lassen.

Holmes schaute aus der Heckscheibe, dann wieder zum Fahrer.

»Warum guckst du ständig aus dem Fenster?«

»Wir fahren an der Berliner Mauer vorbei. Hast du wirklich so einen miesen Orientierungssinn oder einfach mal wieder nicht richtig aufgepasst?«

»Ich ...«

»Schau auf deinem Handy nach. Wir sind nicht weit vom Greystone-Headquarter entfernt.«

Sie war nervös. Angespannt. Der Wagen fuhr schneller. Ich wartete kurz, bevor ich fragte: »Alles in Ordnung? Brauchst du ...«

»Herrgott, was du mir angetan hast oder nicht, hat eindeutig keine körperlichen Schäden bei mir hinterlassen. Du bist schon immer etwas begriffsstutzig gewesen, aber gerade hast du wirklich eine extrem lange Leitung.«

Ich kannte sie gut genug, um zu wissen, wann sie mich absichtlich fertigmachte, aber das hier fühlte sich anders an als sonst. Wenn sie normalerweise auf mich losging, war sie wegen etwas anderem frustriert und ich war einfach nur zufällig im selben Raum mit ihr. Sie ließ ihre Wut gern an einem Gegenüber aus Fleisch und Blut aus. Es war nichts, was ich besonders toll an ihr fand, aber ich konnte damit leben, denn für gewöhnlich waren ihre Ausbrüche nach ein oder zwei Minuten wieder vorbei.

Und ja, wir hatten einen heftigen Streit gehabt, von dem wir uns möglicherweise nie wieder erholen würden, aber wenn Holmes wirklich wütend auf mich war, warf sie mir keine Beleidigungen an den Kopf oder sagte mir, ich solle auf meinem Handy nachschauen, wo die Berliner Mauer steht.

Als sie mich das letzte Mal so mies behandelt hatte, wollte sie mich aus ihrem Labor jagen, in dem kurze Zeit später eine Bombe hochging.

Ich drehte mich zur Heckscheibe um. Es war dunkel und ich kannte mich nicht aus in der Stadt, aber ich glaubte nicht, mich an die großen Industriebauten zu erinnern, an denen wir jetzt vorbeifuhren. Wir waren definitiv nicht auf dem Weg zurück zu Greystone.

Holmes sah mich eindringlich an. *Schau auf dein Handy*, sagte sie stumm. Und das tat ich endlich.

Ich hatte wieder Netz. Und jetzt wusste ich, wem sie die ganze Zeit geschrieben hatte.

DAS IST KEIN GREYSTONE-WAGEN
STEIG AUS

ICH HABE AUGUST UND MILO EIN SOS GESCHICKT SIE WERDEN MIR HELFEN
VERSCHWINDE
SOFORT

Noch bevor ich irgendeinen Gedanken fassen oder ihr antworten konnte, dass ich sie auf keinen Fall allein lassen würde, kam der Wagen abrupt zum Stehen. Trotz Sicherheitsgurt wurde ich nach vorn gegen die Trennwand geschleudert.

»Hau ab«, sagte Holmes heiser. Sie machte sich nicht die Mühe zu flüstern. »An dir sind sie nicht interessiert.«

Was passiert hier gerade und warum jetzt?, hätte ich sie am liebsten gefragt. Der Fahrer stieg aus und ging langsam um den Wagen herum.

Ich griff nach ihrer Hand.

»Gott, Watson«, sagte sie und ihr Gesicht war ganz klar und leuchtend. »Das wird ziemlich hässlich werden.«

»Ich weiß«, sagte ich. »Aber ich werde nirgendwohin gehen.« Dann zerrte der Fahrer mich brutal vom Rücksitz und schleuderte mich gegen die Windschutzscheibe.

Ich schlug mich wacker. Den Raufbold zu spielen war schließlich mein Job, oder? Der Fahrer sah ganz gewöhnlich aus, er hätte in einer Reinigung oder als Hundesitter arbeiten oder ein alter Freund meiner Mutter sein können, aber er war ein Fremder, den ich noch nie vorher gesehen hatte und der mir ins Gesicht schlug. Es war dumm, darüber überrascht zu sein. Diese Art von Gefahr lauerte ständig auf uns, also warum war es so ein Schock, an meinem Shirt mitten in sie hineingezogen zu werden und die Nase gebrochen zu bekommen?

»*Lauf*«, schrie ich. Wo war Holmes? Ich konnte sie nirgends sehen. Ich versuchte, ihr Zeit zu verschaffen. Mindestens fünfzig Kilo Muskelmasse lagen auf mir und ich war nicht gerade schmächtig. Als seine Faust meinen Kiefer traf, hörte ich etwas splittern. Es spielte keine Rolle. Ich konnte weder etwas hören noch etwas sehen, was jedoch nichts mit dem vielen Blut zu tun hatte, das mir übers Gesicht strömte. Sondern damit, dass ich außer mir war vor Wut.

Ich hakte mein Bein um seines und riss ihn mit mir zu Boden. *Rugby sei Dank*, dachte ich mit einer gewissen bitteren Ironie, weil ich diesen Sport eigentlich nicht ausstehen konnte. Er versuchte, mir sein Knie in den Unterleib zu rammen, und auch wenn ich nicht besonders viel Erfahrung mit solchen Straßenschlägereien hatte, wusste ich, wie man jemandem die Finger in die Augen drückt. Er stemmte mich mit seinen Unterarmen von sich runter und rappelte sich auf.

Durch meine blutverschmierte Sicht sah ich Holmes hinter ihm stehen. Warum war sie noch hier? Warum war sie nicht losgelaufen, um Hilfe zu holen? Stattdessen drehte sie dem Fahrer den Arm auf den Rücken, rammte ihm in ihrer coolen, effizienten Art ihre spitzen Stiefelabsätze in die Knie, rief dabei aber die ganze Zeit um Hilfe.

Plötzlich wirbelte er herum und gab ihr einen so heftigen Stoß, dass sie zu Boden stürzte.

Ich schrie ihren Namen. Dann schrie ich ihn noch mal. War das hier so eine Art Industriegebiet? Ich lauschte auf Autos, Sirenen, irgendein Anzeichen menschlichen Lebens, und alles, was ich hörte, war der Grunzlaut des Fahrers, als er mich packte und mir seine Faust in den Magen hieb. Ich versuchte, mich aus seinem Griff zu befreien, schaffte es aber nicht. Die Zeit verging so langsam, dass es sich anfühlte, als würde ich unter Wasser verprügelt werden. Das Ganze hatte etwas sehr Sachliches. Mir war nicht klar gewesen, dass es eine so nüchterne Angelegenheit war, um sein Leben zu kämpfen. Wie viel Zeit war vergangen? Fünf Minuten? Eine Stunde? Hinter ihm setzte Holmes sich stöhnend am Straßenrand auf, sie hatte

Schürfwunden im Gesicht, aber ich konnte sie nicht länger anschauen, weil er mir einen Schlag auf den Mund verpasste.

Ich rief ihr zu, sie solle abhauen, oder versuchte es – stattdessen spuckte ich einen dicken Schwall Blut, und in dem Moment, in dem der Fahrer zum nächsten Hieb ausholte, sah ich, wie Holmes sich hochkämpfte.

»Lass ihn am Leben«, sagte eine Stimme, die aber nicht ihr gehörte. Wo war ich? »Mein Bruder wäre sonst wenig erfreut.«

Ich glaube, der Fahrer nickte. Ich konnte nichts sehen und kaum noch den Kopf aufrecht halten. »Sorry, Kleiner«, flüsterte er. Die beiden Worte kamen so überraschend, dass ich beinahe gewürgt hätte, und als er mich erneut schlug, schickte seine Faust mich ins tiefe schwarze Nichts der Bewusstlosigkeit.

10.

Bevor ich mit diesem Bericht beginne, möchte ich betonen, dass ich mich nur unter allergrößtem Druck darauf eingelassen habe und unter der Bedingung, dass Watson die Aufzeichnungen erst in achtzehn bis vierundzwanzig Monaten nach den fraglichen Ereignissen lesen darf. Im Gegensatz zu dem, was er glaubt, bereitet es mir nicht die geringste Freude, ihn zu verletzen. Er hat mich gebeten, einige der Details festzuhalten, die sich während seiner Unpässlichkeit ereignet haben, und mir Mühe zu geben, den Leser wirkungs- und stimmungsvoll zu unterhalten. *Keine nüchterne Bestandsaufnahme, Holmes,* sagte er.

Wenn ich das hier schon tun muss, dann zu meinen Bedingungen. Hier die Fakten: Wir wurden in Hadrian und Phillipa Moriartys Keller eingesperrt. Er war mit dickem roten Teppich ausgelegt, auf dem Watson nun ausgestreckt lag. Mich hatte man gefesselt, aber ich konnte mich innerhalb kürzester Zeit befreien. Das alles war ganz allein Augusts Schuld.

Wie schon aus seinen Aufzeichnungen über unsere letzten Abenteuer hervorgeht, braucht Watson immer absurd lange, um wieder zu sich zu kommen, wenn er bewusstlos geschlagen wurde. Man könnte nun dagegenhalten, dass ich keine gute Partnerin war, wenn ich so etwas wusste. Dass eine gute Partnerin dafür sorgen würde, dass es erst gar nicht so weit kommt.

Dieses Argument wäre berechtigt. Dabei *versuche* ich tatsächlich, dafür zu sorgen, dass es erst gar nicht so weit kommt. Warum hätte ich ihn sonst in Milos trauriger kleiner Unterkunft zurücklassen sollen? (Noch vor unserer Ankunft hatte ich meinen Bruder gebeten, unser Zimmer mit Klassikern der Weltliteratur und Krimis auszustatten – Jamie Watsons Droge, wenn man mir den Ausdruck verzeihen mag –, weil ich hoffte, dass er sich so in Vonneguts *Schlachthof 5* vertiefen würde, dass er es gar nicht bemerken würde, wenn ich mich von Zeit zu Zeit nach draußen stehlen würde, um ein bisschen auf eigene Faust zu recherchieren. Die Tatsache, dass Milo diese Bücher auf Deutsch bestellte, ist ein schlechter Witz und kaum meine Schuld.)

Ja, ich war wütend auf Watson. Sehr wütend, um genau zu sein, aber das war nichts im Vergleich zu der Wut, die in mir hochstieg, als ich sein vor Sorge krankes Gesicht hinter meinem Opfer auftauchen sah. Ich bin die Einzige von uns beiden, die erfolgreich ein Verbrechen gelöst hat. Folglich bin ich weitaus kompetenter als er, ganz zu schweigen davon, dass ich weitaus vorausschauender bin. Das hat nichts mit Angeben zu tun. Das sind belastbare Tatsachen.

Es gibt da etwas, das ich Jamie Watson nicht sagen kann: Ich kann nicht mit ihm zusammen sein, weil mir davor graut, dass er versucht, mich in Watte zu packen und einzusperren. Mit Betonung auf »versucht«. Er muss viel öfter gerettet werden als ich.

Aber zumindest in diesem Fall hatte ich versagt. Dass Watson auf diesem dicken roten Teppich lag, war aus mehreren Gründen verstörend. Ich vergewisserte mich alle paar Minuten, dass er noch atmete, und in der Zeit dazwischen kniete ich neben ihm und überdachte unsere Situation.

Es gab keine sichtbaren Türen oder Fenster in dem Keller.

Unsere Handys waren konfisziert worden und ich hatte eine blutende Wunde am Hinterkopf. Ich würde mir und Watson eine Verschnaufpause von zehn Minuten geben, bevor ich die Holzmöbel zerlegen und mir eine Waffe bauen würde.

Mein Vater hat mir beigebracht, mich in solchen Situationen auf das zu konzentrieren, was am wichtigsten ist. *Erstelle eine Prioritätenliste, sei schonungslos dabei,* sagte er immer.

Eine Liste also. Was waren meine Prioritäten?

1. Dafür sorgen, dass ich am Leben bleibe. Es erscheint vielleicht selbstsüchtig, das an erste Stelle zu setzen, aber jeder, der das nicht tut, ist entweder Vater oder Mutter oder ein Lügner, und ich bin nichts davon. Abgesehen davon, würde ich in diesem Punkt versagen, würde der Rest dieses Unterfangens irrelevant werden.
2. Dafür sorgen, dass Jamie Watson am Leben bleibt. Denn sein leichtsinniger Umgang in Bezug auf seine eigene Sicherheit arbeitet gegen ihn. Keiner von uns beiden glaubt, jemanden zu brauchen, der sich um ihn kümmert; jeder von uns beiden glaubt, dass dies auf den jeweils anderen nicht zutrifft. Was das betrifft, stecken er und ich in einer Sackgasse. Wie die jüngsten Ereignisse gezeigt haben, zögert Watson nicht, sich in eine physische Auseinandersetzung zu begeben, von der er weiß, dass er sie verlieren wird, damit ich mich in Sicherheit bringen kann. Es liegt auf der Hand, dass er einen Aufpasser braucht, wenn nicht sogar eine gründliche Kopfuntersuchung.
3. Meinen Onkel retten. Weil Leander nie geht, ohne mir ein kleines Geschenk dazulassen – ein Buch über Vivisektion, eine Fasanenfeder –, und es nichts und niemandem gelingt, ihn mitten in der Nacht aufzuwecken. Ich kann mir keine Situation vorstellen, in der mein Onkel in den Stunden zwi-

schen zehn und vier freiwillig sein Bett verlassen würde. Aber vor allem hat er mich *noch nie* Lottie genannt, nicht seit ich ihm mit sieben erzählt habe, dass ich den Namen hasse. Abgesehen davon, kann er sehr gut auf sich selbst aufpassen; weshalb man nun argumentieren könnte, dass ich ihn in der Liste weiter nach unten setzen sollte.

4. Meine Eltern ... wie soll ich das sagen? Idealerweise würden sie am Leben bleiben. Wobei ich mir die Alternative, also ihren Tod, sowieso nicht vorstellen kann, weil sie intelligent und skrupellos sind und obendrein reich genug, um das Beste aus diesen beiden Eigenschaften herauszuholen. (Jamie würde sie »Vampire« nennen. Auch diese Bezeichnung hat ihren Reiz.) Ich bin mir darüber im Klaren, wie enttäuscht sie von mir sind. Ich habe das einmal als motivierend empfunden, jetzt langweilt es mich; ich habe irgendwie das Bedürfnis, sie zu retten, nur um ihnen zu beweisen, dass sie sich getäuscht haben. Nichtsdestotrotz möchte ich nicht, dass sie vergiftet werden, obwohl ich Luciens Verlangen, es zu versuchen, nachvollziehen kann.

Das ist eines der Dinge, von denen Watson nicht wollen würde, dass ich sie laut ausspreche. *Du bist schrecklich,* würde er sagen. *Sie sind deine* Eltern. Watson ist manchmal viel zu sentimental. Ich habe ihn noch nicht mit einem Hundewelpen gesehen, bin mir jedoch nicht sicher, ob ich damit umgehen könnte.

Anmerkung: Mein Bruder taucht nicht in dieser Liste auf, weil er ungefähr zweiundsiebzigtausend bewaffnete Wächter und ein Ego in der Größe eines kleinen Luftschiffs hat.

Die Reihenfolge der oben genannten Punkte ist wohlüberlegt. Sie müssen alle vor 5. kommen, welches der am schwierigsten umzusetzende Punkt ist, nämlich dafür zu sorgen, dass Watson glücklich ist. (Man könnte jetzt argumentieren, dass er deswegen ganz unten auf meiner Prioritätenliste steht, weil ich nicht gern scheitere.) Was möchte Watson? Er möchte, dass wir glücklich sind und dass wir eine Liebesbeziehung haben. Da ich seinen Worten nach »etwas von einem kaputten Roboter habe«, schließen sich diese beiden Dinge in unserem Fall gegenseitig aus. Er ist ein Junge und er ist in mich verliebt, aber nur weil die Welt ihn langweilt. Seine Welt ist langweilig, weil er von ihr geliebt wird. Natürlich wird er das. Deswegen fällt ihm alles so leicht, aber gleichzeitig macht es seine Welt armselig und ereignislos, sodass er beginnt, in all der Dunkelheit nach etwas Interessantem zu suchen. Und auch wenn ich vielleicht wirklich ein kaputter Roboter bin, sind für einen Jungen wie ihn zumindest meine Warnblinker verlockend.

Ich habe schon öfter gedacht, dass Watson und ich im Grunde alles mitbringen, was es für eine Liebesbeziehung braucht – uneingeschränkte Exklusivität, obsessive Intensität, regelmäßige Auseinandersetzungen, Verbrechensaufklärung –, und mich verwirrt gefragt, was er denn noch will. Sex natürlich, aber das ist eine Kleinigkeit. Eine komplizierte, unmögliche, gigantische Kleinigkeit.

(Meine letzte Liebesbeziehung war an sich nicht romantischer Natur, aber es ging darin definitiv um Verbrechen. Und einen Kofferraum voll Kokain, einen Polizeigroßeinsatz usw.)

Watson lag immer noch völlig reglos da. Nach meinen Berechnungen blieben mir noch drei Minuten, bevor ich mit dem Auseinandernehmen eines Stuhls beginnen musste.

Während ich ihn betrachtete, seine geschlossenen Augen, sein zerschundenes Gesicht, schlugen meine Gedanken plötzlich eine andere Richtung ein. Was, wenn Watson ein Schädel-Hirn-Trauma hatte? Wenn er möglicherweise nicht aufwachen würde und ich in diesem Keller auf mich allein gestellt sein und schließlich getötet werden oder schlimmer noch von meinem omnipotenten Arschloch von Bruder gerettet werden würde und mich mit August Moriarty, dem personifizierten Gewissen der Menschheit, auseinandersetzen müsste? Dann würde ich nie wieder sehen, wie Watson beim Überqueren einer Straße beinahe über den Bordstein stolpert und übertrieben mit den Armen rudert, und könnte nie wieder *Watson* zu ihm sagen, so wie ich es immer tue, mit Zuneigung und einer gewissen Verzweiflung, und dann verbot ich es mir, noch länger über Watson nachzudenken.

Ihm war am meisten geholfen, wenn ich ihn erst einmal nicht mehr beachtete. Diese Strategie hatte sich schon des Öfteren bewährt.

Der Keller war nur spärlich möbliert. Ich nahm mir einen Stuhl, der für meine Zwecke am geeignetsten aussah, und schlug seine Beine ab, indem ich sie gegen den Boden hieb, suchte das scharfkantigste Stück Holz aus, prüfte seine Länge und sein Gewicht und kniete dann neben Watson auf den Boden. Ich untersuchte ihn. Er atmete noch, seine Augenlider flatterten leicht, aber er reagierte weder auf meine Berührung noch auf meine Stimme. Mit etwas Glück würde er in zwei Minuten bereit für unseren Aufbruch sein.

Ich ging noch einmal alles durch, was ich über unsere Lage zusammengetragen hatte.

Das hier war auf keinen Fall Hadrians und Phillipas Hauptwohnsitz; *Bonvivants*, die etwas auf sich hielten, würden sich niemals in einem Industrieviertel niederlassen, und die Wände, die unter der Farbe zum Vorschein kamen, waren aus dem für Nutzgebäude typischen Beton. Wir waren also zu einer anderen Zwecken dienenden Örtlichkeit gebracht worden.

Aus der in der Luft liegenden Mischung aus konservierenden Chemikalien, schloss ich, dass wir uns an dem Ort befanden, an dem sie ihre gefälschten Kunstwerke einem synthetisierten Alterungsprozess unterzogen.

Selbst wenn es uns irgendwie gelingen würde zu fliehen, würde ich immer noch vor dem Problem stehen, was ich mit einem außer Gefecht gesetzten Watson auf einer verlassenen Straße mitten im Nirgendwo tun sollte. Milo war in einem Flugzeug nach Thailand, und obwohl ich wusste, dass er mich praktisch rund um die Uhr überwachen ließ, war ich mir nicht sicher, wie oder wie schnell er auf meine Nachrichten reagieren würde. (Bevor sie mir mein Handy abgenommen hatten, hatte ich ein SOS an eine alte Freundin geschickt und um Hilfe und ein Transportmittel gebeten. Ich würde darauf warten.)

Die Wanze, die Milo mir untergeschoben hatte, war von den Moriartys gehackt worden. Dieser Wagen war auf meine Bitte hin gekommen. (Ich verwendete die nächsten siebenundzwanzig Sekunden dafür, besagte Wanze zu lokalisieren – er hatte sie in den Saum meines Jackenärmels nähen lassen –, und zerquetschte sie dann mit dem Absatz meines Stiefels.)

August war nicht allein an all dem schuld. Wenn ich gestern Abend alles richtig gedeutet hatte, was mir an ihm aufgefallen war (ein ungebundener Schuh, seine ihm fast aus der Gesäßtasche fallenden Schlüssel), hatte er Nathanael sofort stehen gelassen und war zu Hadrian gegangen, um ihn um Hilfe bei unserer Suche nach Leander zu bitten. August war sonst genauso penibel wie ich. August würde niemals jemandem damit drohen, seine Eltern umzubringen, selbst dann nicht, wenn er an seine äußersten Grenzen getrieben worden wäre. Nein, August würde alles genau abwägen und schließlich zu seinem Bruder gehen und versuchen, einen Deal auszuhandeln.

Es war genau so, wie Milo es gesagt hatte. *Er wird zu Hadrian gehen*, hatte er mir vor seiner Abreise ins Ohr geflüstert, *und wenn der Staub sich legt, werden wir wissen, welche Rolle er in all dem spielt. Warte einfach auf den richtigen Augenblick.* Wer brauchte schon Geld und andere Ressourcen, wenn er einen Moriarty mit einem drei Nummern zu großen Herz hatte?

Ich konnte ihm keinen Vorwurf machen. Familien waren eine komplizierte Gattung.

Durch die dicken Wände drang ein klopfendes Geräusch von oben herunter. Es klang, als würde jemand gegen eine Holztür hämmern. Höchstwahrscheinlich August im Märtyrermodus. Ich hatte ihm auch noch nicht ganz verziehen, dass er Watson zu der Party mitgebracht hatte. *Jungsprobleme,* dachte ich, und als ich Watson diesmal an der Schulter antippte, fiel die Berührung viel unsanfter aus, als notwendig gewesen wäre.

Er schlug die Augen auf. »Holmes«, sagte er. Es war ein grauenhafter krächzender Laut. Sein Mund, sein Kiefer, seine Augen, alles war geschwollen. Und seine Nase war gebrochen.

Während ich ihn ansah, überlegte ich mir, welchen von Hadrians Fingern ich als Erstes brechen würde.

»Nicht sprechen«, sagte ich zu Watson, weil ich nicht wollte, dass er sich anstrengte. »Hör mir nur zu. Ich werde gleich anfangen zu weinen. Reagiere nicht darauf. Es wird jemand hereinkommen und ich werde ihn ausschalten. Dann schaffen wir dich die Treppe hoch und ich sorge dafür, dass man uns eine Adresse gibt, die ich an meinen Kontakt weiterleite, der helfen wird, uns nach Prag zu bringen.«

Das waren viel mehr Informationen, als ich für gewöhnlich preisgab, ich war also nicht überrascht über Watsons offensichtliche Verwirrung.

»Bereit?«, fragte ich.

Er blinzelte, was ich als Zustimmung nahm.

Ich begann mit der Umsetzung meines Plans. Mit den Fingern verteilte ich das Blut an meinem Hinterkopf auf meinem Gesicht und bedeckte auch meine Hände damit. Ich griff nach meinem

Holzknüppel und fühlte mich ein bisschen wie eine Kriegsgöttin, als ich mich damit hinter der verschlossenen Tür positionierte.

Dann fing ich an zu weinen. Zuerst leise. Langsam steigerte ich die Lautstärke, gab den Tränen Zeit, sich in meiner Kehle zu sammeln. Ich wollte, dass es echt klang, wenn ich meine Totenklage anstimmte.

»Jamie«, flüstere ich. Er drehte mir den Kopf zu. Ich sah, dass ihn die Bewegung schmerzte. *Nicht du,* formte ich mit den Lippen und sagte erneut seinen Namen. »Jamie – oh *Gott,* Jamie. Bitte nicht. Bitte – bitte atme.« (Dieser Teil war wichtig, schließlich wusste ich nicht, ob jemand auf der anderen Seite der Tür stand.) »Du darfst nicht sterben«, flehte ich und ließ meine Stimme lauter und höher werden. Ich zog die Schultern hoch und schlug die Hände vors Gesicht. »Das darfst du einfach nicht. Du hat es *versprochen.* Du hast versprochen, mit mir in London ... Oh Gott, warum atmest du denn nicht? Bitte, atme wieder. Ich tue alles, was du willst, es ist mir egal, was ich für dich bin, ich werde alles sein, alles tun, aber bitte, bitte ...«

Ich ließ mich immer tiefer in den Kummer und die wilde Verzweiflung fallen. Ich hatte ihn verloren. Er war nicht so gegangen, wie ich es immer befürchtet hatte, mitten in der Nacht, die Tür hinter sich zuknallend (wir würden in London studieren, das heißt, er würde studieren, da ich genauso wenig auf eine Universität gehörte wie ich irgendwo sonst hingehörte, aber wir würden in einem kleinen Apartment leben, vielleicht in der Baker Street, mit einer Küche und einer gut sortierten Bibliothek und wenigstens einem Zimmer, in dem man mich nur in äußersten Notfällen stören dürfte, zum Beispiel, wenn ein Feuer ausbrechen würde, und wir würden es gut miteinander haben, bis wir eines Nachts im Bett liegen und er mich berühren und das alte Grauen in mir aufsteigen würde, das Gefühl, dass es *falsch* ist, dass ich dazu verleitet worden war, mich noch einmal von jemanden so berühren zu lassen, dass ich es *erlaubt* hatte, und plötzlich würde ich nicht mehr wissen, wer mich berührte und warum er mich berührte, und es wäre eine Täuschung, ich hätte mich von ihm oder von mir selbst oder von uns beiden täuschen lassen, und ich würde entweder völlig zusammenbrechen oder ihn rauswerfen, und am Ende spielte es sich in meinem Kopf immer so ab, dass ich ihn zum Teufel jagte und mir nichts mehr wünschte, als dass er ging, und mir gleichzeitig nichts mehr wünschte, als dass er nicht ging). Aber wir würden gar nicht erst bis zu diesem Punkt kommen, oder? Ich würde ihn schon vorher verlieren, durch etwas anderes, irgendeine unwichtige Sache, in die ich ihn gezerrt hätte, etwas wie das hier – ein verschwundener Onkel, ein Mann, der mich bluten sehen wollte –, und er, er würde nicht auf seinen eigenen beiden Beinen gehen, nein, stattdessen würden wir mit einer Waffe oder einem Virus oder einem Messer an der Kehle bedroht werden und er würde mir zurufen, ich solle mich in Sicherheit bringen, aber ich stand bloß da wie eine Kuh auf der Weide und schaute zu, wie ein Schläger der Moriartys ihn Stück für Stück auseinandernahm, und war zu nichts nütze und musste mitansehen, wie er auf dem Boden lag und starb, und *Watson,* hörte ich mich nun laut sagen, *Watson, bitte, bitte,* und brach in hysterisches Schluchzen aus.

Wenn man eine andere Identität annimmt, sagte mein Vater immer, *muss man sie sich ganz zu eigen machen. Man muss sich die Rolle selbst abkaufen.*

Ich war sehr gut darin. Ich kaufte mir alles ab, bis ins kleinste Detail. So machte ich es immer.

Ich war so in der konfusen Vorstellungswelt meiner schlimmsten Ängste gefangen, dass ich beinahe vergaß, was ich tun musste, als die Tür aufschwang. Ich ging in Position und umklammerte mein Tischbein.

»Wo ist er?«, fragte der stiernackige Moriarty-Handlanger schroff und trat zwei Schritte in den Raum. Es war pures Glück, dass er mich nicht sah, und noch größeres, dass ihm niemand folgte.

»Hier«, sagte ich und zog ihm den Knüppel über den Kopf. Er ging zu Boden. Ich nahm den Schlüsselbund aus seiner Hand und rollte ihn in die Ecke. Der Typ hatte Glück, es war nicht der Mann, der Watson zusammengeschlagen hatte, sonst hätte ich ihm noch mal eins übergezogen.

Watson stöhnte leise, aber als ich mich zu ihm umdrehte, sah ich, dass er nur halb bei Bewusstsein war. Es brauchte einiges gutes Zureden, aber schließlich schaffte ich es, ihn auf die Beine zu hieven. Er bestand hauptsächlich aus Muskeln, war also ziemlich schwer, und auch wenn mir das natürlich schon aufgefallen war (und mir gefiel, ich bin nämlich tatsächlich ein heterosexuelles Mädchen der Gattung Mensch), wollte ich ihn nicht aus der Tür schleppen müssen. Er half so gut er konnte mit, aber der Großteil seines Gewichts lastete auf mir.

Der Flur war verlassen und zu beiden Seiten führte eine Treppe nach oben. Ich stand dort und lauschte und war mir bewusst, dass Watson mich vollblutete und ich wiederum den Teppich. Während ich abwog, welcher der beiden Treppenaufgänge die direktere Route zu unserem Ziel war, dachte ich außerdem an den Zustand meiner Stiefel, ein Internetkauf bei etwas, das sich *Liveshopping* nennt und zu dem mich Lena überredet hatte, und eine so traumatische Erfahrung, dass ich sie in meinem ganzen Leben nicht noch einmal machen möchte. Ein Timer zeigte an, wie viel Zeit mir noch blieb, um diese hypothetischen Stiefel zu behalten, während ich meine Bankverbindung eintippte, und das ließ mich daran denken, dass uns immerzu ein falscher Mangel suggeriert wurde – *Nur noch ein Paar übrig! Greifen Sie jetzt zu! Dieses Angebot gilt nur heute!* –, und die Art, wie der an meiner Schulter lehnende Junge jetzt rasselnd hustete, löste irgendwo in meinem Kopf einen Alarm aus ... Mangel und Überfluss, Aufschwung und Niedergang ... ich würde so etwas nur dieses eine Mal im Leben haben und danach würde ich nie wieder ...

Aber all diese Gedanken spielten sich sozusagen im Hintergrund ab. Denn ich wusste wie immer genau, was zu tun war. Der linke Treppenaufgang. Wir würden eine Stufe nach der anderen nehmen.

Ich wartete seit gestern Abend darauf, dass die Moriartys ihren Zug machen würden. Und hier waren wir.

Man überprüft zuerst die Fakten, sagte mein Vater stets, *bevor man seine Deduktionen darauf aufbaut.*

Die Fakten lagen auf der Hand. Das hatte ich deduziert:

Wir wurden im Keller festgehalten, weil wir praktisch noch Kinder waren und deswegen vermutlich nebensächlich. Dass Milo nicht in der Stadt war, hatte Hadrian mit Sicherheit gestern Abend irgendwie aus seinem arglosen kleinen Bruder herausbekommen und die Gelegenheit sofort beim Schopf ergriffen. Er würde seinem älteren Bruder Lucien gegenüber damit argumentiert haben, dass er das tun könnte, wozu Lucien nicht in der Lage war – nämlich mich für das zu bestrafen, was ich ihrem kleinen Bruder August angetan hatte. Schließlich war ich immer noch am Leben.

Das war natürlich vollkommener Schwachsinn. Lucien leistete großartige Arbeit. Meine Mutter war vergiftet worden. In unserem Haus wimmelte es vor Überwachungskameras, es war eine Ärztin im Haus, und dennoch weit und breit kein Beweis. Zerbrach ich mir mindestens alle sieben Minuten den Kopf darüber oder nicht? Natürlich tat ich das. Wenn Lucien tatsächlich daran interessiert wäre, mich umzubringen, wäre ich längst tot, Milo hin oder her. Nein, mit mir zu spielen war Luciens Hobby, und ein Hobby hörte auf, ein Hobby zu sein, sobald es auf einem furchtbar noblen Friedhof unter einer Engelstatue begraben liegt.

Ich hatte mir nie Sorgen gemacht, dass Lucien mich umbringen könnte; ich machte mir Sorgen, dass Lucien Watson umbringen könnte. Man stelle sich nur das nie endende Trauma vor – ein exquisites Vergeltungs-Meisterwerk. Man stelle sich nur die vielfältigen Varianten vor! Szenario eins: Ich werde des Mordes an Watson verdächtigt. Szenario zwei: Ich bringe Watson tatsächlich um, weil ich vor die Wahl gestellt werde, ihm entweder die Kehle durchzuschneiden oder dabei zuzusehen, wie eine ganze Stadt in die Luft gesprengt wird. Szenarien drei bis einschließlich neunundzwanzig sind so grauenhaft, dass ich noch nicht einmal daran denken kann.

Watsons Gewicht an meiner Schulter wurde schwerer; er hatte aufgehört, die Beine selbst zu bewegen, aber sein Atem an meinem Ohr ließ mich wissen, dass er noch am Leben war. Wir hatten Phillipas Büro erreicht. Dass es ihres war, erkannte ich am Zustand des Teppichs – den Abdrücken nach zu urteilen, die sich darin eingegraben hatten, lief hier regelmäßig eine Frau mit hohen Absätzen entlang; ich hatte die Stilettos gesehen, die sie bei unserem entsetzlichen Mittagessen trug. Ihr Bodyguard stand in der Tür und schaute gerade auf die Uhr auf seinem Handy.

Das hier würde etwas komplizierter werden.

***

Zweieinhalb Minuten später hatte ich den bewusstlosen Bodyguard aus dem Fenster geworfen und richtete seine Waffe auf Phillipa Moriarty.

Ich konnte nicht sagen, dass ich mich freute, sie wiederzusehen. Sie hatte sich in der Zwischenzeit kaum verändert. Auf ihrem Gesicht lag ein verkniffener, abschätzender Ausdruck, wie ich ihn meistens mit kleinen Kindern assoziierte. »Was wollen Sie?«

Uns blieben noch ungefähr dreißig Sekunden, bevor ihr kleiner Bruder mit der Kavallerie anrücken würde. Das Klopfen an der Tür hatte mittlerweile aufgehört. Es nützte nichts, sich um August Sorgen zu machen – was passiert war, war passiert, außerdem hatte ich gesehen, dass er in seinem Stiefel ein Messer versteckte.

Ich hievte Watson hoch und er schaffte es, aufrecht stehen zu bleiben. Seine Augenlider flatterten wieder. »Wo findet sie statt?«, fragte ich Phillipa.

»Wo findet was statt?«

Ich entsicherte die Waffe. »Sie haben noch genau zwanzig Sekunden. Also, wo findet die Auktion statt und um welche Uhrzeit?«

Denn auf den Fluren, die ich Watson entlanggezogen hatte, befanden sich jede Menge Bilder. Bilder, auf denen viel dunkle Farbe zu sehen war und unglücklich wirkende Gestalten, die Skarabäus-Käfer aus Glas oder ihre Hände oder Mikroskope oder einander anschauten. Das hier war zwar nur ein Lagergebäude, aber sie war zufrieden mit ihrer Ware, stolz auf sich, auf ihre Kronjuwelen, auf diese gefälschten Langenberg-Bilder, und passt es nicht auch zu den Moriartys, dass sie selbst ihr Schlachthaus vergolden?

(Falls du das hier liest, Watson, weißt du hoffentlich zu schätzen, dass ich diese Information bis zu diesem Moment zurückgehalten habe.)

Natürlich würden sie mittels ihres privaten Netzwerks an Interessenten verkauft werden; die Frage war nur, wann.

»Januar«, sagte sie, »siebenundzwanzigster. Jammerschade, dass Sie nicht tot sind, Charlotte.«

»Tja, wir alle haben unser Kreuz zu tragen«, sagte ich. »Januar ist zu spät. Die Auktion findet früher statt.«

»Und wann?«, gab sie finster zurück.

»Morgen.«

»Wieso sollte ich das tun?«

»Weil ich Sie sonst auffliegen lasse. Weil ich sonst jede noch so kleine Information, die ich über Ihre Transaktionen zusammengetragen habe, preisgebe. Weil ich meinen Bruder sonst bitte, in zwanzig Minuten dieses Lagerhaus in die Luft zu jagen, was er als Wehrübung abschreiben wird, und um ganz sicherzugehen, ist danach Ihr Haus dran. Weil ich eine Waffe in der Hand halte, Sie dumme Kuh, und in der Lage bin, Ihren Tod wie Selbstmord aussehen zu lassen.«

Ich war mir in diesem Moment nicht sicher, ob ich wirklich nur bluffte.

»Meinetwegen«, sagte sie gedehnt. »Und wo?«

Ich trat etwas näher, dabei schabten Watsons Schuhe über den Teppichboden in Phillipas Büro. »In Ihrem Prager Auktionshaus. Benutzen Sie immer noch dieses Museum außerhalb der Öffnungszeiten? Die Adresse bitte.«

Sie zögerte. Meine Zeit war um. Ich hörte Schritte die Treppe hochpoltern.

Sehr, sehr vorsichtig (wie man es in solchen Situationen zu sein hat), schoss ich auf die Glasscheibe über ihrem Kopf. Sie schrie auf.

»Phillipa!«, rief jemand von unten.

»Entweder Sie geben mir die Adresse oder ich sorge dafür, dass bis zum Morgen Ihr gesamtes Vermögen eingefroren wird.« Ich dachte kurz nach. »Und schicke Ihren neuen Orchideengärtner für immer in den Urlaub.«

»Ohne Ihren Bruder hätten Sie keine Chance«, sagte sie.

»Stimmt. Zu Ihrem Pech ist er quicklebendig. Die Adresse.«

Sie gab sie mir zähneknirschend – sie lag in der Prager Altstadt – und ich lernte sie auswendig. Die Schritte waren mittlerweile auf diesem Flur angelangt. Watson stöhnte leise. Unter seinem Gewicht hatte ich jedes Gefühl in meiner linken Schulter verloren.

»Und dann hätte ich noch gern unsere Handys zurück«, sagte ich. Sie legte sie auf den Tisch. Ich steckte sie ein. »Danke. Sie sind eine große Hilfe gewesen.«

»Interessiert es Sie denn gar nicht, was mit Ihrem Onkel passiert ist?«, fragte sie.

Ich wusste, was mit Leander passiert war. Ich hatte es nicht glauben wollen. Ich hatte mir selbst gegenüber darauf bestanden, stichhaltige Beweise zu finden. Aber in Wahrheit hatte ich es längst gewusst, nicht rational – weshalb es eigentlich jeder vernünftigen Grundlage entbehrte –, aber in meinem Herzen, und zwar seit wir Sussex verlassen hatten. In meinem Herzen! Wie absurd.

Ich wusste außerdem, dass es nichts gab, was ich zu seiner Rettung tun konnte, bis ich es geschafft hatte, Lucien Moriarty mit dem Verbrechen in Verbindung zu bringen. Ob er schuldig war oder nicht, spielte keine Rolle.

Die Alternative war undenkbar.

»Sollten Sie jemandem erzählen, dass ich von der Auktion weiß, sollten Sie jemandem erzählen, dass ich kommen werde, lasse ich Sie umbringen. Oder nein«, sagte ich, als Watson hustete. »Das übernehme ich dann schon selbst.«

Hinter mir flog die Tür auf.

»Charlotte«, sagte August behutsam, als die Männer rechts und links von ihm ihre Waffen hoben. Sie trugen beide den typischen Greystone-Haarschnitt – militärisch kurz mit schmalen Koteletten. Milo legte Wert auf ein ästhetisches Äußeres.

Ich entspannte mich unwesentlich.

»Hallo, August«, sagte ich, weil es höflich ist, seine Freunde zu begrüßen.

»Charlotte. Da ist ein Mädchen auf dem Dach. Sie sagt, sie heiße Lena und«, er räusperte sich, »hätte dir den Helikopter gebracht, den du haben wolltest?«

11.

Auf der Rückbank von Hadrian Moriartys Wagen hatte ich Watson ein paar Fluchtvorschläge aufs Handy geschickt. Dabei entdeckte ich mehrere Nachrichten von Lena, meiner Zimmergenossin aus Sherringford, in denen sie mich darüber informierte, dass sie beschlossen hätte, ihre letzten Weihnachtseinkäufe in »einer europäischen Stadt« zu erledigen, und ihre Wahl auf Berlin gefallen wäre (»Aber, oh Gott, gibt's dort überhaupt einen Barneys, Char?«), weil sie es satthätte, dass »Du und Jamie mich ständig hinhaltet. Liegt es daran, dass er immer noch sauer auf Tom ist?«.

Tom und Lena, unsere Zimmergenossen aus Sherringford, waren ein Paar. Und nein, Watson war nicht mehr wütend auf Tom, obwohl dieser falsche Märchenprinz ihn während des letzten Schulhalbjahrs gegen Geld ausspioniert hatte. Tom hatte – fälschlicherweise – geglaubt, seine Freundin, die Tochter eines Öl-Tycoons, würde ihm den Laufpass geben, wenn er nicht über die Mittel verfügte, um sie mit Geschenken und Reisen und so weiter zu beeindrucken.

Hier eine Auswahl an Dingen, die Lena Gupta meiner Erfahrung nach beeindruckten: mit Druckknöpfen, Nieten und anderen Metallbeschlägen übersäte Designerjacken; Sachen, die explodierten; Jungs, die bereit waren, ihre Tasche zu tragen.

Dinge, für die Lena sich null interessierte: der finanzielle Hintergrund anderer Leute. Lena war die Art von Mädchen, die sich für ein Experiment Blut von mir abnehmen ließ, ohne eine einzige Frage zu stellen. Lena stellte überhaupt nie besonders viele Fragen. Diese Eigenschaft machte sie, neben einigen anderen, zu einer ausgezeichneten Freundin.

Als ich – während Watson verprügelt worden war – sowohl ihr als auch meinem Bruder eine Nachricht geschickt hatte, in der stand, dass ich medizinische Hilfe benötigen würde, und unseren Standpunkt durchgegeben hatte, antwortete Milo nicht sofort. Im Gegensatz zu Lena. »Kein Problem!«, hatte sie geantwortet und ein paar lächelnde Emojis angehängt, die als Augen Herzchen hatten.

Sie kam mit einem Rettungshubschrauber, zwei Sanitätern, einem Piloten und einem staunenden Tom mit Kopfhörern. Eine wunderschöne Stola aus Webpelz lag um ihre Schultern. Ich freute mich sehr, sie zu sehen.

»Wir sollten uns nächstes Jahr wieder ein Zimmer teilen«, rief ich ihr über den Lärm der Rotorblätter zu, während wir Watson in den Hubschrauber halfen. August kletterte auf den Platz neben dem Piloten.

»Unbedingt«, rief sie zurück. »Meinst du, wir könnten vielleicht auch ein Zimmer in Carter Hall bekommen? In dem Wohnheim hat jedes ein eigenes Badezimmer!«

Watson lag auf einer Trage, und obwohl er eindeutig bei Bewusstsein war, versuchte er erst gar nicht zu sprechen. Sein Kiefer war auf die Größe einer Grapefruit angeschwollen. Stattdessen bedeutete er mir, ihm sein Handy zu geben.

E-Mails, schrieb er, was ihn einige Mühe kostete.

»Von Leander an deinen Vater? Sind sie auf deinem Handy?«

Ja. Lies sie.

Nachdem ich sein Handy genommen hatte, scheuchten mich

die beiden Sanitäter weg, um ihm eine Infusion zu legen und mit einem Stablicht in die Augen zu leuchten. Tom sah zu Watsons übel zugerichtetem Gesicht hinüber und vergrub dann sein eigenes in den Händen. Mitgefühl? Verspätete Schuldgefühle? Es ließ ihn eine Viertelstufe in meiner Achtung steigen.

Ich wies den Piloten an, zu Greystone zurückzufliegen. Dort gab es einen Hubschrauberlandeplatz und Watson würde ärztlich versorgt werden können. Die Polizei sollte nach Möglichkeit außen vor bleiben, und hätten wir Watson in seinem Zustand in ein Krankenhaus gebracht, wären dort natürlich einige Alarmglocken angegangen.

Ich ordnete an, ihn in Milos private Krankenstation zu bringen. August würde sie durch die Sicherheitsschleusen begleiten. Bevor sie gingen, erinnerte ich die Sanitäter daran, ihn auf innere Blutungen zu untersuchen, was sie mit Sicherheit sehr zu schätzen wussten.

»Kommst du nicht mit?«, fragte August.

»Nein«, sagte ich. »Ich brauche drei Zigaretten und fünfzig Minuten lang meine Ruhe. In einem Krankenzimmer darf ich nicht rauchen, davon abgesehen kann ich keinen klaren Gedanken fassen, wenn er so aussieht.«

»Vielleicht tröstet ihn das ein bisschen«, sagte er. Watson wurde auf eine Transportliege gehoben.

»Ob ihn das tröstet, hat für mich keine Priorität.« Das war schließlich Punkt Nummer fünf auf meiner Liste. »Wenn er nach mir fragt, richte ihm liebe Grüße von mir aus.«

August sah mich blinzelnd an, als hätte ich etwas Seltsames gesagt. Dieser Blick war nichts Neues für mich. In unserer gemeinsamen Zeit in Sussex, als er noch mein Tutor gewesen war, hatte er mich oft langsam, fast träge blinzelnd angesehen, wenn ich ihm eine unerwartete Antwort auf eine Frage gab. Manche hätten es als Kritik interpretiert. Ich interpretierte es als Faszination.

Mehr hatte ich nie in ihm hervorrufen können. Die Faszination war nie in Anziehung umgeschlagen, wie es bei mir der Fall gewesen war. Trotzdem benahm er sich, als hätte er einen Anspruch auf mich. Ich fragte mich, ob er verstand, welcher Art dieser Anspruch war. Ich war für seinen Untergang verantwortlich. Wenn er in meiner Nähe sein wollte, dann um dafür zu sorgen, dass ich niemand anderen zerstörte.

»Er *wird* fragen«, sagte August.

»Dann wirst du ihm antworten. Und jetzt geh.«

Das tat er.

»Ich bleibe hier«, sagte Lena. »Keine Sorge, ich werde keinen Mucks von mir geben.« Wie immer verstand sie mich voll und ganz. Als ich kurz zu ihr hinüberschaute, sah ich, dass sie auf ihrem Handy Tetris spielte.

»Charlotte«, sagte Tom ein bisschen unbehaglich. »Ich ...«

»Nein«, sagte ich. Das brachte ihn zum Schweigen.

Ich zog eine Zigarette aus meiner Packung und zündete sie an. Vier lange Züge. Meine vibrierenden Nerven beruhigten sich etwas. Wenn das Vibrieren nicht da war, vermisste ich es, aber ich konnte es mir jederzeit zurückholen, wenn es nötig war. Selbstkontrolle ist Teil meiner Ausbildung gewesen, auch wenn es dafür sehr viel Übung brauchte. Von diversen Aufenthalten in Entzugskliniken ganz zu schweigen.

In den darauffolgenden achtundzwanzig Minuten entwarf, prüfte und vollendete ich einen Plan. Ich war ehrlich gesagt froh, dass August und Watson gerade nicht da waren. Demokratische Entscheidungsfindungen waren uns bisher nicht gelungen als Team (waren wir das, ein Team?). Es lief alles etwas runder, wenn ich ihre gütige Diktatorin war.

Wir würden die Auktion in Prag besuchen. Ich zweifelte nicht an Phillipas Zusage, sie abzuhalten und niemandem gegenüber ein Wort über unsere Anwesenheit zu verlieren. Schließlich liebte sie ihre Orchideen. Und diese Auktionen stellten ihre Lebensgrundlage dar. Sie würde die Security verstärken und hoffen, dass meine Ziele so kindisch waren, wie sie mich einschätzte.

Was nicht bedeutete, dass uns bei der Auktion keine Gefahr drohte. Ich war mir nur sicher, dass wir uns ohne größere Probleme Zugang verschaffen konnten.

Ich wusste auch schon wie. Gestern in diesem grauenhaften Ateliergebäude war ich ein bisschen durch die Ausstellungen gewandert, um meine Gedanken zu sortieren. Der Streit mit Watson hatte mir mehr zugesetzt als mir lieb war und der Ort, an dem ich mich befand, war nicht unbedingt dafür geeignet, mich zu beruhigen.

Die schiere Menge an Kokain, die mir dort zur Verfügung stand, war unmöglich zu ignorieren gewesen. Als mir der zweite Typ innerhalb von zehn Minuten etwas davon anbot, fiel es mir so schwer, Nein zu sagen, dass ich berechtigte Befürchtungen hatte, beim nächsten Mal Ja zu sagen.

Ich zog mich in ein kleines Atelier zurück. Der Künstler war nicht da, aber man konnte sich seine Arbeiten anschauen. Darin ging es um Videoüberwachungsanlagen, wie es sie zuhauf an englischen Straßenecken gab, und Strategien, mit denen man ihrem Blick entkommen konnte.

In diesem Zusammenhang stellte er auch diverse Masken aus, die ich äußerst faszinierend fand.

Dazu später noch mehr.

Jetzt waren erst einmal Leanders E-Mails an der Reihe. Ich rauchte meine zweite Zigarette, während ich sie las.

Ich erfuhr dabei, dass Leander manchmal so tat, als wäre ich seine Tochter. Ich hatte nie so getan, als wäre er mein Vater.

Väter waren anspruchsvoll, distanziert und unbarmherzig. Leander war nichts davon. Es berührte mich trotzdem.

Wichtiger war jedoch, dass mein Onkel an seiner Theorie zweifelte, dass Nathanael Hadrian war, und genau das tat ich auch. Wie um alles in der Welt hätte er eine Kunstklasse unterrichten sollen? Wie hätte er diese Werke erstellen sollen? Dennoch musste ich dringend herausfinden, ob nicht doch ein Körnchen Wahrheit darin lag.

Ich schickte meinem Bruder drei Nachrichten. Diesmal ließ seine Antwort nicht lange auf sich warten. Er sicherte mir sämtliche Unterstützung zu, die ich brauchte, und stimmte meinem Plan zu. In seiner letzten Nachricht stand: *Ganz sicher wünscht er sich auch manchmal, ich wäre sein Sohn.*

Gesagt hat er es aber nur über mich, antwortete ich mit einer gewissen Genugtuung und schaltete dann mein Handy aus.

Als Nächstes stand die Klärung einiger geringfügiger finanzieller Details mit Lena auf meinem Plan. Wir besprachen die Garderobe für den Auktionsabend, weil ich wusste, dass es ihr Spaß machen würde. Sie hatte im Moment einiges gut bei mir. Wir arbeiteten Fluchtrouten aus. Sie erzählte mir, sie hätte mich für etwas, das sich *Wichteln* nannte, in eine Liste eingetragen, und dass wir mit den anderen Mädchen von unserem Flur Geschenke austauschen würden, wenn wir im Januar nach Sherringford zurückkehrten. Und dass ich verpflichtet sei, daran teilzunehmen. Ich entgegnete, ich würde ein Buch über Schnecken beisteuern. Sie runzelte die Stirn und zuckte dann zustimmend mit den Achseln.

Nachdem wir das geklärt hatten, schaute ich mir noch einmal Fotos der Moriarty-Familie an. Alle blond. Alle groß. Alle einen skrupellosen Zug im Gesicht, selbst August, der in der Vergangenheit alles dafür getan hatte, sein Erscheinungsbild mit diesem konservativen Professoren-Look zu mildern. Mittlerweile beschränkte er sich auf das Notwendigste. Was ohne diese Verkleidung übrig geblieben war, war stachelig und traurig. Watson verglich unser Leben gern mit klassischen Dramen, Fernsehsendungen oder etwas ähnlich Unterhaltsamem – *das* sei wie in einer Sitcom gewesen, *jenes* wie in einem Zirkus. Wenn es so war, hatte August Moriartys Leben sich von einem Collegeroman in Shakespeares Theaterstück Hamlet verwandelt, in dem er selbst die Rolle des Prinzen von Dänemark spielte. Letzteres war natürlich interessanter, aber vielleicht habe ich mir auch nur zu oft das Foto von ihm auf der Webseite von Oxford angeschaut.

Denn dieser Mann – der Mann auf dem Foto – war tot. Das wussten wir beide, und wir wussten auch, dass es meine Schuld war. Ich fragte mich, ob unsere Beziehung nun aus einer Art gemeinsamer Trauer um den alten August Moriarty bestand. Es ist seltsam, um sein früheres Ich zu trauern, und trotzdem denke ich, dass dies etwas ist, das jedes Mädchen versteht. Ich habe mich schon so oft gehäutet, dass ich kaum noch weiß, was ich jetzt bin – Muskeln vielleicht, oder nur Erinnerungen. Vielleicht einfach der Wille weiterzumachen.

Als ich immer noch tief in Gedanken versunken aufschaute, ertappte ich Tom dabei, wie er sich den Kopf verrenkte, um einen Blick auf mein Display zu erhaschen. Ich bin nicht unbedingt stolz darauf zu sagen, dass ich ihn praktisch anknurrte.

»Char«, sagte Lena sanft, ohne den Blick von ihrem Handy zu nehmen.

»Du bist nicht loyal«, sagte ich zu Tom. »Das hast du bei Mr Wheatley hinlänglich bewiesen. Und ich schwöre, dass ich einen Weg finden werde, dich als Hut zu tragen, solltest du jemals wieder heikle Informationen weitergeben oder Watson verraten. Also hör gefälligst auf, auf mein Display zu schielen.«

Tom schrumpfte in seinem Pullunder zusammen.

»Komm, wir spielen eine Runde Tetris«, sagte Lena zu ihm. Er nickte eingeschüchtert.

Ich sprach heute ziemlich viele Drohungen aus. Es war nicht meine bevorzugte Vorgehensweise, aber ich hatte keine andere Wahl, wenn ich von Kleinkriminellen umgeben war.

Ich zündete meine letzte Zigarette an.

Für diese Mission würde ich einen kleinen Trupp bewaffneter Personenschützer brauchen. Nur solche, die Milo so treu ergeben waren, dass sie mir die gleiche Loyalität entgegenbringen würden. Obwohl ich nicht gern mit Leuten zusammenarbeitete, die nicht zu meinem engsten Kreis gehörten, sah ich die Notwendigkeit ein. Ich konnte meine Rolle nicht spielen, wenn ich damit beschäftigt war, eine Waffe auf jemanden zu richten. Also beauftragte ich einen von Milos Männern, nach Peterson und noch ein paar anderen engen Mitarbeitern meines Bruders zu suchen. Sie würden uns nach Prag begleiten.

Damit war alles in die Wege geleitet. Ich rauchte meine Zigarette bis zum Filter hinunter und beschwor mein Gehirn, einen Gang herunterzuschalten. Wenn ich zu lange unter Strom stand, wurde ich schwach und war zu nichts mehr zu gebrauchen – ich *schlief* ein –, also hatte ich diverse Techniken entwickelt, um mich zu beruhigen. Am besten funktionierten lateinische Deklinationen. *Amo, amas, amat* war ein Klassiker, wenn auch sentimental, und ich deklinierte auch gern »Körper« (*corpus* hat so einen hübschen Klang), aber heute Abend war mir nach »König«.

Rex, regis, regi, regem, rege. Ich nahm einen letzten Zug und wartete einen Moment, bevor ich den Rauch ausatmete. Jetzt die Plurale, langsamer diesmal. *Reges. Regum. Regibus. Reges. Regibus.* Ich genoss die kleine Auszeit und die Wiederholung: Dativ, Akkusativ, Ablativ. Es hatte eine gewisse Musikalität.

Ich drückte die Zigarette aus. Es waren fünfundvierzig Minuten vergangen. Ich bat den Piloten, den Helikopter wieder zu starten, und richtete den Blick auf die Tür, die ins Gebäude führte.

»Du hast gewonnen«, sagte Lena.

»Du siehst verdammt süß aus in deinem Fliegeroverall«, sagte Tom.

Ihr Blick war arglos. »Wir müssen dir auch einen besorgen.«

»Gehört deiner zur Ausstattung von Milos Hubschrauber?«

»Nein«, sagte sie. »Der lag einfach so bei mir zu Hause herum.«

Er grinste. Einen Moment später küssten sie sich. Geräuschvoll. Ich hatte meine Ohrstöpsel vorhin nicht reingetan, was ich nun nachholte.

Kurz darauf ging endlich die Tür auf und August und Watson kamen heraus, gefolgt von einer Handvoll von Milos Männern. Watson hielt sich ein Eis-Pad an die Wange. Er trug mehrere Verbände und hinkte, bewegte sich aber mit derselben sturen Entschlossenheit wie immer, worüber ich sehr froh war.

»Bist du reisefähig?«

»Klar«, antwortete er. Es war so laut, dass ich es von seinen Lippen ablesen musste. »Dir ist nichts passiert in dem Lagerhaus?«

»*Ich* bin diesem Lagerhaus passiert.«

Er lächelte und zuckte dann gequält zusammen.

»Versuche, dein Gesicht ruhig zu halten«, riet ich ihm. »Weißt du noch, was ich dir über Prag gesagt habe?«

»Dass wir dort hingehen würden?«, fragte Watson.

Ich nickte. Der Pilot gab uns ein Zeichen, uns zu beeilen. Er würde uns zum Flughafen bringen, wo wir in den Firmenjet von Lenas Vater umsteigen würden. Auf herkömmliche Art zu reisen wäre diesmal nicht ratsam gewesen. Wir waren eine ziemlich seltsame kleine Truppe und ich wollte nicht, dass wir auffielen.

Zumindest jetzt noch nicht.
»Wie sieht unser Plan aus, Holmes?«
Wie mein Blut in Bewegung kam, als er mir diese Frage stellte. Nichts auf der Welt konnte das ersetzen.
»Unser Plan«, sagte ich, »sieht so aus, dass du eine Maske tragen wirst.«

***

Ich hatte bereits gehört, dass Prag eine Stadt wie aus einem Märchen war. Watson wiederholte es jetzt, als wir vom Flughafen aus Richtung Zentrum fuhren. Giebeldächer, pastellfarbene Gebäude, enge Kopfsteinpflastergassen, verschlungene Serpentinen. Eine astronomische Uhr, die mehrere Stockwerke hoch an einem von einem großen Platz umgebenen altehrwürdigen Bau zu sehen war. Ich war schon einmal mit Milo hier gewesen, als wir Kinder waren. Unsere Tante Araminta war damals der Ansicht gewesen, wir hätten etwas »Kultivierung« nötig. Vielleicht hatte sie uns mit Bakterien verwechselt.

»Die Stadt ist *wirklich* wie im Märchen«, sagte Watson. »Schau dir nur diese Türen an.« Unser Taxi fuhr gerade eine holprige, gepflasterte Straße entlang, in der wir an einer Reihe mittelalterlich aussehender, eisenbewehrter Türen vorbeikamen. »Ich frage mich, was sich wohl dahinter verbirgt.«

»Hier in dieser Straße? Souvenirläden.« Ich mochte es nicht, wenn man den Ausdruck »Wie im Märchen« überstrapazierte. Meistens meinte man damit »merkwürdig«. Das ist zu ungenau. In Märchen wird man von düsteren Wäldern verschluckt. Man wird von seinen Eltern in einen Umhang gehüllt und im Dunkeln ausgesetzt. Aller guten Dinge sind drei und nur das älteste Kind überlebt. Ein Aspekt, der mir als Letztgeborene ganz besonders missfiel.

»Wir können dir ja ein Schnapsglas als Andenken kaufen«, sagte ich zu ihm.

Er verdrehte die Augen, aber ich merkte, dass er sich insgeheim freute. »Wo wohnen wir?«

»Irgendwo weit weg von diesem ganzen Irrsinn. An einem zweckmäßigen Ort.«

»Definiere zweckmäßig.« Er war mit so vielen Schmerzmitteln vollgepumpt, dass er ohne Beschwerden sprechen konnte. Offenbar war er fest entschlossen, diese Tatsache auszunutzen.

»Mein Bruder hat für uns ein möbliertes Zimmer in der Nähe des Auktionshauses gebucht.«

»Ein möbliertes Zimmer.«

»Es ist ziemlich teuer.«

»Holmes, das bedeutet, dass wir auf engstem Raum zusammengepfercht sein werden.«

»Außerdem hat es keine Fenster und ist damit absolut sicher.«

»Keine Fenster?« Er deutete aus dem Wagen. »Die ganze Stadt glitzert und ist so hell erleuchtet wie in einem Weihnachtsmärchen. Morgen ist Heiligabend. Wir sind in *Prag*. Und du mietest uns ein Zimmer ohne Fenster?«

Ich runzelte die Stirn. »Ich glaube, früher war es mal so eine Art Gerätekammer.«

Wir saßen allein im Wagen. Lena und Tom waren zu ihrem Hotel vorgefahren. Wir waren gemeinsam hierhergeflogen, würden aber getrennt bei der Auktion erscheinen. August hatte sich selbst eine Unterkunft suchen wollen. Er wusste, dass Watson und ich uns gestritten hatten, wahrscheinlich wollte er uns die Möglichkeit geben, uns ungestört zu versöhnen und zu küssen oder so etwas.

»Ich hasse dich«, sagte Watson mit Nachdruck. »Was hat es bloß mit dir und Schränken oder Kammern auf sich?«

»Sie sind in der Regel ziemlich sauber. Und wenn nicht, kann man für gewöhnlich Putzzeug darin finden.«

»Holmes ...«

»In Wirklichkeit habe ich uns ein Zimmer in einem Art-déco-Hotel gebucht«, sagte ich und einen Augenblick später bog das Taxi in seine kreisförmige Auffahrt. Ich war schon immer auf mein Timing stolz gewesen.

»Hier.« Ich reichte ihm seinen Hut und setzte mir eine Mütze auf, »und die Sonnenbrille nicht vergessen. Sie sollen uns ruhig für Filmstars halten.« Ich wollte nicht riskieren, dass wir gesehen wurden.

»Du bist schrecklich«, sagte er lachend. »Lässt mich die ganze Zeit in dem Glauben, dass wir ...«

»Du bist gerade erst bewusstlos geprügelt worden. Ich dachte, da würde es vielleicht nichts schaden, dir ein gemütliches Bett zu besorgen.« Watson lachte. Seine Augen legten sich in den Winkeln in kleine Fältchen. Vor ein paar Stunden hatte ich noch geglaubt, er könnte tot sein. »Das Zimmer ist mit Blick auf den Fluss«, sagte ich und wie durch ein Wunder lachte er noch einmal.

Genau das war der Grund, warum ich Watson so oft Informationen vorenthielt. Ich glaube nicht, dass er mich in dem Punkt bereits durchschaut hatte. Meistens nahm er mir meine »Zaubertricks« übel.

Die Frau an der Rezeption zog eine Braue hoch, als sie Watsons Gesicht sah. »Ein Unfall mit dem Rasenmäher«, erklärte ich und sie wandte den Blick ab.

»Müsste ich nicht eher Verletzungen wie von scharfen Klingen haben, wenn es ein Unfall mit dem Rasenmäher gewesen wäre?«, fragte er im Aufzug.

»Es hätte ein Rasenmähertraktor sein können, von dem du runtergefallen bist.«

»Bitte«, sagte er, »beraube meinen heldenhaften Akt nur weiter seiner ganzen Heldenhaftigkeit.«

»Du hast ihn zu Boden geworfen«, gab ich zu. »Bevor er dich bewusstlos schlug.«

Als wir auf unserem Stockwerk angekommen waren und unsere Tür gefunden hatten, lächelte Watson und ließ uns rein.

In dieser Nacht redeten wir. Es unterschied sich nicht so sehr von all den anderen Gesprächen, die wir schon geführt hatten – *Ich will das* und *Was du willst, ist nicht möglich* und *Gibt es dann überhaupt noch etwas, das wir füreinander sein können?* Er schien immer um jeden Preis eine Lösung finden zu wollen, als ob er und ich ein mathematischer Beweis wären, der einfach nur abgeglichen werden musste. Lange Zeit hatte ich geglaubt, er würde mich als das Problem betrachten, und dann hatte ich Angst gehabt, er würde mich für die Lösung halten. Ich bin weder das eine noch das andere. Ich bin eine junge Frau. Er ist mein bester Freund. Wir würden so lange alles füreinander sein, bis wir es nicht mehr konnten. Das Zimmer hatte zwei Betten, aber wir schliefen in einem, ich auf der einen Seite, er auf der anderen, und sollte ich mitten in der Nacht in seinen Armen aufgewacht sein, so kann ich an dieser Stelle versichern, dass er nichts davon mitbekam.

Er schlief auch dann weiter, als ich mich irgendwann von ihm löste und mich im Badezimmer auf den gefliesten Boden setzte, bis die Schreie in meinem Kopf leiser wurden. *Ich habe die Kontrolle,* sagte ich mir immer wieder. *Ich habe die Kontrolle.* Es brauchte vierzehn Atemzüge. Ich dachte an meine kleine Notfallreserve, die ich in meiner Tasche versteckt hatte, und dann zwang ich mich, nicht mehr daran zu denken. *Ich habe es unter Kontrolle,* wiederholte ich, fühlte mich besser und schlüpfte wieder zu Watson ins Bett.

»Wach auf.«

Er gab nur ein leises »Mmm« von sich.

»Wach auf«, sagte ich noch mal. »Du musst mir eine Frage beantworten.«

Diesmal richtete er sich auf. Sein Gesicht war ein unförmiges Etwas. Die Augen dunkel verfärbt und blutunterlaufen, die Lippen aufgeplatzt und geschwollen. Natürlich wusste ich, wie wichtig es gerade jetzt war, dass er genügend Schlaf bekam, und ich hätte ihn niemals geweckt, wenn es nicht so wichtig gewesen wäre. Ich war nicht wie mein Urururgroßvater. Ich hasste es, ihn in Gefahr gebracht zu haben, ihn noch vor dem Morgengrauen zu wecken.

Ich wachte lieber über Jamie Watsons Schlaf, denn wenn er schlief und ich auf ihn aufpasste, war er in Sicherheit. Mir wäre es lieber gewesen, Watson wäre zu Hause geblieben, hätte ein bisschen recherchiert und Romane gelesen, weil man sein Herz lieber sicher in seiner Brust eingeschlossen wusste. Ich verliebte mich in August Moriarty, weil ich mich in ihm wiedererkannte und darin so eine Art Erlösung fand. Er und ich waren uns so ähnlich, darin, wie wir aufgewachsen waren, wie wir die Welt sahen, und er suchte sich aus dieser Kindheit das heraus, was er brauchte, und dem Rest widerstand er mit jeder Faser seines Seins. Er dachte immer zuerst an andere. Er hatte keine Vorurteile, bereiste die Welt, hörte mir zu, wenn ich etwas erzählte, nicht als wäre ich ein Experiment oder eine Aufziehpuppe, sondern ein Mensch, ein vollständiger Mensch mit all den Widersprüchlichkeiten, die jeder Mensch hat. Ich wollte er *sein*, ausgerechnet ich, die sich noch nie gewünscht hatte, jemand anderes zu sein. Wenn ich also mit ihm hatte zusammen sein wollen, war das der Grund dafür.

Und Watson? Wenn August mein Gegenpol war, mein Spiegel, war Jamie die einzige Flucht vor mir selbst, die ich je gefunden hatte. An seiner Seite verstand ich, wer ich war. Ich redete mit ihm und ich mochte die Worte, die ich sagte. Ich redete mit ihm und die Worte, die er erwiderte, überraschten mich. Schärften meinen Verstand. Wo August mich spiegelte, zeigte Jamie mir mein besseres Selbst. Er war loyal und großherzig, unerschütterlich wie die Ritter aus den alten Sagen, und ja, er sah gut aus, sogar mit einem übel zugerichteten Gesicht und gerunzelter Stirn, kilometerweit entfernt von dem Ort, an dem wir uns kennenlernten, oder von den Orten, die wir Zuhause nannten.

»Was ist?«, fragte er schlaftrunken.

»Willst du es?«, fragte ich. Ich hatte die Frage schon mal gestellt, als ich abschätzen wollte, wie viel Abstand ich zwischen uns bringen musste, falls er Ja sagen würde.

»Ich glaube schon«, sagte er. »Aber – willst du es?«

Ich zog mich aus. Ich trug einen Pyjama, es ging also schnell und war nicht sonderlich verführerisch. Er sah mir mit einem unergründlichen Ausdruck in den Augen dabei zu. Als ich nach dem Saum seines Shirts griff, hielt er meine Hand fest. *Ich mache das,* sagte sein Gesicht und mit einer Grimasse zog er es sich über den Kopf. Sein Oberkörper war ebenfalls mit Hämatomen übersät und an der Art, wie er seine Schulter bewegte, wie ein müder, alter Boxer, war abzulesen, dass die Wirkung der Schmerzmittel über Nacht nachgelassen hatte.

»Willst du es?«, fragte er.

»Ja«, sagte ich und hasste das Zittern in meiner Stimme. »Können wir ... können wir unter die Decke?«

Ich legte mich zuerst hin und dann legte er sich vorsichtig neben mich und zog die Decke über unsere Köpfe, als wären wir Kinder. Ich hatte das kranke Bedürfnis zu lachen, nicht weil er Schmerzen hatte, sondern weil ich auch welche hatte. Bis zu diesem Moment war ich mir über meine eigenen Motive nicht im Klaren gewesen. Logik und Kausalität waren schon immer meine Stärke. *Wenn ... dann. Wenn ... dann.*

Wenn wir beide innerlich gebrochen wären ... dann.

Nach dem, was in den nächsten paar Tagen passieren würde, nach der Entscheidung, die ich würde treffen müssen, um Leander zurückzubekommen, um meine Familie vor sich selbst zu retten – könnte es sein, dass er nie wieder etwas mit mir zu tun haben wollte. Sonst hätte ich vielleicht noch damit gewartet. Ein paar Monate. Ein Jahr. Um herauszufinden, ob ich es schaffte, noch ein bisschen mehr zu heilen. Aber ich konnte nicht warten.

Und die Wahrheit war, dass ich ihn wollte.

Sanft zog er mit dem Handrücken die Kontur meines Gesichts nach, glitt dann meinen Hals hinunter und ich versteifte mich, als seine Finger mein Schlüsselbein berührten. Seine Haut war warm. Sein Atem war heiß. Er hatte sehr viel mehr Erfahrung als ich und wieder dachte ich, wie ich es immer tat, an das letzte Mal, als mich jemand auf diese Weise berührte, daran, wie Dobsons wulstige Finger die Bluse meiner Schuluniform aufknöpften, und ich hatte etwas sagen wollen, irgendetwas, aber ich hatte so viele Beruhigungsmittel genommen, dass meine Synapsen nicht reagierten und meine Hände zu schwer waren und ...

Watson hielt inne. Er sah mich an, und als ich nickte, zog er mich in seine Arme und küsste mich langsam und wir hörten nicht auf zu reden, bis es vorbei war.

Ich könnte nun den nüchternen Tathergang wiedergeben, verfüge aber immer noch über genügend Anstand, es nicht zu tun. Wir hatten nichts zum Verhüten; wir hatten keinen Sex. Wir taten andere Dinge – *dicere quae puduit, scribere jussit amor* –, um es mit Ovid zu sagen. Vielleicht denke ich noch lange an seine wunderschönen Arme. Sie sind wie die einer Statue, die ich einmal als kleines Mädchen irgendwo in einem Museum gesehen habe, damals, als ich noch nicht im Morgengrauen in einem Prager Hotel im Bett meines besten Freundes lag und weinte.

***

Als wir aufwachten, zogen wir uns hastig an, als hätten wir etwas Dringendes zu erledigen.

Wir blieben den ganzen Tag auf unserem Zimmer und feilten an meinem Plan. Das heißt, ich erklärte Watson die Details und ging seinen Text mit ihm durch, bis er irgendwann gereizt war und alles wieder umschrieb. Wir hatten noch nie so eng zusammengearbeitet, jedenfalls nicht vorsätzlich, und es zeigte sich, dass wir ziemlich gut darin waren.

Wir waren bis zum Mittagessen damit beschäftigt. Ich bat Peterson, uns das USB-Laufwerk und unsere Verkleidung und Requisiten zu bringen. Dazwischen verlangte Watson nach einem Sandwich. Ich hatte vergessen, wie oft er aß. Ich sagte ihm, er solle den Zimmerservice anrufen, und bestand darauf, dass er mit seiner Maske an die Tür ging. Es lief genauso ab, wie wir es geplant hatten: Der Page rannte schreiend den Flur hinunter.

Wir verloren kein Wort übers Küssen oder darüber, wieder ins Bett zu gehen. Wir spielten Poker. Er verlor. Wir spielten Euchre, und er verlor, beim Gin Rommé ebenfalls, dann schlug er mich beim Schwarzer Peter und dann war es Zeit, aufzubrechen.

»Hast du das USB-Laufwerk?« Er klopfte seine Taschen ab.
»Natürlich«, sagte ich. »Weißt du noch, wie wir vorgehen?«
»Wie Michel Foucault in *Überwachen und Strafen* sagt ...«
»Ausgezeichnet.« Ich hielt inne. »Versuch es zu genießen. Ich glaube, es wird dir Spaß machen.«

So lange, bis es keinen Spaß mehr machte. So lange, bis er mich nie wiedersehen wollte.

»Weißt du«, sagte er und rieb sich durch die Löcher in seiner Maske die Augen. »Wir könnten das wirklich schaffen.«

Ich weiß nicht, warum er so überrascht klang. Es konnte zwar chaotisch, schrecklich und zerstörerisch werden, vielleicht würde diese Aktion sogar ein Todesopfer fordern und mich meinen besten Freund kosten, aber es bestanden wohl kaum Zweifel, dass ich es am Ende schaffte.

12.

»Natürlich stehen wir auf der Liste!«

Der Einlasser schaute stirnrunzelnd auf sein Klemmbrett.

»Es tut mir wirklich außerordentlich leid, Miss ...«

Charlotte Holmes fuhr sich mit der Hand durch die kurzen schwarzen Haare. Die Brille mit den flaschenbodendicken Gläsern, die auf ihrer Nase saß, verwandelte ihre Augen in riesige lächerliche Untertassen. »Jetzt erzählen Sie mir bloß nicht, Sie könnten auf Ihrer erbärmlichen kleinen Liste Elmira Davenport nicht finden. Schauen Sie noch mal nach.« Sie stand mit angewinkelten Armen und nach oben gedrehten Handflächen da und drehte mir wie eine Gliederpuppe aus den Hüften den Oberkörper zu. »Ich fasse es nicht, dass man uns dem Diktat einer Liste aussetzt! Einer Liste! Ich bin *Künstlerin*. Man zwingt mich dazu, als ich selbst aufzutreten! Das ist inakzeptabel!«

»Inakzeptabel«, wiederholte ich.

»Ich kann Sie immer noch nicht finden«, sagte der Mann entschuldigend.

»Dann holen Sie Phillipa. Hier muss ein Missverständnis vorliegen.« Hinter uns hatte sich eine lange Schlange gebildet – Frauen in Abendroben, Männer in Anzügen und langen Mänteln, die fröstelnd in der Kälte standen. Es war offensichtlich, dass Holmes sich nicht von der Stelle rühren würde. Hinter uns wurde ungehaltenes Gemurmel laut. »Nun machen Sie schon! Gehen Sie sie holen!«

Er verschwand im Inneren des Gebäudes und kehrte mit der schweinchenblonden Moriarty im Schlepptau zurück. Wenn ich leicht die Augen zusammenkniff, sah ich sie wieder in diesem Lagerhaus in Berlin vor mir. Um ehrlich zu sein, konnte ich mich kaum noch an etwas von diesem Abend erinnern. Der Teppich. Holmes, die meine Wange tätschelt. Das heftige Kreisen der Rotorblätter des Hubschraubers. Der Rest war weg. Für jemanden, der einen so rauen Sport wie Rugby spielte, hatte ich keine besonders robuste Konstitution.

Phillipa blieb abrupt stehen, als sie sah, dass wir es waren. »*Phillipa*«, sagte Holmes. »Sie geben eine Party! Und was für eine Party! Wir sind so aufgeregt, Kincaid und ich. Sie rufen und wir kommen. Wie Sie das so kurzfristig auf die Beine gestellt haben! Absolut fabelhaft.«

»Fabelhaft«, wiederholte ich.

»Lassen Sie sie rein«, befahl Phillipa endlich.

»Aber, Madame«, flüsterte der Einlasser. »Sie haben sich nicht an die Kleiderordnung gehalten. Ganz zu schweigen von dieser Maske ...«

Achselzuckend kehrte Phillipa nach drinnen zurück. Der Einlasser sah uns skeptisch an.

»Kincaid!« Holmes sah mich strahlend an. »Kincaid möchte nicht vom *Panoptikum* gesehen werden.« Sie zeichnete mit den Armen einen Kreis in die Luft. »Seine Maske verpixelt sein Gesicht, verstehen Sie? Die Überwachungskameras in der Straße, die Überwachungskameras dort drin können ihn nicht sehen! Niemand kann ihn überwachen! Das ist seine Kunst – zu verschwinden!«

»Ich bin ein Künstler«, sagte ich weihevoll. »Ich bin mein eigenes Kunstwerk.«

Sie senkte ihre Stimme zu einem Flüstern. »Und ich trage diese Skinny-Jeans, weil ich mich weigere, so zu tun, als gehörte ich einer bestimmten Gesellschaftsschicht an.«

»Sie gehört nicht dieser Gesellschaftsschicht an.«

»Ich gehöre gar keiner Gesellschaftsschicht an! Ich bin Elmira Davenport!«

»Ist das etwa ... *die* Elmira Davenport? Jetzt lassen Sie sie schon endlich rein!« Es war der Mann hinter uns. »Sie macht Videoinstallationen. Sehr ungewöhnlich. Sehr fesselnd.«

Es kam Bewegung in die Warteschlange. »Ach ja, ich glaube, ich habe schon mal von ihr gehört«, rief jemand. »Hat sie sich nicht auf dem Eiffelturm violett angemalt?«

»Ja!« Holmes zauberte eine Handvoll Visitenkarten aus ihrer Tasche und verteilte sie in der Menge.

»Steht Ihre Arbeit zur Versteigerung, mein Lieber?«, fragte mich die Frau des Mannes und legte mir kurz eine Hand auf die Schulter.

»Sie steht zur Versteigerung«, antwortete ich.

»Warten Sie bis zum Ende«, sagte Holmes mit einem verschwörerischen Zwinkern, »das Beste kommt immer zum Schluss.« Dann zog sie mich am Handgelenk an dem protestierenden Einlasser und einer kleinen Gruppe sakkotragender Männer vorbei in den loftartigen Hauptsaal des Museums.

Vor den in zwei Flügeln stufenförmig aufgereihten Stühlen war eine Bühne mit einem Podium aufgebaut. Der Anzahl der Plätze nach zu urteilen wurden gut hundert Gäste erwartet, die es sich trotz der kurzfristigen Einladung offenbar nicht hatten nehmen lassen wollen, Hadrians und Phillipas Kunstauktion zu besuchen.

»Wie ich gehört habe, soll heute Abend ein unglaublicher Fund versteigert werden«, sagte der Mann neben uns. »Er ist noch nicht einmal im Auktionskatalog aufgeführt.«
Seine Begleitung antwortete zu leise, um es zu verstehen.
»Nein«, entgegnete der Mann daraufhin bestimmt. »Die beiden arbeiten durch und durch seriös. Sie verdienen ihr Geld damit, den Globus nach Kunstschätzen abzusuchen, und bringen von ihren Reisen immer wieder großartige, verloren geglaubte Werke mit nach Hause. Alles ganz legal natürlich. Hast du Hadrian neulich nicht in *Art World Today* gesehen? Darin hat er sich auf genau dieses Thema bezogen!«

Holmes und ich drehten eine Runde durch den Saal. Sie schüttelte Hände, während ich in die Ferne starrte. Wie es schien, hatte jeder schon einmal von uns gehört, aber niemand konnte sich erinnern, wo und in welchem Zusammenhang. Sie waren alle Lügner. Es war unglaublich, wie weit die Leute gingen, nur um nicht preiszugeben, dass sie von etwas keine Ahnung hatten.

Auf unserer Runde hörten wir immer wieder dieselben leisen Zweifel an der Rechtmäßigkeit der Werke in Hadrians und Phillipas Auktionskatalog. Jemand sagte zum Beispiel *Aber alle diese Bilder galten als verschollen,* und jemand anderes beschwichtigte ihn eine Spur zu laut *Dann scheinen sie wirklich meisterhaft im Auffinden zu sein.* Der ganze Raum stank nach Verzweiflung und Holmes streifte umher, warf die kurzen Haare ihrer Perücke hin und her und schimpfte über *Kunst* und *den Intellekt* und *die Seele.* Sie klang wie Nathanael Ziegler auf Stereoiden und ich glaube, genau darum ging es.

Meine Kehle wurde trocken. Ich fühlte mich immer noch nicht ganz hergestellt – um ehrlich zu sein entdeckte ich mit jeder Stunde neue Körperstellen an mir, die schmerzten. Ich zog Holmes kurz beiseite. »Amüsierst du dich?«, fragte ich.

»Und wie.«

»Siehst du Peterson und seine Männer irgendwo?«

»Er stand draußen hinter uns in der Schlange. Hast du den alten Mann nicht erkannt? Der, der von Elmira gehört hat? Oder dachtest du, ich hätte mir in den letzten neunzig Minuten noch schnell einen sagenhaften Ruf in der Kunstwelt aufgebaut?«

Ich schnaubte. »Das war Peterson?«

»Der Rest seiner Einsatztruppe kommt nach. Und Tom und Lena haben Plätze in der ersten Reihe. Halte nach dem Mädchen im Pelz Ausschau.«

»Das ist hoffentlich kein echter Pelz.«

Holmes rückte ihren Poncho zurecht. »Lena hat keine Skrupel für das, was sie will, zu töten.«

Schulter an Schulter schauten wir uns im Saal um. Ich entdeckte August auf der anderen Seite des Raums, wo er träge an der Bühne lehnte, und riss den Blick von ihm los, um keine Aufmerksamkeit auf ihn zu lenken. »Im Ernst, ich habe ein ziemlich gutes Gefühl bei der ganzen Sache. Ich würde mich sogar noch besser fühlen, wenn ich nicht wie der Elefantenmensch aussehen würde.«

»Entweder das oder wir hätten deine blauen Flecken mit Theaterschminke überdecken und dich als meinen Pantomime mitbringen müssen.«

Ich fasste mir unter meiner Gummimaske an den Nacken. Eine meiner »Schürfwunden«, wie die Krankenschwester es genannt hatte, hatte wieder zu bluten begonnen. Nicht dass es jemand hätte bemerken können. Nur meine Augen und mein Mund waren zu sehen. Der Rest meines Gesichts, und der Hals bis zu meinem Schlüsselbein hinunter, war hinter der Maske verborgen, die mit Riesenpixeln bedruckt war, wie man es von der Verschlüsselung von Nacktfotos im Fernsehen kannte. Ich war ein wandelnder Zensurbalken. Die Überwachungskameras würden an mir scheitern – das war zumindest das, was ich jedem, der fragte, erzählen würde.

»Als dein Pantomime?«

»Das nennt sich High Concept«, sagte Holmes und ahmte nach, wie Kincaid das Frankensteinmonster gab. »Sehr innovativ.«

Eine Gruppe älterer Damen stöckelte vorbei, um sich beim Auktionator ihre Gebotstafeln abzuholen. Sie waren alle aufgetakelt wie Fregatten und eine von ihnen fummelte an der juwelenbesetzten Rentierbrosche an ihrem Hut herum. Hadrian hatte ich bis jetzt noch nicht gesehen – mir graute davor –, aber Phillipa stand neben dem Auktionator und lächelte wie eine Aufziehpuppe.

»Wer *sind* diese ganzen Leute? Es ist Heiligabend, sollten sie da nicht zu Hause bei ihren Familien sein, statt auf dieser Last-Minute-Veranstaltung?«

Holmes warf mir einen scharfen Blick zu. »Marketing, Watson. Eine kleine Auktion mit ausgewählten raren Werken aus ihrer Sammlung? Ein Streicherquartett, das Händel spielt? Snacks? Das für seine Architektur gepriesene Museum für moderne Kunst als Location? Natürlich sind sie alle gekommen. Das schmeckt nach Exklusivität. Nach Privileg.«

»Ich hänge immer noch an dem Wort ›Snacks‹ fest, das du in deiner Begründung aufgeführt hast.«

»Richtig«, sagte sie, »es gibt Hors d'œuvres. Ich war mir nicht sicher, ob du mit dem Begriff vertraut bist. Du sprichst kein Französisch, oder?«

Seit gestern Abend hatte sich etwas zwischen uns entspannt. Es war, als hätten wir beide verzweifelt an verschiedenen Enden desselben Seils gezogen und uns jetzt in der Mitte getroffen, um es zusammenzurollen. Letzte Nacht war ... Ich war mir ehrlich gesagt noch nicht einmal sicher, ob es wirklich passiert war. Mitten in der Nacht, in einer Stadt wie Prag, schlüpfte das Mädchen, das ich liebte, zu mir ins Bett. Mir fiel nichts ein, wie ich es hätte beschreiben können, ohne dass es banal und dumm geklungen hätte. Es war schwierig gewesen. Sie war wunderschön. Wir waren beide frustriert gewesen. Sie hatte meinen Namen gesagt. Ich wollte sie nie wieder zum Weinen bringen. Ich wollte, dass wir uns nicht mehr stritten. Ich wollte nicht noch einmal versuchen, sie zu küssen. Nicht bis ich es – uns – besser verstand. Ich wollte, dass wir so lange wir konnten in diesem Stillstand existieren, diesem Ort, an dem es gut mit uns lief.

Was in unserem Fall trotzdem starke Ähnlichkeit mit Streiten hatte.

»Natürlich spreche ich Französisch«, entgegnete ich. »Ich lerne schon seit Jahren Französisch. Du hast mich letzten Herbst fast jeden Tag von meinem Französischkurs abgeholt.«

»Habe ich nicht. Daran würde ich mich erinnern.«

»Und ob du das hast. Und das weißt du auch. Du willst nur schwierig sein.«

»Ich habe ein unfehlbares Erinnerungsvermögen, Watson. Sag etwas auf Französisch zu mir.«

»Nein.«

»Du kannst nichts auf Französisch zu mir sagen. Ein Satz? Ein Wort?«

»Ich kann, aber ich will nicht.«

»Siehst du? Du kannst kein einziges Wort ...«

»Horsd'œuvres«, sagte ich und nahm ein paar Plinsen vom Tablett eines vorbeigehenden Kellners. »Willst du auch eins?«

Trotz der ganzen Auseinandersetzungen, die wir in den letzten Wochen gehabt hatten, und der lächerlichen Plastikmaske, die ich trug, sah Charlotte Holmes mich mit ihrer Perücke und ihren dicken Brillengläsern an, als wäre ich ihre Geige.

Es war ein Blick, mit dem sie mich letzte Nacht kein einziges Mal angeschaut hatte, und ich wusste nicht, was das bedeutete.

»›Bestell Watson liebe Grüße von mir‹«, sagte ich leise.

Der Ausdruck in ihren Augen veränderte sich nicht. »Hat August dir das gesagt?«

Hatte er, als er mich vom Dach zu Milos privater Krankenstation gebracht hatte. Ich war auf ein unbequemes Krankenbett – warum endete ich immer in einem Krankenhausbett? – gelegt und gefragt worden, ob ich mich an die letzten Stunden erinnern konnte und wo ich gewesen war. Konnte ich. Ich erzählte August, ich hätte ihr gesagt, sie solle weglaufen, und er legte mir eine Hand auf die Schulter.

Sie ist auf dem Dach. Ich soll dir liebe Grüße von ihr bestellen. Er hatte traurig ausgesehen, als er das sagte, aber nicht wegen sich selbst.

Ich brauchte einen Moment, um es zu verarbeiten. *Der erste Teil ergibt keinen Sinn,* sagte ich, *aber der zweite ist einfach nur verrückt.*

Es geht ihm gut, sagte August zu den Krankenschwestern. *Geben Sie ihm ein paar Paracetamol und ein Eis-Pad.*

»Er hat es mir ausgerichtet«, sagte ich.

Sie strich mit ihrer Hand über meine. »Es ist okay«, sagte sie, während das Stimmengewirr um uns herum allmählich leiser wurde. »Die Plätze werden eingenommen. Ich muss mit dem Auktionator sprechen. Geh und such August, ja? Und Tom und – oh.«

Wenn es etwas gab, das man Lena nicht absprechen konnte, dann ihr Talent dafür, einen großen Auftritt hinzulegen.

Sie kam hereinspaziert, ohne auch nur einmal von ihrem kristallbesetzten iPhone aufzuschauen. Der Einlasser beeilte sich, ihr die Tür aufzuhalten, als wäre sie eine Königin. Sie trug einen Pelzmantel, den sie sich wie ein Cape um die Schultern gelegt hatte, darunter ein Top, das kaum ihre Brüste bedeckte und gut fünf Zentimeter nackte Haut über ihrer knallengen Lederhose frei ließ. Ihre schwarzen Haare waren an den Spitzen blau und golden gefärbt, und als sie schließlich aufschaute, verdrehte sie die Augen und streckte eine Hand nach ihrer Tasche aus.

Erst da bemerkte ich die drei Bodyguards hinter ihr. Getarnte Greystone-Männer. Sie führten sie eilig zu ihrem Platz in der ersten Reihe und hielten neben ihr einen Stuhl für Tom frei, der mit seinem Anzug, dem verschwitzten Gesicht und einer Handvoll Gebotstafeln wie der ausgebeutete Assistent eines Popstars aussah.

An diesem Nachmittag hatten Milos Techniker Webseiten und Snapchats, falsche Zeitungsartikel und Lyric-Videos bei YouTube für Serena kreiert, den aufsteigenden Star der elektronischen Dancefloor Music. Und hier war sie, höchstpersönlich, auf der Suche nach ausgesuchten Werken, um in ihrem Laurel-Canyon-Anwesen eine Kunstsammlung aufzubauen. Sie hatte vor dem Abendessen um eine Einladung gebeten, die ihr die Moriartys sofort zukommen ließen. Phillipa hatte vielleicht gewusst, dass wir getarnt hierherkommen würden, aber sie sollte glauben, dass Serena echt war.

Phillipa lief eilig nach vorn, um den Popstar zu begrüßen. An ihrer Seite war Hadrian. Es musste Hadrian sein; er war blond und groß, bewegte sich aber so geduckt und staksend wie ein Krebs. Ich beobachtete ihn einen Moment lang – Hadrian in seiner natürlichen Erscheinung. Ich hielt Ausschau nach Anzeichen von Nathanael. Hadrians Nase war länger.

Seine Augenbrauen schmaler und höher. Von Nathanaels Wärme und Offenheit fehlte jede Spur.

Da die Moriartys abgelenkt waren, nutzte Holmes die Gelegenheit, um mit dem Auktionator zu sprechen, etwas in seine Tasche gleiten zu lassen und unbemerkt an ihren Platz zurückzuschlüpfen.

Es wurde still im Saal. Zwei bewaffnete Security-Leute nahmen ihre Position auf beiden Seiten der Bühne ein – Moriarty-Männer, die jedes Problem im Keim ersticken würden.

»Meine Damen und Herren«, rief Hadrian und lief die Stufen zur Bühne hinauf. Seine Stimme hatte dasselbe Timbre wie die von Nathanael, obwohl sie irgendwie weniger … gebildet klang. Rauer. »Wir möchten Ihnen ganz herzlich danken, dass Sie Ihren Heiligabend mit uns verbringen. Wir freuen uns, Sie alle hier bei unserer kleinen Privatauktion begrüßen zu dürfen – Ihre Loyalität bedeutet uns sehr viel. Wir sind ausgesprochen wählerisch, was die Vergabe dieser Einladungen betrifft, und wir schätzen Ihre Diskretion. Abgesehen davon, für uns ist dies eine Familienangelegenheit und wir möchten auch Ihren Familien nicht zu viel zumuten. Deswegen wird dies eine sehr viel kürzere Präsentation als gewöhnlich sein, damit Sie alle bis zum Gänsebraten und dem Früchtebrot wieder zu Hause sind.«

Früchtebrot? Kein Wunder, dass die Moriartys alle so unglücklich waren, wenn das ihrer Vorstellung von Weihnachten entsprach.

»Lassen Sie uns anfangen«, sagte er, und als er von der Bühne ging, wurde er sofort von August Moriarty zur Seite gezogen.

Die Dinge waren in Bewegung.

Der Auktionator begann mit einem Bild von Hans Langenberg. Es war eine eindeutige Provokation. Ein Versuch, unsere

Absichten zu ergründen. Als es angekündigt wurde, verrenkte Phillipa sich den Kopf, um Holmes' Reaktion zu beobachten, die sie achselzuckend anlächelte.

»Eine Arbeit aus derselben Schaffensperiode wie *Die letzten Tage des August*«, erklärte der Auktionator. Eine kleine Videoleinwand hinter dem Bild listete »Fakten« über das Werk auf. »Beachten Sie den Pinselstrich. Den Gebrauch des Ecru, hier in den Ecken. Die Gesichter der beiden Jungen sind vom Blick des Betrachters abgewandt, aber wir wissen, selbst aus dieser Perspektive, dass der Künstler ihre Züge absichtlich nicht detailliert dargestellt hat. Doch das Mädchen zwischen ihnen hat diese auffallenden Brauen und den roten Mund. Sehen Sie den aufgewühlten Ausdruck auf ihrem Gesicht, den der Maler mit nur wenigen Strichen angedeutet hat? Die Karte in ihrer Hand? Eine äußerst exquisite Arbeit. Wir eröffnen mit einhunderttausend.«

Ein aufgeregtes Raunen und Flüstern ging durch den Saal, dann wurden die ersten Schilder in die Höhe gestreckt: die Nummern 103, 282, 78. In der vordersten Reihe beugte Tom sich zu Lena und flüsterte ihr etwas ins Ohr. Sie nickte, ohne von ihrem Handy aufzuschauen, woraufhin er eifrig ihre Tafel mit der Nummer 505 hochhielt. Der Preis kletterte weiter nach oben. Die 505 ging jedes Mal mit und schon bald stiegen die anderen Bieter aus dem Rennen aus.

Ich hätte auf die Auktion achten sollen, statt auf August und Hadrian, die seitlich der Bühne die Köpfe zusammensteckten und aufgebracht flüsterten. Zweimal schaute Hadrian über die Schulter zu mir, beide Male zwang sein Bruder ihn, den Blick ihm wieder zuzuwenden. Wir hatten noch nie miteinander gesprochen, zumindest nicht, wenn er nicht getarnt war, weshalb mich der lodernde Hass in seinen Augen erschreckte. Als wäre es etwas Persönliches.

Bis zu diesem Moment hatte mir die ganze Sache Spaß gemacht – keinen fröhlichen, unbeschwerten Spaß, aber trotzdem Spaß. Es erschütterte mich, dass es überhaupt Spaß machte, dass mir das passierte – dass ich kurz davor war, an Heiligabend eine elitäre Auktionsveranstaltung in Prag hochgehen zu lassen. Die Erkenntnis, dass Hadrian mich eindeutig in Stücke zerteilen wollte, riss mich unsanft auf den Boden der Tatsachen zurück. Ich wollte mir gar nicht erst vorstellen, welche Gefühle er Charlotte Holmes gegenüber empfand.

Er hatte nicht die geringste Ähnlichkeit mit Nathanael und ich fragte mich zum millionsten Mal, ob Leander sich geirrt hatte.

Ich fragte mich, ob Leander noch lebte.

Langsam näherte ich mich den beiden, bis ich Bruchstücke ihrer Unterhaltung hören konnte.

August versuchte, die Aufmerksamkeit seines Bruders wieder auf sich zu lenken. »Schau mich an«, zischte er. »Wenn du schon behauptest, dass es bei diesem ganzen Irrsinn nur um mich gehen würde, um meinen ›Tod‹, dann schau mich gefälligst an, wenn ich mit dir rede.«

»Neunhunderttausend«, rief der Auktionator. Lena tippte Tom auf die Schulter und er streckte die Tafel 505 erneut nach oben. Phillipas habgieriges Lächeln auf der Bühne wurde noch breiter. »Verkauft an die 505, zum Ersten, zum Zweiten und zum Dritten!« Der Auktionator schlug den Hammer auf das Podium. »Unser nächstes Objekt ist ebenfalls ein Werk von Hans Langenberg ...«

Die Moriartys machten sich über uns lustig. Sie zauberten einen gefälschten Langenberg nach dem anderen hervor und versteigerten die Bilder für Hunderttausende von Dollar. Selbst Hadrian, der immer noch mitten in seiner hitzigen

Unterhaltung mit August steckte, drehte sich immer wieder mit einem zufriedenen Grinsen zu seiner Schwester um. Ihre zu beiden Seiten der Bühne postierten Aufpasser würden dafür sorgen, dass Holmes und ich ihnen nicht zu nahe kamen. Versuchten wir es dennoch, würden wir es mit unserem Leben bezahlen.

Drei Bilder. Fünf Bilder. Sechs. Jedes Einzelne davon ging an Lena alias Serena. Es war davon auszugehen, dass die Moriartys ihre Bankdaten überprüft hatten, bevor sie ihrer Bitte, an der Versteigerung teilzunehmen, nachgekommen waren. Sie wiegten sich in Sicherheit, was diese Transaktion anging. Was das Geld anging.

Ich begann unter meiner Maske zu schwitzen. Ich wusste, dass wir uns allmählich dem Ende näherten.

»Und das Werk mit dem Titel *Gedanken einer Taschenuhr* geht an die Nummer 505«, verkündete der Auktionator, während das Bild von der Bühne getragen wurde. Im Saal wurde Unmut laut. Ich konnte es niemandem verübeln. Die geladenen Gäste waren größtenteils ältere, konservative Kunstliebhaber, die an Heiligabend hierhergekommen waren, um das eine oder andere neue Kunstwerk zu ergattern, stattdessen wurden sie von einem jungen Popstar ausgebootet, der nicht aufhörte, mit seinem Kaugummi zu schnalzen.

»Das war das letzte Bild«, hörte ich Hadrian zu August sagen. Er legte seinem Bruder eine Hand auf die Schulter. »Ich werde kurz allen eine Gute Nacht wünschen und dann können wir unsere Unterhaltung beenden.«

August lächelte schmallippig. »Klar«, sagte er. »Geh nur.«

Hadrian machte sich auf den Weg zur Bühne, als der Auktionator sich plötzlich räusperte und sagte: »Wir werden Ihnen jetzt noch ein letztes Objekt präsentieren, das nicht in unserem Katalog verzeichnet ist.«

Es wurde mucksmäuschenstill im Saal. Phillipa steuerte mit einem eingefrorenen Lächeln auf das Podium zu.

Holmes kam ihnen beiden zuvor. »Oh endlich!«, rief sie, stand von ihrem Platz im hinteren Teil des Raums auf und breitete die Arme aus. »Ich habe diesem Moment entgegengefiebert!«

»Das ist Elmira Davenport«, flüsterte Peterson laut. »Ich frage mich, ob es um eines ihrer frühen Werke geht!«

Der Mann neben ihm nickte wissend. »Davenport ist die Zukunft der Videokunst.«

»Das habe ich immer gesagt«, fügte seine Frau hinzu.

Phillipa, die offenbar spürte, dass sie im Begriff war, die Kontrolle über die Situation zu verlieren, packte den Auktionator unsanft am Arm. »Miss Davenport wird bestimmt Verständnis dafür haben«, verkündete sie laut, »wenn wir ihre Arbeit in unsere nächste Auktion mit aufnehmen ...«

»Wir würden sie aber gern jetzt sehen!«, rief Peterson.

»Ja!«, rief eine andere Stimme. »Geben Sie uns eine Chance, nicht mit leeren Händen nach Hause zu gehen!«

Tom wandte sich zu Lena um und sagte laut: »Videokunst interessiert dich nicht, oder?«

»Ich hasse Videokunst«, antwortete sie gelangweilt.

»Sie hasst sie!«, wiederholte jemand und das Stimmengewirr im Saal schwoll an und hallte von seinen hohen Wänden. Es klang beinahe so, als würde ein Bienenschwarm von der Decke herabschweben. Phillipa auf der Bühne biss sich so fest auf die Unterlippe, dass sie weiß wurde. August hielt mit eisernem Griff Hadrian an Ort und Stelle, während die beiden Bodyguards sich zwar ansahen, jedoch keine Anstalten machten, ihre Waffen zu ziehen.

In diesen angespannten Moment der Erwartung hinein stiegen Holmes und ich auf die Bühne.

Der Auktionator trat vom Podium herunter und ließ Holmes seinen Platz einnehmen. »Hallo zusammen! Ja, Elmira Davenport, das ist mein Name. Aber nennen Sie mich bitte, wie Sie wollen. Identität hat so etwas Erdrückendes! Sie ist nichts weiter als ein Konstrukt!«

»Ein schädliches Konstrukt«, wiederholte ich.

»Identität ist irreführend. Wir hören auf viele Namen! Unsere vielen Ichs haben unterschiedliche Bedürfnisse! Heute bin ich in Prag, weit weg von meiner Familie, an einem Tag, den man mit seiner Familie verbringen sollte – und bin ich ohne sie eine Familie?«

»Ist sie nicht!«

»Bin ich nicht!«

»Sie ist keine Familie ohne Familie«, sagte ich.

»Es ist Zufall, dass ich heute hier bin. Ich habe von dieser Auktion gehört und beschlossen, Ihnen eine meiner Arbeiten zu präsentieren, um Ihnen zu veranschaulichen, wer ich bin. Wer Sie sind. Wer *wir alle* unter unserer Verpackung sind. Kincaid, der hier neben mir steht, verbirgt sich vor den Kameras! Er verbirgt sein Gesicht vor Ihren Gesichtern! Was ist ein Gesicht?«

Sie hielt inne und blickte entrückt über die Köpfe der Anwesenden hinweg, die gebannt zu ihr hochstarrten, oder zumindest so taten.

»Ich werde es Ihnen sagen«, fuhr sie mit feierlichem Ernst fort. »Niemand weiß, was ein Gesicht ist. Ich habe dazu meine eigene Theorie. Ein Gesicht bringt eine Stimme hervor. Eine Stimme trägt Klang. In diesem Klang finden wir uns selbst als *Gefangene* wieder. Ich werde Ihnen nun ein Werk zeigen, das *Gesichter. Familie. Identität. Gefangene!* lautet. Um all diese Dinge geht es.«

Ich nickte. »Um all diese Dinge geht es in diesem Werk.«

Die Leinwand hinter der Staffelei wurde dunkel. Einen Moment später gingen die Lichter im Saal aus. Stühle scharrten, hier und da wurde erwartungsvoll eingeatmet. Auf der Bühne kam es zu einem kurzen Handgemenge, dann erwachte die Leinwand wieder zum Leben und zeigte ein Schwarz-Weiß-Video.

Es waren Überwachungsaufnahmen. Ein Lagergebäude von oben. Ein großer, kräftiger Mann, der sich die Hände an seiner Hose abwischte. Er richtete sich auf und blickte einen Moment in die Ferne, bevor er sich wieder hinunterbeugte und mit vor Anstrengung verzerrtem Gesicht den schlaffen Körper, der zu seinen Füßen lag, über seine Schulter hievte.

Es war mein Körper, aber das mussten die Zuschauer nicht wissen. Meine Identität war für diese Geschichte nicht von Bedeutung.

Statisches Knistern drang aus unsichtbaren Lautsprechern. Dann begann eine erstickte und verzweifelte Mädchenstimme zu sprechen. »Was genau hoffen Sie, damit zu erreichen?«, fragte sie. »Es wird Ihnen nichts bringen, uns hier festzuhalten.«

Der Mann neigte kurz den Kopf. »Verzeihung«, sagte er. »Wohin mit dem Jungen?«

»Seien Sie vorsichtig mit ihm«, sagte das Mädchen und trat ins Bild. Ich fragte mich, was die Zuschauer von ihr hielten – sie war zierlich, trug Stiefel, Perücke und ein knappes Kleid. »Bitte. Er ist mein ... seien Sie vorsichtig.«

Der bullige Mann erwiderte etwas, das nicht zu verstehen war, und verschwand mit dem immer noch reglosen Jungen.

Jetzt war nur noch das Mädchen im Bild. Sie schlang die Arme um ihren Oberkörper. »Ich vermute, Sie wollen unsere Handys haben«, sagte sie.

Eine Pause, wo eine Antwort hätte folgen sollen. Das Mädchen sprach mit jemandem, der nicht zu sehen war.

»Ich versuche nur, Ihnen zu helfen, Ihre Arbeit gründlich zu machen.« Sie zog ihres aus ihrem BH und ließ es zwischen zwei Fingern baumeln. »Hier, Sie können es haben.«

(Aus dem Saal ertönte die näselnde Stimme eines jungen Mannes: »Der filmische Aufbau ist einfach atemberaubend, finden Sie nicht auch?« Ich spürte, wie Holmes neben mir ihr Gewicht verlagerte.)

»Aber Sie müssen es schon selbst holen«, sagte das Mädchen. »Was bringt Sie auf die Idee, ich würde bei meiner eigenen Vernichtung mithelfen?«

»Nach den vergangenen Ereignissen lag der Schluss nahe«, antwortete nun eine kaum hörbare Stimme. Die Stimme einer Frau, die jedoch immer noch nicht im Bild war. »Ich bin Ihnen mit Freuden in jeder nur erdenklichen Art behilflich. Wenn Sie möchten, können Sie gern versuchen zu fliehen. Finden Sie heraus, wie weit Sie kommen. Nur zu, wir können Ihre Zeit stoppen.«

»Sie scheinen auf Verstärkung zu warten«, sagte das Mädchen. »Sie haben eine Waffe in Ihrer Tasche, sind aber zu feige, mich damit zu bedrohen, obwohl ich selbst unbewaffnet bin.«

Eine unverständliche Antwort.

Das Mädchen trat zwei Schritte vor. »Warum tun Sie das?«

»Bleiben Sie stehen«, sagte die Stimme.

»Nein!«, schrie das Mädchen. »Wo bringen Sie ihn hin?«

»Haben Sie keine Augen im Kopf? Er ist in der Lagerhalle. Wo Sie ebenfalls landen werden. Aber vorher müssen wir uns noch über ein paar Dinge unterhalten ...« Jetzt kam ihr gelockter blonder Hinterkopf ins schwarz-weiße Bild.

»Ist es das wert? Sie haben meinen Onkel entführt, ihn weiß

Gott wo eingesperrt, nur damit Sie Ihre gefälschten Bilder weiterverkaufen können?« (Die Anwesenden hielten kollektiv den Atem an, gefolgt von einer Reihe von Hustenanfällen.) »Wie viel verdienen Sie damit? Ist es genügend Blutgeld für Sie? Wo ist mein Onkel? Er wird Ihre verbrecherischen Machenschaften auffliegen lassen! Er ist Privatdetektiv! Wir werden damit an die Presse gehen! Das schwöre ich, so wahr ich hier stehe!«

Sie sprach klar und deutlich. Sie betonte die Konsonanten. Sie legte Fakten dar und jedes Wort, das sie sagte, war von einer emotionalen Klarheit, die einer Broadway-Produktion würdig gewesen wäre. Ich sah sie an – das Mädchen, das sie *jetzt* war und hier neben mir stand – und grinste. Charlotte Holmes, meine Schutzheilige der Falltüren und Sicherungssysteme, die nie vergaß, das Fundament so zu gießen, dass man später, wenn nötig, ein prächtiges Haus darauf errichten konnte.

Es war schließlich ihre Show.

Die Phillipa im Video trat wütend einen Schritt vor, und als sie den Kopf drehte, konnte man klar und deutlich ihr Gesicht erkennen. »Sie sollten *sich selbst* fragen, wo Ihr Onkel ist«, sagte sie mit einem boshaften Grinsen und im Saal wurde es unruhig. Jemand stand auf und rief: »Ist das echt oder eine Inszenierung?« Stühle würden zurückgeschoben, Gebotstafeln auf den Boden geworfen.

Das Video lief weiter. »Halten Sie sich wirklich für ein solches Genie?«, sagte Phillipa. »Was wenn ich Ihnen sagen würde, dass er sich die ganze Zeit vor Ihrer Nase befand?«

»Oh Gott«, sagte Holmes und keuchte so laut auf, dass es von der Wanze in ihrem Schuh aufgenommen wurde. So war es zu diesen Aufnahmen gekommen, wie sie mir später erzählt hatte. Die Moriartys hatten sich in die Wanze in ihrem Schuh gehackt, die Milo dort versteckt hatte, um ihre Bewegungen verfolgen zu können, und Holmes hatte einen der Greystone-Techniker gebeten, den Server der Moriartys zu knacken und dort nach Audioaufnahmen zu suchen, die sie für ihre »Installation« benutzen konnte. *Wir werden sie mit den Aufnahmen ihrer eigenen Security-Feeds zu Fall bringen,* hatte sie gesagt. »Wie konnten Sie nur? Wie ...«

»Endlich«, sagte Phillipa, als mehrere stiernackige Bodyguards hereinschwärmten, um das Mädchen zu packen und aus dem Bild zu schleppen. »Das wurde aber auch Zeit.«

Man hörte, wie irgendwo eine Tür zuschlug, dann brach das Video ab und es folgte tiefes statisches Rauschen.

Davon abgesehen herrschte einen Moment lang vollkommene Stille im Saal.

Als das Licht wieder anging, passierten rasch aufeinanderfolgend drei Dinge.

Erstens: Die distinguierte Gästeschar verwandelte sich in Amok laufende Randalierer. Ein Mann warf seinen Stuhl Richtung Bühne, die Frau neben ihm folgte seinem Beispiel, und dann noch eine und noch eine, wie Kinder, die Bauklötze gegen eine Fensterscheibe schleuderten, um zu sehen, wie sie zerbrach. Die kleine Gruppe herausgeputzter älterer Damen, die zu Beginn an mir vorbeigestöckelt war, drehte sich als geschlossene Formation um und steuerte auf den Ausgang zu. Der Einlasser hielt ihnen höflich die Tür auf. Man musste ihm zugutehalten, dass er dabei dieselbe unbewegte Miene zur Schau trug wie zu Anfang des Abends.

Zweitens: Der Greystone-Mann, der Phillipa Moriarty am Rand der Bühne festgehalten und eine Hand auf ihren Mund gepresst hatte, taumelte rückwärts, als sie ihm einen Ellbogen ins Gesicht rammte. Ich rannte los, um ihm zu helfen, aber er gab mir ein Zeichen, mich um Phillipa zu kümmern, die mit rudernden Armen die geschwungene Marmortreppe in einen der oberen Museumsbereiche hochlief, der als SKULPTUREN-FLÜGEL gekennzeichnet war. Ich riss meine Maske herunter und setzte ihr nach. Tom und Lena und der Rest des Greystone-Trupps folgten meinem Beispiel. Ich war gerade von der Bühne gesprungen und drei Schritte gelaufen, als ich schlitternd stehen blieb, aber sie setzten die Verfolgung fort.

Drittens: Hadrian Moriarty riss Charlotte Holmes die Perücke und die Brille herunter und hielt eine Waffe an ihren Kopf.

»Helft meiner Schwester«, sagte er zu seinen eigenen Männern, die daraufhin Richtung Treppe stürmten. »Und jetzt zu dir, meine Kleine«, sagte er. »Du willst deinen Onkel sehen? Dann werde ich dich zu ihm schicken.« Er stieß ihr grob den Lauf seiner Waffe an die Schläfe. Aus Holmes' Gesicht wich alle Farbe. Sie zuckte nicht zusammen, gab keinen Laut von sich. Nur ihre hellen Augen bewegten sich, huschten pfeilschnell hin und her, als würde sie Zeilen in einem Buch lesen, das ich nicht sehen konnte.

»Du weißt genauso gut wie ich, dass Leander lebt«, sagte August und trat aus einem Schatten hinter der Bühne hervor. In seiner Faust funkelte ein Messer. »Also hör bitte mit deinen abgedroschenen Drohungen auf und verhalte dich wie ein *Mensch*, Hadrian.«

»Leander lebt?«, fragte ich August, ohne den Blick von Hadrian abzuwenden. »Bist du sicher?«

»Ich weiß es.«

»Was bedeutet, dass du irgendwie deine Hände mit im Spiel gehabt haben musst«, sagte ich. Hadrians Waffe war noch nicht entsichert. Seine andere Hand lag um ihre Kehle. »Wie?«

»Ich bin tot, Jamie ...«

»Würdest du bitte aufhören, dich wie der verdammte tragische Held eines Scheißdramas anzuhören, und *meine Frage beantworten.*«

August machte langsam einen Schritt auf seinen Bruder zu. »Diesen Sommer hat Hadrian mich hier in Berlin auf einem Punkkonzert gesehen. Ich war komplett getarnt unterwegs. Es war das erste Mal, dass ich allein rausging, seit … seit das alles passiert ist.« Er schüttelte den Kopf. »Ich habe mich mit Nathanael getroffen, oder besser gesagt mit Hadrian. Mein Bruder Lucien hat davon Wind bekommen, aber das weiß ich erst seit gestern Abend.«

»Sie geben sich als *Lehrer* aus«, sagte ich angewidert zu Hadrian. »Sie sind zum Kotzen.«

Er drückte die Waffe noch etwas fester an Holmes' Kopf. Ich ballte die Hände zu Fäusten. »Du weißt nicht das Geringste über mich, *Simon.*«

»Also hat August Ihnen geholfen.«

Während Hadrian mit mir beschäftigt war, schob sein Bruder sich noch näher an ihn heran. »Nein. Natürlich nicht. Ich habe herausgefunden, dass mein Bruder sich bei den Treffen mit Leander als Nathanael ausgab. Genauso wie auf den Partys in dem Gewölbekeller, wo Hadrian regelmäßig nach neuer Kunst Ausschau hält. Nathanael Ziegler ist eine reale Person. Tagsüber unterrichtet er an der Kunstschule, er hat Freunde, ein Apartment in einem der ärmeren Stadtviertel. Aber nach Feierabend hat er seine Identität meinem Bruder überlassen, damit er seinen Geschäften als Nathanael nachgehen konnte. Anscheinend machte Milos Geheimdienst das möglich. Das und das Geld meines Bruders.«

»Wodurch es mit Sicherheit erheblich einfacher war, Nathanael davon zu überzeugen, seine Studenten Bilder für ihn fälschen zu lassen.«

»Bis auf die Langenbergs. Die hat Hadrian selbst gemalt.«

»Worauf du bestimmt wahnsinnig stolz bist«, sagte ich höhnisch.

»Tja.« August festigte den Griff um sein Messer. »Ich bin wie immer begeistert, Teil dieser grandiosen Familie zu sein.«

»Und du hast gewusst, dass Leander lebt. Weißt du, wo er ist?«

August zögerte. »Nein.«

»Wirklich sehr rührend das alles«, sagte Hadrian ruhig, »aber ich würde jetzt gern hier fortfahren.« Holmes schloss die Augen. Ihr Mund bewegte sich, als würde sie zählen.

»Was wollen Sie?«, fragte ich ihn.

»Ganz einfach.« Er entsicherte seine Waffe. »Ich will ihren Tod. Sie hat heute Abend meine Lebensgrundlage zerstört. Meinen Ruf. Mein Ruf bedeutet *alles*. Hast du gesehen, wie sehr sie es genossen hat? Gestern hat sie meinen Bodyguard krankenhausreif geprügelt. Sie hat ihm die Luftröhre zerquetscht. Sie hat dich *getötet*, August. Du hast keine Zukunft. Du hast *nichts* mehr. Sie ist ein verwöhntes Kind, das glaubt, mit Erwachsenen spielen zu können, und sie muss begreifen, dass das kein Spiel ist.« Er drückte die Finger in das Fleisch ihrer Kehle und Holmes würgte. »Lucien und ich sind vielleicht unterschiedlicher Meinung, was unsere Methoden betrifft, aber wir verfolgen dasselbe Ziel. Wir wollen, dass sie ihre Strafe bekommt. Mein Bruder würde die Angelegenheit gern noch etwas in die Länge ziehen. Ich will, dass es jetzt vorbei ist.«

Ich hatte weder eine Waffe noch irgendeine Ahnung, was ich tun sollte, und wünschte mir verzweifelt, Milo wäre hier gewesen. Wo steckte er? War er immer noch in Thailand? Wann hatten wir aufgehört, unsere Fälle von unserem Wohnheimzimmer aus selbst zu lösen, und angefangen, uns auf ihn und seine Ressourcen zu verlassen? Wir waren in Europa. In *Europa*, und wir waren allein. Wie war es dazu gekommen? Und August, der dieses Messer umklammerte, als wüsste er, wie man es benutzte, war in Wirklichkeit genauso hilflos wie wir. Selbst jetzt hielt er es vor seiner Brust, als wäre es eine Kerze oder ein Gebetsbuch. So viel zu Genies. So viel dazu, lebend aus dieser Sache herauszukommen.

August hielt sich die Klinge an seine Kehle.

»Hadrian«, sagte er ruhig. »Lass die Waffe fallen.«

Sein Bruder starrte ihn an. Sie sahen sich so unglaublich ähnlich – die Nase, das markante Kinn. Wie zwei Spiegelbilder mit einem schwarzhaarigen Mädchen in der Mitte. Nur die Augen waren anders. Die von August waren so voller bitterer Melancholie, dass ich keinen Zweifel an seinen Absichten hatte, als ich ihn jetzt ansah.

»Hör auf mit dem Theater«, sagte Hadrian. »Als ob es dich kümmern würde, was mit ihr passiert. Was tust du da überhaupt?«

Mit sicherer Hand drückte August das Messer fester in seine Haut. Zu beiden Seiten der Klinge quoll Blut hervor.

Hadrian zog die Brauen zusammen. »Was zur Hölle soll …«

»Sie hat mich umgebracht«, sagte er. Das Blut lief seinen Hals hinunter, wie ein seltsames Echo meiner eigenen Wunden, die immer noch bluteten. Unwillkürlich griff ich mir an meine eigene Kehle. »Das wiederholst du selbst immer wieder. Lucien *schrie* es an dem Abend, als die Polizei zu ihrem Haus kam und uns verhaftete. Mein Bruder hat den Kopf für mich hingehalten – ist für ein paar Monate wegen des Verkaufs von Kokain ins Gefängnis gewandert, aber klar, wer zählt schon mit – und deswegen verstecke ich mich. Für immer. Jahrelang habe ich mir den Arsch aufgerissen, um dorthin zu kommen, wo ich war. Ich hatte es geschafft, Menschen davon zu überzeugen, trotz meines Namens an mich zu glauben. Sie dachten, ich sei ein Monster. Sie dachten, ich sei wie *du*.

Und jetzt« – August lachte wild auf, ein hoher Laut, der seine Kehle anschwellen ließ, sodass das Messer noch tiefer in seine Haut einschnitt –, »was spielt es jetzt noch für eine Rolle? Ich habe alles verloren. Erst hast du mein Leben gerettet und dann hast du mich verstoßen, und seitdem lebe ich in Milo Holmes Elfenbeinturm. Ich stecke in den Trümmern von all dem fest. Das Einzige, was mir geblieben ist, ist mein Anstand. Soll ich dir sagen, wie ich es schaffe, ein anständiger Mensch zu sein? Ich frage mich immerzu, was Lucien tun würde. Und tue dann genau das Gegenteil. Milos Operationen ausspionieren? Natürlich würde er das tun. Charlottes Eltern vergiften, nur um zu sehen, wie sie leidet? Sicher, auch das. Diesem Watson sagen, dass er bleiben soll, damit ich ihn manipulieren und dazu benutzen kann, an sie heranzukommen? Nein. Ich habe ihn gewarnt. Ich habe mir einen von Milos Wagen genommen und eine Entführung inszeniert, um ihn davon zu überzeugen, nach Hause zu gehen. Was würde Lucien tun? Den Tod dieses jungen Mädchens planen, weil sie drogensüchtig war und verloren und verwirrt und nie von jemandem geliebt wurde und nach mir ausschlug, als ich ihr nicht geben konnte, was sie brauchte?« Er sprach immer schneller. »Lucien hasst sie dafür. Und trotz allem, trotz allem, was ich tue, glaube ich, dass ich versagt habe, weil ich sie ebenfalls dafür hasse. Ich hasse sie. Ich *hasse* sie. Und gleichzeitig hasse ich sie überhaupt nicht.« Er holte tief Luft. »Ich weigere mich, sie als etwas anderes zu sehen als das, was sie ist. Sie ist ein verlorenes Mädchen und ich bin all die Jahre, in denen ich aufwuchs, ein verlorener Junge gewesen, während du immer gewusst hast, wer du bist, Hadrian. Du bist mit mir ins Theater gegangen, du hast bis spät in die Nacht *Die Zeitfalte* gelesen, du hast kleine Skulpturen aus Ton gemacht und wir haben sie im Ofen gebrannt, wenn Mum nicht da war, um sich über den Gestank zu beschweren, und manche von ihnen zerbrachen, aber du bist ein *wunderbarer* Künstler ...«

»Sei still«, sagte Hadrian.

»Selbst diese Langenberg-Bilder – ich kenne deinen Strich, Hadrian. Sie sind wunderschön ...«

»Hör auf«, sagte er beinahe flehend. »Hör einfach auf ...«

»Du warst mein älterer Bruder. Ich habe zu dir aufgeschaut. Jetzt nicht mehr«, sagte August. »Du hast gesagt, dass du sie für mich umbringen willst. Aber wenn du das tust, wenn du sie umbringst, schwöre ich bei Gott, dass ich mich ebenfalls umbringe. Es ist mir egal, ob ich lebe oder nicht. Dafür hast du gesorgt.«

Plötzlich war ich mir überdeutlich meines Körpers bewusst, meiner nutzlosen, schweren und lädierten Glieder. Ich würde zu langsam sein, um sie aufzuhalten. Von oben drangen Schreie herunter, es klang, als hätten Tom, Lena und die Greystone-Männer Phillipa endlich erwischt. Sie würden sie mit gezückten Waffen herunterbringen und mit jeder Waffe, die auf jeden anderen hier gerichtet wurde, konnte das alles nur noch komplizierter werden.

In der ganzen Zeit während Augusts Beichte, der Klinge an seinem Hals, hatte Holmes ihn kein einziges Mal angesehen. Mich auch nicht. Ihre Augen waren geschlossen, so sanft, als würde sie schlafen.

»Charlotte!«, rief Lena von der Galerie über uns. »Wir haben sie! Wir haben sie! Ich glaube, ich habe ihr ein blaues Auge verpasst!«

Holmes holte stockend Luft. Dann öffnete sie die Augen und packte in einer einzigen fließenden Bewegung Hadrians Arm mit der Waffe und hebelte ihn von sich weg, während sie ihm gleichzeitig den Hinterkopf ins Gesicht schlug. Hadrian Moriarty taumelte mit einem Aufschrei rückwärts und sie entwaffnete ihn geschickt mit nur einer Hand.

Seine Pistole schlitterte von der Bühne.

Für einen kurzen Moment schien niemand zu wissen, was er tun sollte, und dann stürzte Charlotte Holmes sich auf ihn, drückte sein Gesicht in den Boden und drehte ihm die Arme auf den Rücken.

»August«, sagte sie mit einem kurzen Blick über ihre Schulter. »Könntest du mir bitte ein Paar Handschellen besorgen, wenn du deinen Versuch, dich umzubringen, beendet hast?«

13.

Wir flogen alle gemeinsam in einer von Milos Frachtmaschinen nach England zurück. Holmes und ich und August und zwei gefesselte Moriartys. Nicht zu vergessen die bewaffneten Security-Leute, die, immer noch namenlos und austauschbar, Hadrian und Phillipa keine Sekunde aus den Augen ließen, als wären sie tollwütige Hunde, die sich jeden Moment von ihrer Leine befreien könnten.

»Mr Holmes hat angeordnet, sie rund um die Uhr zu bewachen, bis er zurück ist und die Sache selbst in die Hand nimmt«, sagte einer der Männer, als ich ihn fragte, was als Nächstes passieren würde.

»Stehen sie unter Arrest? Ich meine so richtig? Werden sie ins Gefängnis wandern?«

Holmes zuckte mit den Achseln. »Spielt das eine Rolle?«, sagte sie. »Wir werden sie auf die eine oder andere Weise los. Aber zuerst geht es nach Sussex.«

»Wann wird Milo dort ankommen?«, fragte ich.

»Er ist auf dem Weg«, antwortete sie. »Er hat Informationen über Lucien, die er mir persönlich mitteilen will.«

August starrte auf seine Hände hinunter. »Kannst du die beiden bitte irgendwo anders hinbringen lassen?«, fragte er leise, worauf Holmes den Aufpassern ein Zeichen gab, Phillipa und Hadrian in den hinteren Teil des Flugzeugs außer Sicht zu schaffen.

Von Tom und Lena hatten wir uns am Prager Flughafen verabschiedet. Sie würden nach Chicago zurückfliegen und Weihnachten bei Toms Familie verbringen, sozusagen als Ausgleich dafür, dass er so viel Zeit mit Lena in Europa verbracht hatte.

»Und deine Eltern waren damit einverstanden, dass du die ganze Zeit weg bist?«, hatte ich ihn gefragt, als wir vor der Abflughalle des Flughafengebäudes standen. Holmes und Lena waren schon reingegangen, um dafür zu sorgen, dass die falschen Langenberg-Bilder zurück nach Deutschland geschickt wurden. Es war der erste Weihnachtstag, alles außer dem Flughafen war geschlossen.

Die Hände in den Taschen vergraben, sah er mich an und nickte. »Ihre Familie hat die Kosten für alles übernommen. Meine Eltern dachten, dass ich vielleicht nicht noch mal so eine Gelegenheit bekommen würde, ein bisschen in der Welt herumzureisen. Sie können sich das alles nicht leisten. Selbst nachdem ich suspendiert wurde, meinten sie, dass ich ... na ja, dass ich mir so eine Chance nicht entgehen lassen sollte.«

Sie waren also nicht unbedingt die Eltern des Jahres. Ich fing an, Tom ein bisschen besser zu verstehen. »Hat es sich gelohnt? Ich meine, hatten du und Lena eine tolle Zeit?«

Zu meiner Überraschung schüttelte Tom den Kopf. »Ich vermisse sie irgendwie. Meine Familie. Nach dem ganzen Mist, der im Internat passiert ist, hatte ich das Gefühl, dass es vielleicht ganz gut ist, sie erst mal nicht zu sehen ... Aber, keine Ahnung, Lena und ich sind in diese ganzen schicken Restaurants gegangen und in verrückten Läden gewesen, in denen man Tee serviert bekommt, während man Kleider anprobiert, und das war auch alles total interessant, aber ich vermisse irgendwie meine Couch. Und meinen Fernseher. Was ist mit dir? Ist ganz schön heftig, was da gerade alles bei dir und Charlotte passiert, oder?«

»Wie meinst du das?« Ich zog meine Mütze tiefer. Ohne die Plastikmaske fühlte ich mich irgendwie unsicher in der Öffentlichkeit, besonders jetzt, wo meine Blutergüsse anfingen, sich an den Rändern grün zu verfärben. Ich sah wie ein verrottendes Stück Fleisch aus. August hatte einen Verband um den Hals. Holmes sprach mit niemandem außer Lena, und dann auch nur in dunklem Flüsterton. Ich brauchte beileibe keinen Tom, der mir sagte, dass die letzten Tage hart gewesen waren.

»Im Ernst, Kumpel, du ... du solltest dich schleunigst aus der Sache rausziehen. Ich meine – Waffen? Söldner? Eine ganze Familie von Geisteskranken, die versucht, deine Freundin umzubringen? Du bist nicht mit ihr verheiratet und ich *mag* Charlotte wirklich, sie ist ... außergewöhnlich und ehrlich gesagt ziemlich Furcht einflößend, aber ich habe Angst, dass du auf dem Friedhof landen wirst, wenn du dich weiter auf sie einlässt.«

»August hat dafür gesorgt, dass uns keine Gefahr mehr droht«, sagte ich.

Tom zuckte mit den Achseln. »Möglich. Ganz schöner Tiefpunkt, falls es so ist, oder?«

Bevor ich antworten konnte, traten Holmes und Lena in ihren dunklen Mänteln und Mützen aus der Glasschiebetür. Lena ließ eine behandschuhte Hand in Toms Gesäßtasche gleiten. »Bereit?«, fragte sie.

Holmes nickte knapp. »Sollten die Behörden dir wegen der Bilder Schwierigkeiten machen, sag ihnen, sie sollen die Leinwand mit einer Taschenlampe ableuchten und nach Katzenhaaren suchen.«

»Katzenhaaren?«

»*Weiße* Katzenhaare. Hadrians Hosenbeine waren voll davon«, sagte sie. »Ich nehme also an, dass sie von einer dieser scheußlichen langhaarigen Perserkatzen stammen. Hans Langenberg starb bekanntermaßen allein. Es vergingen Wochen, bevor er gefunden wurde. Da ich bei meinen Recherchen nichts darüber gefunden habe, dass sein Gesicht angefressen worden wäre ...«

Ich fragte mich, wie lange sie wohl auf *dieser* Information gesessen hatte.

»Keine Katzen. Verstanden. Ich werde es ihnen sagen, wenn sie fragen.« Lena beugte sich vor, um ihre Zimmergenossin auf die Wange zu küssen, und hinterließ dort einen roten Lippenabdruck. »Bis dann, Leute. Fröhliche Weihnachten. Wir sehen uns in Sherringford!«

Holmes lächelte kurz. »Na los, geht schon, ihr verpasst sonst noch euren Flug.«

August trafen wir auf der Startbahn, wo er und das Greystone-Flugzeug auf uns warteten. Er stand am Fuß der Gangway, die Haare vom Wind zerzaust und einen erschöpften Ausdruck in den Augen. Er wirkte eher wie eine Fotografie von sich als eine reale Erscheinung.

Wir nickten uns alle gegenseitig zu, viel zu müde, um noch Worte zu verlieren. Als wir eingestiegen waren und unsere Plätze eingenommen hatten, kuschelte Holmes sich an mich und legte meinen Arm um ihre Schultern. Selbst durch die dicke Kleiderschicht aus Mantel, Schal und Pulli konnte ich immer noch spüren, wie sie zitterte, und zog sie noch fester an mich.

Sie wäre fast gestorben. Wir wären beide fast gestorben. Ich wusste immer noch nicht genau, wie wir es geschafft hatten, mit dem Leben davonzukommen, wo ihr Bruder war, warum wir überhaupt nach Sussex zurückkehrten. Ihre Mutter lag nach wie vor im Koma. Leander blieb weiterhin verschwunden. Wir hatten ein Kunststück in Prag vollbracht, so viel stand fest, aber wären die Dinge nur einen Zentimeter nach links oder rechts abgewichen, würden wir drei jetzt in einem Kühlfach in der Pathologie liegen. Ich sah es immer noch vor mir, wie ich mit meiner Maske in der Museumshalle stand und Holmes auf den gefesselten Hadrian Moriarty hinunterschaute und grimmig sagte: »Ich schätze, es lässt sich nicht weiter aufschieben. Wir müssen nach Hause.«

»Dann geht«, hatte August gesagt.

»Nein«, hatte sie erwidert. »Du kommst mit uns.«

Sie hatte sich geweigert, weitere Fragen zu beantworten. Ich hatte keine Lust mehr, sie trotzdem zu stellen.

Nachdem die Moriartys hereingebracht und schließlich in den hinteren Teil verfrachtet worden waren, hob das Flugzeug ab. Wir sahen uns an.

»Und was ist jetzt mit dir?«, fragte ich August.

Er zuckte mit den Achseln. »Keine Ahnung«, antwortete er. »Ich glaube ... ich habe mir selbst etwas vorgemacht.«

»Tatsächlich?«, sagte Holmes.

»Spar dir deinen Sarkasmus.« Er sagte es mit einem kleinen Lächeln. »Ich bin untergetaucht, weil meine Eltern es so wollten. Und die Stelle als dein Hauslehrer habe ich anfangs auch nur angenommen, weil sie es so wollten – und ich habe den Job von deinem Bruder bei Greystone angenommen, weil ich fest entschlossen war, diesen Krieg zu beenden. Das hat viel Gutes bewirkt. Aber der letzte Abend hat gezeigt, dass ich damit aufhören kann.«

»Für Greystone zu arbeiten?«, fragte ich.

»Mit allem«, sagte er. »Damit, Frieden zu stiften. Mein Leben zu opfern. Vielleicht nehme ich meine akademische Forschungsarbeit wieder auf, kehre zur Mathematik zurück. Nehme eine neue Identität an. Baue sie bis ins letzte Detail auf. Ich könnte ein paar Zeugnisse fälschen oder sogar meinen Doktor noch einmal machen – wäre vielleicht ganz schön, mir dieses Mal Zeit dafür zu lassen – und mir irgendwo einen Job an einer Hochschule suchen. Ich habe gehört, dass Hongkong eine nette Expat-Szene hat. Vielleicht gehe ich dorthin.«

Ich schnaubte. »Deinen Doktor noch mal machen? Nimmst du dir da nicht ein bisschen viel vor?«

»Was würdest du stattdessen tun, Jamie? Dateneingabe für den Rest deines Lebens?« Er grinste. »Selbst wenn das deine Berufung ist, ihr seid in Sicherheit. Mein Bruder Lucien wird euch kein Haar krümmen. Nicht wenn er weiß, dass er damit auch mein Leben beenden würde.«

»Ich weiß nicht, ob wir uns darauf verlassen können.«

August zuckte mit den Achseln. »Tut mir leid, wenn mir nicht der Sinn danach steht, deine Sicherheit zu beteuern. Es ist schließlich nicht so, als wäre sie dir sonderlich wichtig. Ich habe dich entführt und dir geraten, nach Hause zu gehen, ich habe dich vor den Gefahren gewarnt und was tust du? Begibst dich in noch größere Gefahr.«

Ich sah ihn kopfschüttelnd an. Selbst nachdem ich gehört hatte, wie er Hadrian davon erzählte, selbst als ich ihn jetzt darüber reden hörte, konnte ich es immer noch nicht so richtig glauben. »Ein nett gemeintes *Hey, du bist vielleicht in Gefahr, Jamie* hätte gereicht. Aber das wäre wahrscheinlich zu einfach gewesen. Oder zu un-psychopathisch.«

August sah zu Holmes hinüber. »Ich bin dazu erzogen worden, Probleme auf besondere Weise zu lösen.« Seine Stimme klang rau und abgehackt, wie eine Simulation von sich selbst. »Für gewöhnlich lasse ich meine Erziehung außen vor. In diesem Fall schien es angemessen. Ich halte meine Versprechen, Charlotte.«

Holmes verzog das Gesicht. »Du hättest es getan. Du hättest dich tatsächlich umgebracht, um uns zu retten.«

»Das hätte ich.«

»Hongkong«, sagte ich und versuchte, ihn mir dort vorzustellen. Der August von den Fotos, die ich bei meinen Recherchen im Netz gefunden hatte. Mit einem Professorenbart und einer Büchertasche und einem Stapel Prüfungsblätter. Irgendwo außer Reichweite, weit weg von all dem.

Ich konnte das Bild nicht aufrechterhalten. Es kam mir unmöglich vor, diesem brennenden Wrack einfach den Rücken zuzukehren und mit einem brandneuen Namen und nichts weiter als einem Kratzer am Hals fortzugehen.

»Tja dann, viel Glück damit«, sagte Holmes und schmiegte sich wieder an mich.

»Hör auf, dich so kindisch aufzuführen, Charlotte«, sagte er.

»Ich bin nicht kindisch, sondern realistisch. Wie kannst du auch nur eine Sekunde glauben, dass dein Bruder Ruhe geben wird? Dass er womöglich sogar noch an Schuldgefühlen leidet? Er ist durch und durch ein Monomane und du denkst, er würde einfach so aufgeben und dich nicht weiter verfolgen?« Sie lachte kurz auf. »Du würdest den Namen Felix annehmen und an einer englischsprachigen Universität unterrichten. Ich könnte dich innerhalb von zehn Minuten aufspüren. Lucien innerhalb von Sekunden.«

»Hier geht es nicht um mich«, entgegnete er. »Sondern um dich. Du bist verletzt, weil ich diese ganzen Sachen gesagt habe. Das verstehe ich. Es muss schwer sein.«

»*Schwer?*«

»Jedes Handeln zieht Konsequenzen nach sich ...«

»Komm mir nicht mit diesem gönnerhaften Bullshit, August, das ertrage ich nicht ...«

Er warf die Hände in die Luft.

»... ich dachte, du wärst von uns allen der einzige wirklich gute Mensch. Ich dachte, du hättest mir *verziehen*.«

»Wie hätte ich das denn können, wenn ...« August räusperte sich. »Du weißt, wo Leander ist.« Es war keine Frage.

»Was glaubst du, warum wir nach Sussex zurückkehren?«

»Seit wann weißt du es? Wie bist du darauf gekommen?«

»Sag du's mir.« Sie sah ihn über meinen Arm hinweg an. »Zeig mir, was du kannst.«

Ich sah, wie dieser Ausdruck, den er schon so oft unterdrückt hatte, auf Augusts Gesicht trat. Dieses Mal versuchte er nicht, ihn zu verbergen. Es war der Ausdruck eines Mannes, der sein eigenes Haus abgefackelt hatte, nur um sich in die Flammen zu verlieben. Er hasste sich selbst – der an einer Stelle leicht durchgeblutete Verband um seinen Hals war ein sichtbarer Beweis dafür –, aber ich glaube nicht, dass er Charlotte Holmes so sehr hasste, wie er behauptete. Ich glaube, es war etwas völlig anderes.

Wollte er sie sein? Wollte er mit ihr zusammen sein? Es spielte mittlerweile keine Rolle mehr. Das hier war das Ende, der Epilog. Nach dem, was er uns in Prag gesagt hatte, war ich mir sicher, dass unsere Wege sich bald trennen würden.

August beugte sich in seinem Sitz nach vorn und legte die Fingerspitzen aneinander. »Du hast bei der Suche nach deinem Onkel keinerlei Eile an den Tag gelegt. Dir haben alle nur denkbaren Ressourcen zur Verfügung gestanden, um ihn zu finden, stattdessen hast du immer und immer wieder diese Mailboxnachricht abgespielt, sie aber nicht von Experten auseinandernehmen lassen, sondern sie dir angehört, als würdest du um ihn trauern. Du hattest meinen Bruder und meine Schwester in der Hand, sie waren dir auf Gedeih und Verderb ausgeliefert, aber statt die Informationen über deinen Onkel mit Gewalt aus ihnen herauszubekommen – schau mich nicht so an, ich weiß genau, wie blutrünstig du bist –, hast du sie mit vorgehaltener Waffe gezwungen, diese Auktion abzuhalten, auf der du ein niedliches kleines Überwachungsvideo zeigst, das sie mit dem Vorwurf belastet, für sein Verschwinden verantwortlich zu sein, und lässt dann einfach alle Langenberg-Bilder aufkaufen, zum Ersten, zum Zweiten, zum Dritten? Es gibt keine echten Beweise. Das ist schlechte Detektivarbeit gewesen, plump und primitiv. Du löst den Fall *schlampig*, Charlotte, mit Geld und geborgter Macht, und du willst Milo – der trotz aller Opportunität im Gegensatz zu dir einen moralischen Kodex besitzt – dazu benutzen, um sie in derselben schwarzen Kiste verschwinden zu lassen, in der Bryony verschwunden ist. Du benimmst dich, als würdest du von heulenden Wölfen verfolgt werden, was absolut Sinn ergeben würde, wenn du um Leanders Leben fürchten würdest, aber das tust du nicht. Und jetzt sagst du, dass er die ganze Zeit in England war? Ich habe keine Ahnung, was du vorhast, aber warum hast du darauf bestanden, dass ich mitkomme?«

Ich hielt sie nicht mehr im Arm. Ich war fassungslos, geschockt, versuchte, das alles zu begreifen. Nein. Das war eine Lüge und ich wusste es. Aber irgendetwas an der Art, wie Holmes, seit wir in Berlin angekommen waren, mit all dem umgegangen war, war seltsam gewesen, und mein erschöpftes Herz konnte nichts anderes tun, als zu hoffen, dass August die falschen Schlüsse gezogen hatte.

»Mein Bruder wird dort zu uns stoßen«, sagte Holmes. »Wir müssen mit meinem Vater sprechen und dann müssen wir sofort wieder verschwinden. Jeder von uns dreien.«

Sie wandte sich von ihm ab und vergrub das Gesicht an meiner Schulter. August zog ein Notizbuch aus seiner Tasche und schlug es auf. Und ich? Ich fühlte mich so durch und durch verraten, so im Stich gelassen, dass ich kaum wusste, was ich denken sollte. Sie hielt sich an mir fest, als befürchtete sie, es wäre das letzte Mal, dass ich es ihr erlaube.

Und wenn sie das alles vor mir geheim gehalten hat, sollte es vielleicht wirklich das letzte Mal sein, dachte ich. Dann starrte ich aus dem dunklen Fenster und wartete darauf, dass die ersten Lichter von London auftauchten.

***

Wir nahmen ein Taxi zum Bahnhof und von dort den Zug nach Eastbourne, wo uns eine schwarze Limousine erwartete, die uns zum Anwesen ihrer Familie brachte. Es lag eine dünne, immer wieder vom Wind aufgewirbelte Schneedecke auf den Straßen. Niemand von uns sprach mit dem anderen. Ich wusste nicht, was ich zu August hätte sagen sollen, besonders jetzt, also versuchte ich es erst gar nicht. Holmes war in ihrer Zauberkiste verschwunden und hatte den Schlüssel verschluckt. Nichts würde sie dort herausholen können, nicht bis zum großen Finale.

Ich glaubte zu wissen, wie es aussehen würde. Ich hoffte, dass ich mich irrte.

Als am Ende der Auffahrt das Haus in Sicht kam, hörte ich, wie August neben mir scharf die Luft einsog. Er war seit dem Abend, an dem er Lucien das Kokain liefern ließ, nicht mehr hier gewesen. Es war der Ort, an dem er das letzte Mal August Moriarty gewesen war.

Holmes schien es nicht zu bemerken. Sie saß zwischen uns und hatte die Hände im Schoß gefaltet. Auf ihrem Gesicht lag ein entschlossener Ausdruck. »Du musst entscheiden, was mit Hadrian und Phillipa passieren soll«, sagte sie zu August.

»Ich dachte, das wolltest du Milo überlassen.«

»Greystone hält sie nur in Schach. Ich möchte, dass du entscheidest, was als Nächstes passiert.«

»Können wir nicht zuerst Milo nach seiner Meinung fragen?«

Holmes deutete ohne hinzuschauen aus dem Fenster. »Er ist noch nicht hier«, sagte sie. »Die einzigen Reifenspuren dort draußen sind von uns. Ich vermute, dass jetzt alles ziemlich schnell gehen wird. Du solltest dir also nicht allzu lange Zeit lassen mit deiner Entscheidung. Sonst treffe ich sie.«

August seufzte. »Das ist nicht so einfach, Charlotte. Das ist mein Bruder. Meine Schwester. Ich weiß es nicht.«

»Verdammt, August. Milo wird *sie töten lassen*. Genau das ist mit Bryony passiert. Okay? Was willst du? Triff eine Entscheidung!«

Der Wagen bog in die kreisrunde Einfahrt, aber Holmes bat den Fahrer anzuhalten. August saß fassungslos und schweigend da.

Holmes holte Luft. »In Ordnung«, sagte sie und beugte sich über mich, um die Tür zu öffnen. »Dann tue ich es auf meine Weise. So wie ich es schon die ganze Zeit tun wollte. Gott steh mir bei ... Steig aus, Watson.«

»Was ...«

Sie schob mich so brutal aus dem Wagen, dass ich auf allen vieren auf dem Kies in der Einfahrt landete, stieg aus, und bevor sie August die Tür vor der Nase zuschlug, hörte ich sie sagen: »Du lehnst dich immer schön zurück und lässt jemand anderen das Monster sein. Hadrian. Lucien. Mich. Aber damit ist jetzt Schluss.«

Sie trat über mich hinweg, schlang sich ihren Schal enger um den Hals und schlug den mit Streusalz bedeckten Weg zum hinteren Teil des Hauses ein, während ich immer noch in der Einfahrt kniete und ihr ungläubig hinterherstarrte. Ich hatte sie noch nie etwas so Grausames tun sehen. Zumindest nicht mir gegenüber. Trotz ihrer Eile achtete sie darauf, keine Fußspuren im Schnee zu hinterlassen.

August stieg hinter mir aus dem Wagen und hielt mir eine Hand hin. »Sollen wir ihr folgen?«, fragte er.

Ich klopfte meine Hände und Knie ab. »Was meinst du?«

Wir waren nicht so vorsichtig darauf bedacht wie sie, keine Fußspuren zu hinterlassen, aber ich versuchte es. Es dämmerte bereits, obwohl es erst vier Uhr nachmittags war, und in der Ferne hörte man, wie die tosenden Wellen an das felsige Ufer schlugen. Holmes warf keinen einzigen Blick zu uns zurück. Mit großen, schnellen Schritten und gesenktem Kopf hielt sie auf die kahlen Bäume und Büsche zu, bis sie die Rückseite des Hauses erreicht hatte. Das Holz, das ich mit Leander gehackt und zu einem Stapel geschichtet hatte, lag dort und meine Axt steckte immer noch in einem der Scheite.

Sie interessierte sich nicht im Mindesten dafür, sondern kniete sich vor ein Kellerfenster und zog einen kleinen Eispickel aus der Innentasche ihres Mantels. Nachdem sie kurz seinen gezackten Rand geprüft hatte, zwängte sie die Spitze in den oberen Teil des Fensterrahmens und hebelte ihn aus den Angeln. Ich stand mittlerweile neben ihr und nahm ihn ihr ab.

»Hast du Milo nichts von diesem Zugang erzählt?«, fragte August hinter mir.

»Wenn er sein Geld wert ist, dann gehen in Greystone gerade zwölf Alarmsignale los.« Sie wischte sich den Staub von den Händen. »Kommt.«

Es ging hinunter in eine große Abstellkammer, in der Gartengerätschaften und Lagerkisten aufbewahrt wurden, und von dort in eine Art Trainingsraum, in dem es ein bisschen wie in einer Kampfsportschule aussah, mit einer mit Tape abgeklebten Sparring-Fläche auf dem nackten Betonboden. An den Wänden hingen Messer und Holzstöcke, verschiedene Florette und eine Spielzeugpistole. Hatte Alistair seine Tochter hier trainiert und ihr beigebracht, wie man sich zur Wehr setzte und einen Feind entwaffnete? Von einem Rohr hingen schwarze Bänder, so breit, dass man sie als Augenbinden benutzen konnte, darunter stand ein Holzstuhl, dessen Sitzfläche ausgeschnitten war, und daneben lagen ein paar aufgerollte Taue. Ich schaute nicht allzu genau hin. Nach all den Jahren, in denen ich als kleiner Junge davon geträumt hatte, bei den Holmes in die Lehre zu gehen, von ihnen in der Kunst der Deduktion und des Ausspionierens geschult und in eine gefährliche Waffe verwandelt zu werden, wurden hier meine kindlichen Fantasien bestätigt. Als ich meinen Vater damals gebeten hatte, mich auszubilden, hatte er mir Krimis zum Lesen gegeben, aber Alistair und Emma hatten ihre Kinder so lange trainiert, bis sie wie scharfe Messerklingen funkelten.

Es roch nach Zedernholzspänen und Moder in dem Keller. Eine Treppe führte ins Erdgeschoss hoch. Holmes war bereits an der Tür am anderen Ende des Raums. Nachdem sie zweimal vergeblich versucht hatte, sie zu öffnen, holte sie wieder ihren Pickel heraus und kniete sich hin.

»Die Tür ist nie verschlossen«, murmelte sie vor sich hin.

Die Tür war mit dicken Stahlriegeln gesichert. Sie hatte eines von diesen alten Schlössern mit einem großen Schlüsselloch, durch das man hindurchschauen konnte, und erinnerte mich an die Türen, die mir in Prag so gut gefallen hatten. Was hatte Holmes noch mal gesagt, würde sich dahinter befinden? Souvenirläden? Ich schaute zum Türrahmen hoch.

»Sie ist verkabelt«, sagte ich und zeigte darauf. »Auf der anderen Seite muss es ein Tastenfeld geben, eine Art Alarmsystem.«

»Dahinter?«, sagte August. »Ich kenne mich ziemlich gut in diesem Haus aus, und diese Tür hier ist der einzige Zugang zu diesem Raum.«

»Was ist da drin?«, fragte ich ihn, aber er wich meinem Blick aus.

Holmes, die sich mit ihrer Hacke am Schloss zu schaffen gemacht hatte, hielt inne. »Der stille Alarm wird jeden Moment ausgelöst werden. Falls man uns nicht sowieso schon längst bemerkt hat, wird man uns spätestens jetzt entdecken. Ich will keine Kommentare darüber hören, was ihr gleich sehen werdet. Folgt mir einfach rein und wieder raus.«

Sie sah krank aus. Blass und angespannt, die Augen wie glanzlose Münzen.

Es war die letzte Bestätigung dessen, was ich seit unserem Flug zurück nach England nicht hatte wahrhaben wollen. Jetzt ließ ich den Gedanken zu und kleidete ihn in Worte. Leander wurde in diesem Haus festgehalten. Hier in diesem Raum. Ich wusste nicht, warum (obwohl ich einen Verdacht hatte) oder welche Konsequenzen seine Befreiung haben würde, aber als Holmes das Schloss aufbrach und dabei diese seltsame schiefe Melodie summte – selbst jetzt noch unterlag sie der Macht der Gewohnheit –, versuchte ich nicht daran zu denken, was als Nächstes passieren würde. Danach.

Ob er noch am Leben war.

Ein Klicken. Ein Knacken. Holmes stürmte mit ihren langen Beinen voran, gefolgt von August, der sich an mir vorbeidrängte, sodass ich zuerst nur ihre Mäntel sah, als ich mich hinter ihnen in den Raum schob. Es lag ein Summen in der Luft, wie das Vibrieren eines Handys in einer Tasche, nur lauter. Es hallte in dem lichtlosen Raum von den Betonwänden wider.

Das Geräusch stammte von einem Generator und dieser

Generator versorgte eine Reihe piepsender Maschinen mit Strom, und von diesen Maschinen führten Kabel und Schläuche zu einem Krankenhausbett und in diesem Krankenhausbett lag Leander, in einem blauen Baumwollkittel, die Haare strähnig, als wären sie seit unserer Abreise nach Berlin nicht mehr gewaschen worden. Das Ende einer der Schläuche steckte in seinem Mund, wahrscheinlich um ihn künstlich zu ernähren. Neben seinem Bett stand ein Infusionsständer mit Beuteln, die weder Kochsalzlösung noch Blut enthielten. Ich wusste, wie Kochsalzlösung und Blut aussahen. Ich war selbst oft genug im Krankenhaus gewesen. In einer Ecke stand ein Rollstuhl, daran lehnten Krücken. Wir befanden uns in einer provisorischen Intensivstation.

Ich blieb wie angewurzelt stehen. Das hier war keine Folterkammer oder ein Verhörraum – obwohl ich bei genauerem Hinschauen an der Decke und an den Wänden angebrachte Haken und Ketten zu erkennen glaubte –, aber die Vorstellung, dass Leander die ganze Zeit hier unten gewesen und sediert worden war, um ihn – welches Spiel auch immer hier gespielt wurde – herauszuhalten, erschütterte mich noch mehr.

Bis auf die Tatsache, dass er gar nicht sediert worden, sondern bei Bewusstsein war. Und Emma Holmes, die einen Laborkittel, einen Mundschutz und Latexhandschuhe trug, beugte sich gerade mit einem Skalpell über ihn.

Dann griff sie nach dem Kabel der Überwachungskamera in der Ecke und riss es heraus.

Instinktiv suchte ich meine Taschen nach einer Waffe ab; August, der neben mir stand, schien denselben Impuls zu haben, denn er zog das Messer heraus, das er sich in dem Museum in Prag an die eigene Kehle gehalten hatte.

Charlotte Holmes lief zu ihrer Mutter und warf sich in ihre Arme.

»Lottie«, sagte sie, legte einen Arm um ihre Tochter und zog sich mit der freien Hand den Mundschutz herunter. »Ausgezeichnetes Timing. Er ist transportbereit. Wir haben ungefähr vier Minuten. Also los.«

***

Unter ihren knappen Anweisungen half August Emma Holmes die Infusionsschläuche zu entfernen. Ich nahm Socken und einen Pulli aus Leanders Koffer, der in einer Ecke stand, und half ihm, sie anzuziehen. Dabei beugte ich mich dicht an sein Ohr und fragte flüsternd: »Tut sie Ihnen weh?«

»Nicht sie«, antwortete er und ich war überrascht, wie kräftig seine Stimme klang. »Sondern er.«

Alistair? August? Letzterer schob jetzt einen Arm unter seine Kniekehlen, um ihm vom Bett in den Rollstuhl zu helfen.

»Ich kann das alleine«, sagte Leander und stand auf.

»Wo ist Dr. Michaels?«, fragte Holmes ihre Mutter. »Wo wird sie festgehalten?«

»In meinem Zimmer«, sagte Emma. »Dein Bruder hat dort eine Kamera installiert – ist er in Sicherheit? Leander, bist du so weit?« Ihre Stimme klang so sanft, als sie mit ihm sprach, dass es mich verwirrte.

»Was ist der schnellste Weg nach draußen?«, fragte ich. »Das Fenster, durch das wir gekommen sind?«

»Geht schon vor.« Emma Holmes holte diverse Dinge aus dem Koffer – zwei Pässe, einen Umschlag, Schals, Handschuhe und eine Mütze – und stopfte sie in die Taschen ihres Laborkittels. »Ich komme gleich nach.«

Wir liefen los. Leander hatte keine Mühe, uns zu folgen. Für einen Mann, der so krank und schwach aussah wie er, bewegte er sich viel zu schnell. Das Fenster lag genau vor uns, aber plötzlich wurden über uns Schritte laut, die äußerst entschlossen in unsere Richtung kamen.

August hievte sich aus dem Fenster und streckte eine Hand zu uns herunter. »Hilf ihm hoch«, sagte er zu mir.

»Hört endlich auf, mich wie einen Invaliden zu behandeln«, sagte Leander. »Du zuerst, Charlotte.«

Ich fasste sie um die Taille und hob sie hoch, sodass August sie zu sich hochziehen konnte. Dann war Leander dran; ich machte ihm eine Räuberleiter und hob ihn nach draußen.

Die Schritte rannten mittlerweile die Kellertreppe hinunter. Hinter mir kam Emma Holmes mit einem Stapel Akten angelaufen. Wortlos drückte sie mir die Hälfte davon in die Hand und wir reichten sie Holmes hinauf, dann half ich ihr ebenfalls durch das Fenster nach draußen und ignorierte meinen von frischen Wunden übersäten, protestierenden Körper. August streckte beide Händen zu mir herunter und wollte mich aus dem Keller ziehen, als eine Stimme hinter mir meinen Namen rief.

Ich musste mich nicht umdrehen, um zu wissen, dass es Alistair Holmes war. Er rief noch einmal nach mir, schrie meinen Namen diesmal förmlich, »*James Watson*«, als gäbe es nicht den geringsten Unterschied zwischen mir und meinem Vater, als wären wir alle austauschbar, dämliche Watsons, die vom Feind zusammengeschlagen und ausgetrickst wurden, die von Freunden in Limousinen entführt wurden, die ihre eigenen Familien zurückließen, um sich mitten in einer Familienfehde wiederzufinden, die eine Leichenspur nach sich ziehen würde, wenn das alles hier zu Ende war.

»Jamie«, sagte Alistair noch einmal und näherte sich mir mit flehentlich ausgestreckten Händen. »Sie wissen nicht, was Sie da tun. Lucien hat uns in der Hand. Er hat uns durch Hadrian klarmachen lassen, dass er es ernst meint. Er wird es erfahren. Er muss sehen, dass Leander krank in diesem Bett liegt. Dass meine Frau zu schwach ist, um ihr Zimmer zu verlassen und zu arbeiten. Er muss sehen, dass wir alle seiner Gnade ausgeliefert sind.«

»Wovon reden Sie überhaupt? Wenn das stimmt, was Sie sagen, hat er doch schon längst mitbekommen, dass ...«

»Die Kameras sind nicht allwissend, Sie kleiner Idiot. Ich habe Gretchen Michaels, die ›Ärztin‹, die er geschickt hat, sediert, sie wie meine Frau angezogen und in Emmas Bett gelegt. Ich habe Leander im Keller eingesperrt, wie er es verlangt hat, aber Emma hat sich um ihn gekümmert. Es geht ihm gut. Das ist ...«

»Jamie«, zischte August. »Komm endlich.«

Aber ich war so nah dran, es zu begreifen. Alistair trat mit aufgewühltem Blick auf mich zu und ich sagte: »Das ist vollkommen verrückt. Warum hilft Ihre Frau Leander bei der Flucht? Wie lange wollten Sie dieses kranke Spiel noch mitspielen?«

»Hadrian und Phillipa sind hier, nicht wahr?« Seine Stimme klang hart. »*Nicht wahr*, Junge?«

»Was haben Sie ...«

Alistair Holmes stürzte sich auf mich.

»*Jetzt*«, sagte August und ich griff nach seinen Händen. Als er mich aus dem Fenster zog, packte Alistair Holmes mich an den Beinen.

Ich trat ihm ins Gesicht und er taumelte rückwärts.

Ich hatte keine Zeit, darüber nachzudenken, was ich da gerade getan hatte. Es gab kein oben oder unten mehr, keinen Weg, der der richtige war. August setzte das Fenster wieder ein, und Holmes trat mit einem Holzscheit zu uns, den sie von dem aufgeschichteten Stapel genommen hatte. Ich hielt das Holzstück, während sie es festnagelte.

Dann fasste ich sie an den Schultern. »Dein Vater ...«

»Nicht wichtig.« Sie schüttelte meine Hände ab. »Der Wagen steht in der Einfahrt. Hilf ihr – ich weiß nicht, ob die Greystone-Männer immer noch auf unserer Seite stehen ...«

Holmes' Mutter besprach sich mit Leander. »Ich werde dir gleich etwas geben, von dem du sehr krank werden wirst.«

Um seinen Mund zuckte es. »Ich verstehe.«

»Es gibt kein Gegenmittel dafür«, sagte sie. »Dein Zustand wird sich rapide verschlechtern, bevor es dir wieder besser gehen wird. Du wirst mit der Polizei sprechen. Du wirst sie die entsprechenden Tests im Krankenhaus durchführen lassen. Du bringst Hadrian und Phillipa ins Spiel. Und dann wirst du dich erholen und verschwinden. Ich schlage vor, du gehst nach Amerika. Zu James.« Sie nickte in meine Richtung.

»Natürlich«, sagte ich zu ihm. »Mein Vater wird sich um Sie kümmern.« Ich sah Emma Holmes an. »Gibt es denn gar nichts, was Sie für ihn tun können? Ist er genau wie Sie vergiftet worden?«

»Wie ich bereits gesagt habe, gibt es kein Gegenmittel«, sagte sie. »Ich bin Chemikerin, Jamie. Ich habe es selbst zusammengestellt. Ich habe es an mir selbst *getestet*, bis es zu gefährlich wurde, um damit weiterzumachen. In meinem Schlafzimmer liegt eine Dr. Gretchen Michaels im Koma. Hadrian hat sie hierhergeschickt, um die ganze Operation zu überwachen, und sie blieb so lange, dass ich Leander eine Nacht lang betäuben musste – aber am nächsten Tag habe ich ihr so viel von dieser Mischung verabreicht, dass sie ins Koma fiel. Sie sieht mir ähnlich genug, um Milos Kameras zu täuschen, um jeden zu täuschen, der sich die Aufnahmen ansieht. Ich hielt es für unnötig, ihn zu beunruhigen. Niemand brauchte es zu wissen.«

»Hör zu«, sagte Holmes. »Ich weiß, du bist müde, aber ...«

»*Wage* es nicht, mich zu bevormunden, Charlotte«, sagte Leander. »Nicht jetzt.«

»Ich weiß, was du durchgemacht hast«, fuhr sie unbeirrt fort und nahm seinen Arm. Es war beinahe so, als würde sie sich selbst anflehen. »Ich konnte nicht früher hier sein. Ich musste erst herausfinden, wie ich es Hadrian und Phillipa anhängen kann – ich habe sie sogar hierhergebracht, aber ich konnte nicht zulassen, dass es die Schuld meines Vaters ist ...«

Emma starrte ihre Tochter an. »Die Schuld deines Vaters?«

»Du bist krank«, sagte Holmes leise. »Du kannst nicht mehr arbeiten. Wir hätten das Haus verloren. Ich habe gehört, wie ihr euch über Geld gestritten habt. Durch den Lüftungsschacht. Ich habe gehört, wie ihr euch angeschrien habt. Ich dachte ...« Sie senkte den Kopf. »Ich dachte, Vater würde ihn irgendwo festhalten, bis er zustimmen würde, uns das nötige Geld zu geben. Es gab keine Aufzeichnungen darüber, wie Leander das Haus verlässt, zumindest keine, denen ich Glauben schenken konnte. Auf der Nachricht, die er mir hinterlassen hat, war ein leises Echo zu hören – ein Klang, der nur in einem Zimmer mit Betonwänden entstehen kann. Ich kenne jeden Zentimeter in diesem Haus. Ich musste es so oft mit verbundenen Augen erkunden und ich ... Er war nicht abgereist. Ich wusste, dass er noch hier war. Wenn man alle logischen Lösungen eines Problems eliminiert, ist die unlogische ...«

»Wage es bloß nicht, Sherlock Holmes zu zitieren. Du ... du hast die ganze Zeit versucht, sie reinzulegen«, brach es aus mir hervor. »Du hast versucht, Hadrian und Phillipa in die Sache mit hineinzuziehen, um ihnen etwas in die Schuhe zu schieben, für das du deinen Vater in Verdacht hattest.«

Holmes drehte sich zu ihrer Mutter um. »Er hat nicht ... ich habe nicht ...«

»Lottie«, sagte ihre Mutter. »Dein Vater hat nichts damit zu tun. Es ging nicht um Geld. Es ging um dich. Es ist immer nur um dich gegangen. Verstehst du? Aber dafür haben wir jetzt keine Zeit. Hier.«

Sie zog eine Ampulle aus ihrer Tasche und gab sie Leander. Er betrachtete sie einen Moment lang angespannt, dann biss er die Kappe ab und trank den Inhalt. Emma kehrte uns den Rücken zu und hielt sich ihr Handy ans Ohr. »Hallo? Ja, ich benötige polizeiliche Unterstützung ...« Sie ging auf das Haus zu und war außer Hörweite.

Niemand rührte sich. Der Mond hing wie ein schweres Gewicht über uns am Himmel. Wolken rasten vom Wind getrieben über ihn hinweg. War das ein lautstarker Streit, der aus dem Haus nach draußen drang? Oder war es nur das Meer, das gegen die Klippen brandete?

Ich sah Holmes und August an. »Als ich vorhin aus dem Kellerfenster klettern wollte, hat Alistair mich festgehalten und ich musste ... ich habe nach ihm getreten, um mich zu befreien. Er wollte mich ...«

August presste sich eine Hand auf den Mund. Er lachte. Lautlos und mit zusammengekniffenen Augen. »Ihr seid solche *Ungeheuer*«, sagte er. »Ihr alle! Versucht, die ganze Sache meiner Familie anzuhängen, uns schlimmer hinzustellen, als wir sind, und jetzt schau dir an, was für ein Horrorszenario du mit deinen eigenen Händen erschaffen hast.«

»Nein«, sagte Leander und schlang seine Jacke enger um seinen Oberkörper. »Tu nicht so, als wüsstest du nicht, wie alles anfing. Lucien Moriarty hat uns erpresst. Ein kurzes Telefonat mit seinem Bruder genügte und Alistair stand vor der Wahl, entweder Charlotte und alle seine nicht immer legal erworbenen Besitztümer, seine Bilder, seine Offshore-Konten, einfach *alles*, der Polizei zu übergeben – Lucien hat alle nötigen Beweise und kann sie jederzeit den Behörden zukommen lassen – oder mich in diesem Keller festzuhalten, bis sein Bruder und seine Schwester ungestört ihre Langenberg-Operation abgewickelt haben, ohne dass ich dazwischenfunke. Lucien will aufs Ganze gehen. Er will uns alle vernichten. Als er mit Hadrian gesprochen und erfahren hat, dass August lebt – als er von seinen Spionen hörte, dass August für *Milo* arbeitet ...«

»Oh Gott«, sagte ich.

»Tja«, meinte Leander, »es ist nun mal nicht zu ändern. Jeder verbirgt sein wahres Gesicht. Hadrian und Phillipa sind in Gewahrsam?«

Holmes nickte. Ihr Gesichtsausdruck war nicht zu deuten.

»Und ich werde der Beweis sein, mit dem man sie überführen wird. Ich werde das vergiftete Opfer sein. Gift ... es brauchte nichts weiter als eine einzige Dosis in Emmas Tee, verabreicht von dem Mann, der den Müll rausbringt, und die ganze Welt fährt zur Hölle. Ich kenne meine Rolle. Man wird mich benutzen und dann wird es vorbei sein.« Leander drehte sich um und spuckte auf den verschneiten Boden. »Und danach bin ich fertig damit.«

Ich trat einen Schritt vor. »Fertig womit?«

Leander machte eine ausholende Geste. »Mit all dem hier – wozu das alles? Du hast den jungen Moriarty doch gehört, oder? Ungeheuer. Es braucht den Sohn eines sachkundigen Sadisten, um uns als das zu bezeichnen, was wir sind. Und du folgst ihr wie ein Sklave. Ich dachte ... ich dachte, dass Charlotte vielleicht einen Ausweg finden würde. Aber sogar jetzt noch stellt sie das Wohl ihrer Familie über Gerechtigkeit. Genau wie ihre Mutter. Tatsächlich habe ich das Bedürfnis, dir dafür zu danken, Emma, dass du dich um mich gekümmert hast, statt mich einfach nur einzusperren ... aber vielleicht ist das bloß ein Fall von Stockholm-Syndrom?« Er fuhr sich mit zitternder Hand durch die Haare. »Das weiß nur Gott. Ich bin hier fertig.«

»Wartet ...« August trat zwischen uns. Er stand schräg mit dem Rücken zu mir und sah aus diesem Winkel exakt wie sein Bruder aus. Die kurz geschnittenen blonden Haare. Die dunkle Kleidung. Die leicht vorgebeugten Schultern, wie ein Mann, der ständig zur Guillotine aufschaut. »Es tut mir leid – es tut mir leid, was ich gesagt habe. Vielleicht habe ich mich geirrt. Das muss nicht das Ende von uns allen bedeuten. Ich hatte dasselbe vor, ich wollte einfach nur abhauen – aber was, wenn wir beide bleiben würden? Eine Brücke zwischen unseren Familien bauen? Ich wollte als Erster damit anfangen und scheiterte, aber wir könnten gemeinsam eine Lösung finden, damit es funktioniert. Es gibt auf beiden Seiten vernünftige Menschen. Es muss doch einen Weg geben ...« Er streckte eine Hand aus und berührte Leander an der Brust.

Ein leises Geräusch ertönte. Wie eine Dose, die geöffnet wird, oder das Klicken einer ins Schloss fallenden Tür. Wie der Lichtschalter, den eine Mutter ausknipst, wenn sie aus dem Zimmer ihres schlafenden Kindes geht. Ich konnte es nicht zuordnen. Wusste nicht, woher dieser Laut kam. Ich brachte ihn nicht damit in Zusammenhang, dass August plötzlich auf die Knie sackte und mit dem Gesicht nach vorn in den Schnee kippte.

Während Leander und ich stumm auf August hinunterschauten, um dessen Kopf sich ein dunkler Hof bildete, spürte Holmes den Schützen auf. »Dort«, zischte sie, deutete auf eine Reihe von Bäumen auf der anderen Seite des Felds und sprintete zielsicher wie ein abgeschossener Pfeil los.

Ich folgte ihr. Ich wusste nicht, was ich sonst tun sollte. Hatte ich gerade gesehen, wie August niedergeschossen wurde? War es das Werk von Hadrian oder Phillipa, die es irgendwie geschafft hatten zu entkommen, oder war es jemand anderes – war es Alistair? Er war gestürzt, als ich ihn getreten hatte, aber er hatte genügend Zeit gehabt, sich zu erholen. Hatte er beschlossen, der Sache ein Ende zu machen und jeden Moriarty zu töten, den er ins Visier bekam? *Es geht um Geld*, dachte ich, *und diesen düsteren alten Kasten von einem Haus, und all die Dinge, die man bereit ist zu opfern, um es zu behalten …*

August. Holmes' größter Fehler. Unsere Rettung mit einem Messer am Hals. Hamlet, Prinz des gottverdammten Dänemark. Erschossen auf dem Rasen hinter dem Haus der Holmes.

Das kleine Wäldchen war direkt vor uns. »Ich kann dich sehen«, sagte Holmes und kam mit wehendem Mantel schlitternd zum Stehen. »Komm runter. Du sollst runterkommen.« Ihre Stimme brach beim letzten Wort. »Komm runter und *stell dich mir.*«

Äste raschelten und ein Mann sprang zu Boden. Er hielt ein Gewehr mit einem Zielfernrohr in der Hand. Sein Kragen war gegen die Kälte aufgestellt. »Lottie«, sagte Milo zitternd. »Lebt Hadrian noch?«

»Du … was hast du getan?«

»Ich habe Hadrian erschossen«, sagte er mit wildem Blick. »Ich bin so schnell ich konnte hierhergekommen, Lottie. Ich muss dir etwas sagen, etwas, das …«

»Milo, *was hast du getan?*«

Ihr Bruder schüttelte den Kopf, wie um seine Gedanken zu sortieren. »Mein Team hat mir berichtet, er sei aus seiner Arrestzelle im Flugzeug ausgebrochen. Ich habe gesehen, wie er unseren Onkel bedroht hat. Lottie, du musst etwas über Lucien erfahren …«

So sanft es mein hämmerndes Herz zuließ, sagte ich: »Sie haben sich geirrt.«

Er runzelte die Stirn, als hätte das noch nie jemand zu ihm gesagt. »Mich geirrt? Geht es Leander gut? Ich gebe zu, es war ein ziemlich riskanter Schuss, aber ich bin mir sicher, dass ich gesehen habe, wie ...«

Charlotte Holmes schlug die Hände vors Gesicht. Sie weinte. »Milo«, sagte sie. »Milo. Milo, nein. Nein, hast du nicht.«

In der Ferne wurde ein Wagen gestartet. Schreie wurden laut, jemand rief *Fass mich nicht an, fass mich nicht an,* gefolgt vom Geräusch durchdrehender Reifen auf Schotter. Als ich mich umdrehte, sah ich die einsame Silhouette eines Mannes vor dem dunklen Anwesen der Holmes stehen. Er wirkte wie jemand, der sich ausgeschlossen hatte, oder wie ein Obdachloser auf der Suche nach einem Schlafplatz.

Emma war weg. Wo waren Hadrian und Phillipa?

»Ich ...« Milo zitterte. Er hielt die Waffe von sich weg. »Ist August ... und Hadrian ... Gott, Lottie, ich kann das nicht mehr. Lucien ist verschwunden. Er ist verschwunden. Es gibt keine Überwachungsaufnahmen, keine Informationen, kein ... *Ich kann das nicht länger tun.* Wie könnte ich, ohne gnadenlos zu scheitern?«

Ausgerechnet der Meister des Universums stellte uns diese Frage.

Holmes nahm ihm das Gewehr aus den Händen. Ohne hinzuschauen sicherte sie die Waffe und ließ sie dann zu Boden fallen.

»Leander ist *fertig* hier«, sagte sie. »August ist *tot.* Und du willst dich auch aus dem Staub machen und uns beide dieses Chaos hier allein aufräumen lassen?«

»Es ist dein Chaos«, sagte Milo. »Ist es nicht an der Zeit, dass du dich selbst ums Aufräumen kümmerst?«

Ich hörte ihnen nur mit halbem Ohr zu. Das Tosen des Meeres war lauter geworden. Die Kälte biss mir in die Hände.

August Moriarty lag reglos da und es war kein Traum, ich konnte die Umrisse seines Mantels im Schnee sehen. Ich konnte sie nicht anschauen, keinen von ihnen, Holmes oder Holmes, zwei Gesichter desselben schrecklichen Gotts, in entgegengesetzte Richtungen schauend. Ihr Urteil fällend. Ihre Waffen abfeuernd. Und die Gestalt vor dem Haus – sie war fort und das Meer war ohrenbetäubend laut.

Aber es war nicht das Meer. Es waren Sirenen, eine Kakofonie von Sirenen, und als die rot-blauen Lichter die Einfahrt erreichten, waren Charlotte Holmes und ich allein.

Epilog

Von: Felix M <fm.18.96@dmail.com>
An: James Watson Jr. <j.watson2@dmail.com>
Betreff: Tut mir leid, deine Ferien zu verderben

Lieber Jamie,
ich schicke dir diese E-Mail zeitversetzt. Sie müsste ungefähr an Neujahr bei dir ankommen, wenn du wieder wohlbehalten zu Hause bist. Ich möchte keinen Streit. Ich möchte nicht persönlich mit dir darüber sprechen. Also gehe ich den feigen Weg.

Wir werden uns ziemlich wahrscheinlich nicht wiedersehen. Das hat nichts mit dir zu tun, also verstehe es bitte auch nicht so. (Ich weiß, du tust es trotzdem. Hör auf damit.) Aber mir ist klar geworden, dass ich ein Leben führe, das eigentlich kein Leben ist, noch nicht einmal für einen Mann, der tot ist. Dass ich hier in diesem winzigen Zimmer in Prag sitze, macht es nicht gerade besser, aber das allein ist es nicht. Ich muss aus all dem raus. Heute Abend findet die Auktion statt, und egal, was Charlotte Schreckliches geplant hat und was passieren wird, du wirst in jedem Fall der Kollateralschaden sein.

Wie konntest du diesem Mädchen nur dein Leben anvertrauen?

Bitte versteh mich nicht falsch, ich will nicht respektlos erscheinen. Ich vermute, sie würde alles tun, damit dir nichts geschieht.

Aber ihr dein Herz zu schenken ist dasselbe, als würdest du einem Kind ein zerbrechliches Glasfigürchen zum Spielen geben. Sie wird es hin und her drehen, wie durch eine Linse hindurchschauen. Sie wird es schütteln, um zu sehen, ob es ein Geräusch macht. Irgendwann wird es ihr aus der Hand rutschen und zerbrechen. Und du bist selbst schuld daran, denn du warst derjenige, der es ihr gegeben hat.

Wahrscheinlich denkst du gerade, *August und seine grauenhaften Metaphern.* Mir ist klar, dass du besser mit Worten umgehen kannst als ich. Du machst dir die ganze Zeit Notizen in diesem Tagebuch und versuchst, eine Version von dir und ihr zu schreiben, die irgendwie Sinn ergibt. Eine Geschichte, die du mit Überzeugung erzählen kannst. Ich weiß, wie es ist, wenn man versucht, aus seinem Leben einen Mythos zu machen, während man ihn lebt. Aber das ist keine Geschichte, sondern ein schreckliches Glücksspiel. Ich kenne meinen älteren Bruder, Jamie, dich in seine Angelegenheiten einzumischen wird dir nichts anderes als den Tod einbringen.

Und falls du das hier liest und denkst, *Sei nicht so verflucht herablassend, Moriarty, du bist nicht mein Vater,* dann versuche, das hier als einen Brief zu sehen, den ich mir selbst vor Jahren hätte schreiben sollen. Betrachte dich als eine andere Version von mir. Und falls dich das ebenfalls wütend macht ... dann denke einfach an dich. Punkt.

Falls du das nicht kannst, fliehe.

Frohes neues Jahr, Jamie,
August

So hast du **Holmes** und **Watson** noch nie erlebt

ISBN 978-3-423-**76136**-9
Auch als **eBook**

Charlotte Holmes, lässig, genial kapriziös,
Nachfahrin des legendären Sherlock
Jamie Watson, sympathisch, sexy,
draufgängerisch, natürlich verliebt in Holmes

www.dtv.de